ELISE FISCHER

Elise Fischer est journaliste de presse écrite, mais aussi productrice et animatrice d'une émission littéraire sur Radio Chrétienne en France (RCF).
Sa région d'origine, la Lorraine, est au cœur de toutes ses œuvres : elle rend notamment hommage aux brasseurs de bière dans la saga familiale *Trois reines pour une couronne* (Presses de la Cité, 2002) et fait revivre le monde des mineurs dans *Le soleil des mineurs* (Presses de la Cité, 2005) et *Nous, les derniers mineurs : l'épopée des gueules noires* (Hors Collection, 2005).
Elle a également publié trois romans aux éditions Mazarine, dont deux ont été récompensés par des prix : *Les pommes seront fameuses cette année* (2000) a remporté le prix du Roman de Terroir de Cosne-sur-Loire, et *L'inaccomplie* (2000) a reçu le prix Feuille d'Or régionale de la ville de Nancy.

MYSTERIEUSE MANON

DU MÊME AUTEUR
CHEZ POCKET

LES ALLIANCES DE CRISTAL
TROIS REINES POUR UNE COURONNE

ELISE FISCHER

MYSTERIEUSE MANON

PRESSES DE LA CITÉ

Une partie des droits d'auteur de cet ouvrage est reversée pour aider à la reconstruction du château de Lunéville, victime depuis son édification d'un treizième incendie. Le cycle des malheurs devrait être ainsi achevé.

Pour aider le Versailles lorrain à renaître,
envoyez vos chèques à :
La Fondation du patrimoine
BP 43
54303 Lunéville Cedex
03 83 73 22 27
Tout don donnera lieu à l'envoi d'un reçu fiscal. De plus, s'il est supérieur à vingt euros, il vous permet d'être adhérent de la Fondation du patrimoine pour l'année en cours.

ISBN 978-2-266-15324-9

« La beauté n'est pas un désir, mais une extase.
Elle n'est pas une bouche assoiffée ni une main vide tendue.
Mais plutôt un cœur embrasé et une âme enchantée. [...]
La beauté est l'éternité se contemplant dans un miroir. »

Khalil Gibran
Le Prophète

A Michel, mon époux.
J'ai bien conscience qu'écrire c'est du temps volé à ceux qu'on aime et qui vous aiment.
A mes enfants et petites-filles Loona et Maureen.
En souvenir de maman qui m'a donné la passion de l'histoire.

Note au lecteur

Bien avant l'incendie du château de Lunéville, j'ai voulu raconter cette page d'histoire de la Lorraine au moment où elle a rejoint la France. La faïencerie et le château ont fait partie de mon enfance. Ils étaient synonymes de la beauté et de la grandeur d'une région. Quand j'ai découvert que les Chambrette étaient passés par Champigneulles, mon sang n'a fait qu'un tour… Il faut dire que je suis née et ai grandi à Champigneulles. On comprendra mes curiosités et mes passions.

E. F.

PREMIERE PARTIE

1

Non loin de Champigneulles, début septembre 1712

Le soleil allait bientôt se coucher sur la grande forêt et la route qui la traversait. La lumière dorée de cet après-midi d'automne était particulièrement douce. Des haies de noisetiers piquetées de mûriers et de pruniers sauvages bordaient le large chemin. L'humidité de la terre se mêlait aux dernières chaleurs d'été et ses effluves envahissaient l'air d'un étrange parfum.

Le duc Léopold ferma un bref instant les yeux.

— Seriez-vous las ? soupira la duchesse Elisabeth-Charlotte. Je vous avais prévenu, et nos gens aussi, de ne point passer par la forêt pour aller chez le comte de Fontenoy. Le chemin est plus long et parfois dangereux.

— J'aime la forêt et ses odeurs. Allons, ma mie ! Pourquoi tant d'inquiétude ? A cette époque de l'année, nous ne risquons guère de mauvaise rencontre. Les loups ont encore de quoi se nourrir.

— Il est d'autres loups, vous le savez bien, infiniment plus dangereux…

— Mais nous sommes escortés. Qui nous voudrait du mal ? La Lorraine sait ce que nous faisons pour elle. Je voudrais d'ailleurs faire davantage. Toutes les routes de nos Etats devraient être débarrassées des haies qui les bordent pour éviter les embuscades. Ici, il faudra s'en préoccuper. Ces lieux doivent être effrayants à la nuit tombée.

— Vous avez été prévenu, mon ami.

— Je vous sens courroucée. Peut-être est-ce vous qui êtes lasse ? Vous êtes si courageuse. Vous ne vous plaignez pas, et j'oublie parfois qu'avant Noël les duchés de Lorraine et de Bar, grâce à vous, compteront un ou une héritière de plus.

— Ce sera « un ». Il est vigoureux comme dix, dit en riant la duchesse. Dieu fasse que cet enfant ne nous soit pas retiré, murmura-t-elle. Trop de petits yeux innocents se sont déjà fermés.

Léopold fixa longuement son épouse et abaissa son regard sur son ventre arrondi.

— Ne vous inquiétez pas, reprit-elle, rassurante. Je vais très bien, et lui aussi. Je suis certaine de vous donner un fils.

— Merci, ma colombe, murmura doucement Léopold en saisissant la main gantée de soie de son épouse. Vous réjouissez-vous de cette visite chez nos amis, monsieur et madame de Fontenoy ?

— Vous aurais-je accompagné s'il en avait été autrement ? Vous savez que j'aime leur demeure, qui est élégante tout en conservant les qualités champêtres que nous apprécions tous deux. Ce château est bâti dans un cadre enchanteur. Et le comte a des idées extraordinaires pour enrichir sa bourgade.

— Oui, et à ce propos je suis heureux de lui offrir ce qu'il espère : sa lettre patente. J'imagine son plaisir lorsqu'il lira l'autorisation que nous lui accordons pour sa faïencerie.

— Il est vrai que depuis que Sa Majesté Louis XIV, mon oncle, a fondu sa vaisselle d'or en juin 1708, en une semaine, a écrit Saint-Simon, le royaume s'est mis à la faïence.

— Sa Majesté votre oncle n'avait plus le choix.

— Certes. On dit que les caisses du trésor sont vides, et comme il est toujours à guerroyer…

— … et à chercher querelle à de tranquilles duchés comme les nôtres… Pourtant, et il le sait, je n'ai jamais eu l'intention de le combattre dans la guerre qu'il a entreprise pour la succession au trône d'Espagne. Ne ferait-il pas mieux de s'occuper de ses sujets et de son royaume ?

— Sur ce point, Léopold, vous avez raison. Car la misère est partout en France. Mon Dieu, que se passe-t-il ?

Elisabeth-Charlotte avait pâli en entendant le cocher ordonner aux chevaux de s'arrêter. Fermement retenues, les bêtes avaient pilé net dans un hennissement de contrariété, secouant fortement le carrosse, tout comme le véhicule précédant la voiture ducale. La duchesse porta une main à son ventre rond pour protéger l'enfant à naître. Déjà, Léopold ouvrait la portière située de son côté, prêt à descendre, lorsqu'un de ses cavaliers vint à lui, le visage assombri.

— Majesté, c'est affreux ! Une embuscade a dû avoir lieu ici il y a peu.

— Des morts ?

— Hélas ! Deux couples et un enfant, que nos hommes ont mis sur le côté pour les dissimuler aux regards de la seule survivante trouvée. Une malheureuse fillette ensanglantée que nos hommes tentent de secourir.

N'écoutant que son bon cœur, et sans attendre l'aide d'une de ses dames d'honneur pour descendre, la duchesse avait pris ses jupes dans une main et, de l'autre, ouvrait la portière du carrosse pour accourir vers la petite fille.

— La pauvre enfant ! dit-elle en se penchant vers elle. C'est affreux ! Pourquoi tout ce sang sur son visage ?

— On lui a coupé la langue, madame, et elle aura perdu connaissance, répondit Léopold qui l'avait rejointe.

— Comment est-ce Dieu possible ?

— Si je tenais les monstres qui ont fait cela ! s'exclama le duc. J'enrage ! Qu'on les retrouve, qu'on les fouette, qu'on les pende ! En attendant, emportons cette fillette jusque chez le comte. Que l'un de vous, dit-il en s'adressant aux cavaliers de l'escorte, parte sur-le-champ pour demander au médecin du comte de se tenir prêt à la soigner. Nous reprenons la route normale jusqu'à Champigneulles.

Le convoi repartit à vive allure, s'éloignant du Val-Saint-Barthélemy, autrefois un charmant village prospère avant d'avoir été la proie des hordes des soldats de Richelieu et des armées suédoises pendant la guerre de Trente Ans. D'autres guerres avaient suivi. Soixante-dix ans d'oppression, de terreur et d'humiliations.

Bien que n'ignorant rien du sort de la Lorraine, lorsqu'il était revenu d'exil en 1698, après le traité de Ryswick, le duc Léopold avait constaté l'état de désolation qui régnait. Tout n'était que ruines. Il foulait une terre gonflée de sang et jonchée de cadavres. Aux malheurs des guerres avaient succédé famine, peste et choléra. La Lorraine avait perdu la moitié de ses forces vives.

En quatorze ans de règne, le duc Léopold s'était essayé à redonner une âme à la Lorraine. S'il avait encouragé tous ceux qui avaient fui à revenir au pays, il avait aussi incité des étrangers à s'y installer, à travailler, les exonérant de charges pendant plusieurs années à condition qu'ils construisent des demeures. Il avait été entendu. Un peu partout, on voyait des maisons s'élever. Les paysans reprenaient possession des campagnes, et le blé ondulait dès les beaux jours. Encouragé par Léopold, l'artisanat se développait, reprenait sa place au cœur de petites bourgades. Mais il fallait aussi veiller à l'instruction. « L'obscurantisme est le pire des maux », songeait le souverain. Sous l'égide de religieux et religieuses, des écoles s'ouvraient, gratuites pour les enfants de familles pauvres. Très pieux lui-même, Léopold pensait aussi au salut des âmes et édifiait des églises. Sa grande fierté était la construction d'une église à Nancy qu'il voulait magnifique. Nancy, capitale et première ville de Lorraine. Mais, hélas, toujours occupée par les armées de Louis XIV depuis 1702. Nancy, dont le roi avait exigé la démolition des remparts pour éviter toute résistance. S'il nourrissait quelque contrariété à ce sujet, Léopold se réconfortait en songeant à son église.

Les attelages roulaient à vive allure tandis que, bouleversée, la duchesse avait pris l'enfant dans ses bras et la tenait contre son cœur. Silencieusement, elle priait Dieu de la laisser en vie. Léopold compatissait, s'indignait, mais continuait de faire ses comptes. Il fronçait les sourcils, plongé dans ses calculs. Où trouver l'argent nécessaire à l'achèvement des travaux ?

Selon les plans de Betto, qui voulait une église romaine surmontée d'un dôme, cet édifice serait beau, bien en vue à l'est de la ville neuve – de l'autre côté de la grand-place où marchands et maquignons s'installaient les jours de foire et de marché. La première pierre avait été posée en 1702 par le prince François, frère de Léopold. Hélas, en 1712, le duc l'avait constaté, les travaux s'étaient arrêtés depuis trois ans. Le chantier en était resté au-dessus du niveau de l'entablement de l'ordre corinthien, à l'intérieur. Et le duc se laissait parfois gagner par l'impatience. Par manque d'argent, on avait décidé de remplacer le dôme doré par deux tours. Consulté, Boffrand avait affirmé que l'édifice pouvait les supporter.

La duchesse caressait les cheveux de la petite fille et lui parlait à voix basse pour la rassurer. Mais l'enfant ne réagissait pas.

— Qu'elle vive, mon Dieu, je vous en supplie… lâcha-t-elle à haute voix tandis que Léopold continuait de songer à son église.

Elle serait à la fois le lien entre la vieille ville et le palais ducal qu'il avait fait agrandir, et la ville neuve de part et d'autre des rives de la Meurthe. Venu de Lunéville pour se rendre chez le comte de Fontenoy, Léopold avait fait une halte à Nancy et observé le chantier. Il imaginait déjà la majesté de l'édifice, la nef centrale, les chapelles latérales, et il voyait ainsi s'ouvrir les voies du ciel. Cette construction avait toute sa raison d'être. Car la ville neuve s'étendait. Nancy comptait maintenant près de vingt mille âmes.

Avait-il quelques regrets ? Oui, il eût aimé vivre à Nancy… Mais l'idée de cohabiter avec les garnisons du roi Louis XIV installées là mettait son orgueil à mal. Léopold ne cherchait pourtant point querelle au roi de France. Ne lui avait-il pas obéi en épousant sa nièce en 1698 ? Ce n'était pas suffisant pour Louis XIV, qui ne supportait pas qu'un sol étranger pût être enclavé dans les terres du royaume de France. C'était le cas de la Lorraine qui se trouvait juste sur le chemin menant à l'Alsace et à l'Allemagne. Le roi de France se voulait prudent. Et, bien qu'il eût donné pour épouse au duc de Lorraine Elisabeth-Charlotte d'Orléans, fille de Monsieur et de la princesse Palatine – une belle alliance –, la méfiance demeurait. La Lorraine – cela avait été le cas dans le passé – risquait de se tourner vers l'Empire germanique. La maison de Habsbourg lui était plus proche que celle d'Orléans. L'exil avait fait naître et grandir Léopold à Innsbruck. Et bien que l'un de ses précepteurs ait été un religieux originaire de Saint-Dié, Louis XIV redoutait l'influence et l'attirance qu'avait Léopold pour Vienne. Or, le roi de France se trompait sur les desseins du souverain lorrain. Pour Léopold, la guerre de succession au trône d'Espagne était une guerre de trop. Il ne combattrait certes pas les armées du roi de France, mais il ne les aiderait pas non plus. Au fond, la Lorraine n'aspirait qu'à une chose : la paix. Après un siècle de troubles, Léopold assurait que rien ne serait tenté qui pût la compromettre. Sceptique, méfiant,

Louis XIV avait décidé d'installer ses garnisons à Nancy.

Le 5 novembre 1702, depuis Marly, il avait écrit à Léopold, de sa propre main : *Mon frère et neveu, on ne peut être plus satisfait que je le suis de la conduite que vous avez tenue avec moi. Cela, joint à l'amitié que j'ai pour vous, m'engagera toujours à conserver vos intérêts comme les miens propres. C'est ce qui m'a fait éviter avec soin de mettre des troupes en quartier dans vos Etats tant que la conjoncture me l'a pu permettre. Mais comme je sais que mes ennemis n'auront pas pour vous les mêmes égards, je suis obligé de les prévenir...*

Léopold enrageait devant l'évident cynisme de celui qui l'appelait « frère et neveu »... Blessé, il était blessé. C'était le considérer comme rien. Tel un fourbe.

« Insensé, insensé, avait-il répété en froissant rageusement la lettre du roi de France avant de la lisser pour lui redonner sa forme première. Je ne veux pas voir dans ma capitale un seul bouton d'uniforme, un seul chapeau français de près ou de loin. Et comme mon peuple n'a nul besoin d'une guerre qui l'anéantirait, nous partirons. »

Certes, cette fois, l'occupation de ses duchés n'était pas, comme par le passé, signe de désolation. Le roi payait régulièrement ce qu'il achetait, et ses soldats se comportaient presque en hommes d'honneur. Cependant, les Lorrains restaient sur le qui-vive. Surtout Léopold, vexé et humilié pour lui et les siens.

Comment oublier les bruits de sabots des armées livrées à elles-mêmes ? Comment oublier la folie des soldats du cardinal brandissant des étendards et des bannières où était écrit : « Tuez-les tous ! »

2

La petite fille que la duchesse Elisabeth-Charlotte serrait contre elle, après avoir tenté de laver le sang qui avait coulé de sa bouche, s'était mise à geindre. Bien qu'une de ses dames d'honneur lui ait proposé de s'en charger, la duchesse avait décidé de garder l'enfant près d'elle. Elle la berçait avec tendresse et compassion. Peu à peu, l'enfant reprenait conscience. Larmes et effroi se lisaient dans son regard de ciel clair. Léopold et son épouse songèrent que la fillette devait être de bonne naissance.

— Cette petite est vêtue comme le sont les enfants de Flandre, remarqua Elisabeth-Charlotte.

L'enfant portait une jolie robe aux reflets d'or. Une robe faite d'une étoffe moirée et soyeuse, bien ajustée à la taille et aux épaules grâce à une double rangée de surpiqûres et de broderies. Les manches étaient plus amples, taillées dans un voile d'organdi mêlé de bandes de percale brodées. Sa coiffe, très ajustée, ne laissait paraître que quelques boucles qui tombaient sur son front et caressaient ses joues. Les côtés de la coiffe s'ornaient de petits volants et de jolis rubans d'or posés tels des papillons.

— La pauvre petite a perdu une de ses bottines, remarqua le duc Léopold. Pourvu que ces misérables ne l'aient point violentée.

— Il ne semble pas. Ses jupons ne sont pas déchirés, seulement couverts de terre. Si la robe et le chemisier sont arrachés par endroits, c'est que la petite aura voulu échapper à ses agresseurs et se sera débattue quand ces monstres lui ont coupé la langue. Le médecin du comte vérifiera la chose.

— Je croyais pourtant que mes Etats avaient retrouvé une certaine paix. On ne m'avait donc pas menti. Des bandes continuent de sévir comme par le passé. En tout cas, ma mie, faites-moi souvenance de ne pas oublier de donner une sépulture chrétienne aux gens qui accompagnaient cette enfant. Etaient-ils à pied ou leur a-t-on dérobé leur voiture ? Saurons-nous un jour ce qui est arrivé à cette malheureuse enfant ? Si elle survit... glissa-t-il tout bas comme pour lui-même.

— Et comment vous le dirait-elle ? Puisqu'on lui a coupé la langue...

Le carrosse avait quitté la route de la forêt pour retrouver la grand-route pavée qui allait de Nancy à Metz en passant par Champigneulles et Bouxières-aux-Dames. Déjà, on pouvait distinguer les premières auberges, et l'arrivée des deux voitures aux armes de Léopold, précédées par le galop de la compagnie de cavaliers, attirait les gens sur le bord de la route.

— Vive Son Altesse ! entendait-on.

Ce n'était pas la première fois que le souverain rendait visite au comte de Fontenoy qui l'avait autrefois servi. L'amitié liait les deux hommes que quelques années seulement séparaient.

— Tout nous unit, aimait répéter le duc quand les deux hommes se retrouvaient. Pendant que s'élevait Lunéville, votre château de Bas s'ordonnait dans ce beau parc qui borde la grand-route. Vous êtes au calme, et parfois je vous envie.

Le duc Léopold encourageait le comte, ravi de lui montrer à chaque visite les nouveautés de son domaine. N'avait-il pas projeté la construction d'une chapelle dans le parc ? Elle se situerait à la gauche des grilles d'entrée de ce vaste terrain planté d'arbres qui s'y épanouissaient généreusement. Le domaine comportait plusieurs plans d'eau dont un bel étang, berceau de truites vives et frétillantes. Plus loin, une orangerie à rendre jaloux le duc et le roi de France. On avait fait construire un jardin d'hiver pour préserver certaines plantes des températures trop rigoureuses.

La papeterie et le moulin étaient en constante activité sur les bords du ruisseau Saint-Barthélemy. Des vignes poussaient sur le coteau de la Fourasse, et le raisin que l'on pressait au château de Bas était fruité à souhait.

Mais la découverte d'une veine argileuse blanche d'une grande pureté à proximité de ce coteau avait encouragé le comte dans son projet de faïencerie. Le ruisseau Saint-Barthélemy coulait non loin du moulin à papier. La construction d'un four et d'un hangar était tout à fait possible. Depuis un an, le projet prenait forme. Jacques Chambrette, un faïencier bourguignon, était venu s'établir au château de Bas, et les quelques essais effectués s'étaient révélés prometteurs.

Léopold pensait aux activités de son ami tout en observant la petite fille que son épouse câlinait.

L'enfant ouvrait maintenant de grands yeux effarés et pleins de larmes sur le couple ducal.

— Ils seront châtiés, je te le promets. Ils seront châtiés jusqu'à ce que mort s'ensuive, et nous te protégerons, murmura Léopold.

Le carrosse s'était immobilisé devant le château. Absorbé dans ses pensées et soucieux du sort de l'enfant, le duc n'avait plus rien vu ni du paysage ni des faubourgs où son peuple se massait pour l'acclamer. La vue du château de Bas le ramena à la réalité.

— Je réfléchissais à cette manufacture dont m'a déjà entretenu notre ami, dit-il à son épouse. J'admire son audace. Je serai heureux de l'aider dans ce sens. Grâce à lui, les duchés de Lorraine et de Bar pourront ainsi se mettre progressivement à la faïence. Le comte de Fontenoy est un homme de grand mérite, ne trouvez-vous pas ?

— Je vous suis. Son idée de développer une faïencerie me séduit. Vous n'ignorez pas que rien ne me trouble plus que cette jolie vaisselle qui me plonge dans un état d'excitation insensé, quand j'imagine qu'avec de l'argile la main de l'homme peut tourner, sculpter, peindre de si jolis motifs. Il me semble que les mets les plus succulents disposés sur de telles œuvres comblent davantage nos appétits et nous réjouissent l'âme.

Avec infiniment de délicatesse, Elisabeth-Charlotte se défit de l'enfant qui s'agrippait à elle pour la tendre à un valet du comte venu accueillir le couple. La duchesse était mère de plusieurs enfants et, si nourrices et gouvernantes l'aidaient dans sa tâche, elle était pour ses enfants une vraie maman. On ne vivait pas en

Lorraine de la même manière qu'à Versailles, et elle s'en réjouissait. Sa mère, la princesse Palatine, avait été une maman proche de ses enfants. Tout naturellement, la duchesse faisait de même avec un réel plaisir.

— Madame, quel bonheur et quel honneur !

Déjà, le comte de Fontenoy s'inclinait devant la duchesse et prenait sa main pour la baiser. Et tout aussitôt, il informa le duc de l'arrivée de Gustave Chardot, son médecin personnel, qui allait soigner l'enfant et un jeune homme que l'on avait trouvé blessé un peu plus loin.

— Ah, cher ami ! dit le duc avec gravité à l'adresse du comte. Nous n'en finirons donc jamais avec ces vauriens !

3

Pendant que Victorine, la femme de chambre de la comtesse Louise de Villelune, emportait la fillette qui avait de nouveau perdu connaissance, Hubert, son mari, concierge du château, s'en était allé quérir l'apothicaire.

Le comte de Fontenoy accueillait le couple ducal dans les plus belles chambres du château de Bas. Les domestiques portaient les bagages et s'affairaient, prêts à satisfaire les moindres désirs du duc et de la duchesse. Elisabeth-Charlotte demanda à pouvoir s'allonger. Son état nécessitait quelques précautions. Et surtout, disait-elle, l'agression commise sur ce beau chemin forestier l'avait fortement éprouvée. Christine, l'une de ses dames d'honneur, s'inquiétait de sa santé et veillait sur elle. Impatient, Léopold préférait voir tout de suite la faïencerie.

— Quelle faïencerie ? ironisa le comte. Vous savez bien que je ne puis démarrer cette activité sans la lettre patente signée de votre main…

— Allons, allons, plaisanta le duc… Moi, j'ai ouï dire que monsieur Chambrette, arrivé de Bourgogne il y a quelques mois, vous a fort bien conseillé et qu'il n'est pas un débutant. Son père, Jean Chambrette, n'était-il pas céramiste à Dijon ? Quant à son frère aîné, Joseph, qui va le rejoindre ici même – si ce n'est déjà fait –, il exerçait à Montpellier sur des terres de soleil.

— Qui vous a si bien renseigné ?

— Ne dois-je point tout savoir de ce qui se passe dans mes Etats ? Alors, cette faïencerie, vous me la montrez ?

— C'est encore très modeste. Nous n'en sommes qu'aux essais.

— Tut, tut… J'ai vu de bien jolies coupes sur la grande table en passant. Et ces jardinières, de part et d'autre de la porte d'entrée du château, en haut de l'escalier… d'où viennent-elles, mon ami ? Savez-vous que je peux être terriblement jaloux ? le taquina Léopold.

— Ne le soyez point, les mêmes objets vous attendent dans vos appartements. Nous les y avons fait porter peu avant votre arrivée.

— Je reconnais là votre fidèle amitié. Allons, voulez-vous, jusqu'aux fours.

— Ne préférez-vous pas auparavant vous désaltérer, vous reposer et remettre à demain cette visite ?

— Que non ! La hâte m'a saisi des pieds jusqu'à la tête.

Une magnifique allée bordée de charmilles conduisait jusqu'au hangar de la faïencerie, située à côté de la papeterie. Monté à bord d'une calèche découverte mise à sa disposition par le comte, qui avait pris place à ses côtés, Léopold aperçut quelques hommes de peine tirant de lourdes charrettes chargées de terre argileuse.

— Cette terre va alimenter le broyeur, expliqua le comte. Là, elle sera additionnée de sable, de silice. Un concassage minutieux et l'ajout d'eau permettront l'obtention d'une pâte plutôt liquide qu'il faudra filtrer, presser pour que l'eau s'en évapore. La pâte continuera d'être malaxée jusqu'à devenir compacte, lisse et souple à la fois. On la glissera entre de gros rouleaux tournant en sens inverse pour l'aplatir et l'enrouler de nouveau afin de la glisser ensuite dans des moules d'où sortiront d'énormes pains d'argile. Les déchets seront récupérés et remis dans le broyeur pour une autre opération. Rien ne se perd.

— Mais ces pains d'argile, comme vous dites…

— Eh bien ! C'est le départ de la matière qui va être pétrie, tournée par les potiers avant cuisson. Mais il y a toutefois une attention particulière à porter à cette pâte compacte et lisse.

Le duc lui jeta un regard interrogateur.

— Cette pâte doit être parfaite, reprit le comte, c'est-à-dire qu'elle ne doit contenir aucune bulle d'air.

— Et pourquoi cela ?

— Parce que les objets sculptés renfermant des grains ou des bulles d'air ne résistent pas à la cuisson et se brisent. Et quand on voit la peine des hommes qui extraient l'argile, la charrient, font tourner la roue du broyeur, puis s'échinent pour obtenir ces pains d'argile… réussir est une nécessité.

— Vous êtes déjà un spécialiste.

— Le spécialiste, c'est Chambrette. Regardez, il nous attend. Il a le sourire. La dernière cuisson a dû se dérouler telle qu'il le voulait.

Jacques Chambrette poursuivit la visite de sa faïencerie. Il expliqua le façonnage, le moulage, la cuisson dans le four qu'il avait fait construire : une sorte de maison ronde à toit pointu pour que la fumée s'échappe. Les pièces devaient entrer dans le four, soigneusement rangées sur des étagères en plâtre ; ensuite il fallait murer le four, alimenter le foyer pendant la cuisson. La température devait monter lentement et décroître tout aussi lentement de façon que les objets n'éclatent pas.

— En ce moment, expliqua Jacques Chambrette, vous voyez le four muré. Nous en sommes au refroidissement. Demain, nous ouvrirons ce four. Je ne connais rien de plus exaltant que l'ouverture d'un four, le défournement des pièces. On peut alors contempler la réussite de la première étape. On recueille les biscuits… c'est ainsi qu'on les nomme.

Après, auraient lieu l'émaillage et la décoration, avant une autre cuisson destinée à fixer le décor. Nicolas, le peintre, possédait plus d'un motif à reproduire. Des motifs charmants qui raviraient le duc et sa cour.

Réjoui, Léopold félicita Jacques Chambrette et demanda à Fontenoy de l'inviter le soir même au banquet.

— Nous y avions songé, mon épouse et moi. Je connaissais votre curiosité pour la faïence. Vous aurez beaucoup à échanger avec Jacques Chambrette.

— J'aurai surtout quelques commandes à lui passer ! Mon épouse rêve et pense faïence à longueur de journée, tout comme le royaume de France. Il ne sera pas dit que notre belle Lorraine sera à la traîne, lança le duc Léopold très déterminé. Je voudrais éblouir mes invités à Lunéville. D'ailleurs, j'espère que vous nous rendrez rapidement visite. Savez-vous que les bosquets du château dessinés par Yves des Hours s'ordonnent de façon sublime, et que, de l'esplanade du château, on a une vue enchanteresse sur des parterres et plates-bandes de fleurs où se mêlent bassins et fontaines ? La Vezouze et le grand canal proche ne sont pas étrangers à ces jeux d'eau.

— Je vous ferai visiter nos jardins, répondit le comte à l'adresse du duc. J'ai, moi aussi, quelques beautés à vous montrer.

Ils revinrent au château où la comtesse Louise de Villelune s'affairait aux côtés de la duchesse au chevet de la petite survivante de l'épouvantable massacre. Inquiète du sort de l'enfant, la duchesse s'était à peine reposée. Gustave Chardot avait longuement examiné la petite fille. Non, elle n'avait pas été violentée, mais sa langue avait été tranchée. Témoin involontaire de l'agression, elle devait garder le silence. Le médecin espérait en la guérison de l'enfant, bien qu'elle ait perdu beaucoup de sang. Ses joues accusaient une grande pâleur, mais le pouls était bon. Poser une sorte d'emplâtre fait de charpie était quasiment impossible dans la bouche. Si aucune infection ni fièvre ne se déclaraient – elle paraissait par ailleurs en bonne santé –, l'enfant survivrait à sa blessure. Il fallait la nourrir d'aliments moulinés et froids pour éviter de trop la faire souffrir jusqu'à la cicatrisation complète de la plaie. Afin de calmer la douleur, le médecin lui fit avaler une potion à l'aide d'une poire et d'une pipette qu'il dirigea vers le fond de sa gorge. Il montra à Victorine comment procéder.

— Quelques petites pressions, pour ne pas l'étouffer en lui envoyant une trop forte dose. Attendez que le liquide soit avalé pour recommencer. Parlez à cette enfant pendant que vous agissez pour qu'elle comprenne qu'on lui veut du bien. Evitez de la tourmenter en l'interrogeant sur ce qui vient d'arriver. Que son esprit soit au calme ! Ne réveillez aucun tourment, cela pourrait lui être fatal.

Sur les indications de Gustave Chardot, l'apothicaire du château avait préparé, en un temps record, ladite potion à base d'opiacés. L'effet fut quasi immédiat. La petite fille s'endormit d'un sommeil très profond.

— Quand elle se réveillera, nourrissez-la ! Puis, de nouveau, faites-lui boire ma « potion des rêves », et ce pendant trois jours. Ensuite, peu à peu, ses forces reviendront. Si la fièvre ne s'en mêle pas, la guérison suivra. Je viendrai la visiter après-demain.

Gustave Chardot avait également pansé le jeune homme blessé qui avait demandé à parler au duc Léopold.

4

Le comte de Fontenoy promit au duc Léopold de faire enterrer dignement les personnes qui semblaient être les parents de l'enfant, ainsi que le cocher et une jeune servante – leurs vêtements étaient plus modestes. Le petit garçon, richement vêtu, était sans doute le frère de l'enfant qui avait été recueillie. Le curé de la paroisse dirait sa messe, et les funérailles auraient lieu au cimetière paroissial. Le duc s'engagea à faire élever une petite chapelle pour que l'enfant sache où reposait sa famille.

Sur les lieux du crime, les hommes du duc avaient relevé les traces d'une voiture. Ils les suivirent jusqu'à une clairière où un feu avait été allumé, d'où s'échappaient quelques fumerolles. La voiture, prévue pour être tirée par quatre chevaux, n'était plus que cendres. C'est ce qu'ils déduisirent en sortant du brasier mourant des restes de roues, d'un attelage, ainsi que des pièces de cuivre ciselé qui devaient orner les portes de la voiture. Ils rapportèrent le tout au château du comte de Fontenoy, ainsi qu'une besace de soldat oubliée non loin du brasier. Léopold prit la besace, l'inspecta et, sur le rabat qui fermait la poche principale, reconnut le sceau des armées de Louis XIV.

— Les misérables ! lâcha-t-il, furieux.

Il avait entendu la confession du jeune homme blessé. Il ne fit aucun commentaire, mais son visage montrait son embarras.

Il promit de diligenter une enquête sur ce tragique événement, mais de façon très confidentielle pour préserver la vie de la petite fille que le comte garderait sous sa protection. Victorine et Hubert, sur qui reposait la bonne marche du château de Bas, avaient proposé leurs services au comte et à la comtesse de Fontenoy.

— Je mettrai mon point d'honneur à vous aider, ma chère Victorine. Nous ne serons pas trop de deux pour veiller sur cette enfant, affirma la comtesse. Nous la ferons instruire pour qu'elle puisse nous écrire son histoire, si elle ne peut parler.

Puis elle se redressa et éleva la voix après avoir frappé dans ses mains :

— Je sais que cet événement est tragique, mais l'heure est venue de passer à table. Nos cuisiniers ont donné le meilleur de leur savoir-faire pour honorer nos invités. Victorine, veillez la petite fille et tenez-nous au courant.

— Ce repas est succulent, déclara le duc Léopold, ravi par les mets servis : truites de l'étang de Bonne-Fontaine farcies d'amandes pilées, pâtés de canard en croûte et faisans entourés d'une myriade de légumes, fromages et salades exotiques, en attendant des tartes où brillaient des quetsches qu'on venait de récolter dans le verger proche.

Le vin ne manquait pas. Le comte servit un petit gamet très léger et un pinot franc noir qui avait du corps et de l'ampleur au palais. Il plut immédiatement au duc Léopold.

— Ce vin est une merveille de flatterie, mon cher. Dites-moi quel vigneron vous fournit. Sur quelle terre poussent ces vignes qui donnent un vin aussi fruité et gouleyant ?

— La vigne est plantée à deux pas d'ici, sur le coteau exposé au midi sur le haut de la Fourasse.

— Je voudrais de ce vin sur ma table à Lunéville. Faites-moi livrer, je vous paierai le double de ce qu'il vaut.

Flatté, le comte de Fontenoy remercia d'un signe de tête et lui glissa du ton de la confidence :

— Savez-vous, monsieur le duc, que j'ai mis en route une nouvelle vigne sur mes terres, il y a déjà quelques années ? Il s'agit d'un plant particulier qui, en Champagne, produit un excellent vin. C'est la « plante barbue de Reims ». L'an prochain, nous pourrons espérer la vendanger. Sans doute nous ferez-vous l'honneur de fêter ces récoltes…

— Ah, mon cher ami, s'exclama Léopold en reposant son verre, je crois bien que je vais exiger de vous voir revenir à mon service ! Croyez-vous pouvoir construire ce même château près du mien à Lunéville ? Ainsi, nous ne nous quitterions plus.

Le comte se mit à rire de bon cœur.

— Ne caressez point mon orgueil. Outre le plaisir, vous recevoir est toujours un grand honneur. Dès demain, mes hommes vous porteront quelques barriques de votre vin préféré. Ce sera mon cadeau.

— J'en ai un pour vous, puisque nous sommes au dessert.

Ce faisant, le duc Léopold prit un air très mystérieux pour se pencher et fouiller l'une de ses poches.

— J'ai vu cette faïencerie, reprit-il d'une voix forte pour être entendu de tous. Cette manufacture, car il en sera ainsi, s'ordonne de façon fort intelligente grâce à monsieur Jacques Chambrette, que nous félicitons. Je vois, dans cette belle salle de réception aux dorures et peintures que vous envierait peut-être le roi de France – si, si –, des bouteilles carrées en faïence blanche décorée de camaïeu bleu où vous avez eu la délicatesse de faire poser la couronne ducale et notre croix de Lorraine. Tout cela est beau et généreux, cher ami. Je ne vous ferai pas attendre davantage... Voici votre lettre de privilèges, dûment signée. J'en ai informé les présidents conseillers et gens tenant une cour souveraine de Lorraine en Barrois, messieurs les présidents, conseillers maîtres auditeurs et gens tenant une chambre des comptes de Lorraine et tous nos officiers justiciers, hommes et sujets... Faites, faites, monsieur le comte, et vous aussi, monsieur Chambrette, et surtout, ne m'oubliez pas dans vos œuvres.

Les convives applaudirent d'un beau mouvement d'ensemble. Des verres se levèrent, et l'on servit à chacun une rasade de liqueur de mirabelle qui chatouilla les narines de ces messieurs. Les dames se contentèrent d'y tremper un sucre et de le laisser fondre sur la langue avec un rien de volupté dans le regard.

Après quoi, des musiciens s'avancèrent et entamèrent quelques menuets de Rameau sur leurs luth, viole et flûte à bec. Un peu plus tard dans la soirée, un poète fit son entrée. Il récita brillamment vers et compliments et, tout en s'accompagnant à la harpe, se mit à chanter pour célébrer le duc et la duchesse, le comte et la comtesse, ainsi que l'amour, sujet éternel.

La nuit était tombée sur le parc du domaine. Le comte invita ses hôtes à faire quelques pas devant l'esplanade, du côté du parc. Ils prirent la grande allée de gauche, illuminée par des domestiques portant torches et flambeaux. Arrivé au petit pont en dos d'âne, le comte réclama le silence. Non loin, une chouette hululait. Au bord de l'étang, quelques grenouilles coassaient. La terre exhalait les senteurs des derniers beaux jours. L'automne s'installait sans insolence. Déjà une petite brume couvrait les eaux de l'étang.

— J'aime ces paisibles instants avant l'engourdissement de la grande nuit, murmura la duchesse en prenant le bras de Léopold perdu dans ses pensées.

Songeait-il à Anne-Marguerite de Ligniville, épouse du prince de Beauvau-Craon, en son domaine d'Haroué, non loin de Lunéville ? Il tenta de chasser l'image de la charmante et fort coquette jeune femme qu'il se défendait d'aimer afin de ne point peiner la duchesse, son épouse. Mais il ressentit un pincement très vif dans la poitrine. Renoncer lui coûtait. Cacher ses sentiments relevait de la bravoure. « Une guerre doit être plus facile à mener », songea-t-il. Il prit la main d'Elisabeth-Charlotte et la tapota affectueusement. Pour un instant, un instant seulement, la duchesse crut avoir gagné sur sa rivale. La nuit leur serait douce.

Non seulement cette nuit fut douce et paisible au couple ducal, mais elle remplit Elisabeth-Charlotte d'une grande fierté d'épouse, car Léopold vint dormir dans son lit. La duchesse se prit à rêver d'échanger Lunéville contre le domaine du comte de Fontenoy. Peut-être quelques sorcières bienfaisantes avaient-elles répandu une poudre magique qui nimbait les lieux ? La duchesse se sentait bien en cette demeure au cœur d'une nature avenante. Lunéville ne manquait certes pas de charme, mais c'était la cour de Lorraine qui y vivait. On recevait beaucoup. La réputation du château de Lunéville avait largement passé les frontières de la Lorraine. A Paris, il se disait que, sous l'influence de Boffrand, élève de Mansart, s'était construit sur les ruines de l'ancien château d'Henri II le Versailles lorrain, dans la rigueur de bâtiments parfaitement ordonnés au cœur d'un lieu de verdure magnifiquement agencé. Le château permettait d'accueillir et d'enchanter des invités, de les éblouir aussi. La Lorraine avait besoin de fêtes après un siècle de guerres et de malheurs. Cependant, le couple ducal avait fait en sorte de préserver son intimité et l'harmonie familiale au cœur même du château. Les fastes de Versailles autour de Sa Majesté ne l'intéressaient pas. Au fil des ans, Lunéville était devenu un lieu de bonheur. Il n'en avait pas toujours été ainsi. La duchesse Elisabeth-Charlotte se souvenait des premières années à Lunéville quand Elisabeth, une de ses filles aînées, écrivait à son père en voyage en 1705 : *Papa est très humblement prié de nous faire faire des parquets dans nos chambres, m'estant presque hier cassé le nez sans courir. J'espère de pouvoir à votre retour vous faire voir ce pauvre nez qui est en pitoyable état. C'est donc la grâce que mon frère* [le petit prince Louis], *ma sœur* [Gabrielle] *et moy vous demandons.*

Au souvenir de cette lettre d'enfant, les larmes vinrent aux yeux de la duchesse. Beaucoup d'enfants étaient nés à Lunéville. Et certains avaient déjà fermé les yeux. Comment oublier Louis et Gabrielle emportés par la maladie l'année précédente, respectivement à l'âge de sept et neuf ans ? 1711 avait été une année de grand chagrin à la cour de Lorraine. Malgré la peine, malgré son cœur meurtri, il fallait tenir son rang, aider Léopold dans sa tâche. Parfois Elisabeth-Charlotte s'interrogeait. Est-ce que tout ceci n'était pas vain ? Une demeure champêtre eût suffi à faire son bonheur. Un lieu où elle eût pu se rendre utile. Peindre, jouer de la musique, tricoter des layettes pour les gens du peuple – ce qu'elle faisait de toute façon. Un lieu où se promener en toute liberté pour vivre en parfaite osmose avec la nature. Que n'eût-elle donné pour avoir le droit d'aller où elle voulait quand bon lui semblait !

Elle s'imaginait dans un lieu comme le château de Bas, sortant seule au petit matin pour écouter le chant des sources de Bonne-Fontaine. Elle s'enivrerait des parfums de la forêt. Elle entendrait au loin le bruit des chariots alimentant la faïencerie ou la papeterie. Elle pourrait monter un cheval et s'élancer sur les sentiers jusqu'au Val-Saint-Barthélemy ou jusqu'à Saint-Thiébaut. Enfin, entre deux grossesses. Car le duc, son époux, même s'il avait quelques coquetteries pour Anne-Marguerite, l'honorait. Elle ne s'en plaignait pas. C'était un bon époux. D'un mariage de raison, les jeunes gens qui s'étaient plu à l'instant même de leur rencontre avaient fait un mariage d'amour.

Oui, dans un lieu comme Champigneulles, situé à une petite lieue de Nancy, la duchesse était certaine de garder son époux pour elle seule. Elle imaginait ces longues promenades d'où elle reviendrait au pas, retenant son cheval, les yeux levés au ciel, guettant l'instant où, par-dessus les jeunes arbres nouvellement plantés, la masse du château de Bas surgirait avec ses toits pointus tapissés d'ardoises captant les rayons du soleil. Cette demeure respirait l'harmonie et la quiétude. Elle en aimait l'immense escalier à vis et à balustrades de pierre ainsi que les dalles de marbre noir et blanc du sol en rez-de-chaussée qui s'épousaient parfaitement.

Léopold, son époux, était plein de charme et de bonté. La duchesse l'écrivait à sa mère, toujours inquiète du bonheur de sa fille. La Palatine redoutait les extravagances de la cour de France, l'immoralité qui y régnait. Elle écrivait à sa fille chaque semaine pour la mettre en garde. Que de conseils prodigués sur les tenues à adopter ! Sur le charme nécessaire pour que Léopold ne se détourne point d'elle ! Si la duchesse était encore bien faite de sa personne, les premiers signes de l'âge ne tarderaient pas à se manifester. Doucement sa silhouette s'arrondissait. Certes, malgré les nombreuses grossesses, sa taille gardait un tour avenant, élégant même. Ses seins arrondis n'avaient rien perdu de leur fermeté, mais l'embonpoint s'amassait insidieusement sur ses hanches. La Palatine pouvait parfois être cruelle pour sa fille quand elle écrivait à son ami le comte de Carlingford : *Ma fille est laide, et elle l'était moins autrefois, car elle a une fort belle peau... Elle a un vilain nez camus ; ses yeux se sont creusés, mais sa taille s'est bien conservée ; et comme elle dansait bien, elle a encore de bonnes façons, et l'on voit bien de qui elle est la fille.*

Malgré son attirance pour Anne-Marguerite, Léopold aimait son épouse et ne voulait point la peiner. Ce qui avait été un mariage d'Etat et de raison était devenu un mariage d'amour. Honorer Elisabeth-Charlotte ne serait jamais un devoir pour le duc. Reste que le trouble qui le saisissait chaque fois qu'il rencontrait Anne-Marguerite était difficile à cacher.

A Champigneulles, il l'oublia et vécut l'instant présent aux côtés de son épouse. Avant de s'endormir, c'est à la petite fille qu'il songea, à cette petite fille portant une bien jolie parure et dont personne ne savait rien. Qui était-elle ? D'où venait-elle ? Et pourquoi cette famille avait-elle été décimée ?

5

Le lendemain matin, avant d'aller assister au défournement des pièces à la faïencerie, le duc et la duchesse se rendirent au chevet de l'enfant recueillie en forêt de Haye. Victorine achevait de l'habiller après avoir fait sa toilette. La petite fille ne pleurait plus, mais jetait des regards effrayés dès qu'elle voyait entrer quelqu'un. Victorine l'avait prise contre elle et caressait doucement ses cheveux pour la rassurer. La duchesse se pencha vers elle.

— Tu te souviens de moi, hier, dans le carrosse ?

L'enfant ne réagissait pas. Elle avait seulement levé ses grands yeux clairs et regardé ensuite Victorine, puis la duchesse. Qui croire ? Qui allait la protéger ?

— Victorine va te soigner, tu guériras. Et puis tu viendras dans notre grand château.

— Le docteur dit qu'il ne faut pas la fatiguer, rappela la comtesse restée à la porte. Nous allons faire de notre mieux. Je ne suis pas certaine que cette enfant comprenne le français.

Victorine suivit les prescriptions du médecin, mais vers le milieu de la journée elle trouva l'enfant agitée dans son sommeil. Elle toucha son front avec inquiétude. Il était chaud. Alors, elle resta près d'elle à lui poser des compresses trempées dans un bain de camomille et de tilleul. Puis, comprenant que la petite délirait dans son sommeil, elle fit ce qu'elle avait toujours vu faire en pareilles circonstances : elle enveloppa la fillette dans des linges humides. Puis elle réclama du vinaigre en cuisine, en mouilla généreusement des serviettes épaisses et les posa sur les pieds de l'enfant pour, disait-elle, tirer le mauvais de la fièvre vers le bas. Elle se souvenait d'avoir ainsi sauvé sa filleule d'une vilaine fièvre. A tous ces soins, elle ajouta la prière. Elle implora Notre-Dame de la Pitié qu'elle promit d'aller visiter en sa chapelle près de la Meurthe, non loin de Bouxières-aux-Dames.

— Je vous en supplie, Notre-Dame, sauvez cette innocente ! N'ajoutez pas davantage de maux aux supplices qu'elle a endurés. Je lui parlerai de vous. Elle saura que c'est vous qui avez veillé sur elle.

Victorine entreprit alors de réciter *Ave* sur *Ave*, les entrecoupant de simples paroles de bon sens. « De femme à femme, pensait-elle, on se comprend. » Cette enfant devait guérir. Si elle avait été trouvée vivante sur le chemin, c'est qu'elle avait une mission à remplir. Victorine voyait ainsi les choses, le plus simplement du monde.

Elle savait que le comte et la comtesse reviendraient au château avec le couple ducal vers midi, sans doute émerveillés par ce qu'ils auraient observé à la faïencerie. Le défournement était toujours un grand événement. Pourvu, songea-t-elle, que les pièces posées sur les gazettes en terre réfractaire aient supporté la cuisson sans éclater ! Victorine avait eu le privilège d'assister en compagnie de ses maîtres à quelques essais. Elle songea également aux étapes suivantes. Par exemple l'émaillage des pièces, grâce à des solutions secrètes que quelques chimistes formés par Jacques Chambrette avaient mises au point.

Le duc et la duchesse de Lorraine avaient longuement observé les décorateurs, notamment Nicolas, très absorbé dans la reproduction de la couronne ducale qui ornait quelques plats destinés à présenter gibiers et volailles. Elisabeth-Charlotte s'était exclamée au risque de surprendre le peintre qui travaillait à main levée. Il devait rester maître de chaque geste pour se garder de toute maladresse. Léopold avait posé un doigt sur les lèvres de la duchesse pour calmer son enthousiasme. D'une voix plus basse mais teintée d'émotion, elle avait répondu :

— Cet homme est un artiste qu'il nous faudra récompenser, mon ami.

Si Léopold était heureux de voir son épouse ainsi ravie et comblée, il ne pouvait s'empêcher de songer au petit présent qu'il aurait eu plaisir à offrir à Anne-Marguerite. Déjà, il se surprenait à rêver. Fort heureusement, le comte de Fontenoy le ramena à la réalité en lui montrant des décorations inédites qui seraient tentées sur de nouveaux objets.

— Voyez-vous, nous pensons produire des encriers en faïence. J'ai fait quelques croquis d'un objet qu'il faut bien lourd, évidemment, pour qu'il tienne sur un bureau. Sur la gauche, le petit pot pour l'encre et, vers la droite, deux ou trois petits creux pour accueillir les plumes, dont on ne sait que faire en attendant qu'elles sèchent après le nettoyage. On ne sait jamais où les poser, et elles se dissimulent avec un évident plaisir à nos yeux sous les paperasses dont nos scribans sont encombrés !

— Quelle bonne idée ! Si les essais sont concluants…

— Naturellement, vous serez le premier servi, reprit le comte de Fontenoy à l'adresse du duc Léopold en lui adressant un coup d'œil complice.

Ce fut l'heure du retour au château de Lunéville. Léopold avait accepté que leur soit servie une collation avant leur départ. Il souhaitait être rentré avant la nuit tombée. Toutefois, il ne voulait pas partir sans avoir revu l'enfant de la forêt. Et surtout il espérait obtenir quelques indices nouveaux de ses enquêteurs partis tôt le matin dans les hameaux voisins. Avait-on vu passer ce bel attelage dont ne restaient plus que les quelques pièces et blasons d'argent et de cuivre qui décoraient les portières de cette voiture étrangère ? L'équipage était-il attendu non loin ? La voiture avait-elle fait halte ? Avait-on pu parler avec ses occupants ?

Les deux cavaliers s'en étaient allés jusqu'au relais de poste à la sortie de Nancy, à la croisée des chemins. L'un venait de Nancy par la route du sud. C'était la route de Vic par la porte Saint-Nicolas. L'autre, plus à l'ouest, à partir de la porte Saint-Jean, s'enfonçait vers la route de Toul et Metz en passant par Champigneulles et Vricourt.

Après une dernière promenade dans le beau parc et la visite à l'orangerie, le couple ducal était sur le point de quitter le château de Bas quand les deux envoyés du duc revinrent. D'un même saut, face à l'étang que Léopold regardait, ils descendirent de cheval pour s'approcher de lui du même pas déterminé. Le comte comprit qu'ils avaient récolté quelques renseignements d'importance. Le duc fit un signe discret au comte de Fontenoy qui les rejoignit pour entendre les nouvelles et décider de la conduite à tenir au sujet de l'enfant.

— Il faut veiller cette enfant. Je vais vous envoyer Antoine Bagard, mon médecin personnel. Cette petite doit vivre. Nous châtierons les coupables. Si cela est nécessaire, répandez le bruit que l'enfant recueillie est morte des suites de ses blessures. C'est sans doute le moyen le plus efficace de la protéger jusqu'à ce que nous confondions les monstres.

Le comte avait compris. Il n'en saurait pas davantage ce jour-là. Il ne pouvait qu'obéir. Mais la curiosité grandissait. Que savait le duc Léopold que lui, son ami, ne devait pas apprendre ?

6

Léopold avait pris place dans son carrosse auprès d'Elisabeth-Charlotte, dont le cœur s'était douloureusement serré en regardant la petite fille dévorée par la température tandis que Victorine lui bassinait le front. Certes, les assauts de fièvre semblaient moins forts qu'en fin de matinée, mais Victorine se méfiait, elle savait qu'à la tombée de la nuit la température remonterait. Il en était toujours ainsi. Elle recommencerait ses compresses de vinaigre appliquées sur les pieds de l'enfant.

La duchesse ne pouvait détacher son regard de la fillette que la fièvre agitait. Comment oublier Gabrielle, morte à l'âge de neuf ans ? Les boucles dorées de l'enfant de la forêt n'étaient pas sans lui rappeler celles de la jolie petite princesse trop tôt disparue.

« C'est un petit ange qui a rejoint les cieux, avait écrit sa mère. Là où elle va, elle protégera les autres princes et princesses. »

Mais secrètement son cœur de mère ne pouvait l'accepter. Trop de pourquoi montaient à ses lèvres. Et puis, la même année, il y avait eu Louis… Le duc

Léopold avait été très affecté par la disparition du petit prince âgé de sept ans. La Lorraine avait mis tellement d'espoir en Louis. Un si charmant garçon. Sa naissance et son baptême avaient été salués par un somptueux feu d'artifice en 1704. Cette même année, le nouveau château de Lunéville s'élevait pour faire oublier les restes de la demeure d'Henri II, ravagée par les guerres du siècle précédent.

Les Lorrains ne s'y trompaient pas. Leur souverain ne les oubliait pas. Pendant de trop longues années, ils avaient dû courber la tête, se taire pour survivre. Avec Léopold, ils retrouvaient la fierté qu'il avait fallu mettre sous le boisseau. Des jours meilleurs s'annonçaient. Le temps du bonheur était un espoir et non plus un rêve. La duchesse s'était réellement prise d'affection pour la Lorraine. Elle aimait cette région faite de collines rondes où coulaient les eaux de rivières généreuses. Et puis, assurait-elle, les habitants demandaient à être connus et reconnus. « Ce sont des gens simples mais tellement attachants », écrivait-elle à sa mère. Alors, du cœur de la souveraine qui avait partagé tant d'inquiétude aux côtés de son époux monta une ardente supplique au ciel : « Mon Dieu, sauvez cette enfant. Louis et Gabrielle, mes chers petits, protégez donc cette innocente. »

Quand, sous bonne escorte, les voitures eurent rejoint la route principale menant à Nancy, Léopold chuchota à l'oreille de son épouse :

— Nous en savons davantage sur cette horrible agression. Il semble que l'équipage ait été remarqué un peu plus de deux heures avant notre passage. La voiture a bien fait escale au relais pour le repos des chevaux. Vous aviez raison, on parlait étranger, le flamand, semble-t-il, mais également le français : l'une des deux jeunes femmes, très richement vêtue, s'exprimait parfaitement en français. « On aurait dit une femme de chez nous », a dit l'aubergiste. Elle servait d'interprète aux autres passagers. La jeune femme aurait confié à l'épouse de l'aubergiste sa hâte d'arriver. Encore quelques lieues, et elle serait en ses terres, un peu au-delà de Toul, où elle espérait retrouver sa famille. La petite fille et le jeune garçon devaient être ses enfants. L'autre couple paraissait au service de la jeune femme et de son époux, un homme soucieux.

— Ces renseignements sont précieux, glissa la duchesse. Comment vos cavaliers ont-ils pu apprendre tout cela ?

— Ma chère, ce ne fut pas évident. Au début, l'aubergiste et son épouse ne voulaient pas répondre à leurs questions. La peur. Il a fallu vider deux bourses et menacer de les arrêter s'ils ne parlaient pas.

— Mon Dieu, j'espère que personne ne leur voudra du mal.

— Rassurez-vous, mes gens ont été discrets. Vous savez bien comment ils procèdent. Ils ne les ont pas questionnés devant témoins. Je suis convaincu que nous retrouverons la famille de cette petite fille venue du Nord mais qui a de la parenté en Lorraine. Si sa mère parlait français, il y a de grandes chances pour qu'elle comprenne notre langue.

Par mesure de prudence, et par égard pour sa femme enceinte de six mois, Léopold décida de passer la nuit à Nancy. Il ordonna au cocher de diriger les attelages vers le palais ducal, non loin de la porte de la Craffe.

Deux cavaliers furent détachés pour aller prévenir les gens du palais de l'arrivée des souverains.

— Nous repartirons demain matin après la messe, décréta-t-il. Je ne veux point courir le risque de voyager de nuit jusqu'à Lunéville. Et puis vous êtes sans doute fatiguée, ma mie. Je pense à ce petit prince… Nous devons veiller sur lui.

Elisabeth-Charlotte fut reconnaissante à son époux de tant de prévenance.

Le palais ducal avait belle allure. Il avait été agrandi par Léopold dès son retour d'exil, en 1698. Sans l'occupation de la Lorraine par Louis XIV, Léopold l'eût sans doute habité. Des travaux restaient à faire pour le rendre plus confortable. Néanmoins, il convenait comme lieu d'étape. Quelques officiers français avaient trouvé à s'y loger depuis 1702. Ils se comportaient très correctement dans les lieux, et les appartements des souverains continuaient d'être entretenus et respectés.

Les voitures passèrent devant la porterie du palais ducal. Léopold ne manqua pas de lever la tête pour admirer la statue équestre du duc Antoine, l'un de ses courageux ancêtres [1], avant d'entrer dans l'enceinte du palais par l'étroite rue qui sépare le palais de l'église des Cordeliers – là où reposent ducs de Lorraine et princes de Vaudémont. Les deux voitures n'avaient pas fini de se ranger dans la cour d'honneur que quelques officiers français vinrent saluer le duc et la duchesse. Puis ils s'effacèrent discrètement pour laisser œuvrer le personnel attaché aux souverains.

1. Antoine de Lorraine, dit Antoine le Bon (1489-1544), duc de Lorraine et de Bar, épousa Renée de Bourbon en 1515.

Accueillis avec un empressement proche de l'emphase, Léopold et Elisabeth-Charlotte sourirent. Ils venaient peu au palais ducal depuis l'occupation française. Léopold appréciait la construction de la salle neuve de Charles III et secrètement projetait d'autres travaux. Il aimait la vaste galerie aux Cerfs, lieu de réception pour de prestigieux invités.

Des mains claquaient, des ordres se donnaient, on se hâtait, on se croisait dans des bruits d'étoffes lourdes qui se frôlaient et balayaient les dalles de pierre et de terre cuite du sol. C'est à peine si les bruits de talons se faisaient entendre tant les pas étaient rapides et pressés. Très vite, la chambre ducale fut prête pour le couple. On se dépêcha de préparer un repas que Léopold désirait simple. Le comte de Fontenoy avait déjà pris soin d'eux. Une soupe de légumes et un peu de volaille suffiraient à les rassasier. Une bonne nuit les remettrait sur pied pour affronter les charges dues à leur rang à la cour de Lunéville, où vivaient pas moins de cinq cents personnes.

La nuit ne fut pas réparatrice pour la duchesse Elisabeth Charlotte, qui dormit mal. Elle se plaignit de douleurs dans le bas du dos. De part et d'autre de la colonne vertébrale, des élancements venaient la pincer, disait-elle. Au petit matin, le duc s'inquiéta. Son épouse offrait un visage chiffonné aux lueurs du petit jour, et une pâleur accentuée marquait ses joues. La duchesse se tenait cambrée, une main posée sur les reins et l'autre sur son ventre qui pointait sous les étoffes de sa robe bleu nuit ornée de fils d'or qui soulignaient sa taille.

— Pourrez-vous supporter le voyage jusqu'à Lunéville ?

— Il le faudra. Ce ne sera rien en comparaison de ce que j'ai vécu en 1702.

— Ah ! reprit Léopold. Je n'ai certes rien oublié de notre épopée. Pour ne point croiser les soldats de Sa Majesté Louis XIV, nous avions décidé de nous établir à Lunéville où tout n'était que ruines, alors que vous étiez sur le point d'accoucher de Gabrielle. Mes souvenirs sont extrêmement précis.

— Les miens aussi, poursuivit Elisabeth-Charlotte. Chaque tour de roue déclenchait une si vive douleur que je croyais que l'enfant allait arriver, et il faisait froid en ces temps de Saint-Nicolas. Les premiers flocons d'un hiver précoce tourbillonnaient dans la bise glacée.

— Nous avons dû aller chercher une chaise à porteurs. Nos pauvres cavaliers se relayaient pour vous transporter. Une épopée qui a fait naître Gabrielle le lendemain.

— Au milieu d'un grand désordre et d'une froidure que je ressens encore dès que nous en parlons. Je ne voudrais pas revivre pareille épreuve, admit la duchesse en croisant les doigts et en levant les yeux au ciel. Ne vous inquiétez pas, mon cher époux. Tout ira bien aujourd'hui.

Elle tenait à rassurer Léopold qu'elle devinait inquiet.

— Fasse le ciel qu'il en soit ainsi !

— Il en sera ainsi. Je vous demanderai seulement la grâce de faire halte en chemin.

Son époux lui lança un regard interrogateur.

— Oui, j'aimerais que nous nous arrêtions à Saint-Nicolas. L'église y est magnifique. La nef a une majesté qui rappelle celle de Notre-Dame de Paris. Les rosaces de part et d'autre du chœur filtrent juste ce qu'il faut de lumière pour que la louange monte naturellement aux lèvres. La prière est aisée en ces lieux. Ne dit-on pas que les gargouilles qui entourent l'édifice, outre le fait de permettre l'écoulement des eaux de pluie, éloignent les mauvais esprits ? La prière y est de ce fait plus belle. Je voudrais invoquer le patron des enfants en son église, afin qu'il protège cette petite restée chez le comte de Fontenoy ainsi que nos propres fils et filles.

— Ce sera comme vous le demandez. Je joindrai ma prière à la vôtre, et Dieu, qui est bonté, nous exaucera.

Léopold regardait son épouse. Sans être d'une beauté parfaite, ses traits gardaient une certaine noblesse, et sa bonté d'âme éclairait son regard d'une intensité telle qu'il n'avait jamais regretté d'avoir cédé à la volonté du roi de France concernant cette union. Certes, Elisabeth-Charlotte était une Orléans, mais en s'unissant à Léopold, elle avait épousé très loyalement la Lorraine et ses habitants. Elle n'imaginait pas qu'il pût en être autrement. Elle s'était attachée avec force à son peuple dont elle aimait la simplicité. Il lui avait plu d'adopter leurs fêtes, leurs coutumes. Chaque fois que la chose était possible, elle quittait les appartements destinés aux grandes réceptions pour se promener dans les jardins et se rendre jusque dans les hameaux. Elle parlait avec son cœur aux uns et aux autres et s'essayait au patois que son mari parlait couramment, pour le plaisir, avec les paysans. Pour rien au monde elle n'eût voulu vivre à Versailles où, jeune fille, elle avait été admise. Elle s'amusait à répéter ce que les petites paysannes des environs disaient en riant : *Versailles, c'eto ben beau, nemme donc, mais c'est point pour no, on y fait ben trop de hâtis*[1]...

C'est avec nostalgie que Léopold vit s'éloigner sa capitale, lorsque les attelages, délaissant la porte Saint-Georges menant à Vic, franchirent la porte Saint-Nicolas pour emprunter la route de Lunéville, qui passait par Saint-Nicolas. Il put ainsi contempler tout à loisir les travaux entrepris dans la ville neuve. Du village de Saint-Dizier, qui avait été jadis rasé[2], il ne restait rien, ou si peu. Son père Charles V et toutes les personnes qui l'entouraient lui avaient maintes fois peint la capitale lorraine lorsqu'il était enfant et grandissait à Innsbruck. Charles V n'avait pourtant jamais vu la Lorraine. Il se la faisait raconter pour transmettre l'héritage du cœur, disait-il. A sa mort, son épouse Eléonore[3] avait pris le relais. Léopold n'était pas vraiment certain de la véracité de leurs souvenirs. Il lui avait fallu du temps pour comprendre que personne ne peut grandir sans un jardin de nostalgie, là où les âmes s'embellissent et se fortifient. Il pencha la tête par la fenêtre du portillon pour mieux voir sa capitale. De belles rues s'élançaient, des places s'ordonnaient. Des maisons avaient surgi un peu partout. Léopold essayait d'imaginer l'ancienne ville de ses ancêtres. Sans doute de vieilles pierres, des maisons basses, mystérieuses, inquiétantes parfois. L'actuel tracé des

1. « Versailles, c'est bien beau, n'est-ce pas, mais ce n'est point pour nous, on y fait bien trop de manières. »

2. Entre 1591 et 1598.

3. C'est elle qui œuvra après la guerre et au moment de la signature du traité de Ryswick pour que Léopold retrouve sa souveraineté.

rues, leur belle perspective avaient quelque chose de rassurant. La ville neuve s'offrait aux brumes d'automne qu'un soleil encore obstiné malgré la saison cherchait à percer. Le duc ressentit une certaine fierté et espéra une proche libération de la ville avec le départ des troupes françaises.

7

Pendant près d'une semaine, Victorine, relayée par la comtesse de Fontenoy, ne quitta guère le chevet de la petite fille trouvée sur la route de Toul. Gustave Chardot et Antoine Bagard, le médecin de Léopold venu de Lunéville, se consultaient régulièrement sur les soins à donner à l'enfant. Comme la plaie de sa bouche semblait cicatriser normalement, ils finirent par en déduire que la fièvre qui assaillait l'enfant par intermittence était due au chagrin ressenti et qu'elle ne pouvait exprimer.

— Cette enfant a vu s'ouvrir les portes de l'enfer, et l'enfer s'est refermé sur sa détresse. Mais il semble, confirma le médecin du duc, que cette petite fille va guérir tout à fait. Il vous faudra beaucoup de patience, dit-il à la fois à la comtesse et à Victorine, qui s'était attachée à l'enfant.

Victorine avait compris qu'il fallait communiquer avec la fillette, et pour ce faire, elle qui savait lire, se rendit chez le régent [1]. Il habitait une charmante demeure dans le haut du village, non loin de l'église paroissiale. Elle en revint avec un livre de contes écrits

1. Le maître d'école.

par un certain Perrault d'Armancour [1]. Le régent avait prévenu Victorine : « Ce sont des histoires de bonne femme qui devraient distraire votre nièce (il fallait garder le secret sur l'identité de l'enfant). Ainsi, elle s'ennuiera moins de sa maman. »

Victorine essayait surtout de savoir si la petite comprenait le français.

Elle se lança donc dans l'histoire du *Petit Chaperon rouge* qu'elle répéta plusieurs fois, prenant soin de s'arrêter toujours à l'instant où le loup arrive à la maison de la grand-mère. Victorine, qui se prenait au jeu de l'histoire, forçait sa voix, la faisait grosse et grave pour imiter le loup. Elle espérait ainsi faire réagir la petite fille, qui, à la troisième lecture, finit par émettre un son rauque et guttural indiquant la peur. Victorine put alors attirer la petite contre elle et la couvrir de baisers rassurants.

— C'est une histoire, seulement une histoire. Et ce n'est pas le loup qui gagnera. Viens plus près de moi et dis-moi si tu sais lire…

Victorine montrait les lettrines, en haut de chaque page, se trompant volontairement pour provoquer la réaction de l'enfant.

— I, disait Victorine en montrant un « A ». I ou O ?

Le regard étrange et étonné de l'enfant n'était pas significatif. Il fallait procéder différemment. Cette fois, Victorine pointa le « I » de « Il était une fois », et elle questionna :

1. Charles Perrault, auteur de contes pour Mademoiselle, la petite-fille de Louis XIV, avait préféré signer du nom de son fils, estimant ces histoires peu importantes pour un haut fonctionnaire de l'Etat qui venait d'entrer à l'Académie française.

— Est-ce un « I » ?

La petite fille acquiesça d'un ferme hochement de tête. Elle savait lire les lettres. Il fallait aller plus loin dans la vérification des connaissances de l'enfant. Sur une feuille de papier, Victorine traça toutes les lettres de l'alphabet et demanda à la petite de lui indiquer celles nécessaires pour écrire son prénom. L'enfant montra toutes les lettres de « Manon ». Emue, Victorine retint ses larmes.

— Ainsi, tu t'appelles Manon ? Mais Manon comment ?

Elle ne savait pas. Pas plus qu'elle ne sut dire le prénom ou le nom de sa mère. Elle montra seulement les lettres formant le mot « maman » et se mit à sangloter.

— Où est ta maman ?

Les pleurs de l'enfant reprirent de plus belle.

— Dis-moi, ma belle, dis-moi tout. Je vais te protéger.

L'enfant haussait les épaules et ne semblait pas comprendre où Victorine voulait en venir. Mais elle sut tracer avec beaucoup d'hésitation le chiffre neuf pour indiquer son âge.

Un grand pas était fait. Victorine se leva en la prenant à bout de bras pour la faire tourner dans les airs. Manon esquissa un sourire qui se perdit très vite dans le vague. Demain, Victorine recommencerait. Un jour, Manon raconterait son histoire. Il ne fallait pas en douter. En attendant, Victorine proposa à madame la comtesse de les accompagner – elle et Manon – à la chapelle de Notre-Dame-de-la-Pitié pour remercier la Vierge qui avait si bien veillé sur la petite. La comtesse de Fontenoy n'y vit aucune objection et trouva même l'idée charmante.

— Cette promenade fera grand bien à Manon. Le soleil est bien généreux en ce début d'automne. Les froids viendront assez vite. Qu'on nous prépare une voiture ! ordonna-t-elle, très enjouée.

Octobre était là, s'imposant doucement sur la Lorraine. C'était la première vraie sortie de Manon depuis le drame qui l'avait apparemment privée de ses parents, mais dont elle ne semblait pas souffrir – puisqu'on la voyait rarement pleurer. Cependant, quand on l'observait avec attention pendant de très longs moments, on notait chez elle une « disposition à l'absence ». C'est du moins ce qu'affirmait la comtesse. On pouvait parler de Manon en sa présence, évoquer le drame qui l'avait si cruellement frappée, l'enfant ne bougeait pas, ne tressaillait pas davantage. Pourtant, elle n'était pas sourde. Victorine le savait bien, elle qui lui racontait des histoires parfois féroces pour la pousser à réagir et à s'exprimer.

— Et si elle n'avait plus toute sa raison ? s'inquiéta la comtesse. La chose est tout à fait possible et a déjà été observée. Un grand choc peut être fatal à l'intelligence.

Victorine haussa les épaules. Elle ne croyait pas aux inquiétudes de sa maîtresse. Elle était certaine d'une chose : l'enfant avait besoin de sécurité et d'amour. Il fallait user de patience pour gagner son cœur.

La voiture avançait sur le chemin bordé de prairies où poussaient quelques arbres. La colline de Bouxières-aux-Dames s'offrait aux regards, tout comme l'abbaye des dames chanoinesses plantée à mi-pente sur la colline verdoyante. Ce fut vers la gauche que le cocher dirigea l'attelage. Non loin de la Meurthe, et avant le pont l'enjambant pour rejoindre Bouxières-aux-Dames, il s'efforça de diriger la voiture sur un sentier trop peu emprunté, à son goût, par les attelages.

— Je vais devoir vous déposer, mesdames. Vous finirez le chemin à pied si vous ne voulez pas verser dans la prairie ou les petits fossés encore emplis de vase après les pluies que nous avons subies la semaine passée.

La chapelle de Notre-Dame-de-la-Pitié s'élevait humblement au milieu de la nature. Un calme bienfaisant régnait à l'intérieur de l'édifice, dont la seule richesse était l'autel surmonté d'une magnifique pietà. Louise de Villelune et Victorine avaient poussé la porte en retenant leur souffle et en tenant chacune une main de Manon, étrangement silencieuse, mais qui regardait tout autour d'elle avec attention. Elle marchait du même pas que ses protectrices. Elle avait observé les deux femmes comme elles plongeaient la main droite dans le bénitier de pierre avant de se signer. Elle n'avait pas réagi quand Louise de Villelune avait tracé sur son front le signe de la croix en murmurant : « Que Notre-Seigneur te protège, chère petite ! »

Puis elles s'avancèrent dans l'allée pour aller prendre place au troisième banc et prier d'abord silencieusement avant de se livrer à la récitation d'un chapelet complet. Elles supplièrent la Vierge d'intercéder auprès du Seigneur tout-puissant. Elles demandaient la guérison de Manon. La petite fille les regardait. Tantôt l'une, tantôt l'autre, étonnée ou ravie d'être l'objet d'autant d'attentions. Mais elle demeurait étrangère aux suppliques des deux femmes. Louise de Villelune menait la prière en comptant le nombre d'*Ave* récités sur les grains de rubis du chapelet qui lui venait de sa marraine.

S'il faisait encore beau quand elles ressortirent de la chapelle, la fraîcheur se glissait déjà dans les derniers rayons de soleil dorant la végétation. Quelques fleurs s'obstinaient à fleurir avant l'endormissement de l'hiver. Quelques marguerites tardives se mélangeaient à du sainfoin qui avait repoussé après l'été. Manon se pencha pour les cueillir et en faire un bouquet. Elle vit les colchiques, sur les bords de la Meurthe, qui s'étalaient dans les prairies en vastes taches de couleur lumineuses. Mais Victorine l'empêcha d'en cueillir.

— Non, Manon, la racine de cette trop belle fleur et le fruit qui viendra au printemps contiennent du poison. Il ne faut pas y toucher.

Manon avait-elle compris ? Elle n'insista pas. Elle n'insistait jamais devant un refus. Elle rangeait son sourire dans son cœur, et son regard se perdait dans des contrées connues d'elle seule.

Lorsqu'elles arrivèrent au carrosse où le cocher les attendait sans impatience, la comtesse rompit le silence méditatif dans lequel Victorine et elle demeuraient depuis la prière à la Vierge.

— Victorine, dès demain, vous irez chez le régent et lui demanderez de venir instruire Manon au château deux fois par semaine. Nous le paierons pour son travail et sa discrétion. Mais cette petite doit apprendre à écrire. Ce sera le seul moyen d'obtenir son histoire.

— Si je ne suis pas indiscrète, madame, est-ce que l'enquête a progressé ?

— Fort peu, Victorine. C'est pourquoi il est important que Manon nous éclaire.

8

Joseph, le cocher, sifflotait en dirigeant les chevaux. Non loin de la chapelle, il avait aperçu celle qui depuis le printemps dernier faisait battre son cœur. Louise, la fille aînée du bourrelier qui venait parfois travailler pour le comte de Fontenoy, l'avait ensorcelé, disait-il. Il eût aimé qu'elle vienne se faire embaucher au château comme femme de chambre. Mais la jeune fille tenait à son indépendance. Depuis cette procession des Rameaux au cours de laquelle leurs regards s'étaient croisés, Joseph ne vivait plus que pour elle. Il espérait qu'elle partageait ses sentiments. Il n'était pas de jour où il ne se perdait dans des rêveries amoureuses, imaginant leur petite maison non loin du château. Il respirait déjà l'odeur d'un bon feu de bois dans la grande salle commune où trônerait une grande table en chêne, qu'il saurait fabriquer avec ses cousins charpentiers. Une belle table pour rassembler sa nombreuse famille. Il y aurait des enfants, les leurs, forcément. Et le fumet d'une soupe de légumes mélangés au lard fumé.

— Joseph, menez-nous vers la faïencerie, ordonna la comtesse. Il y a sans doute de nouvelles pièces à admirer.

Pas une seule fumerolle ne s'échappait de la cheminée du four, ce qui laissait présager un défournement en cours. La comtesse s'en réjouit. Elle avait hâte de voir les réalisations de Jacques Chambrette. Elle disait de lui qu'il était un faïencier audacieux et doué. Jour après jour, elle se félicitait de son arrivée. Elle songeait encore à l'impression qu'il avait produite sur le duc Léopold. Elle avait lu l'admiration dans le regard du souverain. Vraiment, elle avait été bien inspirée d'inciter son mari à se lancer dans la faïencerie. Pour l'instant, la plupart des employés recrutés par Jacques Chambrette avaient pu être logés dans les dépendances du château ou dans quelques auberges. Il faudrait favoriser leur installation définitive à Champigneulles et développer ainsi le village, situé à une lieue des faubourgs de Nancy sur la route menant à Metz.

La voiture s'était engagée dans l'allée bordée de charmilles aux feuilles déjà rousses pour s'arrêter à la hauteur des premières bâtisses de la faïencerie, où était entreposée une montagne d'argile que des manouvriers avaient apportée du flanc de la colline. A deux pas, la comtesse aperçut le broyeur. Deux chevaux de trait attelés actionnaient une gigantesque roue qui entraînait ainsi plusieurs jeux d'ailettes fixées sur un essieu dont le mouvement poussait la terre et le sable vers les meules puissantes qui happaient les matières à transformer. Un ouvrier bourguignon – compagnon de Jacques Chambrette – guidait et encourageait les chevaux dont on devinait la peine. On entendait le chuintement de la terre, du sable et du calcaire sur les ailes de bronze du broyeur. Il fallait obtenir une pâte fine, impeccable. Une odeur de terre chaude et mouillée alourdissait l'air et finissait par devenir entêtante si l'on s'attardait dans les lieux.

La comtesse demanda à voir Jacques Chambrette.

— Il est à l'atelier de peinture, répondit Claude Petitjean qui recueillait l'épaisse bouillie pour l'assécher en partie et la transformer en pâte épaisse destinée à être façonnée et tournée.

Claude héla Baptiste, un jeune apprenti à peine plus âgé que Manon.

— Conduis madame la comtesse et sa dame ainsi que la jeune demoiselle à Jacques Chambrette, ordonna-t-il.

— Ah, madame, il nous faudra frotter nos souliers avant d'entrer au château ! constata Victorine.

Louise de Villelune sourit. Elle reconnaissait bien Victorine et son esprit pratique.

— Ce n'est pas grave, Victorine, nous allons voir de si belles choses. Grâce à elles, Champigneulles rayonnera partout en Lorraine et jusque dans toute la France. J'ai vu les faïences de Rouen et de Nevers. Nous ferons aussi bien et même mieux. Joseph Chambrette, le frère aîné de Jacques, nous a rapporté quelques pièces de Montpellier et de Marseille. Nous les surpasserons.

Quand elles pénétrèrent dans l'atelier, Victorine sentit frémir la main de Manon dans la sienne. Elle se pencha vers elle et vit ses yeux s'agrandir. Une lueur qu'elle ne lui connaissait pas et qui semblait la ravir. L'enfant avait hâte d'entrer dans l'atelier. C'est elle maintenant qui menait Victorine. Elle voulait tout voir, tout regarder. Elle s'arrêtait, fébrile, devant chaque pièce, penchait la tête, tordait son petit cou pour observer avec attention chaque dessin. Puis elle se haussait sur la pointe des pieds pour mieux voir les vases et poivriers déjà réalisés et exposés sur des étagères. Jacques Chambrette, qui avait remarqué la curiosité de la fillette, la prit dans ses bras et la porta afin qu'elle pût contempler à loisir les modèles réalisés au grand feu. La faïence était blanche et décorée dans un camaïeu de tons bleus.

— Quel âge as-tu, belle enfant soleil ? murmura Jacques. Presque le même âge que Jacques, mon aîné. Sept ans, huit ans ? En tout cas, je lis dans tes yeux la même passion pour la faïence que dans les siens.

Jacques portait maintenant l'enfant à bout de bras, elle riait presque.

— Tu n'es pas bien lourde. Mon fils est plus solide. Quant à Claudine, ma fille, c'est déjà une belle plante bourguignonne, comme ses grands-mères.

Il reposa Manon à terre et expliqua ensuite à Louise de Villelune et à Victorine toutes les techniques de décoration.

— Tout cela demande une grande précision. Vous voyez ces « biscuits » déjà passés dans une solution émaillée au plomb et qui ont séché ? Leur aspect n'est pas lisse, mais poudreux. Donnez-moi vos mains, mesdames. Je vais vous faire constater la chose.

Ce faisant, il guidait les doigts des deux femmes sur un énorme vase sans doute destiné à recevoir les trésors d'un apothicaire. Elles effleurèrent les parois poreuses du vase.

— Surprises, n'est-ce pas ? Maintenant, observez le bout de vos doigts. Ils sont recouverts d'une fine pellicule de poussière. Eh bien, lorsque le peintre va poser son décor et travailler à main levée, il n'aura aucun droit à l'erreur. Car l'émail sec et poreux va immédiatement absorber la peinture. Aucune retouche ne sera possible. C'est le feu qui fixera définitivement le décor. Et la cuisson devra être régulière pour ne pas le déplacer, afin que l'aspect définitif le montre net et parfait. Il y a deux jours, quand nous avons démuré le four et procédé au défournement, la moitié d'une cuisson de poivriers et de salières a dû être jetée… Le décor était flou. Des lambrequins posés sur les biscuits il ne restait qu'un vague ruban bleu-noir baveux.

Dans différents tonnelets de bois, Louise de Villelune aperçut les peintures émaillées prêtes à être utilisées.

— Je vois du violet, du brun, du noir, du bleu… mais pas d'autres teintes.

— Ah, madame la comtesse, voilà mon grand souci ! Découvrir les couleurs qui vont résister à la cuisson grand feu sans noircir. André, que vous voyez un peu plus loin, est chimiste. Il est venu de Montpellier avec mon frère Joseph et tente d'appliquer de nouvelles formules secrètes. Tout est une question de savants dosages entre les différents oxydes métalliques.

— Sera-ce long ? s'inquiéta-t-elle.

— Je ne saurais vous dire. Nous tentons, Dieu fera le reste, admit-il en souriant.

Personne n'avait vu Manon se diriger vers Nicolas, occupé à dessiner de nouveaux lambrequins qui seraient reproduits sur des plats à poisson que Jacques

Chambrette projetait de réaliser. Elle se hissa sur le banc à côté de lui. Il la laissa faire et se poussa un peu pour qu'elle pût s'installer. Il lui donna une feuille de papier vierge ainsi que quelques crayons gras. Le sourire qu'elle lui adressa l'émut, et il l'encouragea du regard et de la voix.

En silence et avec une grande concentration, Manon s'exécuta et, très fière, tendit sa feuille à Nicolas.

— Eh bien, eh bien ! s'exclama-t-il, le souffle coupé. Je n'ai jamais vu une si petite fille dessiner aussi bien des oiseaux. Si madame la comtesse veut bien regarder.

Les yeux de Manon brillaient d'une joie que personne ne lui avait encore vue. Victorine sut immédiatement qu'elle parviendrait à faire s'exprimer l'enfant et à briser les murs derrière lesquels elle se retranchait. Elle s'approcha de Manon pour la féliciter.

— Nous allons retourner au château, tu pourras dessiner tout ce que tu veux, lui dit-elle.

— Eh ! ajouta Jacques Chambrette, soudain inspiré, si tes dessins sont aussi beaux que tes oiseaux, nous les reproduirons sur nos objets…

Surprise par la déclaration de Jacques Chambrette, Manon garda son crayon levé en l'air, suspendue à une réflexion secrète, avant de faire non de la tête en essayant de parler. Mais le son qu'elle émit se perdit au fond de sa gorge pour s'étouffer dans un sanglot. Victorine prit alors Manon contre elle et caressa ses cheveux pour l'apaiser.

— Nous rentrons, déclara Louise de Villelune, c'est beaucoup pour un seul jour. Elle est fatiguée.

9

A la demande de la comtesse, le régent venait deux jours par semaine afin d'enseigner la lecture et l'écriture à Manon, qui paraissait heureuse d'apprendre. Bien que docile et studieuse, l'enfant refusait cependant de s'essayer au langage. Chaque fois qu'elle tentait de communiquer avec Victorine, qui la persuadait d'essayer de parler en lui montrant qu'elle pouvait faire bouger les muscles de sa gorge, elle s'effrayait du son qui en sortait. Victorine s'efforçait de la convaincre que la chose était possible. Elle lui parlait sans se servir de sa langue. Elle prenait la main de Manon et la posait sur son cou pour articuler son nom.

— Tu m'entends, on peut parler, ça change seulement la voix, mais tu comprends ce que je dis. Essaie à ton tour.

Cependant, l'angoisse se lisait dans les yeux de l'enfant. Quelle était cette voix caverneuse sortant de sa gorge ? Des deux mains, Manon étreignait alors son cou pour l'obliger à taire cette voix si laide. Elle secouait ensuite la tête de gauche à droite en signe de négation. Victorine voyait les yeux de la petite s'emplir de larmes. Venait alors le temps de la consolation. Pour l'enfant, la vieille femme chantait la berceuse du prince qui ne verrait que sa beauté et sa chevelure d'or.

Malgré les efforts de Victorine, malgré la patience et la tendresse dont elle usait, Manon semblait sombrer dans une inquiétante langueur qui causait bien du souci à Louise de Villelune. La maîtresse du château s'interrogeait et s'agaçait à la fois. Manon ne manquait de rien. Elle devait s'estimer heureuse d'avoir eu la vie sauve et de grandir auprès de Victorine et d'Hubert, maintenant installés dans un appartement plus vaste au château de Bas. Constatant la petitesse d'esprit de sa maîtresse, Victorine haussait les épaules et, le soir, s'en ouvrait à Hubert, son époux.

— Cette petite est trop seule au milieu des adultes, Madame ne se rend pas bien compte. Manon n'est qu'une enfant qui a besoin de jeunesse.

Les enfants de la comtesse grandissaient à l'écart de Manon. Les rencontres entre eux étaient rares, voire exceptionnelles. Louise de Villelune restait sur ses gardes quant à l'enfant. Sa charité montrait quelque limite. On ne savait rien des origines de cette petite.

— Et puis, confiait-elle à son époux, le comte de Fontenoy, pour faire taire scrupules et remords, les enfants sont bavards. La discrétion sur cette petite fille trouvée s'impose, ne serait-ce que pour mieux la protéger, tant que l'on n'aura pas élucidé le mystère qui entoure la tragédie de la forêt de Haye.

— Nos gendarmes et ceux du duc sont persuadés que ces voyageurs n'ont pas été attaqués par des bandits de grand chemin. Cette famille a été victime d'un assassinat commandité. Vous avez raison, la sagesse veut que nous préservions cette enfant des regards indiscrets. L'exposer lui ferait courir trop de risques.

Confortée par son époux, Louise de Villelune pouvait se justifier auprès de Victorine. Mais Victorine voyait la pâleur de l'enfant et les larmes qu'elle versait certains soirs avant de s'endormir.

— Mais, madame, cette petiote s'étiole comme une plante qu'on n'arroserait pas... Elle a besoin de rire. Vous avez vu ses pauvres yeux. Que de tristesse les baigne ! Sans parler des cauchemars de la nuit. Souvent je dois me lever précipitamment pour l'apaiser.

Louise de Villelune détournait la conversation.

— J'ai vu le régent, déclara-t-elle un jour à Victorine venue faire quelques travaux de couture pour sa maîtresse. Il est satisfait de son élève. Certes, elle ne parle pas, mais elle commence à bien écrire et ce, sans faute. Elle sait lire et connaît ses prières, mais ignore le latin. Comme si cette petite était née protestante.

— C'est peut-être le cas, admit Victorine. Elle n'y est pour rien.

— Dans ce cas, puisque Dieu a voulu qu'elle vive, nous la remettrons dans le droit chemin, déclara la comtesse de façon péremptoire.

Victorine haussa les épaules et retourna à son ouvrage. Elle avait sa petite idée sur la question. Pour l'heure, elle terminait une jolie broderie sur un châle qui tiendrait chaud à sa maîtresse pendant les longues soirées d'hiver. L'après-midi, elle se rendrait à la faïencerie avec Hubert et Manon et demanderait à parler à Jacques Chambrette.

Hubert ne refusa pas d'accompagner son épouse. Il aimait rencontrer Jacques Chambrette et ses ouvriers.

Ce métier était passionnant, et il s'émerveillait des techniques et de l'alchimie dont il fallait user.

Hubert s'était attaché à Manon. Elle devenait leur fille, sorte de cadeau du ciel pour ce couple marié sur le tard et qui n'avait jamais eu d'enfant.

— Cette petite a besoin de nous, répétait Hubert.

— Ah, certes ! Et nous sommes bien partis pour ne plus pouvoir nous passer d'elle, répondait Victorine.

Après le repas, Manon accepta d'écrire pour Victorine, qui lui promit de l'emmener ensuite à la faïencerie.

— Peux-tu répondre à mes questions par écrit ?

Manon fit oui de la tête.

— Avec qui voyageais-tu quand s'est produit l'accident ?

— *Je ne sais pas*, écrivit Manon.

Surprise, Victorine poursuivit son interrogatoire.

— Sais-tu où tu allais ?

— *Non. Dans ma tête, il y a du vent...*

— Mais à moi tu peux tout dire, je suis là pour ton bien.

— *Je n'ai pas de souvenir. Sauf mon nom.*

Et Manon éclata en sanglots. Victorine n'eut pas besoin de lui faire promettre qu'elle disait la vérité.

— Le choc a été trop grand pour elle, glissa Hubert. Elle a perdu la mémoire.

— De quoi te souviens-tu ? risqua Victorine quand elle fut calmée.

— *J'ai ouvert les yeux sur la duchesse. Je me rappelle sa robe qui sentait bon, et toi.*

— Manon, tu vas me promettre une chose, si un souvenir te revient, dis-le-moi tout de suite. Ensemble, nous trouverons ton histoire.

— *Je cherche, je cherche toujours. Je me vois dans la forêt et j'ai peur. Dans ma tête, c'est du vent et des cris.*

Manon s'appliquait pour écrire, heureuse de montrer son savoir et de parvenir ainsi à s'exprimer. Victorine la prit dans ses bras. Manon se laissa aller contre elle et, pour la première fois, ce fut elle qui embrassa Victorine. Puis elle souleva les cheveux de Victorine, colla ses lèvres à son oreille et tenta d'atténuer l'aspect rugueux de sa voix venue de la poitrine pour qu'on n'entendît que son souffle. Alors elle put murmurer pour Victorine seule :

— Je t'aime très fort.

— Je suis aussi émue que lorsque tu m'as demandée en mariage, confia Victorine à Hubert.

— Tu ferais bien de te préparer. Il est déjà trois heures. Si nous voulons être de retour ici avant la nuit, qui tombe vite en novembre, il est temps de partir, gronda Hubert avec affection.

10

Hubert put s'entretenir longuement avec Jacques Chambrette. Il expliqua que Manon avait besoin de rencontrer d'autres enfants, mais qu'on ne pouvait pas la laisser avec n'importe qui. Il dit aussi que la petite fille aimait dessiner.

— J'ai remarqué cela l'autre jour. Il semble même qu'elle ait un réel don. Je peux vous proposer de lui aménager un petit endroit à elle ici, sous la surveillance de Nicolas, l'un de mes peintres et dessinateurs en qui j'ai toute confiance. Jacques, mon fils, qui semble s'intéresser au métier, sera souvent là. Il n'a qu'un an de plus que Manon. Ma fille Claudine est un peu plus jeune, mais elle pourra aussi venir. Mes enfants sont déjà fort raisonnables. Manon devrait se sentir bien auprès d'eux. Les soirs au château, il devrait également leur être possible de se retrouver. Nous verrons si la joie revient dans le regard de cette enfant. C'est cela que vous voulez ?

— Oui, mais il faudra agir discrètement, car madame la comtesse ne veut pas que Manon rencontre d'autres personnes que nous.

— Ma discrétion vous est acquise, Hubert. Je n'oublie pas le mal que vous vous êtes donné pour nous aider à nous établir quand nous sommes arrivés de Dijon, puis quand Joseph, mon frère, nous a rejoints de Montpellier. Nous sommes bien logés dans les dépendances du château de Bas, et mon personnel a trouvé à s'établir à Champigneulles dans de bonnes conditions. Pour en revenir à madame la comtesse, il suffit de nous amener la petite le mardi après-midi. C'est le jour où Madame s'en va à l'abbaye de Bouxières-aux-Dames. Je ferai reconduire Manon au château à l'heure où mes enfants retrouvent leur mère, vers les quatre heures de l'après-midi.

— Ce sera parfait, le régent arrive toujours un peu avant cinq heures pour lui donner sa leçon.

Manon s'entendait bien avec Jacques Chambrette père comme avec son fils. Souvent Claudine se joignait à eux. Les enfants dessinaient ou jouaient et parfois rendaient quelques services aux artisans. Ils passaient pots et pinceaux, ou rinçaient ces derniers. Pour Manon, Jeanne, la femme de Jacques, avait confectionné une ample blouse en toile de batiste bleu marine serrée au cou par un cordon et à la taille par une large ceinture.

— Il faut protéger tes jolis vêtements, avait déclaré Jeanne Chambrette avec affection. Victorine y fera des broderies si elle le juge utile, mais ainsi, comme Claudine et Jacques, tu pourras peindre sans risque.

Manon avait approuvé d'un signe de tête et, le soir même, elle tenta d'expliquer la chose à Victorine avec enthousiasme. Elle était si pressée que, pour la première fois, elle se risqua à émettre des sons avec sa bouche et sa gorge. Mais elle s'arrêta tout aussitôt en entendant le son de cette étrange voix.

— Continue, continue, tu y parviendras, disait Victorine pour l'encourager. Et plus tu t'exerceras, plus tu trouveras une voix que tu accepteras.

Victorine avait déplié la blouse destinée à Manon et la levait à bout de bras pour décider des modifications à apporter.

— Jeanne a raison, mais il faut également serrer les manches. Elles sont bien trop amples et risquent de s'accrocher partout.

Et Victorine eut soudain une idée.

— Voilà, déclara-t-elle, dans l'ourlet du bout de la manche, il suffit de passer une *coriatte*[1] et de la faire coulisser pour resserrer tes manches au poignet.

Elle se mit à l'ouvrage et veilla tard à la lueur d'un chandelier à plusieurs branches. Elle voulait aussi broder quelques fleurs sur le devant de la blouse, pour donner un peu de fantaisie, disait-elle, à cette toile sombre. Hubert souriait en voyant son épouse piquer et tirer l'aiguille dans l'étoffe à un rythme soutenu. Victorine, qui avait souffert de ne point avoir d'enfant, était en ces instants une femme comblée. « Il ne faudrait pas que l'on retrouve la famille de Manon trop vite, songeait-il. Elle aurait trop la *grieté*[2]. »

Au lendemain de la fête de Noël, le froid tomba brusquement sur la Lorraine en même temps que se

1. Une petite cordelette.
2. Trop de chagrin.

levait un méchant vent du nord qui mordait tout sur son passage. Les anciens avaient encore à l'esprit le souvenir du terrible hiver 1709 qui avait sévi à la fête des Rois. Cette année-là, on se souvenait des rivières gelées. On pouvait les traverser sans crainte aucune, y compris avec des attelages lourdement chargés, pour couper à travers la campagne. Même les plus grosses pierres éclataient sous l'effet du gel.

Si le froid s'était installé pour durer, il ne ressembla pourtant pas à celui de 1709. Et surtout, il avait pris par-dessus un sol enneigé. La terre avait déjà mis son manteau blanc, protégeant les semailles d'automne. Le comte et la comtesse ouvrirent grandes les portes du château de Bas à tout leur personnel. On fit du feu dans chaque cheminée. On se vêtit du mieux que l'on put. Les veillées étaient écourtées, et l'on se réfugiait dans un lit bassiné pour n'en sortir qu'à l'aube. On buvait chaud à toute heure du jour tisanes et décoctions variées, et chacun fouillait dans sa mémoire, ou dans celle des aïeux, pour se souvenir des grandes froidures.

Manon écoutait scrupuleusement les conseils de Victorine pour éviter la morsure du froid. Aux jours les moins rigoureux, avec la permission de la brave femme, elle se risqua jusqu'à l'étang en compagnie de Jacques Chambrette fils et de Claudine. Nicolas, le peintre, les surveillait de loin. Manon courait, quand son élan fut brisé net. Elle fit marche arrière pour se réfugier tout près de Jacques qui la dépassait d'une bonne tête.

— Qu'y a-t-il, Manon ?

Jacques lut la terreur sur son visage. D'un signe de tête, elle avait indiqué le sentier de l'autre côté de l'étang. Un sentier que l'on voyait bien, puisque la forêt était dénudée.

— C'est peut-être un sanglier ou un grand cerf qui est passé non loin. Tu sais, cela arrive quand les froids saisissent les bois. Les animaux sauvages s'approchent des habitations pour se nourrir.

Elle secouait la tête. Il ne s'agissait pas d'animaux. Elle n'aurait jamais peur des animaux. Elle se mit soudain à pleurer silencieusement, et Jacques ressentit une telle peine en elle qu'il la raccompagna jusqu'au château.

A Victorine, il expliqua l'effroi de Manon. La brave femme le remercia et offrit un lait chaud aux enfants avec quelques beignets qu'elle venait de préparer. Il fallait les réchauffer et faire oublier sa peur à la fillette. Plus tard, elle l'interrogerait, l'inciterait à dessiner.

Depuis une semaine, Manon faisait cauchemar sur cauchemar sans parvenir à exprimer l'angoisse qui la plongeait dans des sueurs nocturnes qui inquiétaient Victorine et Hubert. Le couple pensait à sa santé physique tout en sachant que ce n'était pas son corps qui était malade. Hubert savait que les hommes du duc Léopold étaient revenus au château et avaient demandé à rencontrer le comte de Fontenoy. Mais rien n'avait filtré de cette entrevue. Etaient-ils sur la piste des assassins ? Qu'avait-on découvert des origines de Manon ? De qui était-elle la fille ou la petite-fille ? Hubert, le concierge du château de Bas, était l'homme de confiance du comte de Fontenoy. Il s'arrangea pour que son chemin croisât souvent celui du comte et, à chaque fois, en profita pour évoquer Manon qui, selon Victorine, n'allait pas très bien.

Un jour qu'il vérifiait les serrures des portes d'entrée extérieures du château, le comte passa non loin de lui. Hubert avait levé la tête en entendant l'attelage s'approcher du colombier. Il avait bien sûr reconnu la voiture et les chevaux du maître, qui ordonna au cocher de marquer la pause. Le comte passa la tête par la portière du carrosse ornée des armoiries de la maison de Fontenoy, un lévrier d'argent en haut d'un blason sur fond d'azur, et parcouru de traits d'or vers le bas.

— Hubert, avant le souper, rejoignez-moi dans mon cabinet de travail, j'ai à vous parler.

Surpris par la demande, Hubert ne trouva pas les mots pour répondre au comte. Que lui voulait le maître ? Il rangea ses trousseaux de clefs et ses burettes d'huile dans l'atelier et rentra chez lui.

— Tiens donc, s'écria Victorine penchée au-dessus de l'âtre à vérifier la cuisson de la soupe, tu rentres déjà ? Tu n'es pas malade au moins ?

— Non, mais monsieur le comte m'a convoqué. Peut-être allons-nous apprendre quelque chose sur Manon ? glissa-t-il à voix basse à l'oreille de Victorine avant d'aller suspendre paletot et écharpe au clou de la porte.

— Ah ! fit Victorine. Pourvu qu'on ne nous reprenne pas la petite ! J'espère surtout que cette vérité lui sera profitable. Depuis quelque temps, ses cauchemars se multiplient. Des rêves atroces, dont elle a maintenant souvenance. Des hommes la poursuivent, couteaux levés, prêts à la frapper. D'autres la plaquent au sol. Elle voit une main épouvantable, dit-elle, qui s'abat sur son visage et l'étouffe. Et dans sa tête, reviennent les cris d'un homme attaché à un arbre qui supplie de ne pas lui faire de mal. Les rêves de Manon sont de plus en plus précis. Peut-être que sa mémoire est en train de lui revenir. Mais je me fais du souci. Manon est chaque jour un peu plus craintive. Une ombre de l'autre côté de l'étang, et elle reste prostrée pendant des heures.

Le cœur battant, Hubert grimpa le grand escalier de pierre. Il savait où trouver le cabinet de travail du comte. Il lui faudrait emprunter la galerie de gauche sur le côté est du château et frapper à la deuxième porte. De son cabinet, le comte avait une vue dégagée sur sa ferme et sur les prairies où, aux beaux jours, paissaient moutons et vaches. Le comte était fier de posséder une telle demeure, sise sur plus de soixante arpents [1] de terrain, et heureux d'y faire vivre autant de monde ainsi que de pouvoir y développer des industries d'avant-garde comme la faïencerie. Pour avoir été au service du duc de Lorraine, il avait reçu maintes confidences de celui-ci, homme épris d'idéal et d'humanité : « Il est bon, disait le duc Léopold, de s'endormir le soir quand on sait que son peuple n'est pas affamé ni soumis à l'injustice. J'en rends grâce à Dieu et le prie de me garder longtemps dans cet état d'esprit. » Le comte de Fontenoy caressait le rêve d'être dans ses terres tout autant apprécié par ses gens que le duc Léopold l'était par son peuple de Lorraine.

Parvenu en haut de l'escalier, Hubert marqua un temps d'arrêt, la main posée sur la rampe de marbre qui courait par-dessus les balustrades de pierre sculptée. Il leva les yeux vers le plafond orné de scènes champêtres et musicales. Puis il s'engagea vers

1. Un peu plus de douze hectares.

la galerie de gauche en retenant son pas. Peur de faire grincer le parquet, peur d'être importun.

Hubert et Victorine étaient bien logés au château. Leur appartement comprenait une cuisine-salle à manger bien décorée et deux jolies chambres avec cheminées de marbre. Peu de domestiques disposaient de pièces aussi vastes et aussi confortables. Certes, le relatif confort de l'appartement d'Hubert et Victorine supportait peu la comparaison avec les appartements du comte. Mais les dorures et les tapisseries ne manquaient pas. Ces vastes appartements à doubles portes n'étaient point pour les petites gens.

Hubert s'arrêta devant le cabinet de travail du comte. Il n'eut pas à frapper au battant, le comte l'avait laissé ouvert et l'attendait debout près de la grande porte-fenêtre. Une fois de plus, Hubert fut saisi par la beauté des lieux. Des murs immenses où pendaient de jolies peintures et gravures par-dessus lesquelles courait une frise de dorures représentant des angelots accrochés à des nuages. Un lustre magnifique portant des dizaines de bougies était suspendu au plafond et se reflétait dans l'immense glace biseautée qui terminait une superbe cheminée de pierre et de marbre. On venait d'allumer les chandelles, et les points lumineux qui dansaient dans le miroir donnaient l'impression que les angelots poussaient les nuages.

— Entrez, mon ami, fermez la porte et asseyez-vous près de la cheminée, dit le comte en le rejoignant. Ici, nous serons mieux pour causer. Ce que j'ai à vous dire doit rester secret. Jurez de ne rien révéler à quiconque de notre entretien, pas même à Victorine.

Stupéfait, Hubert resta bouche bée. Il avait confiance en son épouse. Depuis leur mariage, ils partageaient tout.

— C'est dans l'intérêt de Manon, insista le comte. Il faut nous aider. Le duc Léopold et moi-même avons besoin de vous.

Hubert se demandait déjà comment il allait faire pour répondre aux questions dont Victorine allait l'assaillir dès que Manon serait couchée.

Le comte avait pris une attitude de maître, le coude droit posé à hauteur de la taille et l'avant-bras relevé, l'index pointé vers le plafond. Il s'apprêtait à faire une confidence…

— Nous pensons connaître les origines de Manon. Mais nous ignorons encore pourquoi sa famille a été si sauvagement agressée. Car…

Le comte de Fontenoy s'était penché vers Hubert pour révéler le plus secrètement possible ce qu'il avait à dire.

— Mais, monsieur le comte, Victorine nous serait d'un grand secours, si elle savait, l'interrompit son employé.

— Non, Hubert, pas pour l'instant, car nous pensons, monsieur le duc et moi-même, que les gens qui ont commis ces crimes vont revenir pour se débarrasser de l'enfant. Nous devons confondre les coupables.

— Alors les ombres qui ont tellement effrayé Manon l'autre jour…

— Tout juste, Hubert. La petite n'a pas rêvé. Je vais faire renforcer la surveillance sur mes terres. Mais le domaine est bien vaste… Mes hommes ne peuvent être partout à la fois. Manon ne doit jamais aller seule.

C'est promis, Hubert ? insista le comte de Fontenoy en se levant et en lui tendant la main, puis en lui donnant une accolade amicale.

Hubert hochait la tête, méditant sur le poids du secret, sur le mystère entourant Manon. Dehors, la neige s'était remise à tomber. Il lui restait peu de temps pour aller graisser les dernières serrures des grandes ouvertures du château. Plus de cent portes à vérifier ! Il songea qu'il était sans doute plus facile d'entretenir un vaste domaine, de le préserver, plutôt que de garder un secret qui déjà pesait mille et mille livres sur son âme.

DEUXIEME PARTIE

1

Champigneulles, fin avril 1715

Le printemps éclatait partout en Lorraine. Répondant à l'invitation du duc Léopold, le comte de Fontenoy s'apprêtait à partir pour Lunéville. Il jeta un dernier regard vers les prairies où les pâquerettes fleurissaient et s'en réjouit. Les pâtures s'annonçaient belles pour le bétail qu'on commençait à ressortir après le long hiver. Les bourgeons semblaient dévorer les branches des arbres du parc. Les arbres fruitiers laissaient déjà échapper des bouquets de fleurs blanches et roses. Si aucune gelée ne venait contrarier le cours de la nature, on pouvait espérer de belles récoltes.

Le comte de Fontenoy avait inspecté avec fierté l'orangerie et la grande serre orientée au midi. Les fleurs que les jardiniers disposeraient dans les jardins, les bosquets et autour des jets d'eau avaient été bien soignées. Vraiment, il pouvait se féliciter d'avoir fait construire cette serre qui faisait l'admiration de ses invités, et notamment du duc Léopold.

De sa fenêtre, le comte constatait la fébrilité de ses gens réunis côté jardin, face au petit lac. On allait et venait, chargeant l'un ou l'autre des quatre carrosses qui partiraient vers Lunéville. Sous les banquettes de bois recouvertes de velours et de coussins de soie pour le confort des personnes, on avait glissé des caisses emplies de paille pour recevoir quelques pièces de faïence qui réjouiraient le duc. Le comte de Fontenoy imaginait déjà la joie de son souverain devant le porte-horloge orné d'un lambrequin très ouvragé où se mêlait le chiffre du duc de part et d'autre de la couronne ducale. Deux roses sur les côtés et, au milieu, un oiseau ressemblant à ceux que dessinait Manon, inclinaient à la rêverie. L'oiseau était si beau qu'on pensait à un oiseau de paradis, affirmait la comtesse de Fontenoy. Il y avait aussi quelques jardinières de belle taille : deux pieds [1] de hauteur et autant de large. Elles pourraient accueillir plantes et arbustes dépassant la toise [2]. Mais, dans ces caisses, Jacques Chambrette avait pris soin de mettre différents objets destinés à la table. Le comte de Fontenoy espérait combler son souverain. Et soudain, il fut gagné par l'impatience. Vérifier à l'instant que les cadeaux plairaient… Il eût aimé se trouver déjà à proximité de Lunéville. On disait le château magnifique.

Edifié sur un promontoire au confluent de la Vezouze et de la Meurthe, le château de Léopold faisait l'admiration de tous. Le souverain lorrain avait d'abord fait appel à des architectes locaux – Bourdier, Révérend, puis Dorbay – avant de prendre conseil

1. Un peu plus de soixante centimètres.

2. Environ deux mètres.

auprès de Boffrand, élève de Mansart, vers 1709. Très occupé, Boffrand venait rarement à Lunéville. Léopold lui faisait parvenir ses plans, qu'il approuvait ou corrigeait. Jusqu'en 1712, ce fut Christophe André, l'entrepreneur personnel du duc Léopold, qui se chargea de l'exécution des travaux. A sa mort, et sur l'insistance du souverain, Boffrand se rendit à Lunéville et constata la réalisation de ses plans. Une lueur de fierté se lut dans son regard. Ah, que n'avait-il le courage de rompre avec la vie parisienne et Versailles ! La Lorraine offrait de nombreuses possibilités de construction. Mais Boffrand aimait trop l'argent et les mondanités. Son travail à proximité de la cour à Versailles – et parfois à Paris – consistait à construire de somptueux hôtels qu'il vendait clefs en main à la noblesse et aux bourgeois qui rêvaient d'appartenir à cette classe.

Le comte de Fontenoy ferma la porte de son cabinet de travail et descendit. Il fit ses dernières recommandations à Joseph, son premier voiturier, qui remplacerait Hubert en son absence et veillerait sur le personnel.

— Ne vous inquiétez pas, monsieur le comte, dit Joseph qui se voulait rassurant. Louise m'aidera maintenant que nous sommes mariés et qu'elle a bien voulu me suivre. Au fait, vous avez remarqué comme elle s'est arrondie…

— La vie de château, dit le comte, d'humeur badine.

— Vous avez raison, monsieur le comte. C'est pour cela que Louise va me faire un beau petit gars pour les vendanges. Ce sera sûrement un gars.

— Tu prendras ce que le bon Dieu t'enverra, Joseph. Mais, dis-moi, est-ce que ta femme se plaît parmi nous ? Car si mes souvenirs sont exacts, avant de s'établir non loin de Bouxières-aux-Dames, ses parents travaillaient sur les terres d'un seigneur près de Toul ?

— Ah, monsieur le comte, la famille de Louise n'a pas eu le choix... Avec le nouveau seigneur de Vricourt, les choses ne se sont pas bien passées du tout ! L'ancien maître était un homme juste, mais il n'a pas eu d'héritier. C'est son beau-fils qui a hérité. Les parents de Louise ont préféré partir... Une fuite, même que ma femme vous racontera peut-être cela un jour, si vous le lui demandez. Car, sur le sujet, elle est plutôt réservée.

Le comte s'assombrit un instant avant de reprendre, très paternel à l'égard de Joseph :

— Nous en reparlerons à notre retour. En attendant, je te confie le domaine. Nous serons absents cinq jours. Mais si un problème survenait, envoie un coursier chez mon beau-frère, rue des Loups, à Nancy.

Le comte de Fontenoy attendait l'arrivée des quelques cavaliers du duc pour donner l'ordre aux équipages de partir. Le duc lui avait adressé un courrier en ce sens :

Mon ami, nous prendrons toutes les dispositions utiles pour protéger vos gens et vous-même. Vous ne quitterez pas votre château de Bas avant l'arrivée de mes huit cavaliers. Je vous souhaite bonne route et vous attends non sans impatience.

Votre ami Léopold, duc de Lorraine et de Bar.

Il y avait près de trois ans que le comte de Fontenoy n'était retourné à Lunéville. Il en avait admiré les magnifiques jardins en cours de réalisation sous la conduite de Yves des Hours et de Louis Gervais. Ce qui lui avait donné des idées pour ses propres jardins. Léopold était davantage venu à Champigneulles, une terre qu'il admirait.

Le comte se réjouissait donc des quelques jours qu'il allait passer à la cour de Lunéville. La famille Chambrette était invitée. Hubert et Victorine aussi, ainsi que Manon qui grandissait, toujours auréolée de son mystère et de ses silences.

On commençait à s'impatienter devant le perron, quand, de la rue, un bruit de sabots frappant les pavés se fit entendre avant même que l'on ne vît les cavaliers.

— Ils arrivent, ils arrivent, monsieur le comte ! s'écria le jardinier. Les voilà !

Droit et imperturbable, cérémonieux même, le comte attendait devant le premier attelage. Quand les cavaliers eurent pris place devant et derrière les voitures, le comte se hissa dans le deuxième carrosse à côté de son épouse, Louise de Villelune, excitée à l'idée de cette réception à la cour de Lunéville.

Dans la troisième voiture se trouvaient Victorine, Hubert et Manon, fort anxieuse. Tous ces préparatifs l'avaient angoissée. Victorine n'avait cessé de la rassurer et de lui affirmer que le chemin ne serait pas très long.

— Avant le soir, nous serons arrivés au château du duc de Lorraine.

Madame la comtesse lui avait fait faire une bien jolie robe de soie bleu pâle, avec un corsage en dentelle au point de Lunéville. Des épaules jusqu'à la taille, des rangs de perles or et argent dessinaient des bandes de lumière qui donnaient de l'éclat à son regard de ciel.

— Comme tu seras belle, Manon, pour paraître à la cour de Lorraine ! s'était exclamée Victorine en la conduisant chez la couturière pour les essayages.

Victorine imaginait sa belle petiote, comme elle l'appelait affectueusement, au milieu des jeunes princes et princesses. La fierté emplissait son regard d'émotion. Victorine insistait :

— Etre reçu à Lunéville est un grand honneur.

Elle joignait les mains et levait les yeux au ciel en guise de remerciements. Dieu était bon pour elle et la comblait de bienfaits. Fasse qu'il continue de protéger Manon ! Qu'il lui rende la mémoire et qu'elle soit heureuse, enfin !

Pendant tout le voyage, Manon laissa sa main droite dans celle de Victorine. A deux reprises, elle s'assoupit, la tête posée contre la poitrine généreuse de la brave femme qui percevait ses battements de cœur précipités. Elle l'observait. Trois ans avaient passé depuis la sinistre tragédie. Manon s'éloignait de l'enfance. Ses traits s'affirmaient. Les rondeurs de ses joues s'estompaient, et l'on percevait la grâce qui l'irradiait, mais dont elle se méfiait. D'un naturel très réservé, et parce qu'elle ne s'était jamais réellement habituée aux sons que sa gorge pouvait émettre, elle préférait le silence. Seule avec Victorine, elle conversait parfois, mais si peu, disait Victorine à Hubert. L'enfant préférait écrire. Victorine veillait toujours à ajouter dans les plis de ses jupes une poche où glisser un petit calepin et un crayon pour qu'elle puisse exprimer ses sentiments.

— Ce qu'elle a vécu sur cette route a dû être horrible, murmura Victorine à son époux. Trois ans ont passé, et dès qu'il faut voyager en dehors de Champigneulles, je retrouve mon pauvre petit oiseau perdu et blessé. Pourvu que tout se passe bien jusqu'à Lunéville ! Je serai rassurée quand nous passerons les grilles de la demeure du duc Léopold.

— Tout ira bien. Tu verras rire notre Manon au milieu de la jeunesse : les enfants Chambrette et ceux de la cour, qu'on dit accueillants.

— Puisses-tu dire vrai ! J'apprécie que Jacques et Claudine Chambrette se comportent en frère et sœur pour elle. Grâce à eux, un peu du chagrin de Manon s'envole parfois.

Hubert mit un doigt sur ses lèvres pour calmer son épouse, l'inciter au silence. Il redoutait de se trahir. Il n'avait pas oublié la conversation qu'il avait eue avec le comte avant le début de l'hiver 1712. Depuis qu'il avait reçu les confidences de son maître sur la filiation de Manon, il n'avait pas été sans remarquer des allées et venues inquiétantes dans les environs. Et il ne se passait pas de jour sans qu'il tremblât pour la sécurité de l'enfant. Ne servait-elle pas d'appât pour que les responsables de cette tragédie soient confondus ? S'il n'était pas vraiment d'accord avec la stratégie employée, Hubert mettait toute son énergie à resserrer la surveillance autour de Manon avec l'espoir fou de prendre lui-même les gredins et de leur faire passer des minutes qu'ils n'oublieraient pas. Il ourdissait en secret des tortures raffinées et s'en repentait en pensant à Dieu, seul maître des destinées humaines.

Les voitures allaient bon train. Les ordres avaient été donnés aux cochers. Il ne fallait point prendre de retard. Pour rejoindre la route de Lunéville, Nancy fut donc contournée, et le cortège passa par la porte Saint-Nicolas. Dans la légère brume matinale, de Nancy, on ne vit que les pointes effilées de quelques églises et la masse sombre du palais ducal.

La campagne s'étalait, pimpante. Peu de nuages dans le ciel, mais un soleil généreux qui prouvait que le printemps était à l'œuvre. Vers Saint-Nicolas-de-Port, on fit une courte halte afin de permettre aux chevaux de souffler et aux voyageurs de prendre une collation au relais de poste Saint-Christophe. Victorine s'occupa de Manon qui voulait satisfaire un besoin naturel. Mais à peine s'était-elle dirigée vers la cabane située à l'arrière de l'auberge qu'elle poussa un cri terrifiant, rauque, arraché avec douleur du fond de sa gorge. Elle perdit connaissance et s'affaissa sur le petit chemin. Qu'avait-elle vu ? Immédiatement deux cavaliers de l'escorte se précipitèrent et entreprirent d'élucider ce mystère. Victorine avait déjà relevé Manon et la portait à l'intérieur de l'auberge afin de vérifier qu'elle n'était point blessée. Une chose qui paraissait impossible, car ce chemin, très régulièrement emprunté, était parfaitement entretenu. L'aubergiste lui indiqua une pièce non loin des cuisines, mais suffisamment à l'écart de la salle commune. L'enfant fut allongée sur deux fauteuils. Une jeune femme apporta aussitôt quelques sels qu'on promena sous ses narines. Elle ouvrit les yeux ; l'expression de terreur qui y passa bouleversa Victorine et la jeune aubergiste.

— Qu'as-tu vu de si terrible ? demanda Victorine en desserrant col et ceinture et en palpant ses membres afin de s'assurer que rien n'était cassé.

Victorine pencha une oreille vers la bouche de Manon qui articula avec peine :

— Je veux t'écrire.

Victorine extirpa alors de la poche intérieure de sa jupe le calepin damassé rouge et le crayon glissé dans l'étui de cuir pour le protéger.

— Qu'on nous laisse ! demanda Victorine.

Encore tremblante, Manon écrivit :

— *J'ai vu l'homme du rêve, celui qui était attaché à l'arbre. Il était devant nous, derrière un buisson.*

— Ce sera quelqu'un qui lui ressemblait.

— *Je suis sûre que c'était lui.*

Les cavaliers avaient fouillé les alentours sans rien trouver. Ils n'étaient pas aussi catégoriques que Victorine. Pour eux, et ils s'en ouvrirent au comte, depuis le départ du château de Bas, ils avaient été suivis. Il fallait redoubler de vigilance.

Ce qui était nouveau, c'est que Manon restait perdue dans ses pensées. Avant de remonter dans le carrosse, Manon entraîna Victorine à l'écart pour lui dire, les lèvres collées à l'oreille :

— Maintenant, je me souviens : maman s'appelait Catherine, et ils l'ont tuée.

Il fallait apaiser l'enfant dont le chagrin montait du cœur.

— Je suis là, tu es ma toute petite. Que sais-tu d'autre ?

Manon haussa les épaules. L'angoisse se lisait dans son regard. Victorine la rassura en murmurant doucement à son oreille :

— Tout s'arrangera, ta mémoire s'ordonnera petit à petit.

Toutefois, Manon ne semblait pas pressée de retrouver la mémoire. Devinait-elle que la vérité lui serait cruelle ? Elle posa ses mains sur ses oreilles, ne voulant plus rien entendre. En même temps, elle ferma les yeux en secouant la tête. Elle agissait toujours ainsi quand elle voulait changer de sujet ou lorsqu'elle était fatiguée. Victorine était prête à intervenir, mais Hubert la retint.

— Elle a besoin de s'habituer petit à petit à ses souvenirs. Son passé vient de surgir brutalement et il lui fait mal. Laisse-lui le temps.

2

Lunéville, fin avril 1715

Les équipages allaient faire leur entrée dans Lunéville. Déjà ils avaient franchi la Meurthe. Bien que conçu pour supporter de lourdes charges, le pont de bois avait craqué dans un long gémissement lorsque le cortège l'avait emprunté. C'était l'un des derniers ponts de bois autour de Lunéville. Léopold avait entrepris de les reconstruire en pierre.

Le château de Lunéville n'était plus très loin. On venait de laisser sur la gauche le faubourg de Viller où s'élevaient moulins et fabriques. Puis ce fut une belle rue pavée et, sur la droite, l'église Saint-Rémy et l'hôpital, avant une immense place. Le château du duc Léopold se dressait sur la droite, et Victorine ne put s'empêcher de pousser un cri d'admiration. C'était la première fois qu'elle voyait l'ensemble des bâtiments.

— Mais c'est immense !

— On dit qu'à Versailles tout est plus grand encore, glissa Hubert.

Les attelages s'engagèrent dans la cour d'honneur avant de prendre sur la droite pour se diriger vers la chapelle et s'approcher ainsi des appartements des souverains. Le comte de Fontenoy et son épouse avaient eu le temps de jeter un regard sur les jardins et les bosquets ordonnés dans une perspective saisissante. Bassins et fontaines s'intégraient parfaitement entre bosquets et plates-bandes d'où jaillissaient quelques sculptures qui attendaient d'être examinées de près.

— Splendide, s'était exclamé le comte de Fontenoy, on se croirait presque à Versailles !

Il avait eu la chance de s'y rendre deux ans auparavant en compagnie du duc Léopold, et ce souvenir était resté intact dans sa mémoire.

Des domestiques s'affairaient nombreux pour accueillir et installer les invités du duc Léopold, qui viendrait, en compagnie de son épouse, leur rendre visite avant le repas qui allait les réunir dans les appartements privés. Madame la duchesse avait transmis ses excuses. Elle eût voulu accueillir ses invités, mais la petite Anne-Charlotte, qui commençait à marcher, avait besoin d'elle. Elle n'était pas encore sevrée. C'était une jolie petite fille qui la consolait de la perte de Gabrielle en 1711, année où Louis était également décédé. Anne-Charlotte était une petite fille qui avait du caractère, mais épuisait sa maman tant elle était gourmande.

— Si elle persiste, disait le duc Léopold en riant, nous devrons lui trouver une nourrice.

Mais la duchesse n'y tenait pas. Elle voulait nourrir tous ses enfants elle-même et veiller à leur éducation. Ne les envoyait-elle pas suivre les leçons de catéchisme à la paroisse comme tous les enfants de Lunéville ? Et comme toutes les mamans, dès que la chose était possible, elle allait les chercher à la fin de chaque enseignement.

Monsieur le duc et madame la duchesse étaient aimés de leurs sujets.

— Sont point *fiérots* [1], nos maîtres.

Ils n'hésitaient pas à se promener sans équipage et à pied dans les rues de Lunéville pour la plus grande joie de tous. Paysans, ouvriers, artisans n'hésitaient pas à venir au château pour évoquer un souci ou demander conseil. Tous savaient qu'ils pouvaient compter sur leur souverain.

Peu avant l'heure du repas, Léopold et Elisabeth-Charlotte vinrent frapper à la porte des appartements mis à la disposition du comte de Fontenoy et de sa suite.

— Ah ! Que nous sommes heureux, mon épouse et moi-même, de vous voir en ces lieux ! s'écria le duc Léopold. S'occupe-t-on de vous comme vous le souhaitez ? Vous avez dû trouver bien des changements, n'est-ce pas ? Il y a encore beaucoup à faire, mais de mois en mois, ce château devient agréable à vivre. Et malgré le départ des troupes françaises de Louis XIV, je n'envisage plus de m'établir à Nancy. Nous nous sommes attachés à ces lieux. Vous verrez, nous avons même une salle de spectacle. D'ailleurs, ce soir, nous aurons droit à un spectacle musical et dansé. Mais je bavarde, je bavarde, voici mon épouse, nos enfants, et Anne-Charlotte, notre petite dernière, un rien farceuse et coquine.

Près d'Elisabeth-Charlotte, un peu pâle, se tenait Léopold-Clément, prince héritier de Lorraine depuis la

1. Orgueilleux.

mort de Gabrielle et de Louis. Léopold-Clément était un bel enfant de huit ans. Son cadet d'un an, François-Etienne, avait également un physique agréable et beaucoup de charme, ce qui en ferait le préféré de la princesse Palatine. Les deux jeunes princes, qui avaient échappé à la surveillance de leur gouvernante, tournaient autour de leur mère. Les petites princesses n'étaient pas en reste. Elisabeth-Thérèse, quatre ans, faisait des grimaces et poussait son frère, Charles-Alexandre, âgé de deux ans et demi, pour faire rire la petite Anne-Charlotte. Victorine observait Manon qui ne perdait pas une miette du spectacle offert par la famille ducale. Les enfants Chambrette restaient sur leur réserve. Léopold dut insister pour qu'ils suivent les princes et princesses qui attendaient l'autorisation de leur père pour disparaître derrière une porte et aller jouer.

Victorine avait marqué une légère hésitation avant de lâcher la main de Manon.

— Ici, madame, votre petite protégée ne risque rien, déclara le duc Léopold.

Dans la même pièce de réception, une très longue table avait été dressée pour les adultes, et une autre pour les enfants, qui battirent des mains, heureux de participer à la fête. Ils avaient compris que l'emplacement de leur table – dans un angle, un peu en retrait de celle des adultes – leur permettrait de rire tout leur saoul sans risquer la moindre réprimande.

Ce fut un repas familial, sans grand protocole. En entrant dans la vaste salle à manger, Victorine vérifia une dernière fois la tenue de son époux. Bien que vêtue de sa plus jolie robe, jusqu'au dernier moment, elle avait nourri bien des appréhensions. Elle se sentit soulagée en découvrant sa place, à côté de Jeanne Chambrette qu'elle aimait beaucoup. Mais saurait-elle se tenir comme il convient à la table des « grands de ce monde », comme elle disait à Hubert ? Participer à un repas à la cour de Lunéville était pour elle un événement qui relevait du conte de fées… Certes, elle avait grandi au sein des meilleures maisons de Champigneulles. Marie, sa mère, avait été au service de la famille Mengin et avait servi Elisabeth de Chastenoy, une dame qui tenait son rang. De ce fait, Victorine n'hésitait pas à taquiner Hubert en lui disant : « Je n'ai été que pétrie de bonnes manières. » Mais ce soir-là, dans le faste et les lumières de Lunéville, son estomac se serrait. Elle se raisonna pourtant et finit par se rassurer. Son bon sens reprenait le dessus. Elle attendrait de voir comment se comportaient ces « grands » pour agir de même sans risquer le ridicule et la honte.

Jacques Chambrette avait été placé non loin du duc Léopold qui voulait l'entretenir de ce qui lui tenait à cœur, la faïencerie.

— J'ai visité la fabrique de Luigi Bellino, un céramiste installé dans le faubourg de Viller, glissa le duc. C'est à deux pas d'ici. Je vous y conduirai. Cet homme venu d'Italie a le sens des couleurs. Il fabrique de bien jolies choses et affirme que notre terre de Lorraine est bonne.

Jacques Chambrette ouvrait grandes ses oreilles. S'il aimait travailler pour le comte de Fontenoy, il caressait le rêve secret de le faire un jour pour la cour de Lunéville. Mais le temps n'était pas encore venu. Il lui fallait continuer à se perfectionner. Trouver la cuisson idéale pour que les couleurs rouges ne noircissent pas. Jacques Chambrette rêvait de pouvoir utiliser le rouge. Il voulait obtenir des faïences aux décors et couleurs multiples qui raviraient le regard quand on défournerait.

— Monsieur le duc, répondit Jacques Chambrette, monsieur le comte et moi-même vous avons apporté quelques belles pièces. Vous jugerez de nos progrès et évolutions. Nous les avons fait déposer dans l'antichambre.

— Vous nous comblez, mon épouse et moi-même. Si vous n'y voyez pas d'inconvénients, nous les admirerons juste avant le spectacle qui va être donné en l'honneur des habitants du château de Bas, déclara cérémonieusement le souverain.

Quand les caisses furent ouvertes, le duc et la duchesse ne cachèrent pas leur enchantement.

— Quel bonheur ! s'écria la duchesse Elisabeth-Charlotte. Ce porte-horloge est ravissant. Je suis certaine que monsieur Vayringe, le célèbre horloger de Nancy, qui travaille déjà pour Lunéville, pourra nous fabriquer une horloge sur mesure. J'imagine l'ensemble posé sur le rebord de la cheminée de notre grand salon. Ce sera du plus bel effet.

Les yeux de Jacques Chambrette brillaient autant que ceux du comte de Fontenoy, désireux de se concilier les bonnes grâces de son souverain.

— Il faut dire, admit le duc Léopold, que monsieur Vayringe possède un esprit d'observation, de création et de recréation extraordinaire. Mécanique, physique, tout l'intéresse. Demain, nous ferons une promenade dans les bosquets et je vous montrerai l'ingénieux système qu'il a mis au point pour faire jaillir l'eau des fontaines. Cet esprit-là est un don du Très-Haut. J'ai grande envie de le garder à Lunéville.

— Car c'est aussi un grand travailleur, reprit la duchesse. Quand monsieur Vayringe se trouve absorbé par son travail, il est impossible de l'en faire sortir. Il peut rester des heures penché sur ses compas et outils, toujours à faire et refaire ses calculs et ce, jusqu'à ce qu'il trouve très précisément ce qu'il cherche. Il ne laisse rien au hasard.

Assise entre les enfants Chambrette, Manon ne perdait rien du spectacle offert par le couple ducal. Elle fut très attentive aux intermèdes musicaux de monsieur Desmarets, l'un des compositeurs du duc. Quelques violonistes et flûtistes répondaient au clavecin. Pour mieux entendre, elle fermait les yeux, et Victorine l'observait. On eût dit que le pouvoir de la musique l'avait emportée en d'autres lieux.

Monsieur Regnault, disciple de Lulli, composait aussi pour le duc de Lorraine, et sa *Fête galante*, que Léopold fit jouer ce soir-là, le célébrait avec charme. Elle était l'occasion de faire chanter et danser toute la cour. On y voyait les pages de l'école des pages, travestis en bergers et ravis de se trouver sur scène. Cette *Fête galante* était une ode au bonheur. Les jeunes pages dansaient en compagnie des enfants de Lorraine. Les ballets étaient réglés par monsieur Magny, valet de chambre mais aussi maître à danser de toute la famille ducale. La charmante pièce se terminait par :

Faisons tous retentir notre bonheur extrême,
Un héros chaque jour nous comble de bienfaits,
Chantons Léopold à jamais,
Nous chanterons la vertu même.

Mais, pour la circonstance, le duc avait demandé que soit ajouté un couplet en l'honneur de ses invités :

En ce beau soir tout auréolé de gaieté,
Célébrons nos chers amis présents sous ce toit,
Le comte et la belle comtesse de Fontenoy
Tous deux protecteurs des arts et de la beauté.

L'entrée d'une jeune danseuse pour le finale avait provoqué un mouvement d'admiration. D'elle émanaient grâce et lumière. Le duc la présenta à ses invités.

— Voici la belle Adrienne Lecouvreur, aussi talentueuse que jolie. Depuis de longs mois, elle nous divertit. Sa renommée est telle que la cour de France la réclame, confia le souverain à ses amis. Mais, ce soir, c'est pour vous qu'elle danse.

Des applaudissements s'élevèrent tandis que les yeux de Manon s'emplissaient de sommeil. Victorine la porta jusque dans sa chambre, la coucha en effleurant ses joues et ses cheveux avec affection.

— Demain sera encore plus beau que ce jour, assura Victorine. Que Dieu et la Vierge te protègent, dit-elle en ajoutant une discrète onction au baiser qu'elle venait de lui donner.

3

Le soleil était au rendez-vous de la promenade organisée dans les jardins et bosquets du château. Le duc Léopold ne cachait pas son plaisir en montrant à ses amis l'étendue et la beauté de son domaine. Sur l'esplanade d'où l'on voyait les jardins jusqu'à Chanteheux, trois carrioles attendaient.

— Mais il fait beau, nous pouvons marcher, protesta le comte de Fontenoy.

— Certes. Mais quand nous aurons pris par la grande allée, et serons revenus par celle du canal pour ensuite nous en aller sur les bords de la Vezouze, vous regretterez d'être à pied. Je vous promets que nous aurons droit à une halte et ferons quelques pas là où vous le désirerez, car je suis certain que vous ne résisterez pas au plaisir d'admirer les merveilleuses statues exécutées par Nicolas Renard, qui doit nous rejoindre aujourd'hui. Croyez-moi, cette promenade en carriole n'en sera que plus agréable. Il me faut vous ménager, car je vous conduirai dans le faubourg de Viller dès demain.

Saisie par la beauté des lieux, Manon observait en silence. Quand les carrioles s'engagèrent dans les petites allées au milieu des arbres, elle perçut le chant des oiseaux que le printemps enthousiasmait. Elle leva la tête pour les apercevoir. Elle cherchait leur plumage, voulait découvrir et rencontrer des espèces extraordinaires pour les dessiner. Elle avait hâte soudain de rentrer pour faire connaissance avec le dessinateur et sculpteur Nicolas Renard que louait tant le duc. On disait que Renard avait appris le dessin de lui-même. Né à Nancy en 1654, il s'était expatrié à Paris pour œuvrer aux chapiteaux du Louvre. Le duc assurait que ses apprentissages l'avaient conduit à Rome et qu'il y était resté pendant trois ans. Il avait beaucoup travaillé. Et s'il voyageait souvent pour développer son art, il revenait toujours à la Lorraine, son pays, disait-il. C'est pour cela que le souverain lorrain l'avait nommé professeur de son académie de peinture et de sculpture : « Ainsi, cher ami, vous resterez parmi nous. »

Nicolas Renard, qui avait un peu plus de soixante ans, répondait d'ailleurs en riant : « Que monsieur le duc ne se tracasse point ! Je suis né à Nancy, et comme on revient toujours au pays qui vous a vu naître, c'est en Lorraine que je finirai mes jours. »

Reste qu'en ces instants Manon avait envie de connaître cet homme. Elle s'en ouvrit à Victorine et lui confia son désir de dessiner sitôt la promenade terminée.

— J'aimerais pouvoir te dire oui, glissa Victorine, mais je ne sais pas si la chose sera possible. Nous ne sommes pas chez nous, au château de Bas, mais à la cour de Lunéville, fit-elle en articulant la fin de sa phrase avec un respect si cérémonieux que le comte l'entendit.

— Quelque chose ne va pas, Victorine ? Manon serait-elle souffrante ?

— Non, monsieur le comte, elle va très bien, elle espère simplement rencontrer monsieur Nicolas Renard, l'artiste du duc, et dessiner. Vous connaissez sa passion.

— Qui s'appelle aussi « talent », « don du ciel ». Rien n'est impossible en ces lieux. Il y a ici bien moins de morgue qu'à la cour de France, assura le comte qui connaissait la cour de Versailles pour y avoir accompagné le duc. Je vais transmettre votre demande. Le duc est père de famille, les choses de l'enfance ne lui sont pas inconnues.

Nicolas Renard n'aurait jamais cru qu'une si petite fille pût dessiner avec autant de talent et d'inspiration, c'est le terme qu'il employa. Et pourtant, il avait voyagé, il avait vu de jeunes apprentis à l'œuvre. L'école italienne l'avait particulièrement intéressé, mais jamais encore il n'avait rencontré de petite fille connaissant aussi bien les couleurs. Pour elle, il ouvrit tous ses plumiers, toutes ses boîtes. Elle n'ignorait rien des bâtons de pastel et des sanguines. Elle battait des mains pour exprimer son plaisir. Les palettes lui paraissaient infinies.

Nicolas Renard s'était, lui, orienté vers la sculpture. Il avait décidé de consacrer la fin de sa vie au duc Léopold et travaillait à la réalisation de sculptures pour les jardins de Lunéville. En cette année 1715, il avait déjà établi le dessin d'une sculpture qui serait magnifique, disait le souverain de Lorraine qui ne doutait pas de son talent. Il s'agissait d'Hercule terrassant l'hydre de Lerne, ce monstre de la mythologie grecque à sept têtes de serpent. Nicolas Renard sculptait et, pour cela, il n'hésitait pas à parcourir la France afin de trouver la pierre qui convînt parfaitement à l'œuvre imaginée. Mais, pour son plaisir, il reprenait parfois ses crayons et pastels. D'Angleterre, où ils étaient très en vogue depuis près d'un siècle, il avait rapporté des crayons de plombagine, plus faciles à tenir entre les doigts que les bâtons de craie ou les sanguines.

Manon dessina des oiseaux pendant tout l'après-midi. Ayant compris qu'elle pouvait fort bien se débrouiller sans son aide, Nicolas Renard la laissa seule. D'instinct, il avait su qu'elle ne ferait aucune bêtise. Vers la fin de l'après-midi, il revint admirer ses oiseaux.

— Mais où as-tu appris à dessiner ainsi ?

Elle ne voulait pas parler avec son étrange voix. Elle prit une feuille de papier et, avec un crayon noir, écrivit :

— *Là-bas, très loin, près de la mer.*

— Où ? interrogea Nicolas.

— *Près de la mer et du vent.*

— Une mer où il y a le soleil ou bien une mer avec du froid et de la pluie ?

— *Une mer grise et froide, mais quand même où il fait beau.*

— Est-ce en France ?

— *Non.*

— Comment le sais-tu ?

— *Parce que je me souviens de maman qui parlait français avec moi, mais en même temps j'entends parler une langue que je ne comprends plus.*

Victorine était entrée et avait vu Manon en grande communication avec Nicolas Renard. Il semblait que l'enfant révélait des faits dont elle, Victorine, n'avait pas connaissance. Manon leva la tête et la vit. Elle lâcha son crayon et courut à elle pour se jeter dans ses jupes comme pour lui demander pardon. Le dessin avait créé une complicité entre Nicolas et elle. Le dessin l'avait reliée à son enfance dont quelques fragments venaient de resurgir. Nicolas et Victorine se regardèrent avec bienveillance. Nicolas croyait pouvoir dire d'où venait Manon. Il voulait aider Victorine, mais sans trahir la confiance de la petite fille aux cheveux de soleil, disait-il.

Il demanda à Victorine si elle possédait d'autres dessins de Manon pour les examiner. Il avait vu ceux qui avaient été reproduits sur les faïences exécutées par Jacques Chambrette. Et lui, qui avait voyagé en Angleterre et jusqu'en Hollande, commençait à avoir une petite idée sur la question. Il faudrait en parler avec le père Garaudin, un jésuite qui était allé jusqu'en Chine.

Quand Victorine se retrouva près de Manon, après le départ de Nicolas Renard, elle se risqua à la questionner. Mais Manon n'en savait pas davantage sur elle-même. Elle confirma se souvenir des brumes sur la mer et avoir entendu un parler étranger. De son enfance, le visage de sa mère avait émergé. Mais pas celui de son père. Elle disait voir un homme toujours en habit de voyage et une vieille femme, peut-être sa grand-mère, qui pleurait souvent. Victorine avait beau insister, l'enfant n'avait pas d'autre souvenir. Il y avait comme un trou noir. Du voyage qui l'avait ramenée en Lorraine, elle ne se souvenait pas. Pourquoi elle et sa mère avaient-elles quitté le bord de mer et les brumes ? Etaient-elles accompagnées par un homme ? Un voile noir tissé de cris était tombé sur sa mémoire.

Restaient l'atroce goût du sang et les nuits où lui apparaissait ce jeune homme attaché à l'arbre et qu'on avait battu. Ce jeune homme qu'elle était certaine d'avoir aperçu derrière l'auberge du relais Saint-Christophe.

Les questions de Victorine avaient fait monter les larmes aux yeux de Manon qui sanglotait, happée par un souvenir qu'elle ne comprenait pas. Elle eût voulu recouvrer l'entière mémoire pour chasser cette houle. Pourquoi dessinait-elle des oiseaux ? Où les avait-elle vus ? Ces questions-là résonnaient comme des marteaux dans sa tête et la plongeaient dans un désarroi immense qui ravivait son chagrin. Victorine tenta de la consoler.

Un jour, le soleil percerait la nuit de la petite fille, dissiperait toute brume. Alors les démons mis à nu gémiraient et pourraient s'en retourner à leur enfer, au néant.

4

Manon connut une nuit agitée dont Victorine ignora tout. C'était la première fois que la petite fille affrontait seule ses terreurs nocturnes. Avait-elle grandi ? Elle n'appela pas Victorine – son « bon ange », comme elle la désignait secrètement. Raidie dans son lit, elle se résignait à attendre la venue de l'aube.

Elle ne bougeait pas, retenait sa respiration autant que possible, les couvertures tirées jusqu'au menton. Bien sûr que la peur lui mangeait le cœur au point d'agiter son corps et de le soumettre à des tremblements insensés. Elle essayait de se dominer, en appelait à Dieu et à la Vierge. Il fallait remporter cette victoire. Etre la plus forte. Lui revenaient alors des impressions, des voix et, parmi elles, celle d'un homme, chaude et rassurante : « Il ne faut pas avoir peur, petite fille… »

La voix avait dit « petite fille ». Une voix d'homme, ça, elle en était certaine. Une voix d'homme qui parlait français, et non cette autre langue gutturale et chantante à la fois. Mais quand ? Et où ? Et pourquoi ? Il ne fallait pas dormir. Non, pas tout de suite. Le sommeil attendrait. Il fallait se répéter cette impression, l'imprimer dans sa tête, se la réciter jusqu'au petit jour afin de pouvoir la noter sur son carnet damassé. Le souvenir de la voix chaude avait un effet si apaisant que Manon se laissa aller et finit par s'endormir, s'offrant ainsi à ses rêves. Elle n'était pas au-dessus des eaux de l'étang de Bonne-Fontaine à voler parmi les oiseaux, mais elle remontait le cours d'une rivière. Peut-être était-ce la Vezouze, ou la Meurthe ? Elle ne savait pas. Au loin, perchés sur les toits d'ardoise du château de Lunéville, des milliers d'oiseaux l'attendaient. Le plus beau d'entre eux tenait un crayon. Un magnifique crayon de toutes les couleurs. Manon était certaine que ce crayon était pour elle. Puis les oiseaux battirent des ailes pour la porter jusqu'à la fabrique de céramique de Luigi Bellino, au faubourg de Viller.

Malgré une fine pluie qui s'était mise à tomber, Manon voulut accompagner les enfants Chambrette, les aînés des enfants du duc de Lorraine et Nicolas Renard dans le parc du château. Il ne faisait pas froid, et elle était certaine d'entendre chanter les oiseaux. Victorine la couvrit d'une longue cape de laine pourpre bordée de taffetas noir.

— Fais attention, et remonte tes jupes et tes jupons si le sol est boueux.

Manon se réjouissait à l'idée de cette promenade, et Nicolas Renard rassura Victorine. Rien de fâcheux n'arriverait à la jolie demoiselle. Il s'en portait garant.

Léopold-Clément et François-Etienne mirent Jacques Chambrette au défi. Lequel des trois parviendrait le premier jusqu'au bassin bordé de nymphes que le jet central inondait avec grâce ? Eblouie, Manon regardait courir les garçons que Claudine suivait avec l'espoir de les dépasser. Manon n'avait pas tenu à participer à la course. Elle encouragerait du regard les participants et donnerait un baiser au vainqueur. Elle avait une préférence pour Léopold-Clément. En ces instants, elle regrettait de ne pouvoir l'encourager de la voix, tant elle craignait le ridicule. En attendant le signal du départ donné par Nicolas Renard, Jacques Chambrette avait promis de courir pour elle. Il lui offrirait cette victoire. Mais, en cette matinée, c'est le baiser du prince que Manon désirait.

Elle reçut deux baisers, l'un de Jacques et l'autre de Léopold-Clément. Ils étaient arrivés ensemble en riant. Leurs mains avaient effleuré en même temps la pierre blanche du bord du bassin. François-Etienne avait abandonné en cours de route après s'être tordu la cheville. Et Claudine s'efforçait de le rassurer et de le complimenter. Sans cette bottine mal lacée, il eût gagné, elle en était certaine ! Eclats de rire du jeune prince : il avait l'habitude. Il fallait souvent laisser son aîné gagner. Sans doute serait-il le premier des duchés de Lorraine et de Bar, alors…

Nicolas Renard ne renonça pas au cours de sculpture qu'il voulait offrir à Manon et aux jeunes princes. D'autant que la pluie avait cessé. Il expliqua comment il travaillait les différents types de pierre. Il y avait des pierres dures, d'autres plus friables. Certaines avaient une couleur particulière, plus blanche ou plus dorée, comme dans la région de Metz. Ces pierres-là se travaillaient bien et prenaient magnifiquement la lumière. Mais, et c'était son interrogation première, résisteraient-elles au temps, au vieillissement ? Car les pierres, comme les humains, prennent les marques du temps. Les plus friables, sous l'effet des vents, redeviennent des petits grains de sable et se mêlent aux papillons qui expirent dans une folle et ultime danse. Nicolas Renard était poète, et les jeunes gens l'écoutaient avec attention. Les jeunes princes étendirent le bras droit et firent le serment que, devenus adultes, Nicolas Renard sculpterait pour eux. L'artiste en fut ému. Il remercia et fit gentiment remarquer qu'il avait déjà vu passer de nombreux printemps.

— Le temps que vous soyez installés dans votre cour, j'aurai dansé ma dernière danse et les pierres que j'ai aimées me garderont dans la terre.

Manon n'osait s'exprimer devant eux. Elle craignait de les choquer avec cette voix de fond de gorge qu'elle ne pouvait moduler. Elle vint simplement se poser à la droite de Nicolas et appuya la tête contre sa main. Dans son regard, Nicolas lut toute la tendre attention dont elle était capable et le plaisir ressenti d'apprendre... Le cours terminé sur la résistance de certaines pierres aux marteaux, burins et ciseaux qui les affrontent ou les effleurent – Nicolas avait conclu en évoquant la caresse et la mélopée des pierres –, les jeunes gens s'engouffrèrent alors dans les petites allées. Nicolas était resté pensif, appuyé sur le rebord d'un bassin. Les garçons précédaient Manon de loin, occupée à se fondre dans la verdure et à guetter les oiseaux. Elle se disait que dessiner un oiseau était relativement facile, mais le sculpter... Les jeunes princes et Jacques allaient toujours plus vite jusque vers Chanteheux. Avaient-ils oublié Manon ? Soudain, un cri d'une fulgurance glacée déchira l'air. Un cri épouvantable qui fit fuir les oiseaux. Claudine et les jeunes princes se souvinrent alors de Manon. Angoissés, ils revinrent sur leurs pas tandis que Nicolas accourait. La fillette gisait face contre terre. Nicolas Renard se pencha pour la relever. Son cœur battait – Dieu soit loué ! –, et elle n'était pas blessée. Que s'était-il passé ?

Nicolas affirma avoir vu passer deux ombres à proximité de Manon, mais il était incapable d'en dire plus.

— J'étais trop loin derrière elle, et en cet endroit le sous-bois est bien trop sombre pour que je puisse décrire avec certitude la scène.

Jacques Chambrette s'en voulut d'avoir oublié sa chère Manon.

— Tu es tombée ? demanda-t-il alors qu'elle reprenait ses esprits.

Choquée, elle ne pouvait répondre. Elle regardait Nicolas d'un air si douloureux qu'il en fut bouleversé. Il s'interrogeait. Qui donc pouvait avoir intérêt à poursuivre cette enfant ?

Au château, Manon put écrire ce qui était arrivé.

Un homme s'était dressé devant elle, menaçant.

— *Il a dit*, écrivit Manon à Victorine, *qu'il m'emporterait pour toujours au pays d'où l'on ne revient plus. Mais aussitôt un autre homme a surgi avec un chapeau à plumeau. C'était celui du relais, le même que dans mes rêves. Je n'ai pas vu son visage. Il a levé un couteau pour frapper l'autre homme, qui s'est enfui. Puis il a dit : « N'aie pas peur, petite fille, je suis là. »*

Informés, le duc Léopold et le comte de Fontenoy appelèrent Hubert, ce qui eut pour effet de mettre Victorine en colère.

— C'est quand même moi qui m'occupe de Manon ! grondait-elle en faisant les cent pas dans le couloir où avait lieu l'entretien.

Pour protéger Manon, elle entendait bien ne pas rester à l'écart de certaines confidences. C'était lui faire injure que de la laisser dans l'ignorance. De nombreuses querelles avaient déjà éclaté entre elle et Hubert qui s'était rendu à ses raisons.

— Tu diras à tes grands hommes que s'ils persistent à me traiter comme leur domestique dans cette affaire, je leur rends mon tablier.

Hubert avait souri, mais avait promis de transmettre la pensée de son épouse. Ce qu'il fit.

— Dans l'intérêt de Manon, avança-t-il.

Le duc et le comte avaient compris le message et firent entrer Victorine, qui tempêtait dans le couloir.

— Mes craintes étaient fondées, déclara le duc. Les ennemis des parents de cette enfant veulent aussi la faire disparaître. La menace de ce matin confirme ce que l'enquête nous a déjà appris. Il nous faut redoubler de vigilance. Ici, je dispose d'une garde d'une centaine de personnes, mais à Champigneulles comment ferez-vous surveiller Manon ? Vos terres les plus accessibles s'étendent sur près de soixante arpents, et il faut compter davantage : vos propriétés vont jusqu'aux fabriques, moulin, faïencerie, et jusqu'aux terres à vignes…

Le comte de Fontenoy avait cependant sa petite idée. Puisque suspects il y avait, il les ferait arrêter ou disparaître – il n'hésitait pas un instant en disant cela. Il était sûr de ses hommes. Ils agiraient très discrètement, dès que l'occasion se présenterait.

— Attention, prévint le duc. Il faut rester dans la légalité. Il y va de l'avenir de Manon qui, pour l'instant, et par des actes dont j'ai connaissance, est écartée de son héritage. Mon cher ami, ces brigands que vous ferez mettre aux fers ou enverrez aux galères ne sont que des hommes de main. Pour de l'argent et uniquement pour cette raison sordide, ils exécutent de basses besognes. Sans doute sont-ils laissés dans l'ignorance des motivations de ces actes insensés. Ce sont les commanditaires qu'il nous faut prendre. Nous devons les garder vivants pour les faire avouer afin de rétablir la justice.

— Et cet homme qui dit protéger Manon, faut-il le croire ? questionna Hubert.

— J'ai toute confiance en lui. S'il demeure dans l'ombre pour exercer sa surveillance, c'est à ma demande. Jusqu'ici, nous n'avons qu'à nous féliciter. Il a déjà fort bien agi. Sur lui, et c'est mon secret, je ne peux en dire davantage. Dès que la chose sera possible, je vous tiendrai informés.

Depuis ce qu'elle appelait l'affreuse rencontre dans le parc, Manon refusait de s'alimenter et regardait fixement vers les fenêtres et vers la porte de sa chambre. Elle n'avait même pas envie de dessiner. Il fallut déployer des montagnes d'arguments pour la persuader qu'elle serait davantage surveillée et que cet homme providentiel serait toujours là quand elle aurait besoin de lui. Nicolas Renard parvint à la tirer de sa profonde mélancolie en lui parlant des oiseaux reproduits sur les objets en faïence. Il allait lui faire rencontrer quelqu'un, un jésuite à qui on pourrait montrer ses dessins.

— Si tu es d'accord, dit Nicolas.

Après trois ans d'absence, le père Garaudin était annoncé. Il revenait d'un long voyage. Et dans les pays où il était allé, il avait vu de la vaisselle magnifiquement décorée de fleurs et d'oiseaux.

Un peu de lumière se mit à briller dans les yeux de Manon. Elle prit la main de Nicolas et l'embrassa avec affection. Le sculpteur en fut ému et ferma les yeux pour cacher les larmes qui lui venaient.

5

Le père Garaudin tenait les dessins de Manon devant lui et les examinait avec attention. Il se grattait la tête, puis le menton, réfléchissant longuement, quand soudain il s'exclama devant le duc Léopold, le comte de Fontenoy et Nicolas Renard :

— Cette petite a bien du talent. On peut même ajouter des dons certains. Serait-elle allée en Chine où elle aurait vu des soieries peintes, des assiettes de porcelaine si finement décorées ?

— Nous ne savons pas d'où elle vient, confessa le duc Léopold. Elle ne sait que son âge et son prénom. Nous l'avons trouvée dans la forêt de Haye, non loin de Nancy, après une terrible agression où, semble-t-il, ses parents ont péri. Bien évidemment, l'enquête la concernant se poursuit. Si elle pouvait se souvenir, nous gagnerions du temps. Nous avons des soupçons... Mais pas de preuves suffisantes pour la confronter aux gredins qui veulent la déposséder. Il n'est pas question de mettre sa vie en danger. Un homme a cependant été témoin de ce qui lui est arrivé. Le hasard a voulu qu'un jeune lieutenant français de retour d'une vague mission ou d'un rendez-vous galant

– je ne sais plus – passât par là. Il a vu les hommes guetter le carrosse dans le bois. Il a tenté de s'interposer et a failli y laisser sa propre vie. Il a supplié pour que l'enfant ne soit pas exécutée. L'enquête se poursuit. L'affaire est compliquée et relève de la justice française, bien que le crime ait été perpétré en partie en terre de Lorraine. Seule Sa Majesté le roi Louis XIV pourrait décider. Mais comme vous le savez, le roi, mon oncle par alliance, est très malade. On le dit même au bord de la tombe. Quoi qu'il en soit, ce jeune homme, le sauveur de Manon, s'est mis à mon service pour la protéger. Quand cette enfant atteindra sa majorité, par ordonnance, je vais devoir lui donner un nom, la faire exister, alors qu'elle est très probablement issue d'une des meilleures familles qui soient dans la région. En procédant ainsi, je risque de la priver à tout jamais de son héritage.

Le père Garaudin hochait la tête et regardait le sol.

— Je vous écoute, monsieur le duc, tout en pensant à cette petite à qui l'on a coupé la langue et qui a perdu ses souvenirs.

— Pas tous, coupa Nicolas Renard jusque-là silencieux. Elle dit qu'elle se revoit, enfant, près de la mer. Une mer de brumes…

— Une mer de brumes…

Le père Garaudin réfléchissait à voix haute.

— Mais alors, ce serait la mer du Nord ? Au-delà de la Flandre…

— Manon s'exprime très bien par écrit, précisa Nicolas Renard, puisque, dans son immense bonté, monsieur le comte s'est chargé de son éducation.

La reconnaissance flattait le comte de Fontenoy qui se redressa.

— Manon m'a donc expliqué que, là où elle vivait, elle a vu de la vaisselle magnifique, poursuivit l'artiste. Ce qu'elle dessine, c'est ce qu'elle connaît. Ces oiseaux étranges et ces hommes, elle ne les a pas rencontrés, sauf sur des gravures, des tableaux. Je suis prêt à le parier, car les maisons qu'elle décrit ne sont pas des maisons chinoises, mais des maisons comme on en trouve en Flandre.

— Accepteriez-vous, cher ami, de rencontrer Manon et de nous aider ? demanda le duc Léopold au père Garaudin. Et ce, très confidentiellement, naturellement.

— Je suis à vos ordres, monsieur le duc, et heureux de vous servir.

Mise en confiance par le duc Léopold, le comte de Fontenoy et Nicolas Renard, Manon dessina ses souvenirs de brumes. Le père Garaudin eut la certitude qu'elle avait vécu à Delft, où l'on faisait de la faïence depuis plus d'un siècle. Delft la belle, ville prisée de la Compagnie des Indes, qu'elle soit hollandaise ou anglaise. Le père Garaudin possédait quelques estampes chinoises et un joli cendrier de faïence où sur une barque un petit pêcheur œuvrait. La vue de l'objet fit jaillir un cri de la gorge de Manon. Elle avait vu des assiettes et des plats avec les mêmes motifs chez… Elle cherchait, cherchait…

— *Chez Greta, ma grand-mère*, écrivit-elle au bord de son dessin.

Et Manon se mit à dessiner une maison, puis deux, au bord de la mer. C'étaient des maisons de briques rouges au toit haut et pointu. Il y avait de petits ponts pour traverser les ruelles.

— C'est Delft, j'en suis certain, s'écria le père Garaudin.

— Et moi aussi, renchérit Nicolas Renard qui y était allé. Mais alors, si cette petite est hollandaise…

— Elle n'est pas seulement hollandaise, murmura le comte. Elle comprenait parfaitement le français quand nous l'avons recueillie.

— Fais un effort, Manon, insista Hubert. Te souviens-tu de ton père ?

Elle haussait les épaules. Elle ne savait pas. Dans ses souvenirs il y avait surtout des femmes.

— Et ta maman ?

Les yeux de Manon se voilèrent. Elle lâcha son crayon qui tomba à terre et se brisa. Elle posa alors la tête dans ses bras pour cacher le chagrin qui lui venait et qu'elle ne pouvait maîtriser.

Elle sanglotait sans aucune retenue. Sa tête était emplie du galop des chevaux qui avaient surgi pour faire s'arrêter la voiture. Manon criait plus qu'elle ne pleurait. Elle criait à en perdre le souffle. On appela Victorine pour tenter de l'apaiser.

— Je crois, madame, dit le duc, que nous saurons bientôt ce qui est arrivé à cette enfant et d'où elle venait. Que le Très-Haut nous assiste ! Ainsi, nous rendrons justice et châtierons les coupables.

Longtemps Victorine garda Manon sur ses genoux, ne cessant de la bercer et de lui répéter qu'elle l'aimait. Manon leva les yeux sur Victorine pour mesurer la réalité de l'instant. Une partie de sa mémoire venait de surgir. Il y avait le temps de l'enfance en Hollande. Elle ne pouvait plus en douter. Elle entendait les bruits du port ; c'était bien de Delft qu'il s'agissait. Elle en respirait les odeurs comme elle retrouvait soudain le chaud et bienheureux parfum de la maison de Greta. Elle se réfugiait à présent dans le souvenir bienveillant de Greta et de sa coiffe brodée. Elle revoyait la haute stature de cette femme élégante et altière qui régnait dans cette vaste demeure. Qui donc était la jeune femme assise devant un clavecin ?

La jeune femme jouait, le regard perdu dans le vide. Manon entendait Greta lui parler en français. Mais Greta butait sur certains mots, accrochait, hésitait et terminait dans sa propre langue avec une pointe de contrariété. Cette jeune femme au clavecin, Manon la voyait de dos, puis de profil. Un si joli profil. Un nez droit, des pommettes rondes. Sa coiffure élégante dégageait ses oreilles qu'elle avait petites et ornées de perles assorties à celles de son collier ras du cou. La jeune femme était vêtue d'une robe couleur or, brodée de fils d'argent et de perles noires. La robe s'évasait à partir des hanches et cachait ses pieds. Le tissu léchait le sol de marbre noir et blanc. Les dalles noires de ce sol étaient immenses et en accueillaient de plus petites, blanches veinées de gris. Parfois, la caresse des rayons de soleil qui se faufilaient par les petits vitraux des fenêtres les animait. Manon voyait maintenant les fenêtres aux vitraux opaques et aux couleurs jaunes où se mêlaient de fines arabesques de métal, de l'étain, sans doute. Manon n'aurait su le dire. Mais les fenêtres de la maison de Greta étaient très belles et donnaient aux pièces un air feutré, rassurant et chaud. Pourtant, la jeune femme assise devant le clavecin et qui jouait un air triste n'avait pas l'air d'y être très heureuse. Que lui était-il arrivé ? Manon voyait très précisément la scène, jusqu'à entendre la conversation entre Greta et la jeune femme.

« Ton pays te manque ? questionnait Greta.

— Oui. Oncle Henri. Il m'a aimée comme si j'avais été sa fille.

— Que ferait-il si tu revenais vers lui ?

— Il me chasserait, puisqu'*elle*, sa femme, le veut.

— Allons, tu as deux enfants. Henri était brave homme avec toi quand tu étais une enfant. Il serait heureux au contraire de voir tes deux petits.

— Lui, peut-être, mais pas *elle*. J'ai abandonné l'Eglise pour suivre Johann. »

« Johann ». La jeune femme devant le clavecin avait dit « Johann ».

Manon se redressa, prit les mains de Victorine et, de sa voix rauque, se mit à hurler.

— Maman, c'est maman !

— Oh ! Ma toute petite, dit Victorine en l'attirant à elle et en l'entourant de ses bras. Ecris, Manon. Ecris. Dessine tout ce que tu sais, tout ce que tu vois. Cela ira mieux ensuite.

Mais Manon ne pouvait pas, ne voulait pas. C'était trop tôt pour confier ce qui lui appartenait en propre et qu'elle redécouvrait. Elle voulait revivre ses souvenirs dans la grande maison de Delft. Elle avait vu Greta, elle avait vu Catherine, sa mère. Oui, c'est cela. C'était une certitude maintenant. Sa mère s'appelait Catherine. Et Johann ? Elle avait bien entendu ce nom. Elle n'avait pas rêvé. Qui donc était ce Johann ? Son père, peut-être ? Mais de lui, elle ne savait encore rien. Pas plus que de l'autre enfant dont avait parlé Greta. C'est bien ce qu'avait dit Greta… Manon fouillait ses souvenirs avec férocité. Le moment de savoir était enfin venu. Les crayons, pastels et sanguines l'avaient emportée presque malgré elle dans cet autre pays qui l'avait vue naître. Il fallait remonter le cours du temps, traverser les frontières. Elle n'imaginait pas que ce voyage intérieur pût être aussi douloureux.

Victorine percevait la détresse de Manon. Par égard pour elle, elle ne la força pas à se confesser davantage.

— Tu as raison, ma jolie. Prends ton temps, apprivoise ta vie et tes souvenirs. Tu ne seras jamais seule. Hubert et moi t'aimons comme la petite fille que nous n'avons jamais eue. Tu es notre plus beau cadeau. Nous t'aimerons toujours.

Victorine parlait, parlait. Elle aurait dit n'importe quoi pour consoler Manon, pour l'aider à sortir de ce drame, à guérir et à retrouver le sourire. Elle se tourna vers la Vierge. « Notre-Dame de la Pitié, n'abandonnez pas cette enfant ! Soyez compatissante et voyez sa détresse ! »

Longtemps Victorine berça Manon assaillie par les flots de son enfance avant qu'elle se laisse prendre par le sommeil.

Hubert entra dans la chambre et vit son épouse au comble de l'émotion, la fillette endormie contre elle. Délicatement, mais fermement, il prit Manon dans ses bras et la déposa sur son lit. Victorine délaça ses bottines, l'allongea au centre du lit et la couvrit en remontant les couvertures sur elle. L'hiver n'avait pas encore cédé la place. Les nuits d'avril restent fraîches en Lorraine. Victorine et Hubert contemplèrent un instant cette enfant, se regardèrent émus et sortirent sur la pointe des pieds alors que le soir tombait.

6

Le temps était au franc soleil. Un soleil d'avril si radieux qu'il incita Jacques Chambrette et son fils à suivre Léopold à pied dans les rues de Lunéville jusqu'au faubourg de Viller pour visiter la fabrique de Luigi Bellino. Ce n'était pas la première fois que le souverain agissait ainsi. Il n'ignorait rien du plaisir procuré aux Lunévillois qui n'hésitaient pas à quitter leur échoppe pour venir saluer leur souverain. Un souverain qui venait à eux le plus simplement du monde. Le duc aimait sa ville et ses habitants. Il ne voulait pas vivre à l'abri des regards. Ces rencontres étaient aussi normales que nécessaires. Car Léopold savait qu'il appartenait d'abord à son peuple.

Par mesure de prudence, Manon, Victorine et Jeanne Chambrette les rejoindraient une heure plus tard à la fabrique de céramique, mais en carrosse.

Jacques Chambrette n'avait pas assez de ses yeux pour tout voir. Ce que fabriquait Luigi Bellino était intéressant, mais demeurait éloigné de son travail à Champigneulles. Luigi Bellino tournait surtout des poteries, qu'il décorait et vernissait ensuite après cuisson. « De la belle ouvrage ! » disait Jacques

Chambrette qui pensait que l'Italien ne l'égalait pas. Il n'était qu'un artisan potier. Luigi avait-il lu dans la pensée de Jacques Chambrette ? Il prit un air mystérieux et déclara :

— Vous savez, monsieur Chambrette, je ne ferai pas cela toute ma vie. J'ai d'autres projets et je cherche comment réaliser mon « œuvre ».

Luigi aussi s'intéressait à la faïence. Il espérait s'associer à d'autres céramistes. Peut-être parviendrait-il à produire de jolies pièces finement décorées, émaillées ? Gestes à l'appui, Luigi racontait. Il y avait chez lui quelque chose d'attachant. L'enthousiasme mettait du feu dans son regard sombre et pinçait ses narines frémissantes. Avec infiniment de grâce, il joignait le bout de ses doigts pour retenir l'attention de Jacques Chambrette qui l'écoutait maintenant avec concentration. L'attitude de ce dernier avait totalement changé à l'égard de celui qu'il continuait d'appeler l'Italien. C'est alors que Luigi Bellino attira Jacques Chambrette pour lui parler en confidence de la terre des environs de Lunéville. Il avait vu, en se promenant dans la campagne, de belles veines argileuses d'une grande pureté.

— Vous voulez dire que cette terre serait de nature à permettre une production bien différente de la vôtre ? questionna Jacques Chambrette, vivement intéressé.

— C'est cela. J'aimerais que vous reveniez me voir pour juger par vous-même.

— C'est promis, dit Jacques Chambrette en offrant une poignée de main chaleureuse qui ne resterait pas sans suite.

— En attendant, je vais vous montrer mes essais de couleurs. Le mélange de quelques oxydes qui résistent bien à la cuisson et conservent tout leur éclat… Vous voyez cette amphore où se mêlent les rouges, les bleus et les jaunes. Pour y parvenir, deux ou trois cuissons ont été nécessaires après la pose du décor.

Jacques Chambrette ouvrait de grands yeux. Lui qui croyait avoir affaire à un simple potier découvrait un chimiste de talent, un chercheur et un créateur.

— Cuire trop vite, et surtout trop chaud, n'est pas bon, reprit Luigi Bellino. Mais cuire peu à peu selon les couleurs employées est excellent, surtout si la matière de base est bonne. Je veux parler de la terre. Je rêve d'aller vers le nord, à Delft, et même en Chine…

Jacques Chambrette écoutait la leçon. C'était promis. Il reviendrait à Lunéville.

Manon n'avait pas perdu une miette de ce qui s'était dit. Pourtant, elle était déçue. Il n'y avait pas d'oiseaux dans les décors de Luigi. Seulement de jolies fleurs ou de jolies femmes au profil parfait sous des branchages. Des femmes en attente d'amour. Attente… Ce mot eut l'effet d'éclairer soudain une partie de sa mémoire demeurée dans l'obscurité. Elle vit le visage de Johann s'éclairer en se penchant vers Catherine qui tenait un enfant.

Bien que Johann s'exprimât dans la langue de Greta, Manon comprenait parfaitement ce qu'il disait.

« Chère Catherine que je retrouve enfin ! Tes lettres m'ont appris la naissance de Pieter, qui a déjà un an. J'ai donc un fils, après notre fille. »

Johann avait rapporté des présents à toute la famille et parmi ceux-ci, dans une vaste malle, des vases ressemblant à ceux de Luigi. Johann revenait de Florence. C'était donc un grand voyageur, amoureux des choses de l'art. Manon s'efforçait de reconstituer son enfance en Hollande. Mais certaines pièces du puzzle manquaient. Qu'était-elle venue faire en Lorraine l'année de ses huit ans ? Qui donc était Catherine, sa mère ?

Manon évitait de songer à la forêt de Haye. A l'évocation du mot « forêt », c'était le goût du sang qui revenait empâter sa bouche. C'était ce jeune homme geignant attaché à un arbre... La voix du duc mit un terme à son voyage dans le temps.

— Il est temps de rentrer, déclara le souverain, satisfait de cette visite, car il avait lu le plaisir de ses amis dans leurs regards.

Il caressait le rêve de faire venir les Chambrette à Lunéville. L'entente avec eux pouvait fort bien déboucher sur une nouvelle fabrique.

— Oui, vraiment temps, nous allons repartir vers Champigneulles, reprit le comte sur un ton un peu cassant.

Il connaissait trop le duc pour n'avoir pas compris ses desseins. Mais, courtois, il ajouta :

— En espérant que vous nous ferez l'honneur de visiter nos fabriques, monsieur Bellino...

— Nous arrangerons cela, dit le duc avec un regard plutôt amusé où pointait un soupçon de malice. Je me rendrai bientôt chez mon ami le comte de Fontenoy et, je vous le promets, Luigi, vous serez du voyage.

— Ce sera avec joie ! Merci, mille fois merci, s'exclama Luigi Bellino, heureux à la perspective de voir le travail d'une faïencerie dont on commençait à parler dans la région.

La dernière soirée que passa Manon à Lunéville fut un enchantement. Malgré son jeune âge, elle eut le droit de participer au grand souper offert par le duc et la duchesse. Tous les notables et artistes avaient été conviés. La musique et la danse tenaient une place de choix au cours de ce repas. La cour de Lunéville savait s'amuser, mais « en tout bien, tout honneur », disait la duchesse informée de tout ce qui se passait à Paris et à Versailles grâce aux lettres de sa mère, la Palatine – ainsi qu'on l'appelait à Paris. Sa mère lui écrivait chaque semaine et se faisait un immense plaisir de lui rapporter quantité de ragots. Elle déplorait les mœurs françaises : *Un abaissement, un avilissement, ma fille, alors que dans notre Palatinat, on a encore quelque grandeur*. Pour elle, Paris, c'était toute la France. Certaines dérives l'inquiétaient. *Votre frère Philippe sera bientôt régent d'un royaume de débauchés*, écrivait-elle à la duchesse Elisabeth-Charlotte. Ignorait-elle que Philippe d'Orléans participait aussi à ces soirées où régnaient luxure et débauche ? Mais, par égard pour sa mère, le cher Philippe entourait ses frasques de silence. *J'espère qu'il saura, le moment venu, éduquer le futur roi. Pauvre enfant*[1] *qui n'aura pas eu le temps de l'être.*

Peu avant cette soirée de fête, la duchesse avait reçu une lettre de sa mère qui évoquait la nouvelle mode dans les palais et salons en vogue. Elisabeth-Charlotte se plut donc à observer les toilettes portées ce soir-là à Lunéville, et notamment celle de la princesse de Beauvau-Craon. Eh bien, ce fut une surprise ! La princesse avait fait une entrée remarquée. Elle s'était

1. Le futur Louis XV.

mise à la mode de Paris. Elle avait abandonné les hautes perruques qu'elle n'hésitait pas, il y a quelques mois encore, à afficher avec une superbe qui frisait l'insolence. Certes, Elisabeth-Charlotte avait, elle aussi, porté des perruques, mais de façon fort discrète. Elle s'était toujours refusée à arborer des « échafaudages », disait-elle, qui ne surprenaient personne mais risquaient d'atteindre un lustre. On disait que la chose s'était produite à Versailles, et qu'il avait fallu éteindre l'incendie de telle ou telle dame. La duchesse se faisait coiffer par sa première femme de chambre qui usait à merveille des fers à friser pour ordonner sa chevelure. Un ruban sombre orné de quelques pierres précieuses glissé entre nattes et boucles donnait charme et élégance à son visage.

Ce soir-là, la princesse de Beauvau-Craon était en beauté. Le bustier de sa robe rouge et or découvrait une jolie poitrine qu'un voile de gaze couvrait légèrement. Les manches de la robe, également vaporeuses, s'évasaient à partir du coude. Un joli maquillage avait poudré de rose ses pommettes, et un rouge vif soulignait ses lèvres un peu charnues, que, dans son sourire coquet, elle offrait tel un petit cœur. Elle était vraiment belle, désirable même, et ne le savait que trop. Elisabeth-Charlotte observa son époux avec attention. A deux ou trois reprises, elle le surprit admirant la princesse. C'était le regard d'un homme épris et qui s'en défend. Monsieur de Beauvau-Craon, ami du duc, non seulement n'était pas dupe, mais profitait de la situation pour obtenir des avantages non négligeables sur le plan financier. « Un orgueilleux, pensa Elisabeth-Charlotte, qui espère se faire construire des châteaux sur le compte de nos Etats. Et Léopold subjugué qui ne voit rien que cette coquette ! » La duchesse était lucide. Elle savait que le prince de Beauvau-Craon pouvait tout obtenir grâce aux charmes de son épouse. Elisabeth-Charlotte se reprit et inspira profondément pour chasser ses rancœurs, mais elle ne put s'empêcher de songer que la princesse avait mis au monde une petite Marie-Françoise Catherine [1] quatre ans auparavant. On la disait fort belle mais, hélas, déjà capricieuse et entêtée… comme sa maman. « Allons, se morigéna la duchesse en faisant un pas vers ses invités. Ce sont des pensées stupides que je nourris. » Elle afficha son plus beau sourire au moment où Léopold la regardait accueillir sa rivale. Elle comprit, excusa la faiblesse de son cher époux séduit, envoûté peut-être, par tant de grâce et de beauté. Il était inutile de l'accabler de reproches. N'était-il pas malheureux d'être la proie d'un sentiment qu'il ne parvenait pas à dominer ? Elle prierait pour lui afin que son cœur s'apaise enfin.

La fête donnée par le couple de souverains fut brillante et plut à tous. Tous feux allumés, le château resplendissait de loin. On parla de Versailles et de la maladie du roi entré dans la vieillesse, mais qui, soutenu par madame de Maintenon et les hommes de Dieu, se préparait à l'éternité. Il allait pénétrer dans l'autre royaume où son soleil brillerait moins. Il lui faudrait s'effacer pour paraître devant Dieu. Après avoir éduqué les bâtards du roi, madame de Maintenon avait veillé à tout. Elle avait pris soin du cœur, puis de l'âme de Sa Majesté qu'elle remettrait repentant entre les mains du Seigneur. Le salut était proche.

1. Future marquise de Boufflers et maîtresse de Stanislas.

7

Après concertation avec le duc Léopold, le père Garaudin et Hubert, le comte de Fontenoy avait donné ordre à ses cochers d'emprunter la route de la forêt pour arriver au château de Bas. Le même itinéraire qu'en septembre 1712. Victorine avait tremblé en apprenant la nouvelle. Hubert l'avait rassurée. Les chemins étaient maintenant dégagés, et un régiment de cavaliers du duc était parti en éclaireur afin d'inspecter les lieux. Par ailleurs, comme à l'aller, les trois carrosses seraient escortés.

— Tu as bien compris pourquoi il est important d'agir ainsi ? insista Hubert. Manon doit revoir les lieux. Peut-être que le déclic va se produire et que plus rien ne manquera à ses souvenirs.

— Tu causes, tu causes, mon pauvre Hubert. Te voilà dans le camp des grands de ce monde. Mais qui va consoler le chagrin de la petite ? Qui va la bercer ensuite pendant des heures ? Je sais bien qu'on ne peut pas vivre sans savoir qui l'on est, mais si c'est pour découvrir l'horreur, n'est-il pas préférable de demeurer ignorant de soi ?

— Je constate, ma Victorine, que tu sais aussi tourner ta langue dans ta bouche. Allons chercher Manon. Elle va s'impatienter.

— Que nenni, Hubert ! Elle a décidé de passer tout son temps avec Nicolas avant de partir. C'est presque une histoire d'amour entre eux. C'est à un point tel qu'elle délaisse Jacques Chambrette.

Hubert se mit à rire. Il aimait la fougue de Victorine qui serait allée au feu pour Manon. Cette petite, dans leur vie de couple, avait apporté le soleil et resserré les liens qui les unissaient. Secrètement, il bénit le ciel de les avoir ainsi comblés.

A Nancy, le convoi se dirigea vers la vieille ville en direction de la porte de la Craffe et s'arrêta peu après le palais ducal. Le comte avait faim, et un dîner [1] serait pris à l'Auberge des grands voyageurs, au coin de la rue du Maure-qui-Trompe et de la Grand-Rue.

— Monsieur le comte, dit l'aubergiste en s'inclinant dès que le comte eut mis pied à terre, vos hommes nous ont prévenus. Nous vous avons réservé la salle sur le côté, à l'abri des regards. Ne passez pas par la salle commune ! Vos voitures peuvent se ranger dans la deuxième cour, sur la gauche.

C'est ce qu'espérait le comte de Fontenoy. Il n'empêche que, sur le côté droit, dans le renfoncement d'une porte cochère à demi masquée par un lilas en bourgeons, Manon aperçut un homme, et sa main se figea dans celle de Victorine qu'elle ne quittait pas. Il en était toujours ainsi lorsqu'elle se trouvait dans un

1. Un déjeuner.

lieu inconnu. Victorine se pencha vers elle pour suivre son regard et comprit sa peur.

— Je suis là, ma douce. Hubert nous accompagne.

L'homme se baissa pour réajuster sa culotte dans ses hauts-de-chausse, et son chapeau le dissimula entièrement aux regards.

Quand Manon eut pris place à la table, elle essaya de murmurer à l'oreille de Victorine :

— Tu sais, je n'ai pas peur. C'est l'homme de mes rêves. C'est l'homme attaché à l'arbre, celui qui a levé le couteau à Lunéville pour me protéger.

Comme Victorine avait l'air de douter, plus déterminée que jamais, dans un souffle, les lèvres collées à l'oreille de sa protectrice, Manon ajouta :

— J'en suis sûre.

— C'est peut-être un galant qui attend sa belle.

Et c'est alors que Victorine n'en crut pas ses oreilles :

— Tu ne sais rien. Sa belle, c'est moi !

— Eh ben ! T'as pas froid aux yeux, ma petiote.

Et Victorine éclata d'un rire si joyeux et si sonore que Manon en fut presque vexée. Elle regretta de lui avoir fait part de ses états d'âme.

Le reste du chemin à parcourir pour arriver au château de Bas effrayait Victorine. Surtout depuis qu'elle savait par où passeraient les trois carrosses.

Elle ne se trompait pas. Les yeux de Manon balayaient alternativement les deux fenêtres de la voiture. Elle voulait tout voir, malgré la peur grandissante qui pâlissait ses joues et bleuissait ses lèvres.

— Peut-être auras-tu de nouveaux souvenirs, avait prévenu Victorine. Ne crains rien, nous sommes là.

Juste avant la clairière des Quatre-Sentes et après le bouquet de saules, l'effroi passa dans le regard de Manon. Et pourtant, le printemps était là, dans les bois proches et sur le bord du sentier. Pas une seule branche sans fleurs, chatons ou bourgeons. Mais Manon ne voyait plus rien que ce jour de septembre 1712. C'était là, avant le carrefour de la clairière. Elle ne se trompait pas. Elle savait, car elle ressentait l'atroce sensation entre sa langue absente et son palais empli de vide. Elle porta une main devant sa bouche pour ne pas vomir la bile qui lui venait. Victorine avait tendu de grands mouchoirs. La réaction de l'enfant fut terrible. Secouée de sanglots, Manon hoquetait de sa voix rauque. D'horribles spasmes à en perdre le souffle. Elle revivait la scène et ne pouvait supporter les hurlements de ces bandits.

Ces hommes n'avaient rien d'humain. Ils s'étaient jetés sur les chevaux pour briser leur élan et les obliger à s'arrêter. Ceux-ci s'étaient cabrés dans un hennissement de colère et de terreur mêlées.

Manon avait enfoui sa tête dans les jupes de Victorine pour échapper à cette scène qui surgissait avec une étonnante précision dans sa mémoire. Elle venait d'entendre claquer le premier coup de feu qui avait fait tomber le cocher. Au même instant, la porte de gauche du carrosse était arrachée avec une violence inouïe pour obliger Catherine, sa mère, et Johann, son père, ainsi que la jeune Birgitt à descendre. Ils avaient arraché Pieter aux bras de Catherine pour le lancer en l'air et le récupérer à la pointe de l'épée. Combien de fois jouèrent-ils ainsi avec l'enfant à peine âgé de trois ans ? Manon n'aurait su le dire. Mais elle se souvenait que Johann, dans le même temps, l'avait dissimulée aux regards de ces brutes. D'un « chut » autoritaire et d'un geste de la main vers le sol avant de quitter le carrosse, il lui avait interdit de crier et avait réussi à la faire se glisser sous la banquette tandis qu'il saisissait sa cape et la déployait jusqu'au sol. Le cœur battant à s'en déchirer la poitrine, Manon était restée cachée sous la banquette sans se plaindre. Elle avait entendu les monstres affirmer :

« Le maître a dit de les tuer tous.

— Pas les enfants ! » avait hurlé un très jeune homme. Mais qui était-il ? Et d'où venait-il ? Bravement il tentait l'impossible pour ramener ces brutes à la raison.

« Toi, tu te tais ou tu y passes aussi. D'ailleurs, tu en sais trop.

— Non, s'écriait le borgne. C'est un soldat français, on va avoir des ennuis.

— Votre maître n'a pas pu vous donner l'ordre de tuer des enfants, je le connais, reprenait le jeune homme.

— Tu sais tout mieux que nous, sans doute ? grogna l'un des hommes portant une large et vilaine cicatrice qui partait sous son œil gauche et allait jusqu'à son menton.

— Oui, ça va, le beau gosse. Mais le maître sait-il que sa garce de nièce a un enfant ? rugit un autre. D'ailleurs, tiens, tu le vois, l'héritier (il désignait Pieter). Le borgne s'en est occupé. L'est déjà avec les anges, grâce à nous ! »

Il blasphéma, ajoutant :

« Si tu vois le bon Dieu, gamin, prie pour tous les idiots de la terre. Que l'enfer soit un lieu où ils puissent encore œuvrer. Allez, le borgne, attache-nous ce fouineur, qu'il ne perde rien du spectacle. Tu lui couperas tout ce qui fait un homme, ensuite… mais rien ne presse, attendons d'avoir fini notre besogne. »

Pétrifiée, glacée jusqu'aux os, Manon ne bougeait pas dans le carrosse. Quand donc cette inhumaine boucherie cesserait-elle ? Elle avait l'impression que le temps s'était figé et qu'elle entrait dans un autre monde. Peut-être était-elle morte et déjà parvenue aux portes de l'enfer ? Elle sortit de sous sa banquette, risqua un œil au-dehors et vit l'inconcevable pour une petite fille : l'un des bandits, culotte baissée, s'acharnait sur sa mère, sans vie, sans doute, car elle ne criait plus. Solidement maintenu, Johann était forcé de voir l'innommable. Il suppliait, désirait le coup de grâce, qu'on cessât enfin ! Par la porte que ces brutes ne pouvaient voir, puisque le carrosse était mis en travers du chemin, Manon descendit. Elle restait ainsi à l'abri de leurs regards. Elle se jeta aussitôt dans le fossé ; personne ne la remarqua, sauf le jeune homme attaché à l'arbre.

« Hé ! le borgne, tu peux te servir ! fit le balafré en se relevant après avoir achevé sa besogne sur Birgitt qui geignait encore dans une mare de sang. Mais ne tarde pas. Nous irons ensuite jusqu'à la clairière des trois chênes pour mettre le feu à cette carriole, il ne faut pas laisser de traces. »

Manon avait envie de pleurer, mais le désir de rester en vie l'avait comme statufiée. Elle ne bougeait pas du fossé, retenant son souffle. Il fallait attendre que ces hommes s'éloignent. Ils prendraient les chevaux pour eux après avoir mis le feu au carrosse. Elle entendit décroître le pas des chevaux et s'éteindre les hurlements de ces hommes que rien n'apparentait à l'humanité. Ils avaient accompli leur sale besogne. Alors, la fillette se redressa et se risqua sur le sentier en détournant ses regards pour ne pas voir les corps bien-aimés gisant face contre terre dans un grand désordre et un flot de sang. Elle s'avança vers le jeune homme attaché à l'arbre et qui avait été battu. Le visage tuméfié, les vêtements déchirés, il se tortillait en tous sens pour essayer de se défaire de ses liens.

« Dans ma poche, il y a un petit poignard. Fais vite et sauve-toi, ils vont revenir et pourraient te tuer. »

Le cœur de Manon cognait si fort qu'elle crut que son petit torse allait exploser sous les violents coups qu'il donnait. Elle parvint cependant avec courage à trancher les cordelettes et à libérer le jeune homme. Déjà un bruit de pas se précisait en même temps qu'un juron se perdait dans les airs.

Le borgne était de retour pour émasculer « le grand sensible », comme il disait, quand il aperçut la petite.

« D'où elle sort, celle-là, elle faisait pas partie des passagers ?

— Elle est étrangère à l'affaire, hurla le jeune homme qui avait sorti son épée. C'est une petite fermière des environs…

— Ben, je vais lui ôter l'envie de se trouver là où il ne faut pas, éructa le borgne. Du moins l'empêcher de parler.

— Laisse-la tranquille, ou je te pourfends. »

Le borgne tenait en main un pistolet et tira. Le jeune homme tenta d'éviter le coup, mais s'écroula. Le borgne le crut mort et se jeta sur Manon. Elle se débattit, le mordit. Elle vit sa face hideuse et sa large main, tatouée d'un serpent sur la paume, qui s'abattait sur elle.

Après, ce fut le sang, l'atroce odeur du sang, en même temps que la douleur et la nuit. L'interminable nuit… et la solitude, immense, jusqu'à l'arrivée du duc Léopold.

8

Champigneulles, 1715

Manon savait presque tout de son histoire. Mais, dans la toile du temps passé, il y avait encore quelques trous à combler. Elle était incapable de se souvenir de son nom et du lieu où se rendaient ses parents avant la tragédie de la forêt de Haye. Elle s'était confiée à Victorine et à Hubert ainsi qu'au comte et à la comtesse de Fontenoy. Le sinistre maître qui avait ordonné l'odieux assassinat n'était pas un seigneur proche de Champigneulles, car le comte et la comtesse avaient fait l'inventaire de toutes leurs relations et connaissances, et leurs recherches n'avaient pas abouti. Aucune noble famille connue ne comptait une Catherine mariée avec un Hollandais appelé Johann. Une Catherine qu'on aurait attendue et qui ne serait jamais arrivée. L'histoire de Manon était, semble-t-il, étrange.

Quelques courriers furent échangés entre le duc Léopold et le comte de Fontenoy, qui apprit ainsi le prochain voyage du père Garaudin, à l'automne suivant. Un séjour en Flandre. Peut-être serait-il opportun de lui demander d'aller jusqu'à Delft et de se renseigner sur la famille de Johann ? Une famille qu'on pensait influente… Mais Delft, haut lieu de la faïence et escale de la VOC [1], était une grande ville rassemblant quantité d'artistes de passage et de nombreuses manufactures. Retrouver la belle dame Greta dans la grande maison décrite par Manon ne serait pas facile. Autant chercher une aiguille dans une botte de foin. Cependant, aucune piste ne devait être négligée. Les mois seraient longs à attendre ce voyage et les courriers du père Garaudin.

Manon avait repris ses activités à la faïencerie en compagnie des enfants Chambrette. Si elle n'oubliait pas son grand chagrin – car son regard continuait de se perdre dans les contrées du Nord, au bord de la mer et au milieu des vols d'oiseaux –, elle retrouvait peu à peu son sourire.

Jacques Chambrette père se réjouissait. Son fils était tout aussi passionné que lui par la faïencerie. De plus, la renommée de la manufacture de Champigneulles s'étendait. Les commandes affluaient. Toutes les grandes familles de Nancy voulaient posséder de belles pièces de faïence. On venait même de Toul et de Metz pour voir les beautés créées par son équipe. On était admiratif et on retenait son souffle lorsqu'on avait la chance d'assister au défournement. Un jour, un marchand vosgien se présenta pour passer d'importantes commandes, mais il demanda à Jacques Chambrette de venir poser un diagnostic sur la terre de Pexonne qu'on disait bonne pour être travaillée.

1. *Vereenigde Oost Indische Compagnie* : Compagnie hollandaise des Indes orientales.

Jacques Chambrette devenait le spécialiste de la faïence. Le comte de Fontenoy s'en réjouit, et décida la construction de nouveaux bâtiments afin d'accueillir un personnel plus nombreux.

Les dessins de Manon se faisaient plus précis depuis que son passé avait resurgi. Si elle continuait de dessiner des oiseaux, elle les plaçait dans des paysages de lumière, au bord de l'eau, au faîte d'arbustes ou encore au milieu de fleurs somptueuses.

— Il faut la laisser s'exprimer, déclarait Jacques Chambrette père, un jour, le nom de famille de sa grand-mère ou de sa mère lui reviendra.

Manon aimait également peindre des visages. Elle ne manquait pas de talent.

— Cette petite sera portraitiste, déclara Jacques Chambrette.

Elle disait non de la tête. Les oiseaux, les paysages avaient sa préférence. Pourtant, obstinée, elle poursuivait sa série de portraits de femmes. Et force fut de constater que ces femmes se ressemblaient. Manon les représentait âgées d'une trentaine d'années. Des femmes identiques, bien que vêtues de façon différente. N'y tenant plus, Victorine la questionna :

— Cette femme que tu peins sans cesse, Manon, c'est ta maman ?

— Comment as-tu deviné ? souffla Manon à son oreille.

— Parce que je connais ton cœur et tes préoccupations. Ce que tu as fait d'elle est superbe.

— Mais elle était ainsi. Tellement belle !

— Plus tu grandis, plus tu lui ressembles, ma douce.

— C'est ce que disait Greta.

Victorine en vint à penser qu'avec ces portraits on finirait bien par savoir qui était Catherine.

L'été 1715 fut très chaud, et il fallait beaucoup de courage aux ouvriers de Jacques Chambrette pour poursuivre leur travail. Dans les hangars envahis par une chaleur accablante, presque étouffante, les odeurs de peinture devenaient parfois intolérables, et, quand on murait le four avant d'allumer les feux, les hommes disaient perdre toutes leurs forces dans la transpiration. Mais il y avait plus grave. Préoccupé, Jacques Chambrette suivait toutes les étapes du délayage, du malaxage et du broyage aux moulins. Des phases de travail délicates, car l'humidité se devait d'être constante. Mais l'implacable chaleur sèche faisait évaporer l'eau trop vite. Et la barbotine, qu'il fallait travailler liquide, se transformait rapidement en une boue épaisse. Comment parvenir à un coulage correctement réussi ? Il y eut des jours où les ouvriers attendirent en vain l'orage et la pluie en scrutant le ciel.

Jacques Chambrette n'avait pas oublié les conseils de Luigi Bellino qui évoquait différentes cuissons possibles pour que les couleurs et la couverte ne glissent pas sur le biscuit, ne se mélangent pas et gardent leur éclat. Joseph, son frère, et le chimiste venu de Montpellier parlaient des métaux dont les composés étaient employés pour colorer les céramiques. Le cuivre, qui donnait certains verts allant jusqu'au bleu turquoise ; l'antimoine pour le jaune ; le fer pour le brun et le rouge si difficile à obtenir. Bien évidemment, il y avait le cobalt pour obtenir un bleu foncé, et le manganèse pour le violet. Mais il avait ajouté le chrome pour d'autres verts, des roses et le corail. L'étain donnait du blanc. En combinant le tout, on pouvait ainsi décliner une infinité de tons. Mais, jusqu'à présent, il n'avait réussi qu'un très petit nombre d'objets portant différentes couleurs. Il restait persuadé qu'il fallait améliorer la durée et la régularité des temps de chauffe. C'est alors que deux nouveaux ouvriers se présentèrent pour cette fonction. Ils disaient être frères, s'appeler Léon et Jules Bulleau et venir de Rouen. Comme Jacques Chambrette avait besoin de personnel, il les embaucha pour agrandir son équipe. Mais quelque chose le gênait chez Jules. Il ne parvenait pas à s'expliquer le peu de sympathie qu'il éprouvait pour lui. Un étrange et puissant sentiment de répulsion le submergeait parfois quand il croisait son regard. Néanmoins, il tenta d'oublier cette inquiétude, car les frères Bulleau travaillaient correctement et très consciencieusement à la fabrique.

Le 2 septembre, un cavalier venu de Lunéville demanda monsieur le comte au château de Bas. Il était porteur d'un billet du duc Léopold. Le roi de France était mort la veille. On le savait très malade depuis de nombreuses semaines. La cour s'était préparée à la disparition du monarque. Bien soigné et pourvu d'une résistance à toute épreuve, Louis XIV n'en finissait pas d'agoniser. Son état, devenu parfois sujet de plaisanterie, n'émouvait plus personne. En différents salons, on continuait à se réunir, à faire la fête. Mais quelles fêtes ? Celles que la morale condamnait.

Louis XIV mort, Philippe d'Orléans, le frère de la duchesse Elisabeth-Charlotte, devint officiellement régent du royaume de France. Comme prévu, l'essentiel de sa tâche serait consacré à l'éducation du futur roi. Agé d'un peu plus de cinq ans, le jeune Louis XV était-il conscient de la charge qui pèserait sur ses épaules ? Il ne serait majeur qu'à l'âge de treize ans, mais déjà le livre de son enfance s'était à jamais refermé. Ces événements avaient l'avantage de laisser la Lorraine sereine. Le duc Léopold savait que tout le temps que durerait la régence de Philippe d'Orléans, son beau-frère, il ne serait pas inquiété. Et il confessait se sentir soulagé. Louis XIV avait assez cherché querelle à son père, Charles V, qui jamais n'avait pu fouler le sol de la Lorraine. Charles V était, au dire de Louis XIV, son « meilleur ennemi ».

Le comte de Fontenoy rangea le billet du duc Léopold dans sa poche et se rendit comme prévu à la faïencerie. De sa main, Léopold avait écrit n'avoir rien à ajouter au sujet de Manon. L'enquête piétinait. Le père Garaudin était parti plus tôt que prévu en Flandre. Il se trouvait déjà à Delft d'où il avait écrit. Il avait rencontré de nombreux faïenciers dans cette ville aux charmes exquis, écrivait-il, mais n'avait, hélas, pas retrouvé Greta dans la grande maison dessinée par Manon. Avait-elle déjà quitté ce monde ?

9

Champigneulles, octobre 1716

Victorine et Hubert s'étaient absentés pour les funérailles de la mère de Victorine à Pont-à-Mousson, et les Chambrette avaient promis de veiller sur Manon qui passait l'essentiel de son temps à la faïencerie.

Occupée à mélanger certaines peintures pour obtenir un nouveau coloris, elle cherchait un bâton propre au fond de la petite réserve où Claudine les rangeait après les avoir nettoyés quand, de l'autre côté de la cloison composée de quelques tonneaux de bois empilés les uns sur les autres aux trois quarts de la hauteur de la pièce, elle surprit une conversation entre deux hommes.

— Il faut faire vite, le maître veut la mort de tous les enfants de Catherine.

— Mais cela a été fait, et tu le sais, il n'y avait qu'un gosse dans ce carrosse.

— Il est sûr qu'il y avait une fille. Selon lui, elle vivrait ici. Les parents de Louise, la femme de Joseph, ont travaillé au château de Vricourt autrefois. Louise était jeune, mais se souvient de tout. Pour elle,

Catherine, qui n'avait plus de famille, continuait d'écrire à son oncle. Elle avait confié avoir deux enfants. Le maître est prudent. Il veut pouvoir disposer de tout à Vricourt. Qu'un héritier surgisse, et il n'a plus droit à rien. Tu dois nous aider, tu es inconnu de la gamine, elle ne se méfiera pas de toi. Pense à la récompense du maître. Tu pourras être propriétaire de ta ferme sur les bords de la Moselle.

— Oui, mais la mort des gosses me gêne.

— Cela ne nous regarde pas. Le maître gère ses affaires comme il l'entend.

— Tu es sûr que la gamine qui vit ici est la fille de Catherine ?

— J'ai réussi à faire parler Louise. Elle est brave. Quelques pièces, et la langue se délie. Oui, c'est la petite à la langue coupée. C'est le portrait de Catherine.

— Mais non ! C'était une petite fermière, c'est même toi qui l'as raconté au maître... Il paraît que dans le carrosse il n'y avait qu'un jeune garçon que tu as fait passer de vie à trépas à la pointe de ton épée.

Manon retenait son souffle. Ces hommes, qu'elle ne voyait pas, parlaient d'elle. Si elle sortait de sa cachette, ils risquaient de l'apercevoir. Elle regarda autour d'elle. Elle était seule en cet instant. Et l'odeur de peinture lui montait à la gorge. Elle allait éternuer et elle serait découverte.

— Il faut la trouver. J'ai réussi à éloigner les autres enfants et Chambrette père n'est pas là. On peut donc agir. Elle ne doit pas être loin.

« Dieu du ciel, viens à mon secours ! implora silencieusement Manon. Notre-Dame de la Pitié... »

— Atchoum !

Elle ne pouvait se retenir plus longtemps. Déjà, l'un des deux hommes avait surgi. Elle reconnut le borgne et sa main tatouée d'un serpent. Mais Manon n'avait plus huit ans. Elle allait avoir douze ans à la fin de l'automne et elle avait pris quelques forces. Elle avisa un tonnelet de peinture rouge et le lança en direction des deux hommes en poussant un cri terrible. Le borgne fut éclaboussé de rouge, mais bien déterminé à l'attraper. Elle lança encore un autre pot, vide celui-là, avec l'espoir d'attirer l'attention d'autres ouvriers. C'est alors qu'un homme armé d'un pistolet apparut derrière les deux hommes. Un homme qu'elle reconnut à son chapeau orné d'un plumeau.

— Messieurs, ne bougez pas ou je tire ! Sauvez-vous, petite, dit-il à Manon. Ne craignez rien.

Une belle bagarre opposa les deux hommes au mystérieux protecteur de Manon. Le borgne – qui se faisait appeler Jules – parvint à prendre la fuite après avoir envoyé son couteau qui siffla dans les airs avant d'érafler légèrement l'épaule du jeune homme qui grimaça, sans cesser de tenir Léon en respect.

Celui-ci fut conduit devant le comte de Fontenoy. Interrogé, menacé de la corde, de l'écartèlement, il demeurait muet.

De lui, le comte ne put rien tirer.

— A ton aise, lança-t-il, excédé et menaçant. Tu iras moisir dans un cachot avant de finir aux galères. Je t'en donne ma parole. Tu seras encore interrogé demain et conduit devant les juges de Nancy. La nuit porte conseil. Peut-être changeras-tu d'avis et nous diras-tu pour qui tu travailles ? Cela t'éviterait bien des ennuis.

Il fut emmené provisoirement dans l'une des caves du château de Bas qui servait de geôle aux prisonniers, en attente de son transfert devant le prévôt de Nancy. Il y avait eu tentative de meurtre, et cette agression était liée à « l'affaire » – comme on disait, non sans frissons – de la forêt de Haye en 1712.

Le comte de Fontenoy avait donné ses instructions. « Qu'on surveille ce Léon ! »

Enfin, on allait connaître les tenants et les aboutissants de cette histoire. Il rassura Manon d'un ton paternel en posant sa main sur son épaule et la félicita en apprenant sa résistance.

— Ton courage sera payant. Les coupables seront punis. Devant le prévôt, Léon sera bien obligé de parler. A la prison de Nancy, on saura l'y obliger.

Mais la surprise fut immense lorsque, aux premières lueurs du jour, les soldats chargés du transfert du prisonnier pénétrèrent dans la geôle. Les gardiens jurèrent devant Dieu et la Vierge qu'ils n'avaient rien vu, rien entendu. Léon gisait à côté de sa paillasse, sans vie, une cordelette serrée autour du cou. Il ne s'était pas pendu. Il n'y avait aucun crochet, aucune poutre qui l'eût permis. Que penser alors ? Qu'il avait eu le courage – mais est-ce du courage ? – de mettre fin à ses jours ? Qui voulait-il protéger ? Etait-ce lui qui s'était infligé le suprême châtiment ou l'y avait-on contraint ? Le comte entra dans une grande colère. Avec la mort de ce gredin s'éteignait le seul moyen de comprendre enfin les raisons du danger que courait Manon.

— Ce n'est pas possible, répétait le comte. Sur mes terres, chez moi…

Qui avait fait mourir Léon ? Et pourquoi ? A qui se fier ? Qui, au château de Bas, se faisait le complice de ce sinistre « maître » ?

En l'absence de Victorine et Hubert, Manon fut accueillie chez les Chambrette où elle partagea le lit de Claudine. Avant cette agression, le soir, les deux filles pouffaient de rire sous les draps avant d'être saisies par le sommeil. Claudine aimait se moquer des jeunes gens de la faïencerie. Elle relatait les curiosités d'Antoine Lavocat, le fils de Jean Lavocat, maire de justice à Champigneulles et admoniateur du comte de Fontenoy.

— Il est très amusant, cet Antoine, disait Claudine, quand il vient fouiner à la faïencerie. Père dit que c'est déjà un savant. Curieux, toujours le nez dans les nuages et prêt à dessiner des machines qu'il veut inventer pour la faïencerie.

Mais, depuis l'agression de Jules et Léon, Manon écoutait d'une oreille distraite les babillages de Claudine. Elle l'entendait sombrer dans le sommeil, tandis qu'elle gardait longtemps encore les yeux ouverts. Quand enfin, épuisée, elle s'enfonçait dans les plumes de l'épais oreiller placé sous sa nuque, c'était pour revivre ce qu'elle voulait fuir. Le borgne et sa main de serpent. L'homme le plus vil et le plus cruel qu'il eût été donné à la terre de porter, songeait-elle. Elle se réveillait après chaque cauchemar inondée de sueurs et en proie à la terreur. Une nuit, elle crut même entendre des bruits dans le château. Dans le parc, on marchait à pas feutrés. Elle percevait la plainte des feuillages qu'on effleurait ou qu'on écrasait sous ses pas. Elle tenta de se ressaisir, faisant taire les larmes qui la submergeaient. Alors elle joignit les mains pour prier.

La récitation du chapelet lui rendit un peu de sérénité. Cependant, elle voyait très clairement son avenir : la fuite, toujours, pour préserver sa vie. Sans cesse elle devrait se cacher d'hommes odieux qui avaient déjà déchiré son cœur en faisant mourir ses parents et son petit frère.

Victorine et Hubert absents, elle se sentait affreusement perdue et la proie de tous les monstres de la terre. Elle fit le serment, si elle parvenait à vivre suffisamment longtemps, d'apprendre le maniement des armes et de faire justice elle-même si sa route venait à croiser celle du borgne et de ses complices. Dieu comprendrait. Forte de cette décision, Manon s'endormit pour apprendre, au petit matin, la mort de Léon. Le moins méchant, pensa-t-elle. Elle n'avait pas gardé de souvenir de lui. Peut-être même n'avait-il pas participé à l'attaque de la forêt en 1712.

La mort de Léon l'affligea et renforça l'angoisse de la nuit. Le danger était réel. Elle se souvenait de la conversation des deux hommes. Ne disaient-ils pas connaître Louise, la femme du cocher ? Manon n'avait pas rêvé. Ainsi, les parents de Louise avaient été domestiques au château de Vricourt. Mais où donc était situé ce château de Vricourt ? Ce nom ne disait rien à Manon. De la Lorraine, elle savait si peu de choses. Elle s'en ouvrirait au régent. Elle demanderait qu'il lui explique toute la géographie de la Lorraine, puisque cette région était celle de ses origines. Elle fouillait sa mémoire, essayant de se rappeler les dernières soirées passées non loin de la mer des brumes, comme elle continuait à l'appeler. Qu'est-ce qui avait pu décider ses parents à ce voyage ? Jusque-là, elle n'avait jamais entendu parler de la France et encore moins de la Lorraine. Pourquoi Catherine, sa mère, ne lui avait-elle jamais rien confié ? Pourquoi elle-même avait-elle été aussi peu curieuse ?

Victorine et Hubert seraient-ils à leur retour en mesure de l'éclairer et de continuer à la protéger ? Une semaine à les attendre. Une semaine à patienter. Manon se décourageait à cette seule perspective. Victorine l'avait prévenue en l'embrassant affectueusement avant de partir. Elle devrait régler certaines choses, puisque sa mère venait de mourir. Victorine lui parla d'elle avec des larmes dans les yeux. Cette femme, disait Victorine, avait fait preuve d'un grand courage depuis son plus jeune âge. La vie ne l'avait pas épargnée, et quand le bonheur était venu sous les traits de Louis, il n'avait duré que peu de temps. Une épidémie de peste avait décimé la région. De Nancy jusqu'à Pont-à-Mousson, les morts ne se comptaient plus. On les ramassait sur une charrette pour aller les enterrer dans des fosses passées à la chaux vive. Secondée par son père, la mère de Victorine avait repris la direction du moulin à papier. Elle avait trouvé de nouveaux marchés dont celui de l'imprimerie de l'université de Pont-à-Mousson, et les affaires avaient été prospères. Depuis quelques années, le frère aîné de Victorine s'occupait de tout. Mais le temps était venu de partager l'héritage. L'absence de Victorine durerait un peu plus d'une semaine.

Une semaine, se répétait Manon le soir avant de s'endormir épuisée. Et elle comptait les jours jusqu'au retour de celle que parfois, dans le silence de son cœur, elle appelait timidement « maman ».

Manon dormait peu et mal. L'ombre nocturne l'emportait dans l'atelier de peinture. Elle passait ses nuits à jeter des tonnelets sur ses agresseurs. Certes, il était là, lui, son protecteur et sauveur, l'homme de l'arbre, l'homme de ses rêves, celui de Lunéville et de l'auberge à Nancy. Il était là, au moment opportun. Elle devait croire en sa parole. Elle entendait sa voix chaude. Les battements de son cœur se précipitaient dans sa poitrine. Manon n'aurait su dire s'ils étaient liés à la peur ou à la joie de se savoir protégée. Quel était ce trouble qu'elle ne comprenait pas et qui la laissait guetter l'aube qui tardait tant à venir ?

10

Victorine et Hubert revinrent à la date convenue, et Manon se jeta dans leurs bras avec l'énergie du désespoir et un flot de larmes qui fit pressentir à Victorine des événements graves.

— Ma douce, ma belle, qu'est-il arrivé ?

Le comte et la comtesse accueillirent Victorine et Hubert et les mirent au courant.

— Peut-être Manon pourra-t-elle vous éclairer sur ce qui s'est passé à la faïencerie ? soupira le comte. Elle est très perturbée depuis ces événements et reste aussi muette que mystérieuse.

Manon haussait les épaules. Victorine observait, entendait, tout en serrant Manon contre elle pour l'assurer de son soutien. Mais l'enfant ne se confia pas davantage à elle. Un sentiment étrange l'enserrait dans une gaine qui interdisait toute communication. Manon elle-même ne comprenait pas ce qui lui arrivait. Elle écrivait qu'un voile noir était tombé sur ses yeux et son cœur. Elle se souvenait seulement du surgissement des deux hommes quand elle avait éternué.

Elle ne put expliquer son silence sur la conversation entendue à propos de Louise qui aurait connu

Catherine. Elle s'était fait la promesse d'approcher Louise. Elle irait voir son bébé, jouerait avec lui dans le parc du château afin de parler à Louise, qu'elle estimait. Mais de ses intentions, Manon ne dit mot à personne, comme elle se tut sur la véritable identité de Jules. Pourtant, il était là, le désir de crier à Victorine et Hubert : « C'est le borgne ! Le monstre est revenu ! » De cela, elle était certaine, même s'il s'était refait une beauté en soignant son allure. Il avait caché son infirmité sous un élégant bandeau, et expliquait sa blessure par de hauts faits de guerre, mais le serpent dans sa main, Manon l'avait reconnu…

Se taire. C'était son histoire. Il était inutile d'inquiéter Victorine. Au moment des faits, le comte de Fontenoy n'avait pas osé la brusquer en la questionnant. Elle répétait sans cesse :

— Je ne sais pas ; je n'ai rien vu ; l'atelier était trop sombre.

Bien que sceptique, il n'avait pas insisté. Face au désarroi de Manon, il se sentait démuni. Victorine et Hubert sauraient l'écouter.

Maintenant que le couple était de retour, l'enquête pourrait se poursuivre. C'était le vœu du comte. Une question d'honneur. Mais trop de jours avaient passé.

Manon avait repris ses activités, ses rencontres studieuses avec le régent Jean Jacob qui, à sa demande, l'instruisait sur la Lorraine et sur les guerres de religion. Jamais Manon n'avait été aussi attentive. Elle savait que Johann, son père, était protestant. Etait-ce pour cette raison que Catherine s'était établie en Hollande ? Et qu'elle n'avait plus jamais osé revenir en France et en Lorraine ? Manon avait, disait le régent, une tête bien faite. Elle retenait tout. Bientôt il déclara n'avoir plus rien à lui apprendre. L'élève avait dépassé le maître. Jean Jacob était ébloui lorsqu'elle se lançait par écrit dans des voyages merveilleux où la mer et le vent se disputaient le ciel et la terre. En ces instants, quand il lisait ses textes, tout en jetant un coup d'œil sur la presque jeune fille, il percevait l'attente dans son regard. Le désir de poursuivre sur les chemins de la connaissance. Qu'apprendre de plus à une jeune fille qui savait lire, écrire et compter, et connaissait l'histoire, la géographie, le latin ? N'était-ce point suffisant pour se marier et avoir des enfants ? Mais il observait les gestes et les attitudes de Manon. « Cette petite n'est pas une fille de paysan, songeait-il. Elle est au contraire de très bonne naissance. Elle ne devrait point travailler à la faïencerie. La fréquentation des manouvriers et autres manants n'est point pour elle. Il est vrai qu'elle ne pense qu'à dessiner. Manon devrait peut-être apprendre les mathématiques ou la médecine, ou les sciences naturelles et la physique, mais comment ? Les filles ne vont point à l'université. Il faudrait que monsieur et madame de Fontenoy lui permettent de suivre les mêmes cours que leurs enfants auprès de leur précepteur. Voilà ce dont elle a besoin », soupirait le régent qui lui avait transmis tout son savoir.

Manon, quant à elle, continuait de se rendre avec les enfants Chambrette à la faïencerie, et la joie brillait dans son regard. Certes, elle rencontrait moins Jacques qui accompagnait davantage son père dans ses déplacements. Tous deux s'étaient rendus à plusieurs reprises dans les Vosges, puis à Lunéville. Chaque retour des Chambrette voyait Manon et Jacques assis au bord de l'étang du château de Bas. « Mes petits amoureux », disait Victorine, émue. Les marierait-on quand le temps serait venu ? Jacques Chambrette fils disait qu'un jour il fonderait sa propre faïencerie. Sa tête explosait d'idées. Il confiait ses espoirs à Manon, lui promettait qu'elle serait son premier peintre et que leurs œuvres feraient le tour du monde. On eût pu croire que rien de dramatique ne s'était produit.

Parfois, Claudine questionnait Manon sur ses origines. En vain. Manon détournait la conversation. Elle se réfugiait alors dans ses dessins qu'elle expliquait par écrit avec beaucoup de conviction. Rarement les sons passaient la frontière de sa gorge. Claudine n'insistait pas.

Au château, on connaissait les silences de Manon. Une pudeur plus qu'une coquetterie. Elle n'aimait pas s'entendre parler. Elle ne voulait imposer à personne le son de cette étrange voix que l'absence de langue faisait entendre. Elle écrivait, certes, mais uniquement aux personnes aimées. Un cercle plutôt restreint qui se rétrécissait à mesure qu'elle avançait en âge. Monsieur et madame de Fontenoy lui témoignaient toujours beaucoup d'attention et de bonté. Elle acquiesçait d'un signe de tête et leur adressait son plus beau sourire, mais demeurait réservée à leur égard. Une sorte de timidité l'avait gagnée, et les rougeurs qui lui montaient parfois au visage quand on s'adressait à elle augmentaient son embarras. Aux questions posées, elle répondait par deux mains qui s'ouvraient en signe d'offrande et un battement de cils qui ombrait de mystère son beau regard de ciel. Manon était aussi jolie que charmante.

— Belle Manon, soupira un jour le comte, belle car mystérieuse.

Il venait de la croiser alors qu'elle sortait de chez Victorine, ses cartons dans une main et ses pastels dans l'autre. Manon courait en direction de la petite chapelle. Elle avait vu Louise et son petit Gaston près de la fontaine aux poissons.

« Tu t'en vas dessiner la nature, Manon ? avait interrogé le comte avec curiosité. Tu as raison. Profite des derniers rayons de soleil de l'automne. »

Elle n'avait pas répondu, sauf par un sourire, et s'était mise à courir plus vite pour ne pas avoir à donner d'explications.

« Sois prudente, ne t'éloigne pas. »

« Prudente ! C'est bien un homme, songea Manon. Comment l'être quand on ne sait pas d'où vient le danger ? En ce qui me concerne, le risque est partout et nulle part à la fois. »

Elle s'approcha du bassin où une petite fontaine crachait l'eau des derniers beaux jours par les ouïes de trois poissons posés au sommet d'une sculpture en grès représentant une plante aux larges feuilles. Gaston, sous l'œil de sa mère, faisait ses premiers pas. C'était un adorable bambin aux cheveux bouclés à peine colorés. Son teint très pâle faisait penser à de la porcelaine. Il riait et babillait. Manon salua Louise, lui adressa son plus beau sourire et demanda, à l'aide d'une gestuelle aussi précise qu'éloquente, en montrant Gaston, ses pastels et ses cartons, si elle pouvait dessiner l'enfant.

Ce n'était pas la première fois que Manon approchait Louise. Mais, depuis l'agression dans l'atelier de peinture de la faïencerie, elle n'avait plus rencontré la jeune femme. Qui craignait-elle ? Devait-elle s'en méfier ? Léon était mort, et nul n'avait revu Jules. Le comte avait fait renforcer la surveillance dans son domaine et donné des ordres à Jacques Chambrette pour qu'il lui présentât ses nouveaux ouvriers.

Manon avait bien réfléchi à sa démarche. Mettre Louise en confiance, prendre le temps avant d'oser le questionnement. Le petit Gaston serait le prétexte de leurs rencontres. Une mère est toujours émerveillée quand on s'intéresse à son bambin. Manon observait l'enfant en attendant la réponse de Louise qu'elle devina fort embarrassée. Gaston était ce qu'on appelle un bel enfant, et son cœur se serra en songeant à Pieter, à peine plus âgé quand le borgne l'avait fait périr dans la forêt de Haye. Et c'était à ce même homme que Louise – peut-être en toute innocence – avait parlé. Manon s'en remit à la Vierge, comme l'aurait fait Victorine : « Notre-Dame de la Pitié, implora-t-elle dans le silence de son cœur, il faut m'aider. Otez la haine de mon cœur, mais permettez que j'aille jusqu'à la vérité. »

Louise avait dit oui, heureuse que Gaston fût dessiné et, pourquoi pas, un jour peint par la jeune fille dont on disait le talent dans tout le château. Manon s'était installée, assise sur le rebord de la fontaine, souveraine déjà dans ses attitudes. Elle songeait à Nicolas Renard, l'artiste de Léopold.

Louise ne perdait rien des gestes de Manon. Le trait était précis, et, très vite, le portrait de l'enfant apparut sur le carton.

— Ai-je donc un enfant si beau ? s'écria Louise lorsque le portrait fut presque achevé. Vous me le donnerez, mademoiselle Manon ?

Manon tendit son dessin à Louise, qui prit Gaston sur ses genoux en essayant de lui expliquer que c'était lui qui était représenté.

Et puis Manon sortit son petit calepin et écrivit à Louise.

— *J'aimerais vous peindre, Louise. Un vrai portrait avec Gaston sur vos genoux, mais pas dehors. Il faudrait poser.*

— Est-ce que vous pourriez venir chez nous ? Victorine peut vous accompagner. Nous sommes presque voisines. Joseph et moi avons repris l'appartement d'Hubert et de Victorine, comme vous savez.

Sur ce point, les souvenirs de Manon étaient précis. Elle n'avait rien oublié de ces instants où la douleur et le bouleversement avaient fait une soudaine et brutale irruption dans sa vie. Mais chez Louise, elle ne risquait rien. Elle irait donc seule avec son matériel. Elle espérait que Joseph serait occupé souvent et suffisamment longtemps pour avoir le temps d'apprivoiser Louise. Il fallait la mettre en confiance afin de la faire parler.

Manon parvint à ses fins. Et Louise raconta dans quelles circonstances ses parents et elle étaient venus s'installer près de Bouxières-aux-Dames. Puis comment, par amour, elle avait suivi Joseph au château de Bas.

— Je n'y tenais pas. Avec mes parents nous avions connu cette vie de domestiques, mais assez loin d'ici. Nos maîtres étaient des personnes très dures, et mon père m'avait mise en garde avant de venir s'établir sur les terres du comte de Fontenoy. Il disait souvent : « Plutôt que d'avoir le ventre bien plein, mais au service de quelqu'un d'injuste et de méprisant, mieux vaut chercher sa pâture et ne la devoir qu'à soi. » Mais j'ai aimé Joseph, et je l'ai suivi. Vous verrez, quand l'amour se mêlera de votre vie, vous partirez…

Manon continuait de peindre tout en secouant la tête.

— Comment, non ? Jolie comme vous êtes !

Et Manon, un instant, posa ses pinceaux sur la palette installée sur un petit tabouret de jardin qui lui servait de table quand elle peignait. Elle se redressa, fit mouvoir ses doigts pour éviter les crispations musculaires qui parfois survenaient lorsqu'elle restait longtemps penchée sur la toile et d'un geste lent montra sa bouche à Louise, qui pâlit.

— C'est vrai, murmura-t-elle. J'avais oublié. Mais un homme qui aime se moque de cela, dit-elle pour se rattraper. Il ne verra que votre beauté et votre âme.

Manon prit alors son petit carnet et écrivit :

— *Je ne veux pas être aimée par pitié. Et puis, comment apprendrais-je à parler à mes enfants ?*

Bouleversée par une si grande maturité, alors que Manon était encore très jeune, Louise garda le silence. Manon cherchait à interpréter le mystérieux combat qu'elle livrait. Elle devinait que Louise avait des choses à dire. Un peu de crainte passait parfois dans son regard sombre. Que redoutait-elle soudain ? De qui avait-elle peur ?

Gaston s'était habitué à Manon et, chaque fois qu'elle entrait chez Louise, il l'accueillait par des « Mama, Mama ». Il ne savait pas encore prononcer « Manon ». Louise avait-elle envie de se racheter ? Elle insistait sur l'avenir possible de la jeune fille.

— Vous voyez, Gaston vous aime. Les enfants ne se trompent pas, Manon. Le vrai langage est celui du cœur.

Emportée par l'affection qu'elle ressentait pour la jeune fille, Louise ajouta :

— Vous aurez des enfants, ils vous aimeront, comment ne vous aimerait-on pas du reste ?

Manon sourit avant de se remettre au travail.

Il lui fallut de nombreuses séances pour enfin découvrir l'histoire de Catherine, sa mère, et recevoir quelques confidences qui la bouleversèrent. Mais de cela, elle ne parlerait à personne, pas même à Victorine, qu'elle ne voulait pas inquiéter. Elle ne demanderait pas qu'on la conduisît à Vricourt. Le temps n'était sans doute pas venu. A quoi bon parcourir de nombreuses lieues, si c'était pour trouver la haine ? Elle ne demandait rien, que la paix. Le mal avait été fait. Un mal irréparable. Ceux qu'elle aimait lui manquaient. Lui manqueraient longtemps. Se remet-on de la barbarie ? Elle aurait le cœur meurtri jusqu'à la fin de ses jours. Elle songea soudain à Greta, sa grand-mère restée en Hollande. Qu'était-elle devenue ?

Le portrait terminé montrait une Louise resplendissante qui tenait son bébé. Mais un spécialiste de l'art aurait peut-être décelé quelque tourment secret dans le regard de la jeune femme dont la joue, à la demande de Manon, s'était posée contre celle du bambin.

Louise aidait Manon à ranger son matériel. Elle voulut la retenir un instant en posant une main sur son épaule, puis se ravisa. Etaient-ce les conversations qui avaient eu lieu entre elle et Manon qui la poussaient ainsi à vouloir prolonger ces après-midi ? Quelques vagues remords ou d'autres peurs qu'elle n'aurait pas osé lui confier ? Manon avait attendu, l'avait regardée longuement. Des secondes interminables pour elle avant que Louise, dans un sourire, lui signifiât la fin de leur rencontre. Il était l'heure de se quitter. Il fallait repartir chez Victorine.

Lorsque Manon sortit de chez Louise, elle eut l'impression que quelqu'un, à la porte du logis, l'épiait et venait de se retirer brusquement. Elle marqua un temps d'arrêt. Rien. Rien que le soir qui tombait. Le jour s'assombrissait, mais on voyait encore la masse des arbres du parc et la grande allée éclairée de torches, car le comte allait rentrer d'un instant à l'autre. Avait-elle rêvé ? Etait-ce le vent qui, soufflant en bourrasques, avait fait naître cette impression ? Manon hésita encore avant de se diriger vers la porte menant à l'appartement de Victorine sur la gauche. Elle entra prestement et emprunta l'escalier. Dans sa hâte, elle se prit les pieds dans sa jupe et laissa choir pastels et pinceaux. Une porte s'était ouverte et refermée. Une porte menant aux greniers. De cela, elle était certaine. Elle était donc surveillée. Elle ramassa son matériel, s'essuya le front. Victorine apparut en haut de l'escalier.

— Oh ! Ma douce, il fallait m'appeler, je serais venue te chercher pour t'aider à remonter tout cela. Mais tu es toute pâle ! Tu travailles trop. Il faut te reposer.

Assise sur l'avant-dernière marche de l'escalier, Manon se laissa aller contre Victorine et pleura longuement. Cependant, elle garda pour elle ce qu'elle avait appris.

TROISIEME PARTIE

1

Champigneulles, fin octobre 1718

La couturière s'affairait autour de Manon pour un dernier essayage.

— Mademoiselle, ne bougez plus ! Si vous continuez à vous tortiller comme une anguille, mes aiguilles vont aller de travers, le bustier sera mal ajusté, et surtout je m'en vais vous piquer. Si cette jolie soie est tachée de votre sang avant le grand jour, ce sera fort dommage.

Une fête allait être donnée au château de Bas. Une fête qui célébrerait les quinze ans de Manon qu'on présenterait, selon le décret du duc Léopold, comme mademoiselle de Noirval, fille adoptive de Victorine et Hubert de Saint-Thiébaut. Manon devait avoir un nom, mais il était important de faire figurer la mention de « fille adoptive de Victorine et Hubert » pour ne pas la priver de son héritage lorsque l'on pourrait établir sa véritable filiation. Manon était une jolie jeune fille qui faisait la fierté de Victorine et Hubert.

La comtesse avait tenu à inviter de nombreux amis. Léopold ferait une brève apparition. Officiellement, il convierait Manon à venir passer les fêtes de Saint-Nicolas, puis celles de Noël et du nouvel an à Lunéville. Elle avait demandé que Nicolas Renard soit de la fête. Il restait son meilleur ami. A Lunéville, l'année précédente, il avait apprécié ses dessins et ses pastels.

« Hélas, gémissait-il, vous voici à l'aube d'une vie prometteuse. Mystérieuse Manon, comme le souligne monsieur le comte – je n'ose plus vous tutoyer, vous n'êtes plus une enfant –, votre talent s'impose, et j'en rends grâce à Dieu. M'entendra-t-il, le Très-Haut ? Pourrait-il me rendre un peu de ma jeunesse, de telle sorte que nous puissions œuvrer ensemble ? Les belles choses que nous ferions tous deux ! avait-il ajouté en se penchant vers elle, prenant sa main pour la baiser comme on le fait pour une dame. Que ne suis-je plus jeune ! Le temps passe si vite… Alors, je vous aurais épousée. Mais hélas, j'ai déjà un pied dans la tombe. »

Manon avait secoué la tête avant de sourire très respectueusement. Elle aimait de tout son cœur Nicolas Renard, qui lui avait raconté avoir appris le dessin tout seul. Elle avait pris son petit carnet rouge pour lui répondre :

« *J'aurais aimé vous accompagner dans vos voyages. Je vous aurais suivi pour tout voir et tout apprendre. Peut-être avez-vous croisé mon père en Italie ? Il allait souvent à Rome et surtout à Florence, il aimait la peinture et les céramiques…*

— Comme j'aimerais pouvoir vous dire : “Oui, mystérieuse Manon ! Oui, je connais votre père !” Le voyez-vous encore dans vos souvenirs et ne pourriez-vous me le peindre ? Peut-être pourrais-je vous aider ? »

Les paroles et suggestions de Nicolas Renard avaient éclairé Manon. Elle avait souvent peint Catherine, sa mère... Oui, elle pouvait peindre Johann. Elle voyait bien son visage quand elle fermait les yeux. Elle aimait son front plissé lorsqu'il observait les œuvres d'art. Il était grand, très grand, mince et svelte. Il tournait sur lui-même avec une grâce peu commune. A peine entendait-on son pas sur le sol dallé chez Greta. Des pirouettes, disait Greta, qui mettaient ses cheveux châtain clair en mouvement ; quand le soleil était haut dans le ciel, ses mèches de cheveux viraient à la couleur des blés. Le nez de son père était un peu busqué, mais élégant. Ses pommettes hautes lui donnaient un air très aristocratique. Elle aimait ses vêtements amples, serrés à la taille par de belles ceintures ornées de pierres précieuses. Il portait presque toujours des houppelandes de velours sombre sur des chemises de toile de batiste blanche finement brodées. Elle n'avait jamais oublié le contact de ce tissu empesé, un peu rêche, lorsque, petite fille, son père la prenait sur ses genoux et qu'elle enfouissait sa tête contre sa poitrine pour guetter les battements de cœur du papa trop souvent absent. Certes, ses retours étaient l'occasion d'ouïr de merveilleux récits de voyage. Manon ne se lassait pas d'entendre vanter les beautés de l'Italie. Il lui racontait Florence, mais aussi Bruges et ses toits de dentelles. Oui, Manon pourrait peindre Johann, et d'une certaine manière lui redonner vie.

Au cours de l'été précédent, Nicolas avait montré ses dernières œuvres à Manon. Il avait terminé les sculptures des bosquets. Le château de Lunéville resplendissait dans un écrin de verdure qui faisait la fierté de la ville. Pour les Lunévillois, il n'y avait aucun doute possible. Bientôt leur ville deviendrait la capitale de la Lorraine. Léopold invitait et recevait les grands de ce monde dans son château, mais il n'oubliait pas son peuple.

Tout à ses pensées organisées sur un avenir prometteur, Manon, enfin docile, se laissait aller dans les mains de la couturière occupée à marquer les plis du dos d'un somptueux manteau de velours beige rosé qui serait porté par-dessus la jolie robe de soie rose au bustier perlé. La taille était soulignée discrètement, le tombé des étoffes était parfait, et la couturière ne cachait pas sa satisfaction.

— Vous serez bien belle, mademoiselle. Les jeunes gens ne verront que vous.

La remarque fit frémir Manon. Elle se trouvait brusquement face à la réalité. Sa réalité de jeune fille sans voix à qui il est interdit de répondre. Elle masqua son dépit et ses pensées. « A quoi cela me servirait-il d'être belle ? songeait-elle. Je ne peux parler sans risquer d'agacer, voire d'effrayer mon entourage. Toujours je dois me taire. Jamais je ne pourrai chanter au bord de l'eau comme je le faisais, petite fille, à Delft. Et pourtant… »

Elle chassa de son esprit cette nostalgie passagère pour s'efforcer de remercier la couturière, si patiente et surtout si talentueuse. Bientôt on la fêterait, bientôt elle reprendrait le chemin de Lunéville. Son esprit curieux, son regard toujours prêt à accueillir la beauté, n'en finirait pas de s'ouvrir. Elle avait besoin d'entendre Nicolas Renard lui raconter l'Italie, les pierres, et la savante alchimie pour obtenir des couleurs flatteuses ou guerrières, disait-il, pour accrocher l'œil, suggérer la vie ou la mort avec émotion.

« Dans ce cas-là, jolie Manon, les mots sont inutiles. »

Nicolas parvenait ainsi à rassurer la jeune fille. Elle pouvait s'exprimer, elle pouvait aussi converser avec ses semblables. L'an passé, elle avait revu le jeune prince Léopold-Clément. A dix ans, on eût dit un jeune homme. Grand pour son âge, élancé, il impressionnait déjà son entourage. François-Etienne, son cadet d'une année, avait un visage avenant qu'un merveilleux sourire illuminait. S'il semblait heureux de revoir Manon, monsieur de Pfütschner, le précepteur des princes, se montra sévère. Ils n'eurent que peu d'occasions de se divertir. Manon s'était tournée avec bonheur vers Charles-Alexandre. A cinq ans, ce dernier séduisait tout le monde par un esprit de repartie hors du commun. Il aimait surtout taquiner ses sœurs. Elisabeth-Thérèse, plus effacée, très proche de Charles-Alexandre, applaudissait à toutes les farces de son frère. Manon restait réservée. Ils étaient princes et princesses, promis à de brillants avenirs, et elle avait compris que l'amitié nouée dans son enfance avec la famille ducale risquait de s'effacer. Sa place n'était certes pas dans leur sillage. Ils feraient leur chemin en contractant le mariage qui convenait à leur rang. Ne disait-on pas que Léopold voulait resserrer les liens de la Lorraine avec les Habsbourg ? A Vienne, Marie-Thérèse, une nouvelle petite princesse, avait vu le jour en 1717. Léopold avait songé à ses fils : Dieu l'exaucerait-il ? Léopold-Clément quitterait sans doute bientôt Lunéville pour aller parfaire son éducation à la cour de Vienne. En était-il heureux ? Il ne se posait même pas la question. Il obéirait. Quand on naît prince, on ne choisit pas sa vie. Le devoir d'Etat placé sous le regard divin est exigeant et rime avec obéissance. Si Manon comprenait très bien ces situations, elle se rebellait tout de même. Elle estimait que personne ne déciderait pour elle. Elle choisirait sa vie. Fallait-il louer le ciel de l'avoir fait naître dans un milieu plus modeste ?

Elle songea à Catherine, sa mère. Pourquoi était-elle partie pour la Hollande ? Son cœur le lui avait commandé. De cela, elle était certaine. Ses souvenirs étaient précis. Un amour hors du commun liait ses parents.

Cependant, depuis un certain temps, Manon se posait beaucoup de questions. Elle avait beau fouiller dans sa mémoire, jamais Catherine ne s'était réellement exprimée sur sa vie en Lorraine et en France avant sa rencontre avec Johann. Que s'était-il réellement passé ? Depuis l'irruption de Jules (le borgne) et de Léon dans l'atelier de peinture, plus rien de fâcheux n'était arrivé au château de Bas. Manon avait-elle fait un mauvais rêve ? Elle eût pu le croire, si, de temps à autre, elle n'avait eu l'impression de voir des ombres glisser furtivement au-delà du grand étang ; d'entendre résonner des pas dans le grand escalier du château ; de percevoir des bruits de portes et le grincement de leurs gonds au dernier étage du château de Bas, où elle n'allait jamais, puisque personne n'occupait ces chambres mansardées. Qui donc logeait sous les toits ?

Un soir, Hubert et elle aperçurent une faible lueur à l'une des fenêtres mansardées. Hubert s'en était inquiété. La nuit même, il avait fait le guet avec Joseph. Quelqu'un vivait là, mais qui ? Le lendemain, bien que disposant de toutes les clefs du château réunies sur un immense trousseau, Hubert n'avait pu pénétrer dans cette chambre. La serrure avait été renforcée, sans doute par un verrou fermant de l'intérieur. Il avait dû forcer la porte pour trouver… un reste de miche de pain et une carafe d'eau. Mais plus intéressante, au fond de la chambre, était cette paillasse encore tiède qui, de toute évidence, venait de servir. L'homme avait-il fui par les toits ? Hubert risqua un œil sur ceux-ci, se hissa sur la fenêtre, mais ne vit rien. L'anecdote rapportée au comte l'avait fâché. Un étranger vivait donc clandestinement chez lui ! Dans quel but ? Hubert fut contraint de procéder au changement des serrures sur l'ensemble des portes intérieures et extérieures du château.

2

Pour une belle fête, ce fut une belle fête. Jamais Manon n'avait été aussi jolie. Elle avait demandé au comte de Fontenoy que soient invités l'ensemble des artisans de la faïencerie qu'elle rencontrait fréquemment lorsqu'elle se rendait à l'atelier de peinture. Non seulement son vœu avait été exaucé, mais le comte avait profité de l'occasion pour régaler tous les habitants de Champigneulles qui eurent ainsi le bonheur de rencontrer Léopold de Lorraine venu en personne saluer Manon et lui donner un nom. Par la même occasion, le duc en profita pour féliciter ses parents adoptifs, qui reçurent un titre de noblesse. Ils devenaient propriétaires de leur terre avec l'assentiment du comte de Fontenoy. Manon de Noirval, puisque c'est ainsi qu'elle s'appelait désormais, se réjouissait pour Victorine et Hubert. Ils recevaient la juste récompense de leur dévouement. Une petite rente annuelle leur serait versée par la cour de Lorraine. Ils envisageaient de construire sur la terre de Saint-Thiébaut une belle demeure, comme disait Hubert. Elle serait la leur, et ils pourraient y couler des jours heureux. Victorine, occupée à la broderie, ce qu'elle aimait par-dessus tout, et Hubert, penché sur ses vignes. Hubert avait cependant promis au comte de Fontenoy de continuer à veiller sur ses terres.

— Je m'ennuierais, monsieur le comte, s'il en était autrement.

Tout l'après-midi, Manon avait aidé Victorine à remplir la malle des vêtements qu'elle emporterait à Lunéville pour passer Noël et le jour de l'an parmi « les grands de Lorraine », disait Victorine avec admiration et fierté pour « sa fille ».

— Je vais m'ennuyer sans toi et Hubert, glissa Manon, les lèvres collées à l'oreille de Victorine.

Victorine avait toujours su mettre Manon à l'aise. Elle posa le caraco qu'elle venait de plier et attira la jeune fille à elle avec tendresse.

— Ma toute bête, murmura-t-elle en l'embrassant dans les cheveux. Que non ! Tu vas t'amuser. Tu vas aussi revoir Nicolas Renard. Ah ! Bien sûr, Jacques Chambrette ne sera pas là. Serais-tu amoureuse de lui ? A moi, tu peux tout dire.

Manon secouait la tête. Non, entre elle et Jacques, il n'était pas question d'amour. Jacques Chambrette fils était un frère, un vrai frère, comme Claudine était une sœur.

— Parce qu'il me semble bien que lui… Surtout que tu es une demoiselle avec un nom. Tu es mademoiselle de Noirval.

Manon n'aimait pas que Victorine s'égarât sur ces chemins. Si elle n'avait pas entièrement reconstitué les chemins de sa mémoire et de ses origines, elle n'avait pas besoin de s'appeler de Noirval pour être un bon parti. Ne voulant pas fâcher sa mère adoptive, elle mit un doigt sur ses lèvres.

— Voyez-vous ça, s'exclama Victorine, cette drôle me ferait taire ! Je sais ce que je dis, tu plais bien aux Chambrette, au père qui t'apprécierait comme belle-fille et au fils qui te dévore des yeux. Et toi ? Avoue qu'il ne te déplaît pas. C'est cela, tu préfères jouer les coquettes et te taire !

Manon se mit à rire. Victorine se faisait des idées. Elle avait beaucoup de plaisir à rencontrer Jacques. Ils avaient une foule de points communs, mais il resterait son frère.

— Je vous ai regardés tous les deux quand vous dansiez pour tes quinze ans. Vous formiez un beau couple. Vous étiez parfaitement accordés, insista Victorine à qui cette union n'eût pas déplu.

Manon posa ses lèvres contre l'oreille de Victorine.

— S'il te plaît, Victorine, laisse mon petit cœur choisir. Peut-être d'ailleurs ne choisira-t-il jamais. Peut-être irai-je au couvent et peindrai-je pour Dieu.

— Dieu du ciel, Notre-Dame de la Pitié ! implora Victorine, ne permettez pas cela ! J'ai envie d'être grand-mère.

Les flocons tourbillonnaient dans l'air lorsque le carrosse aux armes et au chiffre de Léopold, arrivé la veille, se gara dans la cour d'honneur du château de Bas. Manon avait vu l'attelage et ouvert de grands yeux. Les portières du carrosse étaient magnifiquement ornées du blason du duc de Lorraine entouré du chiffre de Léopold (deux « L » entrelacés) et surmonté de l'alérion portant la croix de Lorraine. Mais une plaque argentée, nouvellement posée, laissait apparaître le « A » et le « R » de Altesse Royale, titre refusé par Louis XIV mais que le régent avait enfin accordé à Léopold, son beau-frère.

Les chevaux piétinaient, probablement pour lutter contre le froid vif. La veille, les palefreniers du comte avaient accueilli l'attelage dans les écuries. D'épaisses couvertures avaient été posées sur le dos des bêtes, et un fourrage de qualité avait été distribué. Ce matin-là, elles semblaient impatientes de repartir. Des naseaux des chevaux qui soufflaient bruyamment sortait un épais nuage de buée.

— Couvre-toi, insista Victorine, il fait très froid. Monsieur Chambrette, je vous la recommande.

— Ne vous inquiétez pas, répondit Jacques Chambrette père.

Le ton était rassurant. Il affirma qu'il serait un père pour Manon, qui n'avait rien à craindre, puisque le carrosse serait accompagné des cavaliers de la garde de Léopold.

Le retour de Jacques Chambrette par la ligne régulière était prévu pour le surlendemain. Il profitait de ce voyage pour préparer l'installation d'un négoce de faïencerie non loin de la fabrique de Luigi Bellino. Un négoce que son fils pourrait tenir dans deux ou trois ans. La prospérité de la faïencerie de Champigneulles incitait Jacques Chambrette à voir grand. Lunéville l'avait toujours attiré. Il lui semblait que la consécration viendrait de cette ville et qu'elle se ferait avec son fils, aussi passionné que lui. Il mesurait sa chance. Il n'avait qu'un regret : celui de ne pas assez voyager pour aller observer ce que d'autres villes faisaient dans ce domaine. Quelques ouvriers venus du Midi, de Rouen ou de Nevers lui avaient fourni de précieuses indications, mais ce n'était pas suffisant pour lui qui voulait être à la pointe du progrès et innover.

Lunéville apparut engourdie dans la lumière grise de l'hiver. Les rues étaient quasiment désertes. Jacques demanda à faire un petit détour par le faubourg de Viller. Encore modeste il y a peu, ce quartier montrait sa dynamique propre, et de nombreuses maisons s'élevaient un peu partout. Jacques salua rapidement Luigi Bellino, lui promettant sa visite pour le lendemain, et laissa le carrosse se diriger vers les bords de la Vezouze maintenant couverts de ponts de pierre. Les marais avaient été en partie asséchés, et la rivière, bordée d'arbres, s'offrait sereine et paisible aux regards.

Le château semblait s'être endormi, enfoui sous les brumes et la froidure. La grande cour pavée luisait d'humidité sous les pas des chevaux impatients de retrouver les stalles de l'écurie à l'abri de l'humidité. Ils savaient aussi que les palefreniers les attendaient avec une meule d'avoine conséquente.

Jacques Chambrette avait salué Manon après lui avoir souhaité un bon séjour au château de Lunéville.

— Soyez heureuse en ce Noël tout proche ! Et revenez-nous vite, vous allez nous manquer.

Manon sourit et, d'un geste, montra qu'elle ne quitterait pas ses pastels et ses pinceaux.

— J'en suis heureux, murmura Jacques avant de s'en aller.

Il se retourna deux fois et agita la main. Quand il ne fut plus qu'un petit point noir à l'horizon, au-delà des grilles de fer forgé et doré du château, Manon suivit le maître d'hôtel et la femme de chambre venus l'accueillir. Elle retint un soupir. Les larmes affluaient stupidement au bord de ses cils. Mais quand elle aperçut Nicolas Renard, au risque de tomber, elle s'élança avec bonheur vers lui.

— Ma chère enfant, comme je suis heureux de vous retrouver ! Je vous attendais avec impatience.

3

Lunéville, 3 janvier 1719

Manon se réveilla brusquement. Quelle heure pouvait-il être ? Elle ne le savait pas, ayant seulement le sentiment d'avoir dormi longtemps. Des voix s'élevaient dans la nuit. Des voix angoissées en même temps que des lueurs folles éclairaient sa chambre. Elle se leva précipitamment et, à tâtons, se couvrit de l'épaisse robe de chambre d'hiver. Le feu s'était éteint dans la cheminée, et il ne faisait pas très chaud. C'est alors qu'on tambourina à la porte de sa chambre.

— Mademoiselle de Noirval, levez-vous, il y a le feu !

Elle ouvrit à la femme de chambre qui tremblait en tenant son chandelier.

— Rendez-vous dans l'autre aile du château, du côté du canal. Le feu vient de la chapelle jusqu'à nous. C'est terrible !

Manon voulut rassembler quelques vêtements et surtout ses chers dessins.

— Je crains que nous n'ayons pas le temps, mademoiselle ! reprit la femme de chambre. Le vent souffle fort et propage le feu à une vitesse folle. Quel malheur ! gémissait-elle.

Mais quand Manon avait décidé quelque chose, elle allait jusqu'au bout de son idée. Le feu allait très vite. Elle lui ferait une concession. Elle voulait bien lui abandonner ses vêtements, mais pas ses dessins. Elle rassembla ceux qui étaient à portée de main, les fourra dans la malle aux vêtements qu'elle tira, puis poussa du pied dans le long corridor où des domestiques couraient en tous sens. Puis elle se précipita jusqu'à l'atelier de Nicolas Renard pour récupérer d'autres dessins. Surtout, elle voulait être certaine que le vieil homme avait été prévenu de l'incendie. L'agitation était telle que même la duchesse s'inquiétait pour ses enfants. Or, pour se rendre dans l'atelier de Nicolas, il fallait emprunter un couloir que le feu venait d'attaquer. Qu'à cela ne tienne ! Manon se couvrit d'une couverture et courut jusqu'à l'atelier avant qu'on ait pu la retenir. Dans l'atelier, la chaleur était suffocante. Elle se résigna à appeler Nicolas de sa voix rauque.

— Je suis là, chère enfant !

Comme elle, l'artiste cherchait à sauver ce qui pouvait l'être. Elle allait l'aider.

— Allez-vous-en, Manon, c'est trop risqué.

Energique, volontaire, elle rassemblait les peintures en toussant. Elle tira un drap couvrant un fauteuil, l'étendit à terre et y fourra tout le matériel qu'elle savait précieux à l'artiste. Elle fit un ballot à la hâte qu'elle traîna derrière elle jusque dans le couloir où l'épaisse fumée piquait les yeux et se faisait plus asphyxiante. Nicolas vacillait. Alors, elle déchira un morceau de la fine étoffe de sa chemise de nuit et força Nicolas à s'en couvrir le visage. Elle répéta ce geste pour elle-même et poussa le vieil homme à l'extérieur de l'atelier. Il était trop tard pour d'autres sauvetages. C'est Nicolas qu'il fallait sauver. Elle posa un de ses bras sur sa nuque pour le soutenir et l'obliger à marcher plus vite jusqu'au bout du corridor, criant pour être entendue. Des hommes venaient à eux et purent emporter Nicolas au bord de l'inconscience.

Elle voulait repartir sauver le matériel quand, dans un grand bruit, le plafond de l'atelier s'effondra.

— Vous avez sauvé cet homme, mademoiselle. Venez vous reposer.

Dehors, les villageois, venus prêter main-forte, avaient organisé plusieurs chaînes d'eau. Des seaux passaient de mains en mains. Dérisoire tentative face à un brasier vorace et qui entendait avoir le dernier mot. Il semblait que rien n'allait résister à ce feu.

A l'étage inférieur, on luttait avec la même énergie. Mais le feu était plus rapide. Déjà, la magnifique chapelle n'était plus qu'un immense brasier qu'on apercevait à plusieurs lieues à la ronde. La duchesse Elisabeth-Charlotte, qui avait quitté en hâte ses appartements en tenue de nuit et pieds nus, tremblait. Deux serviteurs avaient accouru pour l'obliger à s'asseoir. Ils tenaient à porter son siège pour lui éviter d'être en contact avec la neige tombée les jours précédents. On avait jeté sur ses épaules une couverture. Tremblante, elle avait joint les mains pour prier, se demandant où étaient ses chers enfants. Elle n'allait pas demeurer assise, être un poids pour ses domestiques. Elle préférait rester debout pieds nus dans la neige et garder les mains jointes pour s'en remettre au ciel, pour l'obliger à entendre ses suppliques.

— Mon Dieu, épargnez nos gens ! Protégez nos enfants !

Epuisée et parce qu'on lui barrait le passage, Manon dut cesser toute tentative de sauvetage et se rendre à l'autre bout du château avec la famille ducale et son personnel. Elle se mit à pleurer en songeant aux mille beautés en proie aux flammes. Peintures, sculptures, tapisseries et tentures. Le feu serait circonscrit quand il n'y aurait plus rien à brûler. Il fallait se rendre à l'évidence : après la chapelle, tous les appartements allaient être détruits.

— Qu'on laisse agir le feu, qu'on ne prenne pas de risques inutiles ! Seule la vie est importante ! s'écriait le duc.

Le feu dura une semaine. Un incendie comme, de mémoire d'homme à Lunéville, on n'avait jamais vu. Un sinistre au lourd bilan. Car on devait déplorer des victimes. On en compta huit dont le maître charpentier du duc Léopold. Lorsqu'il l'apprit, le souverain en fut très attristé. Cependant, il réagit. Il serra les poings et affirma qu'on reconstruirait le château et qu'il serait plus beau encore.

Il convoqua aussitôt ses architectes, dont Germain Boffrand, ses maîtres d'œuvre, plâtriers, peintres et artistes. On profiterait de cette reconstruction pour moderniser les appartements et les rendre plus confortables. Au diable les vastes chambres, les immenses boudoirs. Les appartements privés de la famille ducale seraient intimes. Certes, les salles de réception garderaient leur magnificence. Il fallait recevoir grandement les hôtes de marque, mais la vie privée de la famille de Lorraine se déroulerait dans un cadre à dimension humaine. Léopold estima sages ces décisions, d'autant que ses conseillers promirent de reconstruire en utilisant en priorité les matériaux récupérables. Mais qui avait vu le front soucieux de Léopold ? Quand les cendres furent suffisamment froides, avant de lancer les grands travaux, il convoqua son secrétaire et le chargea d'une mission.

— Vous souvenez-vous de ma cassette privée ?

Le secrétaire feignit de ne pas comprendre.

— Vos biens, votre argent, Votre Altesse ?

— Que non ! La cassette dans laquelle se trouvait ma correspondance.

Le secrétaire privé de Léopold avait parfaitement compris.

— Vous voulez parler des… des lettres de… enfin de votre correspondance personnelle ? questionna-t-il à voix plus basse.

— C'est cela. Je me demande si cette cassette a pu être sauvée. Après tout, murmura Léopold pour lui-même, je préférerais que le feu l'ait détruite. Je n'aimerais pas que ma chère Elisabeth-Charlotte ait connaissance de mes égarements.

— Je comprends, Votre Altesse, fit cérémonieusement le secrétaire en s'inclinant avant de se retirer. Je vais faire le nécessaire, bien sûr très discrètement.

Le lendemain, il demandait à être reçu par le duc. Il portait sur un plateau les ferrements, la serrure et la clef du coffret.

— Votre Altesse, voici votre coffret, du moins ce qu'il en reste. Tout le reste n'est que cendres parmi les cendres.

— Le ciel m'a donc exaucé, soupira le duc avec satisfaction. Puisqu'il en est ainsi, je verrai mon confesseur et nous n'en parlerons plus.

Le secrétaire avait approuvé la soudaine sagesse du duc. Puisse-t-il enfin s'éloigner de madame de Beauvau-Craon ! Puisse-t-il ne plus entendre les demandes de son mari, toujours à quémander des subsides pour leurs constructions. Un hôtel à Nancy, un petit château par-ci, un autre par-là, les finances de Léopold s'en ressentaient. On savait la bonté des souverains. S'il s'agissait de venir en aide aux nécessiteux, personne n'y trouvait à redire. Mais quand il s'agissait de jeter l'or par les fenêtres, quelque chose n'allait plus. Car on dépensait beaucoup à la cour de Lorraine, saisie, comme tout le royaume de France, par un besoin de fêtes somptueuses et par l'excitation du jeu. On jouait sans compter. Les jeux d'argent pouvaient rapporter gros. Des fortunes se faisaient en une soirée et dans une certaine fièvre. Mais cette passion pouvait se révéler désastreuse et ruiner tout aussi bien une famille en quelques heures. Léopold ne comptait plus les amis malheureux au jeu qu'il avait secourus en déliant les cordons de sa bourse.

— N'est-ce pas à cela que servent les souverains ? disait-il en plaisantant. Notre chère Lorraine n'a que trop souffert au cours du siècle précédent. Qu'elle se divertisse !

Si certains approuvaient, car ils bénéficiaient des largesses du duc Léopold, le grand intendant, lui, fronçait les sourcils.

— Au train où vont les choses, Votre Altesse, nous ne pourrons reconstruire le château. Les finances vont manquer sérieusement.

— Bah ! Qu'à cela ne tienne ! Nous vendrons des titres de noblesse aux grands bourgeois pétris d'orgueil et nous ferons ainsi rentrer l'argent dans nos caisses.

Léopold avait une nature heureuse, souvent contagieuse, et il réussissait toujours à convaincre ses proches.

Parfois, Nicolas Renard faisait quelques confidences à Manon sur la vie à la cour. Il n'approuvait pas les « manigances », comme il disait, des Beauvau-Craon, ni l'influence dont ils usaient pour parvenir à leurs fins.

— Cette femme est une intrigante, encouragée par son époux qui profite ainsi de la bonté de notre souverain. Léopold aime cette femme, cela se voit comme le nez au milieu de la figure, mais elle, grande coquette, se moque ouvertement de lui. Elle a des regards de suffisance qui en disent long. Pour un peu, on croirait que c'est elle, la duchesse de Lorraine. Notre souveraine est bien courageuse. Elle est d'une dignité exemplaire et ne fait jamais grief à son époux qu'elle aime de tout son cœur et à qui elle pardonne tout.

Manon découvrait ainsi peu à peu le jeu des grands de ce monde, leurs attitudes et parfois le soupçon d'hypocrisie habitant quelques âmes. Son retour au château de Bas, à Champigneulles, serait l'occasion de grandes discussions avec Victorine ou avec Claudine Chambrette. En attendant, elle avait entrepris de peindre l'incendie de Lunéville. Ce serait pour elle un moyen ne pas oublier cette nuit du 3 janvier 1719. On avait salué son courage. Elle haussait les épaules. D'autres avaient fait bien davantage. Mais le dernier mot, c'est le feu qui l'avait eu en prenant des vies humaines. Manon en avait conscience, malgré le chagrin éprouvé pour la disparition des œuvres d'art. « La véritable perte, songeait-elle souvent, ce sont les vies humaines. La mort d'innocents. Les vies bouleversées… » Elle se souvenait des corps retirés des décombres. De cette jeune femme sans doute cernée par les flammes et qu'on avait retrouvée brûlée vive, recroquevillée avec son petit dans les bras pour le protéger. Dieu s'était-il absenté de Lunéville cette nuit-là ?

4

Champigneulles, mai 1721

Manon revenait à cheval des terres de Saint-Thiébaut situées un peu au-delà de la ferme du comte de Fontenoy, sur l'autre versant du coteau de la Fourasse. Victorine et Hubert y avaient fait construire une bien jolie maison qu'ils habitaient le plus souvent possible.

Depuis quelques semaines, souffrante, Victorine ne s'était pas rendue au château. Malgré la présence d'une servante, Manon faisait donc des allers et retours à cheval pour aller la soigner. Victorine ne quittait plus son lit mais ne se plaignait pas. Certains jours, elle affirmait aller mieux. Quand Manon était près d'elle, elle faisait même des projets : bientôt elle reprendrait le chemin du château. Mais Manon n'était pas dupe.

L'hiver avait été bien rude. Victorine avait pris froid et s'était mise à tousser au soir de la Saint-Nicolas. Gustave Chardot qui, jadis, avait soigné Manon visitait souvent Victorine, inventant pour elle de nouvelles potions. Il avait mis Hubert et Manon en garde. Victorine souffrait de la poitrine depuis plusieurs années. Le mal qui la rongeait et dont elle ne s'était jamais plainte gagnait du terrain. Victorine ne guérirait pas. Elle était chaque jour plus pâle et plus faible. Auprès d'elle, Manon laissait éclater sa gaieté, se voulait confiante. Cet après-midi-là, Manon avait trouvé Victorine épuisée et gagnée par une immense tristesse. Elle avait écouté les recommandations de la vieille femme que la fièvre dévorait, mais qui, malgré son état, restait d'une grande lucidité.

— Ce qui me rassure, c'est que tu sais tout faire, déclara-t-elle. Je peux mourir, tu sauras tenir une maison et t'occuper d'Hubert qui sera perdu quand je serai avec Notre-Dame. Mon pauvre mari, tout seul… A part ses serrures et la taille des rosiers… Enfin, tu ne l'abandonneras pas, n'est-ce pas ?

Manon se pencha vers Victorine, les lèvres à hauteur de son oreille.

— Tu ne dis que des bêtises. Tu vas guérir bien vite.

— Qui sait ? Qui peut dire ?

— Moi, je le sens. Regarde-moi, dis-moi encore « ma douce ».

— Quand tu me parles ainsi, c'est vrai, je vais mieux…

— Le printemps est là, et le muguet a parfumé les bois au point de m'en donner mal à la tête. Tu te souviens quand, toutes deux, nous allions en cueillir d'énormes bouquets pour aller les offrir à Notre-Dame de la Pitié dans sa petite chapelle ? Nous y retournerons bien vite, ensemble.

Victorine sourit. Elle n'avait rien oublié. Il était bon de se savoir aimée. Mais elle pressentait sa fin, ne verrait pas les lumières de l'été fondre avec insolence sur le vallon de Noirval. Elle n'avait pas la robuste constitution de sa mère. Mais à quoi bon se plaindre, se répétait-elle, le bon Dieu l'avait tout de même comblée puisqu'il lui avait donné Manon. Certes, Victorine eût aimé la voir établie et choyer ses petiots. Pourquoi n'aimait-elle pas Jacques Chambrette fils ? C'était tout de même un beau parti, ce garçon-là. Un jour, il serait à la tête de sa propre manufacture. Le duc l'anoblirait, il ne fallait pas en douter. Manon continuait de se dérober.

— Qui donc a pris ton petit cœur ?

Manon se pencha avec affection pour lui répondre.

— Personne encore. Jusque-là, je n'ai aimé que Nicolas. Mais il était trop âgé, murmura-t-elle à son oreille en riant. Enfin, je l'ai aimé comme j'aurais aimé mon grand-père. Mais Nicolas est mort l'an passé, sans que j'aie pu le revoir. J'ai seulement reçu une lettre de lui. Tu vois, Victorine, curieuse comme tu es, tu es condamnée à vivre encore si tu veux connaître le visage de mon soupirant.

— Tu as sans doute raison, reprit Victorine. Mais c'est Dieu qui verra ce qu'il convient de faire. C'est lui, le maître de toute vie.

Manon chevauchait d'un cœur libéré après cette conversation. Elle avait aidé Victorine à boire sa potion. Après avoir rehaussé ses oreillers, elle l'avait soigneusement bordée dans son lit puis s'était penchée sur elle pour déposer un baiser sur son front. Enfin, elle avait tracé un signe de croix sur ce front plissé de rides et avait placé sa chère Victorine sous la protection de Notre-Dame de la Pitié.

Elle avait déjà passé la ferme du comte et traversait le petit bois avant de rejoindre la grande allée menant au parc du château. C'est après la source, alors qu'elle songeait encore à Victorine, qu'elle vit brusquement surgir devant elle un homme qui tenta d'arrêter son cheval. Surprise, la jument se cabra dans un hennissement affolé, se soulevant sur les pattes arrière tandis que Manon, après avoir vainement tenté de la calmer en tirant sur les rênes, chutait durement sur le sentier. Elle se relevait quand l'homme se jeta sur elle, un poignard à la main.

— Ton heure est venue, fille de catin ! hurla-t-il. Le domaine va passer au maître, et j'aurai enfin ma récompense.

Elle eût voulu lui répondre : « Qu'il garde tout, je m'en fiche ! », mais elle songeait davantage à sauver sa vie. Elle se débattait avec vigueur, bien décidée à ne pas laisser la lame la frapper. Elle tenta de crier de sa voix rauque pour affoler le veule personnage. C'est un rugissement qui sortit de sa gorge.

— Tu fais une belle diablesse, lança le bandit décontenancé de trouver une telle résistance chez la jeune fille dont la main libre avait saisi une poignée de terre et de gravier mêlés qu'elle réussit à lui lancer au visage.

Surpris, aveuglé, l'homme lâcha son poignard et se mit à vociférer. Quelques jurons fusèrent, tandis que Manon se relevait, cherchant fébrilement de quoi armer son bras, puisque ce voyou était à genoux à se frotter les yeux. Elle avait vu la lame du poignard luire entre les herbes. Elle le ramassa sans aucune hésitation. N'avait-on pas tué ses parents ? Le bras déjà levé, près de s'abattre, elle vit un homme surgir brusquement du sous-bois. Malgré les années, elle le reconnut. Il portait toujours le même chapeau à plumeau.

— J'arrive à temps, grâce à Dieu !

Déjà le jeune homme avait allongé le vaurien sur le ventre et lui attachait les mains dans le dos pour l'empêcher de nuire.

— La justice va s'occuper de cet assassin, mais toutes mes félicitations pour votre courage. Hélas, je suis arrivé trop tard pour Louise, que cet homme vient d'assassiner pour avoir trop parlé. Il a aussi tué…

Mais l'homme qui veillait sur Manon depuis des années ne poursuivit pas l'énumération des meurtres commis.

— Je conduis cette brute aux hommes du comte et je vous retrouve près de la fontaine du village, où des femmes lavent leur linge. Là, vous ne craignez rien. Attendez-moi. C'est promis ? Il faut que je vous parle.

Manon réalisa soudainement qu'elle venait d'échapper à la mort. Ainsi donc Louise, la maman du petit Gaston, n'était plus. Son cœur se souleva à cette idée, et elle se souvint que d'autres personnes aussi avaient péri. Pressentant un drame, elle ressentit une vive douleur au niveau de la poitrine. Elle frappa sa cuisse du plat de la main pour appeler sa jument qui revint et, au galop, s'en fut à Saint-Thiébaut.

Dans la grande salle, Marie, la petite servante, gisait face contre terre au milieu du linge qu'elle était en train de repasser. Surprise par l'irruption de l'assassin, elle tenait encore le fer à la main. Manon se pencha sur elle, retourna le corps et vit, sur son cou marbré de traces de strangulation, la fine cordelette qui avait servi à la priver d'air. L'homme l'avait serrée sur sa nuque sans que Marie ait pu voir son assassin. Elle avait tout juste treize ans. C'était une petite orpheline, fille d'un des fermiers du comte de Fontenoy. « Le misérable ! », songea Manon en fermant les yeux révulsés de l'enfant où se lisaient encore stupeur et incompréhension.

Le souffle court, le cœur sur le point de se déchirer, Manon hésita avant de pousser la porte de la chambre de Victorine. Elle pressentait le pire.

La porte grinça sur ses gonds de façon sinistre. Manon n'osait entrer, craignant de voir ce dont un être humain peut être capable. Victorine était allongée au milieu d'un lit resté impeccablement tendu. L'homme l'avait frappée dans son sommeil. Pas plus que Marie, elle n'avait dû croiser le regard de son meurtrier. Et, secrètement, Manon en fut soulagée. Un peu de sang tachait la fine chemise de percale entre les deux seins. Bouleversée, Manon s'agenouilla près du lit et prit la main de sa mère adoptive, qu'elle embrassa avant de laisser couler ses larmes.

« Mais pourquoi, pourquoi ? gémit-elle intérieurement. Pourquoi tout ce mal ? Je ne réclame rien… seulement un peu de paix pour ccux que j'aime. »

Elle pleura longtemps et ne sut pas comment le chagrin et la sagesse qui coulaient dans ses veines s'étaient soudain mués en révolte. Ce fut comme si une autre femme se glissait en elle. Cette fois, la guerre était déclarée. Cette fois, elle se vengerait. Et ce fameux « maître » verrait – ou ne verrait plus, car elle le tuerait – ce dont une femme meurtrie est capable.

— Je jure devant Dieu et diable de te tuer, misérable vermine ! De te crever les yeux et de t'ouvrir le ventre pour piétiner ton cœur et le jeter aux bêtes sauvages. Je le jure au nom du mal que tu as fait.

Manon avait fait ce serment à haute voix, de cette voix étrange, venue du fond de ses entrailles, et qui résonnait sinistrement. Se sachant seule, elle osa répéter :

— Je jure de te crever la peau ! Je n'aurai de paix tant que je n'aurai pas fait justice !

— Ce n'est pas à vous de faire justice. Je m'en chargerai et mènerai à bien la mission qui m'a été confiée par le duc Léopold.

Stupéfaite, elle se retourna et se trouva face au jeune homme qui lui avait donné rendez-vous près de la fontaine. C'était celui de l'arbre et de tous ses rêves. Elle se redressa avec fierté et défi pour ne pas se laisser aller à l'émotion. Mais ce fut plus fort qu'elle. Victorine n'était plus. Gaston était orphelin. Une violente douleur la submergeait au point de lui faire perdre pied. Le sang semblait se retirer de ses veines. Elle se sentait pâlir et vaciller. Le jeune homme avait fait un pas pour éviter qu'elle ne chute et lui tendit une chaise.

— Reprenez-vous, Manon. J'espérais vous épargner. Hubert est prévenu, il va nous rejoindre. Lui et moi pensions vous dire que Victorine était morte très naturellement. Mais votre cœur vous a avertie. Ne craignez rien ! L'assassin et son complice ont été arrêtés, mais d'autres courent sans doute encore dans la forêt. Je continuerai de vous protéger jusqu'à l'extermination de cette bande de voyous.

Manon pleura, sanglota. Sa chère Victorine, sa deuxième mère – ainsi l'appelait-elle dans le secret de son cœur –, venait de mourir de façon violente, comme sa mère quelques années auparavant. Quelle faute avait donc été commise dans sa famille pour mériter tant de malheur ? La jeune fille ne comprenait pas les desseins de Dieu. La révolte grondait dans ses veines.

Victorine fut enterrée le même jour que Louise et Marie. Joseph et Hubert se tenaient côte à côte, unis dans la douleur. Manon refoulait ses larmes. Dans ses bras, elle portait le jeune Gaston qui ne réalisait pas qu'une folie meurtrière le privait à jamais de sa maman. Manon n'avait pas oublié le serment fait avant l'arrivée du jeune homme. Un jour viendrait où elle se rendrait à Vricourt et exécuterait ce sinistre « maître » qui lui avait brisé le cœur.

Quelques jours après les funérailles, le comte pria Manon de passer dans son bureau avec Hubert.

— Je crains pour la sécurité de Manon si elle demeure en ce château. J'ai pris conseil auprès du duc Léopold qui est de mon avis. Manon partira discrètement pour Nancy demain soir avec la voiture du courrier. Pendant quelques semaines, elle se fera oublier dans mon hôtel particulier de la rue du Haut-Bourgeois à Nancy, non loin du palais ducal. Puis, de là, elle rejoindra Lunéville en habit de garçon par une voiture de courrier discrètement surveillée. Vous, Hubert, pour l'instant, vous demeurerez au château. Nous prendrons soin de vous.

— Sans Victorine je n'aurai plus le cœur d'habiter notre maison de Saint-Thiébaut. Je vais la vendre, monsieur le comte. Nous y avons été si heureux que je ne me vois pas y vivre sans elle.

— Ce sont vos terres. Je veillerai sur elles. Elles reviendront un jour à Manon. Si vous voulez rejoindre

Lunéville ensuite pour ne pas quitter votre fille, je vous y aiderai.

Manon regardait Hubert et comprenait son chagrin. Elle se tenait contre lui et avait passé un bras autour de sa taille, autant pour le protéger que pour chercher du secours.

— Je verrai, monsieur le comte.

Puis il abaissa son regard sur Manon et caressa ses cheveux aux reflets de soleil.

— Manon, ne m'en veux pas, mais pour l'instant je souhaite rester ici pour aller prier sur sa tombe. Après, j'irai vers toi, si Dieu me laisse sur cette terre assez longtemps…

Manon partit le lendemain, à la tombée de la nuit. Avant qu'elle monte dans le carrosse, Jacques Chambrette fils s'approcha d'elle.

— Je voulais te dire au revoir. Sais-tu que dans quelques mois j'irai m'installer à Lunéville pour travailler avec Luigi et faire le négoce de la faïence ? Je viendrai te voir. Tu veux bien, petite sœur ?

Elle tendit sa joue, et il y déposa un baiser. C'est alors qu'un autre homme fit bondir son cœur quand elle l'aperçut près de l'attelage. Il venait vers elle.

— S'il vous plaît, dit-il en se découvrant comme on le fait devant une dame.

Il tenait son chapeau à plumeau avec élégance.

— Manon, pas de bêtise, n'est-ce pas ? Je ne serai jamais loin. Et si je dois m'absenter, vous le saurez. Un autre me remplacera. En attendant, voici une petite flûte en terre cuite. Un peu magique. Si quelque chose ne va pas quand vous serez à Lunéville, si l'ennui survient, soufflez dedans, et j'accourrai. C'est promis ?

Elle abaissa les paupières en signe d'acquiescement.

Il était temps de partir. Elle le regarda longuement pour la première fois avant de se hisser dans le carrosse. Mais il la retint encore un instant en posant une main sur son avant-bras et, du plumeau de son chapeau, effleura ses cheveux en murmurant de douces paroles qu'elle ne comprit pas ou n'osa pas interpréter. Avait-elle rêvé ? N'avait-il pas murmuré « Bel ange » ?

La porte du carrosse n'était pas encore refermée. Alors il grimpa sur le marchepied et murmura à son oreille :

— Le temps n'est pas venu, Manon. Gardez-vous de toute vengeance… pour moi, ajouta-t-il plus bas.

Elle ferma les yeux afin qu'il ne vît pas le trouble qui la gagnait. Hubert avait assisté à la scène. Il revoyait la petite fille ensanglantée qu'on lui avait confiée neuf ans plus tôt. Il se souvenait de la joie de Victorine qui avait enfin de quoi épanouir sa maternité. Il devinait Manon au seuil d'une autre vie dont il devait se retirer sur la pointe des pieds. « Il n'est point de joie parfaite, songea-t-il, les plus belles ne sont que la face cachée de douleurs à venir. »

La jeune fille avait inondé de lumière la vie de ce vieux couple. La mort de Victorine, le départ de Manon plongeaient Hubert dans un immense désarroi. Il tenait son chapeau de feutre entre les mains et triturait nerveusement les bords. Il gardait les yeux baissés. Que Manon ne voie pas les larmes qui lui venaient !

Les chevaux s'élancèrent, et Manon se pencha par la portière. Elle agita la main et lui envoya des baisers. Ce départ ressemblait à une fuite, à un jamais plus.

Hubert avait su lui prodiguer mille tendresses. Quel avenir s'ouvrait devant elle ? Celles et ceux qu'elle avait le plus aimés n'étaient plus. Ses parents, Pieter, Victorine, Nicolas… Et Greta ? Qu'était-elle devenue ? Elle eut une pensée pour ses amis de la faïencerie. Quand les reverrait-elle ? Elle peindrait. Elle peindrait de toutes ses forces et de toute son âme. Elle peindrait pour eux, son autre famille, en attendant de régler ses comptes avec l'infâme personnage de Vricourt.

5

Lunéville, avril 1723, le dimanche de Quasimodo

Pour ne pas perdre sa matinée, Manon avait préféré assister à la petite messe, puis s'était rendue dans l'atelier qui avait été celui de Nicolas Renard. Elle peignait, un exercice qui la projetait hors du temps. A la fin de la matinée, Justine, une des femmes de chambre qui la servaient avec dévouement, frappa et entra en même temps.

— Mademoiselle, mademoiselle, vous avez une visite !

Manon posa ses pinceaux et contempla un instant le charmant petit Chinois qu'elle venait d'achever. Debout sur une barque, il avait un air un peu coquin et cachait son sourire jusque dans ses yeux bridés. La peinture montrait aussi une très jolie jeune fille dissimulée dans les herbes. L'avait-il vue ?

Manon essuya son pinceau et se leva comme Justine s'en allait. Le visiteur était là, se tenant un peu embarrassé sur le seuil de la porte.

— Manon ! Que je suis heureux de te revoir !

Elle eût voulu s'exclamer du même ton joyeux : « Moi aussi, Jacques ! » Mais c'étaient des manifestations qu'elle s'interdisait. Elle porta la main à son cœur, s'inclina légèrement et offrit son plus beau sourire.

Jacques Chambrette se dressait devant elle, son chapeau à la main, vêtu tel un gentilhomme, gauche et timide. Elle s'avança vers lui, lui prit la main et le regarda de bas en haut en hochant la tête. Il fit de même et s'exclama :

— Mais que vois-je ? Tu travailles, un dimanche ?

Elle secouait la tête en riant. Peindre n'était pas travailler, mais un besoin aussi nécessaire que respirer.

— Ma petite sœur est de plus en plus jolie ! fit-il, admiratif.

Et Jacques raconta son installation dans le faubourg de Viller. D'abord, il avait vendu de la faïence, celle de son père et celle de Luigi Bellino. Il avait ainsi beaucoup voyagé, en Lorraine, dans les Vosges, et s'en était allé jusqu'en Alsace dans le sillage des colporteurs. Il ne comptait plus les fois où il avait passé le col de Saverne pour sillonner l'Alsace du nord au sud et gagner ainsi la Suisse en passant par Bâle. Parfois, il s'en allait directement en Allemagne en passant par Strasbourg. L'Allemagne lui avait beaucoup appris. On y faisait des céramiques d'une grande beauté et d'une grande pureté.

— C'est la raison pour laquelle, petite sœur, je n'ai pas trouvé le temps de venir te saluer.

Elle prit son petit calepin et écrivit :

— *J'ai cru que tu m'avais oubliée. Ton père m'a rendu quelques visites. Il m'a dit combien tu étais talentueux. Il m'a raconté tes voyages et toutes ces jeunes filles du beau monde qui se pressent autour de toi. Si, si. Il m'a dit aussi que Claudine finirait bien par épouser son jeune savant, le fils du maire de Champigneulles, un certain Antoine Lavocat qui invente des machines à vapeur et bien d'autres encore. Je sais beaucoup de choses du château de Bas, par Hubert aussi qui accompagne parfois le comte de Fontenoy quand il est l'invité du duc Léopold. Je me suis résignée : Jacques a oublié sa petite sœur d'enfance. Les hommes ont si peu de constance...*

— Mais tu me taquines ?

Manon éclata de rire et l'obligea à s'asseoir. Elle mit une main à une oreille pour l'inviter à parler.

— Aucune femme n'a encore pris mon cœur. Et je venais t'annoncer deux nouvelles, une bonne et une mauvaise. Je commence par la mauvaise, qui est triste, mais dont découle la bonne. Luigi vient de mourir. Il avait soixante-cinq ans et depuis quelques mois souffrait du cœur. C'était, comme tu le sais, un homme de grande qualité, si absorbé par son métier qu'il ne s'est jamais marié. Avant de mourir, il m'a légué sa fabrique et appris quelques secrets. Je vais donc étendre ses activités et fonder, avec l'aide de mon père, ma propre faïencerie. Père dit, et je le crois, qu'à vingt ans on est encore bien jeune. Peut-être accepteras-tu de faire partie de mes peintres. Certes, ici, tu es une dame...

Manon sauta au cou de Jacques et lui montra tous ses dessins et peintures. Jacques les regardait attentivement.

— Tu vois, Manon, j'aimerais produire des faïences où toutes ces couleurs pourraient apparaître. J'aime tes scènes chinoises. Je rêve d'objets tels que plats, assiettes, écritoires, porte-horloges, éclatants de couleurs avec des jaunes, verts, bleus, rouges, roses mélangés. Luigi disait que tout était une question de cuisson. Pour l'instant, je parviens à produire des objets pour lesquels j'utilise un camaïeu bleu, rose ou beige rosé sans difficulté en maîtrisant parfaitement la température. Les dessins qui ornent les différents objets sont de plus en plus sophistiqués, précis, et l'on s'en émerveille tant à Champigneulles qu'à Pexonne, où père a fait quelques essais. Mais la couleur reste uniforme. La plupart des autres peintures virent au noir ou au violet ou se mélangent jusqu'à faire glisser et disparaître le décor.

La conversation était très animée. Jacques parlait, donnait des nouvelles des gens du château de Bas. Petit Gaston grandissait. Joseph lui avait trouvé une autre maman, très gentille, et une petite Germaine était née.

— Hubert me charge de t'embrasser. Il a prévu de venir avant l'été, confia Jacques à Manon.

Elle le savait. Les courriers partaient régulièrement. Hubert vieillissait doucement sans Victorine qui lui manquait. A l'évocation de ceux qu'elle avait aimés comme ses parents, elle sentit couler dans ses veines le poison du serment fait devant le lit de mort de Victorine. Pas un jour sans y penser. Pas un jour sans se souvenir. Elle n'aurait de paix qu'une fois sa vengeance accomplie.

C'est alors qu'un bruit de pas et de voix se fit entendre dans le grand corridor.

— Nos artistes sont là.

La porte de l'atelier était restée ouverte. Et Léopold parut, encadré de ses deux fils : Léopold-Clément, un beau jeune homme de seize ans qui se préparait à quitter Lunéville pour aller vivre à Vienne, et François-Etienne, son cadet d'une année.

Manon s'inclina avec respect dans une parfaite révérence.

— Allons, allons, Manon. Nous sommes entre nous, s'exclama le duc Léopold. Jeunes gens, je m'en venais vous inviter. Tout à l'heure, juste avant le dîner, nos paysans vont venir faire des présents aux jeunes altesses. Nous serions honorés que vous fussiez des nôtres. La cérémonie se passera dans le grand salon dont la restauration a été achevée il y a peu. Ensuite, nous festoierons.

Quatre ans après le terrible incendie, le château de Lunéville gardait encore des séquelles mais pansait ses plaies. La reconstruction allait bon train et, de jour, en jour la bâtisse retrouvait splendeur et éclat. Le nouvel édifice serait encore plus beau, disait Léopold.

Ses deux fils étaient assis entre les deux immenses portes-fenêtres, sous les voussures portant l'alérion à la croix de Lorraine. La famille ducale et les amis proches se répartissaient de part et d'autre des jeunes princes. Les femmes de la cour étaient assises, car madame la duchesse[1] les y avait autorisées, à condition qu'elles se rendent utiles et œuvrent pour les pauvres. Ainsi, à l'exemple de la duchesse qui ne supportait pas d'être inoccupée, les dames de la cour brodaient trousseaux et layettes pour les plus démunis.

Soudain, les portes à deux battants du salon s'ouvrirent dans un parfait mouvement d'ensemble exécuté

1. Le protocole de la cour de Lorraine était strict. Il ne permettait pas que les femmes soient assises lors des réceptions.

par deux gardes affichant un grand sérieux. Le plus âgé des deux annonça très cérémonieusement :

— Les offrandes des paysans de Fraimbois. En tête, monsieur le maire de Fraimbois et sa *tembatte*[1].

Le maire parut, drapé de dignité dans ses habits du dimanche et ses souliers vernis. Il tenait sa *tembatte* à deux mains. Ce n'était pas la première fois qu'il venait faire ses offrandes à la cour. C'était une coutume avant l'entrée en carême et après Pâques. Mais la plupart des habitants de la région qui le suivaient n'avaient encore jamais participé à cette cérémonie. Ils s'en étaient inquiétés.

« Et comment ferons-nous ?

— *Vo fera* comme *no*, avait dit le maire, le menton levé. Tout ce que *j'fera vo fera. J'fera lo* compliment. »

— Hum, hum ! dit le maire en se raclant la gorge. Vos Altesses !

Derrière lui, une rumeur de « Hum ! hum ! » gonfla soudain… Et l'on vit la main droite du maire s'agiter dans son dos en signe de silence. Et tous de faire de même. Les jeunes princes n'en croyaient pas leurs yeux. Qu'était-ce que tout ceci ?

— Après être allés très tôt à la messe, reprit le maire, nous voici avec nos présents, dont ce lait éclatant de blancheur, pour vous être agréable…

Et le maire s'avança. Plein de grandeur, mais les pieds un peu à l'étroit dans ses beaux souliers qui lui venaient de son père. Le parquet de chêne était si parfaitement ciré qu'il glissa, tenta de se rétablir, mais chuta tout de même avec sa *tembatte* qu'il lâcha et qui

1. Sa jatte de lait.

glissa devant lui pour se renverser quasiment aux pieds des jeunes princes. Et l'on vit l'incroyable : la vingtaine de députés se laissèrent choir, cul par terre, faisant également glisser leurs *tembattes* dans le chemin tracé par celui du maire. Les jeunes princes s'efforçaient de garder la dignité due à leur fonction et se retenaient de rire devant la large flaque de lait étalée au milieu du salon.

— Messieurs, bravo ! s'écria le jeune Léopold-Clément, le lait est excellent pour les parquets de chêne qui seront ainsi parfaitement éclatants.

Les mains levées, il applaudissait, bientôt imité par toute l'assemblée.

— Merci ! ajouta François-Etienne, pour vous récompenser, passons à table où un festin vous attend.

Le repas se déroula dans la bonne humeur, et le maire finit par confesser au duc Léopold que ses députés et administrés étaient des niais. Il n'était évidemment pas prévu d'inonder le salon. Léopold avait compris.

— Au moins, monsieur le maire, ajouta le duc, vous nous avez divertis, et nous en sommes heureux. Nous eussions pu croire que vous aviez répété ce geste. Le mouvement d'ensemble était d'une grande perfection.

— Ne vous moquez pas, Votre Altesse, supplia le maire, l'œil vif.

— Ai-je l'air de me moquer ?

6

Lunéville, 4 juin 1723

Manon était allée prier à la chapelle du château de Lunéville, dont la reconstruction débutée après l'incendie du 3 janvier 1719 était achevée. Boffrand s'était largement inspiré des plans de celle de Versailles. Le résultat était d'une grande beauté, avec une nef à galerie sur deux niveaux de colonnades, ioniques en bas et corinthiennes à l'étage. Le fronton des portes, orné de motifs représentant saint Charles Borromée en prière, était impressionnant.

Manon s'était installée dans les derniers rangs, une place qu'elle aimait parce qu'elle lui offrait une vue d'ensemble de l'édifice. Mais, ce jour-là, elle priait à genoux sur le prie-Dieu, la tête enfouie dans ses mains, avec une intensité telle qu'elle n'entendit pas le bruit de pas de celui qu'elle appelait son chevalier.

Il s'agenouilla à côté d'elle, passa un bras par-dessus ses épaules. Elle sursauta légèrement, ou plutôt frissonna, le regard hagard.

— Hélas, Manon ! Il n'est plus, ce jeune prince. La maladie a eu raison de lui. C'est pour sa famille qu'il vous faut désormais prier. Toute la famille ducale est en proie au chagrin. Les médecins n'ont rien pu faire. Je sais l'affection toute fraternelle qui vous liait à Léopold-Clément comme aux autres enfants des souverains... Que vous dire ? Je voudrais être un magicien et faire descendre sur vous une pluie d'étoiles et de soleil qui effacerait toute peine.

Manon tourna ses regards vers le jeune homme sans réaliser qui il était. Elle se mit à claquer des dents.

— Grands dieux ! s'écria le jeune homme, j'espère au moins que vous n'avez pas attrapé cette maladie. Mais vous êtes brûlante de fièvre ! dit-il en posant la main sur son front. Ne restez pas ici ! Malgré la beauté des lieux, cette chapelle est trop fraîche.

Alors que Manon se levait pour quitter les lieux, elle s'affaissa soudain. Le sol se dérobait sous ses pas. Cet assaut de fièvre était si brutal qu'elle perdit connaissance. Le jeune homme la recueillit dans ses bras et la souleva pour l'emporter vers ses appartements par le chemin réservé aux altesses royales, puisqu'un corridor reliait directement les appartements des souverains à la chapelle. En chemin, il croisa la première dame d'honneur de la jeune princesse Anne-Charlotte.

— N'approchez pas, je vous en conjure ! Appelez un médecin, vite ! Je crois que Manon est prise par la maladie.

On allongea la jeune fille, et le médecin du château fut à son chevet dans les minutes qui suivirent. Comme Manon avait été en contact avec le jeune prince, le diagnostic fut vite posé.

— C'est probablement la variole. Si elle ne prend pas froid et que les premières taches rouges apparaissent avant cinq jours, elle aura une chance d'être sauvée. En attendant, qu'on ne la quitte pas, qu'on la fasse boire et qu'on la rafraîchisse le plus souvent possible. Veillez à lui attacher les mains dès l'apparition des taches rouges sur son visage, de telle sorte qu'elle ne se gratte pas. Il faut éviter les vilaines cicatrices qui marqueraient à jamais cette jolie figure. Priez pour sa guérison. Puisse le Très-Haut la protéger, si tel est son désir ! constata Antoine Bagard avec fatalisme. Mesdames, ajouta-t-il encore à l'adresse des deux femmes de chambre qui allaient la soigner, mettez à bouillir tous les linges qui auront touché la jeune fille. Vous-mêmes, lavez vos mains aussi souvent que possible pour ne point transmettre cette maladie.

Manon délira pendant deux jours. De sa voix rauque, elle appelait Catherine, sa mère, et Victorine. Elle s'adressait à Greta, sa grand-mère, et s'exprimait dans une langue que personne apparemment ne comprenait. Le jeune chevalier ne quittait pas son chevet. Il demeurait soucieux, le visage dans ses mains ou le front appuyé à la fenêtre de la chambre qui donnait sur le parc. La fièvre ne voulait pas céder. Parfois, il fallait maintenir Manon qui se dressait hagarde sur son lit. Les deux gardes-malades se demandaient si la jeune fille n'allait pas mourir elle aussi, comme le jeune prince et celles et ceux des villages proches de Lunéville frappés par cette maladie qui réapparaissait tous les deux ans. Au soir du quatrième jour, le duc Léopold, le visage mangé par le chagrin, vint prendre des nouvelles de Manon qui gardait les yeux grands ouverts et fixés sur le plafond, sans reconnaître quiconque. En quel monde s'égarait-elle ? Le jeune homme lui parlait doucement.

— Je vous en prie, Manon, restez avec nous. Restez avec moi !

Léopold se pencha sur elle. Comme le médecin, il souleva ses cheveux et murmura au jeune chevalier.

— Ne soyez plus inquiet. Je crois que Dieu a eu pitié d'elle. Voyez ces quelques taches qui apparaissent sur son front, sous le menton et sur la nuque. Peut-être guérira-t-elle. J'ai prié Léopold-Clément d'intercéder pour elle. Dieu soit loué ! En Son ciel, il aura entendu la demande du jeune prince.

Le duc repartit de son pas lent, écrasé par la douleur que provoquait la perte de ce fils de dix-sept ans en qui il avait mis tellement d'espoir. Ce fils d'une si grande intelligence et d'une telle vertu. Il interrogea son confesseur. Pourquoi le ciel s'acharnait-il à lui reprendre les enfants qu'il lui avait donnés ? Elisabeth-Charlotte avait accouché treize fois, et si peu de princes et princesses avaient survécu et atteint l'adolescence.

L'abbé entendait la peine du souverain et ne pouvait que répéter :

— Dieu seul sait. Un jour nous saurons, nous aussi. Là où est l'héritier de Lorraine, il vous protège et veille sur vous. Ne doutez pas, Votre Altesse.

Dans toute la Lorraine, la nouvelle de la mort du jeune prince s'était répandue. Le peuple partageait le chagrin de ses souverains. Un jour de deuil fut décrété. Partout où s'élevaient des églises et des chapelles, des messes furent célébrées. On ne trouva pas un père, pas une seule mère pour demeurer insensible à une telle détresse. Léopold-Clément était l'héritier de la couronne ducale. Désormais, c'est sur François-Etienne qu'allait reposer l'avenir de la Lorraine. C'est lui qui irait jusqu'à Vienne pour épouser une princesse. Trop souvent humiliée par la France, la Lorraine se tournait naturellement vers les Habsbourg.

Manon poursuivait sa lutte contre la maladie. La fièvre fut moins intense la nuit qui suivit. Son visage semblait miraculeusement épargné. Ce ne fut cependant pas le cas de son dos. Il fallut allonger Manon sur le ventre pour que les boutons ne s'infectent pas sous le frottement des draps. Les deux femmes se relayaient pour changer les linges selon les prescriptions du médecin. Au septième jour, bien que faible, Manon réclama un peu de potage.,

— Elle est sauvée ! Merci, mesdames, déclara le médecin. Veillez à maintenir la chambre dans une propreté méticuleuse. Ne craignez pas d'aérer, en couvrant la malade. Evitez les brusques écarts de température. Un refroidissement provoquerait une rechute qui, cette fois, serait fatale à notre jeune miraculée.

Manon se rétablissait, mais demeurait faible. Le médecin lui conseilla de se reposer chaque après-midi et de remettre à plus tard les activités de peintre qui l'absorbaient pendant de longues heures. Pour la divertir, il lui conseilla de se rendre à la bibliothèque du château.

— Il y a d'excellents livres. Monsieur Duval est parmi nous en ce moment. Il se fera un plaisir de vous conseiller. C'est un homme extraordinaire. Un jeune berger que Léopold a pris sous sa protection. Monsieur Duval vous racontera comment, orphelin, un fermier, un berger et un ermite prirent soin de lui. Il vous racontera ce que fit pour lui le vieil ermite qui l'avait recueilli, comment il éveilla son intelligence. Mais il aura surtout grand plaisir à vous révéler avoir appris beaucoup par lui-même. Les sciences l'ont toujours passionné. C'est le précepteur des jeunes princes, monsieur de Pfütschner, qui, l'ayant rencontré en forêt, fut ébloui par cet esprit hors du commun. Il le présenta à notre souverain. Le jeune garçon qu'était alors Duval rêvait de trouver la route de Québec. Constatant l'érudition du jeune homme passionné par la géographie, Léopold le fit inscrire à l'université de Pont-à-Mousson. Maintenant, comme vous le savez, il donne des cours ici, au château, et a toujours mille anecdotes à raconter, car il a beaucoup voyagé à Paris, en Angleterre et en Italie, et même jusqu'en Hollande.

Manon soupira. Elle irait voir ce monsieur Duval, si cultivé, si savant, et qui connaissait la Hollande. Jusque-là, les voyages du père Garaudin n'avaient pas beaucoup fait avancer les choses concernant la quête de Manon.

La discussion qu'elle avait eue avec le médecin du château avait suscité la curiosité de Manon. Elle se souvenait de sa présence dans sa chambre pendant sa maladie. Elle n'avait pas rêvé, ses deux gardes-malades lui confirmèrent la chose. Oui, monsieur Duval était venu la voir à la demande du jeune chevalier reparti à l'étranger pour affaires, dirent d'un même élan les deux femmes. Duval avait ri quand on avait voulu le mettre en garde à propos de la variole, et le jeune chevalier avait renchéri. Tous deux avaient déclaré avoir eu cette maladie et l'avoir vaincue. Duval n'avait pas oublié les bontés du brave curé qui l'avait soigné alors qu'il grelottait de fièvre au cours du terrible hiver 1709.

— Mademoiselle Manon, s'écria Duval en la voyant s'avancer dans l'immense bibliothèque qu'il faisait vivre et qui était la fierté des souverains, que puis-je pour vous ?

Elle sortit son carnet et écrivit :

— *Je voudrais lire un ouvrage qui me fasse voyager jusqu'en Hollande.*

— Je m'en doutais, dit-il à voix basse avant de répondre plus fort : J'ai là, dans ce rayon, tout ce qu'il faut, mademoiselle. Un bel ouvrage, mais oui ! C'est l'histoire d'une jeune femme qui suit son amoureux au pays des tulipes…

Manon haussait les épaules.

— Après, reprit Duval, elle s'embarque à bord d'un bateau de la Compagnie hollandaise des Indes et s'en va en Chine pour découvrir le secret de la porcelaine.

Duval avait pris un air très sérieux. Celui du professeur sûr de lui. Toutefois, son regard pétillait de malice. Manon en fut agacée. On eût dit que Duval savait tout de son histoire. Cet homme – jeune encore – était d'une rare intelligence… Mais cette faculté de l'esprit n'expliquait pas tout, songea-t-elle. Qui donc avait si bien renseigné Duval sur elle ?

7

Lunéville, 31 juillet 1723

Les carrosses attendaient dans la grande cour de Lunéville. Les lourdes malles avaient été chargées dans plusieurs voitures. De jeunes pages, quelques domestiques et monsieur de Pfütschner, le précepteur, accompagneraient le jeune prince François-Etienne pour parfaire son éducation à la cour de Vienne, où il s'établirait définitivement avant la fin de l'année. Mais d'ici là, il voyagerait et effectuerait un tour d'Europe des grandes capitales afin de se familiariser avec les royaumes et empires entre Rhin et Danube, qui guerroyaient bien trop souvent.

A Vienne, grande avait été la tristesse de la famille impériale à la nouvelle du décès de Léopold-Clément, promis à la jeune Marie-Thérèse d'Autriche. Cultivé, et plutôt beau garçon, François-Etienne représentait donc tous les espoirs de la Lorraine, décidée à renforcer ses liens avec les Habsbourg. Il faisait toujours l'admiration de sa grand-mère, la princesse Palatine, qui restait aussi sensible au charme de

Charles-Alexandre, le benjamin des princes, à cause de son esprit farceur.

La veille, Manon avait fait ses adieux au jeune prince. Discrète, elle se tenait ce matin-là un peu à l'écart de la famille ducale. Léopold demeurait pensif tandis qu'Elisabeth-Charlotte retenait difficilement ses larmes. Elle s'appuyait sur ses filles, Elisabeth-Thérèse, âgée de douze ans, et Anne-Charlotte qui venait d'en avoir neuf. Elle savait que de longs mois, voire des années allaient les séparer. « Se plier au devoir d'Etat est parfois bien douloureux », songeait-elle. L'absence de ce fils laminait ses entrailles.

François-Etienne était un garçon affectueux. Serait-il heureux là où l'emportait son devoir ? Sa mère était certaine de lui manquer. Si ce mariage avait lieu, serait-il couronné d'amour ? Léopold se voulait rassurant. Il gardait en mémoire le souvenir de ses parents, qui avaient fait un authentique mariage d'amour. Charles V de Lorraine et Eléonore d'Autriche avaient vécu une grande passion. Léopold affirmait également en prenant la main de son épouse que leur union était harmonieuse et qu'il ne regrettait pas ce mariage voulu par Louis XIV. En ces instants, le duc était sincère. Mais Elisabeth-Charlotte voyait toujours derrière Léopold l'ombre de celle que, dans le secret de son cœur, elle raillait en l'appelant « la Craon ». Elle se gardait – et il lui en coûtait – de faire des reproches à son époux. Elle le regardait avec tendresse et finissait par lui trouver des excuses. Léopold aimait la beauté. La Craon ne manquait pas de charme. Cependant, jamais Léopold n'avait été injuste ou blessant avec son épouse. Jamais elle n'avait pu lire dans son regard quelque trace d'agacement ou d'irritation. Léopold avait donc raison. Leur mariage resterait une belle union. Elisabeth-Charlotte, elle, aimait profondément son mari.

Quand la dernière voiture du cortège eut quitté la cour, Manon songea à faire quelques pas dans les bosquets. Il y avait bien longtemps qu'elle ne s'y était rendue. Elle promit à Justine de ne pas aller trop loin, car les forces lui manquaient encore. Le soleil perçait difficilement les épais feuillages, et se promener dans les contre-allées était le seul moyen de trouver un peu de fraîcheur au cours de ce bel été.

Elle alla jusqu'au bassin de Diane et admira les plantations de bégonias et de pétunias. Sur un banc de pierre, elle se laissa choir dans un souffle de bien-être, consciente de se fondre dans la nature. Mais la pierre fraîche la fit se redresser. Elle se souvenait soudain des conseils de Victorine quand elle était petite fille.

« La pierre froide va te prendre les reins, ma fille. Relève-toi et active ton sang. »

Elle ressentit soudain une bouffée de nostalgie. Champigneulles, le château de Bas, la grande ferme, l'étang, la source de Bonne-Fontaine lui manquaient. Hubert avait promis sa visite pour le 15 août. Dans sa dernière lettre, il lui confiait qu'il s'ennuyait de sa Victorine. Sans elle, il n'avait guère goût à la vie. *Enfin,* écrivait-il, *ce qui me console, c'est de te savoir à Lunéville, au milieu de gens bien nés. On me dit que tu es heureuse et jolie.*

Heureuse ? Manon ne savait pas. Elle avait l'impression d'être en attente. Un immense besoin de savoir qui elle était l'avait soudain saisie après sa maladie. Il lui semblait qu'aucune vie ne serait possible si elle ne perçait pas les zones d'ombre parmi lesquelles elle évoluait. Mais par égard pour Hubert, pour ne pas le peiner, elle gardait pour elle ses états d'âme.

Jolie ? C'est encore ce qu'écrivait Hubert. Il était bien aimable. Le minois pouvait certes faire illusion. Manon avait eu la chance d'être bien soignée pendant la maladie qui eût pu l'enlaidir à jamais. Son visage avait été miraculeusement épargné. Jolie ? Que non ! A cause de cette voix. Une voix qu'elle ne pouvait utiliser, qui l'obligeait à taire ses émotions et qu'elle ne pouvait traduire que par le dessin et la peinture. Parfois, elle se laissait aller à mettre par écrit quelques petites phrases qu'elle ordonnait ensuite mais qu'elle n'avait jamais montrées à personne. Peur et pudeur mêlées.

Manon, comme toute jeune fille désireuse de plaire, s'observait dans son miroir, tandis que Justine l'aidait à se coiffer ou à s'habiller.

« Il faut sourire, mademoiselle. Quand vous souriez, vous êtes tellement jolie. »

Comment croire en la sincérité de Justine ? De tels compliments ou suggestions faisaient partie de son travail. Manon remerciait, congédiait Justine avec gentillesse, mais autorité, afin de retrouver la solitude qui lui convenait. La compagnie pesait à Manon parce qu'elle s'interdisait tout partage, toutes ces expressions orales qui viennent spontanément aux êtres humains. Manon souffrait de garder secrètes ses émotions.

Un grand silence régnait sur le parc et jusque dans les bosquets. Manon ne s'en étonna pas. Hubert lui avait expliqué qu'après la Saint-Jean les oiseaux se taisaient. La plupart des oisillons avaient assez de force pour se nourrir. Piaillements et gazouillis pour signaler et protéger les plus faibles devenaient donc inutiles en cette saison. C'est au cœur de cet immense silence que Manon songea à son chevalier. Où était-il ? Etait-il revenu de voyage ? Jamais encore elle n'avait utilisé la flûte de terre cuite. « En cas de besoin… ou d'ennui… » Personne, depuis la mort de Victorine, n'était venu mettre Manon en danger. Le besoin ne s'était donc pas fait sentir. Quant à l'ennui… Ce n'était pas l'ennui qui avait fait souffrir Manon. C'était le manque, un vide immense. Ça, oui. Et elle s'en était accommodée. Tremblante, elle sortit la flûte de sa poche, la regarda attentivement, la pressa contre son cœur. Et si elle soufflait dedans ? Que se passerait-il ? Rien, puisque son chevalier était parti en voyage. Il ne s'était pas signalé à elle depuis qu'il avait eu la certitude qu'elle guérirait. Mais pourquoi s'était-il absenté ? Enquêtait-il toujours sur elle ? Avant sa maladie, elle l'avait rencontré dans le parc. Une apparition aussi soudaine qu'inattendue. Il lui avait confié avoir progressé. Elle voulait savoir. Le rouge lui était monté aux joues. Elle joignait les mains pour le supplier de lui expliquer… D'un signe de tête, il lui avait signifié qu'il était trop tôt pour tout dire. Il lui demandait encore un peu de patience. Le temps était proche où la vérité éclaterait. Mais quelle vérité ?

Elle porta la flûte à ses lèvres, plaça ses doigts sur les trous et entreprit de jouer une des comptines que Greta susurrait à son oreille quand le sommeil tardait à venir dans la grande maison du bord de mer.

Manon jouait, retrouvant les paysages de mer et de brumes, de vent et de soleil qui se disputaient l'horizon. L'odeur du port montait jusqu'à elle. La voix âpre et rugueuse des marins qui dévalaient la passerelle des bateaux lui parvenait. Ils revenaient de Chine ou du Nouveau Monde, les cales chargées de richesses. Porcelaines, soieries, épices et cacao… Les narines de Manon s'emplissaient d'effluves. Elle voyait, depuis la fenêtre de Greta, les filles qui attendaient les hommes de la mer, balançant, lascives, leurs larges hanches. Elle entendait les mises en garde de sa grand-mère :

« Ne regarde pas les filles de marins ! Filles de marins, filles de rien ! Filles à soldats, filles tombées bien bas. »

Manon jouait la berceuse qui disait que les rêves sont plus grands que toute vie et qu'ils ouvrent la porte du paradis… Elle jouait sans difficulté, et le son de la flûte semblait porter loin, s'envoler au-delà des feuillages, traverser les jets d'eau de l'immense bassin dans l'allée centrale, là où Nicolas Renard avait installé ses sculptures et le dieu Mercure. Appuyée contre le chêne, Manon jouait jusqu'à l'ivresse. Elle n'entendit pas crisser le gravier de l'allée. Elle ne vit pas une ombre recouvrir la sienne. Mais elle perçut le souffle chaud et doux par-dessus son épaule en même temps que le plumeau d'un chapeau caressait sa joue.

Il était là soudain, comme si le son de la flûte l'avait fait venir.

Interdite, elle cessa de jouer et resta bouche bée, la main levée haut encore, tenant toujours « sa » flûte. Rêvait-elle ?

— C'est bien moi ! Quelque chose ne va pas ? Ou est-ce seulement l'ennui qui vous a saisie, Manon ?

Elle leva les yeux au ciel avant de poser son regard sur lui. Elle ne savait pas d'où venaient le trouble et la langueur qui la saisissaient. Il passa un bras sous sa taille. Elle ne se défendit pas. Il prit sa main libre et la porta à ses lèvres.

— Vous m'avez manqué, bel ange, dit-il doucement. Mais je sais ce que je voulais savoir. Bientôt vous n'aurez plus rien à craindre de personne.

Il resserrait son étreinte. Elle sentait la chaleur de son corps tout près du sien. Elle laissa alors aller sa tête contre lui. Il se pencha vers elle et, de ses lèvres, effleura sa bouche.

— Je vous demande pardon, Manon, murmura-t-il alors en se redressant et en s'écartant d'elle.

Il lâcha sa taille, mit un genou à terre en se découvrant et disparut comme il était apparu. Tout s'était passé si vite que Manon crut avoir rêvé. Elle porta les doigts à ses lèvres pour y chercher la trace de celles qui les avaient frôlées sans qu'elle se dérobe. « Serais-je une fille de rien ? Une fille de marin ou une fille à soldats ? » songea-t-elle avant de se laisser choir le long de l'arbre, où elle garda la tête posée sur ses genoux jusqu'à ce que Justine vienne la rejoindre.

— Mademoiselle, je m'inquiétais pour vous. Vous devriez revenir au château.

8

Lunéville, octobre 1724

Régulièrement, Manon se rendait à la faïencerie de Jacques Chambrette fils. S'il pleuvait, elle empruntait une voiture attelée, mais dès que le temps le permettait, c'est à pied qu'elle quittait le château, marchant dans Lunéville, passant non loin de l'église et de l'hôpital pour prendre la direction du faubourg. Avec ses constructions alignées, très ordonnées, Lunéville rayonnait et se donnait un air de capitale.

Manon devait respecter les consignes de sécurité imposées et ne jamais être seule en dehors du château. Justine et un garde l'accompagnaient dans tous ses déplacements. Mais ces mesures devenaient parfois encombrantes pour la jeune fille, qui éprouvait de plus en plus le besoin d'agir sans devoir rendre de comptes à quiconque.

Ce jour-là, une animation inhabituelle régnait à la faïencerie. En revenant de Pexonne, Jacques Chambrette père s'était arrêté au faubourg de Viller pour admirer les transformations de la manufacture de son fils, occupé à des essais comparatifs d'émail stannifère et plombifère sur des argiles différentes. L'émail stannifère, expliquait Jacques Chambrette fils qui venait d'embaucher un chimiste venu d'Italie, était une solution alcalino-plombeuse à laquelle on avait ajouté des sels d'étain.

— Tu ne peux imaginer, père, le savant dosage pour y parvenir. Mais tu vois le résultat. Cette faïence est plus blanche et plus opacifiée que les autres. Je suis certain que de ce fait les décors seront resplendissants.

Jacques Chambrette père prenait les pièces de faïence les unes après les autres, les regardait attentivement et approuvait d'un hochement de tête les dires de son fils. Il les montra aux deux peintres décorateurs qui l'accompagnaient. L'un venait de Rouen, l'autre de Nevers. Tous deux admiraient la belle qualité de cette faïence.

— L'effet de cette solution stannifère est indéniable, dit l'un.

— Je crois, quant à moi, que la qualité de l'argile de cette région est la base de tout. Sans parler du sable et de la chaux ajoutés, parfaitement dosés, répondit l'autre.

Tous deux sortirent d'une petite malle leurs poncifs. C'est bien pour la qualité de ceux-ci que Jacques Chambrette les avait convaincus de le suivre. L'idée des poncifs était séduisante. Sur des cartons représentant un dessin simplifié – base du décor à reproduire – on avait perforé les grandes lignes du décor. Le carton ainsi perforé et posé sur l'émail cru laisserait passer la poudre de couleur qui se déposerait avec précision. Resterait au peintre à enrichir, à unifier et peaufiner le décor, sans risquer la fatale erreur. Si Jacques Chambrette fils appréciait l'idée du poncif, il n'était guère enthousiaste quant aux modèles proposés. C'étaient sans doute des décors déjà utilisés dans d'autres faïenceries de France. Lui voulait des décors originaux. Il aimait les dessins et peintures de Manon et se disait que, bientôt, il trouverait le temps de cuisson idéal qui permettrait aux différents coloris de s'imprimer dans les objets fabriqués.

La jeune fille venait d'arriver et s'apprêtait à entrer dans l'atelier de peinture. Elle vit le groupe d'hommes en grande discussion. Elle allait rebrousser chemin quand Jacques Chambrette père pivota sur lui-même et l'aperçut.

— Mais c'est Manon ! s'exclama-t-il. Depuis combien de temps ne t'ai-je vue, fillette ? Pardon, je devrais sans doute dire « madame » et employer le « vous » ?

Paternel, il avait ouvert les bras pour l'embrasser. Et très naturellement, elle s'y était réfugiée. D'un signe de tête et de son beau sourire, elle lui indiqua qu'il ne fallait rien changer à ses habitudes. Pour lui, elle restait la petite fille du château de Bas. Son premier peintre, comme il disait lorsqu'elle venait dans son atelier.

— Tu es de plus en plus jolie et talentueuse, semble-t-il. Tu as vu ? Bientôt les affaires de mon fils seront plus prospères que les miennes. J'en suis très heureux.

Manon invita Jacques Chambrette père à se pencher vers elle pour qu'elle pût lui parler doucement sans trop faire entendre aux étrangers cette voix rauque qui la mettait si mal à l'aise.

— Comment va Claudine ?

— Finalement, je crois que le mariage avec le fils Lavocat va se faire. Tu te souviens de lui ?

Manon n'avait pas oublié le temps où Claudine lui faisait ses confidences. Elle avait bien deviné l'attirance que sa presque sœur éprouvait pour ce jeune homme débordant d'idées. Mais lui, tout occupé à ses recherches et inventions, ne voyait rien. Certes, il semblait heureux aux côtés de Claudine, était fort aimable, lui faisait ses confidences, mais cela n'allait jamais plus loin. Parfois, Claudine était désespérée. Antoine, disait-elle, n'avait qu'un seul amour, ses carnets et ses crayons pour inventer... Il eût fallu, ajoutait-elle, qu'il ait inventé l'amour.

— Sais-tu, confia Jacques Chambrette, qu'il a presque mis au point une machine à vapeur à deux fonctions ? La première, pour remplacer les bras des hommes, car la vapeur est une force considérable. Et comme pour obtenir cette puissante vapeur il a fallu construire un foyer important, Antoine a estimé que rien ne devait se perdre. Selon lui, cette chaleur peut être utilisée pour chauffer les fours dans la faïencerie. Il a pensé à tout. Pour les fours à faïence, ce système aurait l'avantage d'obtenir une mise en chauffe progressive. On ouvrirait à intervalles réguliers de petites vannes qui libéreraient la chaleur contenue dans des tuyaux judicieusement disposés sous les gazettes et étagères où se trouvent disposés les objets à cuire. Il n'y aurait ainsi aucune déperdition de chaleur, ni ces grandes différences de température qui font rater les cuissons ou glisser les décors. Je t'assure, Manon, Antoine passe chaque jour de longues heures à la faïencerie.

Manon se réjouissait du possible bonheur de Claudine. Mais elle savait qu'avant le mariage de Claudine il y aurait celui de Jacques, son frère. Jacques avait fait ses confidences à celle qu'il continuait d'appeler sa petite sœur. Il était très épris d'Elisabeth Béjot, une séduisante jeune fille de Lunéville qui nourrissait les mêmes passions que lui pour la faïence.

« *Alors*, avait écrit Manon sur son petit carnet, en le tendant à Jacques Chambrette fils, *je ferai votre portrait. Vous viendrez poser aux beaux jours près du plus grand bassin des bosquets. En fin de journée, la lumière est très douce sur les visages. Ce sera mon cadeau.*

— Tu es vraiment un ange. »

Le compliment avait fait rougir Manon. Elle en fut embarrassée. Elle eut peur que Jacques se méprît sur ses sentiments. « Ange, bel ange », c'étaient des compliments que lui murmurait parfois un autre homme. Un autre homme qui, lui, plongeait Manon dans des rêves et des langueurs qu'elle refusait d'évoquer. Si longtemps elle s'était interdit de penser à lui. Elle n'avait pas le droit, songeait-elle. Il ne fallait pas céder aux tourments du cœur. Maintenant, cet homme, son chevalier, venait chaque jour. Il s'asseyait près d'elle silencieusement, effleurait du bout des doigts ses joues avant de dessiner l'ovale de son visage. Le cœur battant, elle se laissait faire. Il effleurait ses lèvres, sachant qu'elle allait se dérober, tourner la tête les yeux emplis de larmes. Un soir, il s'était risqué à poser les lèvres sur son cou. Il avait perçu la fébrilité et le souffle court de la jeune fille.

« Manon, avait-il risqué, il faut que nous parlions. Je vous aime de tout mon cœur, mais de moi, vous ne savez rien, alors que je sais presque tout de vous. »

Elle avait mis un doigt sur sa bouche pour qu'il se taise, pour conserver le rêve de cet homme, jeune encore, dont petite fille elle avait tranché les liens qui le retenaient à un arbre. Lui, par son mensonge, l'avait sauvée, elle. Qu'il se taise ! suppliait-elle silencieusement. Qu'il reste le promeneur de ses rêves, sur les terres du merveilleux. Il devait demeurer ce bel amour pour qu'elle restât son ange. Mais il était là, si proche, son cœur contre le sien, qu'elle s'était mise à trembler de tout son corps, irriguée par un sang qu'elle ne connaissait pas. Un trouble effrayant et délicieux à la fois. Le désir soudain qu'il la serre dans ses bras, qu'il touche son corps et qu'elle ose aller à lui avait ébloui Manon saisie par le vertige. Elle n'avait pas compris la nature du trouble qui l'envahissait. Mais que pouvait-elle lui offrir, elle qui n'avait pas de voix, plus de langue dans sa bouche ? Jamais elle ne pourrait tendre ses lèvres, offrir la fleur du désir que l'on effeuille avant l'accomplissement de l'amour.

« Je vous aime, bel ange. Je ne pense qu'aux instants où je vous retrouve sous ce chêne où vous avez joué pour la première fois. Manon, regardez-moi, croyez-moi. Je vous emmènerai à Delft et en bien d'autres lieux, et nous serons heureux. »

Elle tournait la tête, affolée. La main sur sa bouche, et l'autre sur son cou. Rien n'était possible. Elle ne se jugeait pas capable d'inspirer l'amour. Elle ne voulait pas décevoir.

Doucement, il avait pris ses mains, murmurant que cela n'avait pas d'importance, qu'il voulait seulement étreindre son âme, le plus beau des joyaux. Il l'avait embrassée avec une infinie délicatesse sur la nuque, sous le menton et jusqu'à la naissance de la poitrine. « Il faut me croire », répétait-il. Alors, consciente de sa folie, elle s'était abandonnée, incapable de résister à la houle qui la submergeait.

« Permettez-moi de venir ce soir à vos appartements. Même si la nature est belle, je ne veux pas vous aimer comme une fille des rues. »

Pour toute réponse, elle avait risqué son regard dans le sien, avant de poser la tête sur sa poitrine. Et, pour la première fois, elle l'avait invité à lui tendre son oreille pour lui parler d'un souffle court et précipité.

« Votre nom, s'il vous plaît. »

C'était une prière et, à la fois, le signe de l'offrande.

« François, mon ange. François de Lamesnaye, au service de Léopold depuis ce que vous savez. Auparavant, j'étais lieutenant dans les armées du roi de France. Ma famille est installée en Bretagne. Mon père était marquis de Lamesnaye. C'est mon frère aîné qui a hérité. Moi, j'aurai la part des fermes de ma mère à qui je rends visite, mais dont s'occupe mon frère, car c'est ici qu'est mon cœur, depuis que je vous dois la vie. Depuis que je dois la vie à une délicieuse petite fille venue couper mes liens. A ce soir, Manon de mes rêves ! »

Manon n'oublierait rien de ce jour ni de ceux qui allaient suivre. Chaque soir, elle congédiait Justine, les yeux brillants de plaisir. La jeune servante s'en allait à pas discrets, d'un air entendu, heureuse pour sa jeune maîtresse.

« C'est le bonheur qui vient, je suis contente pour vous. »

François avait été patient et infiniment délicat. S'il désirait Manon, il ne voulait pas profiter de la situation. Il lui avait d'abord raconté ce qu'il savait d'elle et qu'elle n'ignorait pas – il en était persuadé. Leurs rencontres, leurs étreintes, d'abord réservées, se firent plus fougueuses jusqu'au soir où Manon décida que le moment était venu. Elle percevait la sincérité du jeune homme qui l'aimait malgré son handicap. Tout son corps frémissait d'attente. François avait alors délacé son corsage pour laisser jaillir deux jolis seins qu'il avait effleurés avec tendresse et émotion. Il avait perçu le désir de Manon. Il n'eut qu'à la porter sur l'immense lit et à vivre la plus belle des rencontres. Manon avait tout juste vingt ans. Elle se laissa emporter dans les abîmes du plaisir.

C'était donc cela, aimer, songeait-elle au milieu des draps froissés tandis qu'avec respect François la recouvrait avant de se rhabiller. Ah ! Qu'elle eût aimé le garder près d'elle ! S'endormir dans ses bras !

« A demain, bel ange ! »

François revenait chaque soir. Manon ne vivait plus que pour ces rencontres. Fébrile, elle guettait la fin du service de Justine, passait dans son boudoir, repoudrait son nez, vaporisait un zeste de parfum, avant de se retrouver dans les bras de son bien-aimé.

Il y eut un dernier soir où François serra Manon contre lui sans s'allonger près d'elle.

« Je vais partir, pour toi, pour nous. Je reviendrai, et tout sera réglé quant à tes héritages. Tu seras officiellement comtesse de Vricourt et hériteras du commerce que t'a gardé ta grand-mère Greta à Delft. Je vais la rencontrer, mais ne peux t'emmener pour l'instant. J'ai là un document te concernant. Il ne doit tomber entre les mains de personne. Cache-le, pour toi, pour nous peut-être. »

Il l'avait étreinte avec fougue et douleur à la fois. Manon en avait ressenti une immense tristesse, comme si elle pressentait un nouveau drame.

Elle avait coupé une de ses mèches, ouvert le médaillon qu'elle portait autour du cou pour glisser les cheveux dorés à l'intérieur. Puis elle avait offert le bijou à François ému, qui l'avait immédiatement passé à son cou.

« Mon ange, comment vais-je vivre ces semaines sans toi ? »

Et il était reparti. Elle l'avait accompagné jusqu'aux grilles du château, l'avait regardé se fondre dans la nuit et, les yeux pleins de larmes, était rentrée dans ses appartements.

Ce matin-là, à la faïencerie, porteuse du papier remis par François, elle voulait parler avec Jacques Chambrette, ce frère à qui elle pouvait tout dire.

9

Lunéville, janvier 1725

A plusieurs reprises, la duchesse avait prié Manon de la rejoindre dans ses appartements. Mais Manon avait fait la sourde oreille. Justine avait réitéré la demande de la souveraine.

— *Eh quoi !* avait soudain écrit Manon sur son petit calepin – non sans agacement. *Ne fais-je point ce que madame la duchesse me demande ? Je l'aide dans les travaux qui me sont confiés, tant à la faïencerie que pour ses pauvres. Je vais même parfois, sans qu'elle me le demande, à l'hôpital, soigner les enfants malades... Et puis, en ces jours, je suis si fatiguée*, avait-elle écrit à Justine avant de se laisser choir dans une petite bergère fleurie.

Justine lisait… et observait sa jeune maîtresse.

— Bien sûr que vous êtes fatiguée ! Vous vous donnez trop aux autres, sans penser à vous. Vous êtes de plus en plus pâle. Toujours ces maux de cœur. Que dirai-je à madame la duchesse ?

— Rien, Justine !

La voix qui venait de prononcer ce « Rien, Justine ! » avait fait sursauter Manon et sa femme de chambre. Ni l'une ni l'autre n'avaient entendu s'ouvrir la porte du salon. Elisabeth-Charlotte se dressait, altière, presque sévère.

— Laissez-nous, Justine.

Elisabeth-Charlotte s'était avancée jusqu'à Manon qui se levait pour faire la révérence, mais dut se rasseoir, victime d'un léger malaise. La duchesse rappela Justine.

— Elle se trouve mal, aérez la pièce, desserrez sa taille.

Puis elle caressa les cheveux de Manon et dit :

— Parlons comme deux amies. Prise dans mon chagrin de perdre deux fils – l'un pour toujours, l'autre, en l'envoyant à Vienne – je vous ai négligée. Parlez avec vos lèvres, je sais vous lire, ou bien dans mon oreille, comme vous le faisiez avec votre chère Victorine et parfois avec les Chambrette.

Manon ferma les yeux. Elle n'osait pas.

— Ne suis-je point une maman ? Dieu m'a fait naître dans une famille qui doit se mettre au service d'un peuple. A ce titre, je peux tout entendre. Ayez confiance. Je ne viens point pour vous gronder, je viens pour vous aider. Donnez-moi votre main, chère enfant, et parlons.

— Je vous demande pardon, Votre Altesse, murmura Manon. Je ne voulais point vous désobéir. J'ai trop honte.

— Mais de quoi, chère Manon ? De quoi ?

Pour toute réponse, Manon posa ses deux mains sur son ventre rebondi.

— Vous ? vous ?

— Oui, Votre Altesse. Et je suis sans nouvelles de lui depuis fin octobre.

Elisabeth-Charlotte n'eut pas à poser de questions. Elle savait qui était le père de l'enfant à venir. Avant de partir à Delft, François de Lamesnaye avait parlé à Léopold et à son épouse.

Manon se mit à pleurer, à sangloter même. Elle avait depuis si longtemps dû taire ses sentiments. Autrefois, elle pouvait se confier à Jacques Chambrette fils, mais il était de plus en plus absorbé par la faïencerie, et puis il avait sa vie personnelle. Son futur mariage avec Elisabeth Béjot se précisait, et Manon ne voulait pas s'immiscer dans ses affaires sentimentales. Elisabeth-Charlotte l'avait prise dans ses bras et l'embrassait pour la consoler.

— Chère petite, ne pleurez plus ! Je suis là. Nous sommes là. Certes, notre chapelain sera sans doute quelque peu froissé. Il va invoquer les foudres du ciel. Mais ce n'est pas une faute que d'aimer, et dans votre cas…

Manon, qui avait tant redouté le jugement des souverains, se sentit soulagée. Le poids qui pesait sur sa poitrine s'allégea. Pour autant, la visite de la duchesse n'enlevait rien au chagrin dans lequel la si longue absence de François la plongeait. N'avait-il pas promis d'être de retour pour Noël ? Depuis début décembre, les courriers avaient cessé, et Manon était au désespoir. Elisabeth-Charlotte s'assit auprès d'elle.

— Nous allons toutes deux préparer la venue de cet enfant qui fera votre bonheur. Il faut penser à le vêtir, à le coucher. Vous devez être heureuse et sourire. Il a besoin de votre joie pour naître riche d'espoir.

Manon prit son petit calepin pour écrire. Ce qu'elle avait à dire à la duchesse était trop long. Elle la remercia, mais lui confia aussi son inquiétude pour François. Que lui était-il arrivé ?

— Léopold s'en occupe. Il va venir vous voir dans l'après-midi. Il a bien reçu votre présent. Il était ébloui par cette écritoire fabriquée à la faïencerie par Jacques et décorée par vos soins. Chambrette a eu une idée épatante en y glissant les papiers vous concernant. Ils sont ainsi en lieu sûr dans le cabinet privé de mon mari. Quand François sera de retour – car il reviendra, n'en doutez pas –, tout sera éclairci.

Manon avait envie de croire la duchesse. Un immense besoin de se reprendre à espérer. L'hiver s'était installé sur les duchés de Lorraine et de Bar et sur toute la France. Une fine pellicule de neige recouvrait les bosquets qu'elle regardait depuis les immenses baies du petit salon qu'elle aimait tant. Elle voyait les statues de Nicolas Renard. Secrètement, elle le pria de protéger François et de lui venir en aide. Elle s'adressa aussi à ses parents, à Pieter, à Victorine... Tous lui manquaient en ces heures. La solitude peut se muer en une intense douleur. Et puis une onde traversa son ventre. Elle retint un petit cri en y posant les mains. Elle s'arrêta de respirer et regarda la duchesse, l'invitant à s'approcher pour qu'elle confirme.

— Il a bougé ! C'est merveilleux ! s'écria Elisabeth-Charlotte en l'embrassant. C'est un signe du ciel. Souriez, mon enfant ! Souriez à l'espoir.

Léopold et son épouse revinrent dans l'après-midi, alors que Manon se reposait près de la grande baie donnant sur le parc. Elle voulut se lever pour s'incliner.

— Restez où vous êtes, ordonna Léopold en prenant une bergère pour s'asseoir près d'elle. Asseyez-vous aussi, ma chère, dit-il à son épouse qui restait debout derrière lui. Nous avons à parler. Manon doit savoir l'estime que je lui porte et pourquoi. C'est une bien longue histoire qui remonte à Charles V, mon père, l'un des héros de la libération de la Hongrie, après cent cinquante ans d'occupation par l'Empire ottoman.

« Ce qui nous lie, mon petit, c'est la prise de la citadelle de Bude sur le Danube en 1686 par mon père Charles V. J'avais sept ans, et mon père m'en a fait un récit tel que je n'ai pu l'oublier. J'aurais pu être orphelin dès cet âge. Je l'ai été très tôt cependant, puisque mon père est mort en 1690. Mais ce que j'ai su, c'est qu'un Lorrain, un jeune lieutenant parti offrir ses services au Saint Empire germanique, avait sauvé la vie de mon père en se jetant sur lui au moment où un Turc tentait de le poignarder. La prise de la citadelle s'avérait difficile, et mon père et quelques fidèles déguisés en Turcs s'étaient déjà introduits à l'intérieur. Malheureusement, ils ne purent répondre aux questions des vrais Turcs. Mon père parlait trois langues, mais pas le turc, et le poignard se serait abattu sur lui sans la présence d'esprit de ce jeune Lorrain, originaire de Vricourt, qui s'interposa. C'est lui qui fut blessé.

Manon écoutait religieusement. Le nom de Vricourt l'avait fait tressaillir.

— Ce jeune Lorrain s'appelait Antoine de Vricourt et c'était votre grand-père, Manon, le père de

Catherine, votre mère. Mon père et ses hommes purent se ressaisir et vaincre les Turcs ce jour-là. Fort heureusement, Antoine parvint à se rétablir. Mon père m'a toujours parlé de lui, me disant de ne jamais l'oublier : « Si un jour nous revenons en Lorraine, il faudra retrouver Antoine de Vricourt. » Il a fallu cette rencontre malheureuse dans la forêt, la patiente enquête de François de Lamesnaye, pour que je découvre cette histoire. Savez-vous, Manon, pourquoi Antoine s'était engagé dans l'armée ?

Manon attendait les explications du duc Léopold.

— N'étant pas l'aîné de la famille, il n'était pas destiné à hériter des terres de son père. Il en est ainsi dans la plupart des familles : c'est l'aîné qui hérite. Les autres entrent dans l'armée ou en religion... Antoine ne voulait pas se mettre au service de la France, qui avait tant fait souffrir la Lorraine. Sa bravoure devait faire de lui un chef militaire remarquable, le lieutenant devint colonel, puis général. Il était déjà marié et père d'une petite Catherine dont la naissance le priva de son épouse. Quand il revint de la guerre, son frère Henri avait convolé avec une veuve qui avait déjà un fils d'un premier lit. Mais jamais Henri, le frère d'Antoine, ne devint père. Cependant, il découvrit le véritable visage de sa femme, et surtout son âme machiavélique. Elle intriguait pour que son fils héritât des terres de Vricourt. Henri avait rédigé son testament. A sa mort, les terres reviendraient à Antoine, votre grand-père, puis à ses héritiers, à Catherine donc. Les choses étaient justes. La guerre terminée, Antoine mourut peu après d'une étrange maladie. Catherine fut donc élevée par son oncle Henri et son épouse, une marâtre qui voyait en elle une rivale pour son fils et espérait bien qu'Henri referait son testament en faveur de son propre enfant.

Manon fermait les yeux à l'écoute de ce récit dont François l'avait déjà entretenue. Ce qu'elle avait ignoré, c'étaient les hauts faits de son grand-père Antoine vis-à-vis de la famille de Lorraine.

— Catherine, votre mère, avait un caractère heureux et se moquait de son héritage ; aussi, lorsqu'elle rencontra Johann qu'elle aima de tout son cœur, elle le suivit jusqu'à Delft. Poussé par son épouse, Henri l'avait maudite, lui interdisant de revenir à Vricourt, puisqu'elle avait renié la foi catholique pour embrasser le protestantisme de Johann. On ne saura jamais pourquoi Catherine voulut revenir à Vricourt. Peut-être le savez-vous ?

Manon se taisait. Que devait-elle dire ? Pendant quelques instants, elle garda le silence avant d'écrire :

— *Sans doute le mal du pays, et puis le désir de travailler la céramique. Ma mère et mon père connaissaient les terres argileuses de Lorraine. Mais surtout, mon père, au cours de ses voyages en Allemagne, en Angleterre et en Italie, avait découvert le secret d'une fabrication de faïence faisant penser à la porcelaine. Cette faïence si blanche, si fine, qui pouvait égaler les plus belles pièces venues de Chine ou de Saxe. Le désir de mes parents n'était pas de revendiquer l'héritage confisqué, mais de trouver une terre où s'installer et de vivre leur passion. Ils étaient au courant des facilités que vous accordiez aux étrangers qui s'installaient en Lorraine. Ma mère pensait que cela serait aisé puisqu'elle était de ce pays. Elle n'a jamais soupçonné la haine du beau-fils de son oncle Henri mort bien mystérieusement.*

— C'est le point qui nous préoccupe, François et moi, ainsi que Greta, votre grand-mère, toujours vivante il y a quelques mois et que François est allé quérir. Soyez persuadée, Manon, que je mettrai un point d'honneur à réparer les injustices dont vous avez été victime. Je veux votre bonheur et celui de François, au nom de la bravoure qui fut celle de votre grand-père à l'égard de mon père. Soyez fière des vôtres. Lorsque nous aurons réuni les papiers nécessaires, nous aurons toutes les preuves pour confondre ce sinistre seigneur de Vricourt aux deux visages. Celui d'une fripouille et celui d'un homme de bien, puisqu'il a fait construire une abbaye et une école. Malgré mes démarches à l'évêché de Toul et Metz, personne ne le croit capable du pire. Mais nous, nous savons sa folie.

Manon remercia le duc de Lorraine. Elle n'aspirait qu'à une chose : au retour de François. Longtemps, elle avait espéré aller se faire justice sur les terres de Vricourt. La haine rôdait autour d'elle. Il ne fallait pas qu'elle lui rongeât le cœur. Des envies de meurtre l'avaient submergée. Quelle arme serait assez puissante pour faire périr ce sinistre « maître » et sa détestable mère ? La tendresse et l'amour viendraient-elles à bout du poison de la vengeance ?

En ce jour de janvier, alors qu'une petite vie s'agitait en elle, Manon s'interrogeait sur le chemin à suivre. Y en avait-il seulement un ? Ou sa vie demeurerait-elle sans issue ? Elle songea à l'enfant à naître. Qui serait-il ?

10

Lunéville et Champigneulles, mars 1725

Le médecin de Léopold avait donné son accord pour ce voyage. Manon, qui cachait difficilement ses rondeurs sous d'amples jupes, pourrait se rendre à Champigneulles, d'abord au château de Bas pour aller embrasser Hubert qui vieillissait doucement, puis à la chapelle Notre-Dame-de-la-Pitié pour se mettre sous la protection de la Vierge. Elle irait prier sur la tombe de ses parents et sur celle de Victorine et Louise. Mais elle avait un autre projet qu'elle espérait mener à bien ; de ce projet-là, elle n'avait rien dit à personne, sans quoi le duc Léopold lui eût refusé ce voyage.

Madame la duchesse avait offert sa meilleure voiture. Elle avait exigé de ses couturières la confection de nouveaux coussins, malgré les épais capitons dont le carrosse était déjà pourvu.

— Manon ne doit ressentir aucun choc dans son état, disait-elle. Ce voyage est peut-être une folie, mais s'il est nécessaire pour sa santé d'esprit… Justine, promettez-moi de ne pas la quitter, de veiller sur elle. Je ne serai rassurée qu'à son retour. Quand je la verrai près de moi, occupée à garnir le berceau de l'enfant à naître.

Justine et les hommes de garde avaient promis. On jugea préférable de faire le voyage jusqu'à Champigneulles en deux étapes. Manon dormirait au couvent, entre Saint-Nicolas-de-Port et Dombasles.

Gagnée par une sorte d'excitation, la jeune femme ne se plaignait pas des aléas du voyage. Le carrosse était confortable. Le sourire aux lèvres, elle rêvait, songeait…

Au château de Bas, elle fut accueillie avec amitié. Pourtant, elle s'attrista en constatant l'état d'Hubert, qui ne la reconnaissait pas.

— C'est moi, Manon, souffla-t-elle à son oreille en prenant une de ses mains pour la poser sur son ventre arrondi.

Hubert ne réagissait pas.

— Il se perd dans ses rêves et ses souvenirs, expliqua la comtesse de Fontenoy. Il parle toute la journée à Victorine et ne reconnaît personne.

— *Mon Dieu*, écrivit Manon à l'adresse de la comtesse, *je vais le prendre avec moi.*

— Non, Manon ; ici, il est chez lui. Parfois, un éclair traverse son esprit, et pendant quelques minutes, voire pendant plusieurs jours, il semble avoir recouvré ses facultés avant de repartir, comme nous le disons entre nous, « en voyage ». Il se promène alors en des lieux inconnus de nous, et nous avons toutes les peines à le rassurer et à le réconforter.

— *Quelle étrange maladie !*

— C'est le grand âge et le chagrin mélangés. C'est le lot de tous. Nous vieillirons et aurons à vivre des épreuves. Peut-être serons-nous semblables à Hubert ? Mais il est tellement gentil.

C'est en début d'après-midi que Manon se rendit à la chapelle. Le soleil se montrait entre nuages et giboulées. Le fond de l'air était encore bien frais, mais la nature se préparait au printemps. Les chatons pendaient aux branches des saules qui bordaient la Meurthe. Manon éprouva beaucoup de plaisir à effectuer ce pèlerinage. Que Notre-Dame entende sa prière et lui ramène François avant la fête de Pâques ! Si son bien-aimé ne revenait pas, Manon savait qu'elle allait devoir se plier à l'ordre de Léopold : épouser monsieur de Pierreville, pour que son enfant ne soit pas un bâtard. Agé de quarante-cinq ans, monsieur de Pierreville avait accepté le marché du duc de Lorraine ; ce mariage lui permettrait de bénéficier d'une jolie rente à vie. Il achèterait ainsi une charge notariale et quelques actions dans les salines royales. En échange, il s'engageait à protéger Manon, moralement et physiquement. Manon n'éprouvait aucune attirance pour cet homme distingué, hautain. Elle n'acceptait ce contrat que pour l'enfant à naître, puisque son cher François demeurait introuvable. Elle refusait de croire qu'il l'avait abandonnée. On savait qu'il était arrivé à Delft, qu'il y avait rencontré Greta et que tous deux étaient repartis pour la France. A Bruges, leur trace s'était perdue.

Manon resta longtemps à prier dans la petite chapelle. Elle priait pour ses défunts, mais aussi pour les vivants qu'elle aimait de tout son cœur. Elle priait pour le retour de François et de Greta. Elle suppliait la Vierge pour l'enfant qu'elle portait et qui devait connaître son véritable père. Mais elle eut aussi de bien mauvaises pensées, songea-t-elle, pour les assassins qui avaient croisé son chemin. Elle ne s'était pas débarrassée de la haine qui la taraudait de temps à autre. Elle tentait de l'éloigner en allongeant sa prière. En vain. La haine piquait. Manon se rendit compte qu'elle lui permettait de se maintenir debout. Elle était une raison d'espérer en François, pour leur enfant.

Elle quitta la chapelle le regard brillant, avec la certitude d'aller à Vricourt dès le lendemain si Claudine consentait à l'aider.

Claudine se montra ravie d'accompagner son amie d'enfance dans la promenade que cette dernière projetait de faire sur la route de Toul, le long des côtes de Moselle. Elle mit cependant Manon en garde. Il fallait prévoir une petite journée pour accomplir ce voyage. Et, dans son état, il était préférable de l'étaler sur deux jours. On dormirait chez les chanoinesses de Hautlieu. Justine protesta. Cette escapade n'était pas prévue. N'était-ce pas courir d'inutiles risques ? Mais Manon affirma se sentir en pleine forme. Claudine demanda à Manon si elle ne voyait pas d'inconvénients à la présence d'Antoine Lavocat. Manon rit. Antoine était le bienvenu. Il se ferait valeureux chevalier protégeant, disait-il, les deux plus ravissantes jeunes femmes de Lorraine.

Justine insista :

— Cependant, deux gardes suivront ou précéderont l'attelage.

Claudine observait Manon, tendue à l'extrême pendant le voyage, alors que le paysage défilait. Les giboulées de la veille avaient cessé et le soleil caressait vallons et prairies après la froidure hivernale. Sur les coteaux de Moselle, on devinait quelques vignerons à l'œuvre. Des ajustements de taille, nécessaires pour un vin de qualité.

Manon demeurait songeuse. C'était la première fois qu'elle se rendait sur ces terres. Elle voulait voir les lieux où sa mère avait grandi. Une terre objet de bien des convoitises pour laquelle trop de personnes étaient mortes.

C'est alors qu'elle vit se dresser le château. Il ne ressemblait pas à ceux de Champigneulles [1]. C'était une imposante bâtisse, sans doute construite à la fin du Moyen Age, avec deux immenses tours et des murs épais troués de petites fenêtres. Il n'y avait plus de pont-levis. Le fossé avait été comblé et une pente un peu raide menait à la porte principale. Cette porte impressionnante, à deux battants, surmontée d'un chapiteau orné de têtes de lion, arrêtait tout visiteur. Qui vivait là aujourd'hui ? Sur le côté, on apercevait une discrète chapelle qui semblait faire partie du domaine. Manon fit arrêter le carrosse et regarda longtemps la demeure avant de demander s'il était possible de voir l'autre face du château.

— C'est impossible, répondit Antoine Lavocat qui connaissait la région. Derrière le château s'étendent les bois, qui appartiennent au comte de Vricourt. Nul n'a le droit de s'y aventurer. Le comte est le maître absolu. Personne n'ose résister à son pouvoir. On dit que bien des curieux auraient ainsi disparu. Cependant, dans le village et au couvent de Hautlieu, on parle du seigneur

1. Il y avait le château de Bas que l'on connaît, petit bijou du XVIIIe siècle avec fenêtres à la Mansart, et celui de Haut, aujourd'hui l'hôtel de ville après quelques transformations.

en termes élogieux. Car ce maître use de largesses, si l'on est de son avis et à son service. Mesdames, ne dormez pas à Hautlieu, préférez la petite abbaye de Clairval, à une bonne lieue, si vous n'êtes pas trop fatiguées. Ce serait plus prudent.

— Mais enfin, intervint Claudine, à Hautlieu, ce sont des religieuses…

— Certes, mais au service du comte. Ce sont les meilleures oreilles de ce triste sire, et comme elles règnent sur l'école, sur l'hôpital et veillent sur les familles pauvres, il n'a pas besoin d'espions. D'ailleurs, les bontés du « comte » – il se fait appeler ainsi – permettent à ces religieuses de vivre douillettement. Tout se paie.

— Qui est ce « comte » ? questionna Claudine.

— Le beau-fils du précédent, qui est peut-être mort. Il est parti en forêt sans jamais revenir. On n'a retrouvé que sa cape. Les loups l'auraient dévoré. Enfin, il y a loup et loup. Les loups de l'espèce animale ne sont peut-être pas les plus dangereux, ironisa Antoine. Moi, mesdames, je n'irai pas plus loin.

— Ce nouveau comte, demanda Claudine, est-il marié ?

— Il y a une femme à ses côtés. Qui n'est pas sa mère, puisque celle-ci est morte maintenant.

— Cette femme…

— Nul ne sait qui elle est. Elle ne sort jamais. Les mauvaises langues disent que c'est une catin ramenée de Metz. D'autres disent que c'est une jeune novice du couvent de Hautlieu. Si c'est vrai, elle a quitté un couvent pour une prison. On dit même que le couvent serait le vivier du maître.

Manon garda le silence. Le duc Léopold avait donc été parfaitement informé. Elle songea que ce comte était un monstre et se demanda comment pénétrer dans cette forteresse pour l'exécuter. Il ne méritait pas de vivre. Il avait trop de sang sur les mains.

« Quand j'aurai accouché, songea-t-elle, j'irai seule au couvent des sœurs de Hautlieu, je demanderai l'hospitalité et j'aurai une chance de voir le triste sire. Alors, quand il viendra "s'approvisionner", je le tuerai. C'est lui qui est cause de la disparition de François. »

Manon avait fait signe à Claudine. Il était temps d'aller se reposer à Clairval avant de reprendre la route. Elle demeurait silencieuse, perdue dans ses souvenirs. Elle revivait les rares instants passés aux côtés de François la berçant, la caressant. Ses joues n'avaient pas oublié le frôlement des mains de François, et tout son corps se tendait vers lui en pensée. François disait aimer son regard et la douceur de sa peau. Elle frémissait sous ses caresses imaginaires. Dieu qu'il lui manquait !

11

Lunéville, 15 juin 1725

Manon souffrait déjà depuis presque deux jours. L'enfant attendu se préparait sans doute à venir. Avec un peu d'avance, ce qui rassurait les médecins. Il serait moins gros et verrait le jour plus aisément. Cependant, bien que les maux dus à cette naissance toute proche se fassent plus insistants, l'enfant ne se montrait point. Manon était courageuse. Secrètement, elle implorait Dieu. Offrait ses souffrances en espérant l'incroyable : le retour de François. Elle avait épousé monsieur de Pierreville, puisque le duc en avait décidé ainsi. Monsieur de Pierreville se montrait affable quand il la croisait, mais se souciait fort peu d'elle. L'enfant qui allait naître ne le concernait pas. Ne le concernerait jamais. Et ce mariage avec Manon, pas davantage. Il ne la rejoindrait pas dans son lit. Il vivrait sa vie, et la jeune femme la sienne.

Manon ne voulait pas rester alitée. Elle épuisait le temps, et ce corps qui refusait de s'ouvrir, à marcher dans sa chambre. Mais soudain une vive douleur lui ceintura les reins. Anxieuse, Justine regardait sa maîtresse, la voyait se cambrer, les mains crispées au bas du dos.

— Madame, l'enfant va venir ?

— Je crois que oui.

— Mon Dieu, et le docteur Bagard qui ne revient que demain ! Je vais chercher le médecin de l'hôpital. Allongez-vous ! J'appelle Maria. Elle saura quoi faire.

Manon secoua la tête en tous sens. Non, elle ne voulait pas s'allonger. Elle préférait encore marcher en se tenant les reins, elle avait ainsi l'impression de contenir la douleur. Soudain la poche des eaux se rompit, et elle perçut l'onde chaude qui dévalait le long de ses jambes. Bien que prévenue de ce qui pouvait advenir, elle s'affola pourtant et se laissa choir sur le bord du lit au moment où arrivaient de l'hôpital Saint-Jacques un médecin et un chirurgien, ainsi que les femmes qui allaient assister Manon dans la mise au monde de l'enfant.

La vieille Maria entourait et réconfortait Manon avec tendresse. Elle s'effaça devant le corps médical et regretta l'absence du vieux Bagard.

Tout était prêt, les bassines remplies d'eau chaude, les linges soigneusement pliés. Manon était livide. Le médecin prit son pouls, se voulut rassurant, mais il craignait le pire. La jeune femme était bien affaiblie.

— C'est sans doute un gros bébé. Heureusement qu'il arrive avec un peu d'avance : il passera mieux. Mesdames, vous allez maintenir Manon assise. L'enfant trouvera plus vite son chemin.

Les douleurs venaient et refluaient à un rythme accru et déjà l'enfant aurait dû se présenter. Deux fois, Manon perdit connaissance. Soucieux, le médecin secouait la tête. Il s'affola lorsqu'il constata une hémorragie.

— Si seulement je pouvais m'assurer qu'il est bien engagé ! soupira-t-il. Si au moins la tête se présentait, avec les forceps, je pourrais aller chercher cette petite vie et délivrer la jeune mère.

Il vit enfin la tête et profita de ce que la mère était sans connaissance pour introduire les forceps. Il fallait tenter de tirer l'enfant. C'est alors que Manon reprit ses esprits et se mit à hurler sous l'effet de la douleur, au moment même où le médecin croyait saisir la tête de l'enfant entre ses instruments. Le cri de gorge de la mère le surprit. Dans le même temps, impuissant, il ne put que constater le recul du bébé. L'enfant n'était plus visible.

— Madame, écoutez-moi, osa-t-il, quand ce bébé se représentera, il faudra pousser. Vous le ferez, n'est-ce pas ? Je vous en prie, pour lui et pour vous.

Manon secouait la tête de gauche à droite. Du fond de sa gorge montait ce trop-plein de souffrance qu'elle ne pouvait plus refouler. Elle était épuisée, anéantie, vidée de toute énergie dans un corps qui ne lui appartenait plus, mais se rappelait à elle. Si c'était cela, donner la vie… elle préférait mourir. Elle se souvint : « Tu enfanteras dans la douleur. » La chute, après le péché. Il n'était pas possible que le Créateur eût voulu ainsi punir la femme pour sa curiosité. Le Créateur se devait d'aimer ses créatures. Il ne pouvait se repaître de leur souffrance sans être dépourvu d'amour et de compassion. « Laissez-moi mourir, mais sauvez l'enfant innocent », implorait-elle à l'oreille de Maria qui se penchait vers elle.

Manon appela sa mère, Victorine, François et s'évanouit une nouvelle fois tandis que Maria épongeait la sueur de son visage jusqu'à la naissance de ses seins déjà gonflés. Elle humectait ses lèvres et passait des sels sous son nez. Elle murmurait des paroles apaisantes et s'ingéniait à l'encourager tout en observant les médecins qu'elle désapprouva.

Le chirurgien et le médecin avaient vu les cheveux de l'enfant à naître, le cordon autour de son cou. Avec les forceps, on ne pouvait tirer trop précipitamment ce bébé sous peine de l'étrangler. Mais il fallait faire vite, sa vie était en danger. Une religieuse qui priait dans le couloir passa la tête et rappela l'urgence du baptême pour l'enfant. Maria haussa les épaules. Pour elle, la vie de Manon avait autant d'importance. Elle ne voulait pas se souvenir des paroles de la Bible. Une naissance n'était pas un règlement de comptes entre Dieu et ses créatures. Elle avait souvent aidé des jeunes femmes attachées à la cour à enfanter. Observant le déroulement difficile de cette naissance, elle jugea ces hommes trop imbus de leur science pour comprendre ce qui se passait. Il fallait intervenir et tenter l'impossible, sinon la mère et l'enfant rejoindraient le cimetière.

— Vous permettez ? osa-t-elle. J'ai déjà mis au monde beaucoup d'enfants. Enlevez vos cuillères [1]. Mes mains vont suffire, dit-elle en les montrant.

Elle se les lava comme elle avait toujours vu le faire en Allemagne – hélas, en France et en Lorraine, on procédait rarement à cette précaution.

1. Vos forceps.

— Quand je vous le dirai, messieurs, appuyez sur son ventre, juste sous le nombril.

Et lorsque parut une nouvelle fois la tête du bébé, délicatement, en écartant les parois du vagin, elle fit signe au médecin. La tête de l'enfant avançait, elle glissa alors deux doigts de part et d'autre, puis trois, tout en ordonnant aux médecins de presser et à Manon de crier le plus fort possible. Le cri ferait jouer les muscles du ventre et favoriserait l'expulsion de l'enfant. Alors, Maria put saisir la tête à demi engagée, et la faire pivoter. Elle dégagea ainsi le cou du cordon, et l'enfant perçut la lueur du jour. C'était une fille. Bien vivante, mais qui laissait sa mère meurtrie, anéantie.

Tandis qu'on s'occupait de la petite qui devait peser pas loin de sept livres, malgré les trois semaines d'avance sur la date prévue pour l'accouchement, Maria et les médecins surveillèrent la venue de la délivrance et l'écoulement du sang dont le flot semblait maintenant moins abondant.

— Elle a déjà beaucoup trop perdu de sang, dit le chirurgien au médecin, pour que nous lui imposions une nouvelle saignée.

Les écoutant, Maria haussa les épaules. D'où venaient-ils, ces deux-là ? De Versailles ? Avaient-ils donc appris la médecine au théâtre de Molière ?

Quand la duchesse vint visiter Manon et l'enfant en fin d'après-midi, Maria se trouvait encore au chevet de Manon, tout comme le médecin de l'hôpital qui attendait les félicitations de sa souveraine. Désireux de l'éblouir, il se livra à quelques explications savantes sur cet accouchement difficile dont, fort heureusement, sa science avait permis l'heureux dénouement.

— La science, docteur, et les doigts de fée de Maria, ne l'oubliez pas. Je suis au courant, sœur Espérance m'a raconté vos soucis.

— C'est cela, madame la duchesse, répondit le médecin voulant faire amende honorable. Vous avez raison, Maria a des doigts de fée.

Manon somnolait après la visite de la duchesse. Toutes deux s'étaient mises d'accord pour les prénoms de cette petite fille, choisis avec soin : Marie-Elisabeth, Françoise, Victoire. Marie pour deux raisons : Manon n'avait pas oublié ses prières à Notre-Dame de la Pitié, mais elle voulait aussi rendre hommage aux doigts de fée de la vieille Maria ; Elisabeth en hommage à la duchesse, à qui Manon devait la vie et la protection ; Françoise pour honorer François, son père ; Victoire, car cette naissance en était une. Manon tenait aussi à faire un clin d'œil à Victorine, couchée à Champigneulles dans le petit cimetière paroissial accolé à l'église Saint-Epvre.

Rassurée, Manon pouvait dormir maintenant. Elle avait demandé à la duchesse de Lorraine si elle consentait à être la marraine de sa fille.

« Vous m'en voyez ravie, Manon. Nous donnerons tout ce qu'il est possible à cette petite pour que la vie lui soit rayon de soleil et espérance. »

Manon avait souri. Quoi qu'il advienne, son enfant serait protégée. Elle n'arrivait pas à se projeter dans l'avenir. Elle ne se voyait pas tenant une petite fille par la main pour la promener sur les bords de la Vezouze ou de la Meurthe ou en quelque riche demeure.

Les jours qui suivirent, alors qu'elle était en train d'allaiter Marie-Elisabeth, Manon reçut la visite de Jacques Chambrette et Elisabeth Béjot.

— Elle ressemble à François ! s'exclama Jacques.

Manon avait fait signe à Jacques pour qu'il tende son oreille.

— Veux-tu être son parrain ?

Pour toute réponse, il embrassa Manon et, se tournant vers Elisabeth, sa future épouse, répondit :

— Tu nous fais un merveilleux cadeau, Manon.

— J'aurais tant voulu que François sache qu'il allait être père ! Qu'il la voie !

Les noces de Jacques et Elisabeth étaient toutes proches, et Manon put leur indiquer l'endroit de son atelier où était son cadeau : leur portrait, qu'elle avait pu terminer avant son accouchement.

— Heureusement que le dernier coup de pinceau a été donné ! Je me demande si un jour je pourrai poursuivre. Chaque jour qui passe aspire mes dernières forces, glissa-t-elle encore à l'oreille de Jacques.

Jacques ne pouvait rien répondre à son amie. La pâleur qui se lisait sur son visage était effrayante. Les cernes noirs autour de ses yeux inquiétaient le médecin.

Accompagné de la duchesse, ce dernier fit son entrée dans la chambre au moment où Manon retirait l'enfant de son sein.

— Manon, vous êtes trop faible pour allaiter votre enfant. Nous allons la confier à une nourrice.

Elle le supplia du regard : « Laissez-la-moi pour le temps qu'il me reste à vivre, ce ne sera pas long. » La jeune femme percevait les petites douleurs annonciatrices de la fièvre qui s'empare d'un corps rongé par les infections de femme. « Fièvre puerpérale » : le terme était tombé de la bouche de Bagard. Neuf fois sur dix, un accouchement qui avait nécessité l'aide des cuillères faisait mourir la mère de fièvres puerpérales.

Manon avait compris. Elle ferma les yeux douloureusement. Saisi par sa détresse, Bagard murmura :

— La nourrice donnera le sein à cette enfant près de vous.

La jeune mère eut un sourire et fit signe à Jacques de se pencher vers elle.

— Je te demande une grâce, souffla-t-elle. Demain… J'aurai quelque chose à te remettre. Il faudra procéder de la même manière que pour un certain document. Mais c'est toi qui garderas mon testament pour Marie-Elisabeth, ta filleule. Promis ?

— Allons, tu vas vivre, Manon. Ne dis pas de bêtises. J'ai besoin de toi pour la faïencerie. T'en souviens-tu ? J'ai toujours désiré que tu sois mon premier peintre. Je le veux encore.

Elle ferma les yeux. Jacques était généreux, mais elle savait la bataille perdue. Elle était arrivée au bout du chemin. Il lui restait à écrire à sa fille.

Appuyée sur d'épais oreillers calés dans son dos et sous sa nuque, Manon écrivait tandis que Maria changeait l'enfant. Manon écrivait à sa fille à qui elle jetait un regard de temps à autre afin d'emporter la vision de ce poupon charmant qui dormait maintenant à poings fermés dans son berceau. Manon écrivait, racontait sa vie depuis Delft jusqu'à Lunéville en passant par Champigneulles. Elle lui disait que son arrière-grand-père avait été un héros. Que ses grands-parents avaient été victimes de vils sentiments. Manon lui parlait de François, son père, le vrai.

Ma fille chérie, tu es l'enfant du plus bel amour qui soit. Je n'aurais pas pu te parler ni chanter pour toi comme le font toutes les mamans. Mais ta marraine, la duchesse de Lorraine, qui sait tout de l'art d'être une maman, me remplacera dans cette tâche. Et ton parrain, un amoureux de la faïence et de la beauté, t'ouvrira le regard. D'où je serai, ma fille chérie, je te protégerai. Tu pourras invoquer Notre-Dame de la Pitié dans sa belle chapelle de Champigneulles. Elle m'a toujours été d'un grand secours. Les Chambrette la connaissent bien. Quand tu iras, n'hésite pas au pied de l'autel à soulever la pierre de grès qui bouge un peu. Il paraît que cette pierre rose a abrité au siècle passé les messages d'amoureux. Le vieux curé disait que c'était une légende. J'ai regardé, j'ai vu que cette pierre cachait un grand creux. Et François y a déposé quelque chose d'utile pour la faïence.

Je te lègue mes peintures. A ta majorité, Léopold te remettra l'écritoire concernant ta filiation avec le fondateur des manufactures Van Hoeniger de Delft. J'y ai joint un autre testament.

Garde-toi du combat que je voulais mener pour punir le sinistre seigneur de Vricourt. La haine est destructrice et conduit au néant. Mais prends soin de cette petite flûte en terre cuite qui me vient de ton père. Pour me plaire, il la disait magique. Lorsque je soufflais dedans, il apparaissait, prêt à braver tout danger. J'y jouais un morceau de musique d'un auteur anonyme du XVIe *siècle* [1]*. Un morceau que j'avais*

1. Morceau auquel on a, aujourd'hui, donné le nom de *Greensleeves.*

appris de mon père. Je te lègue tout mon amour. Puisse-t-il t'ouvrir les portes de la vie ! Je t'embrasse de toute mon âme et je prie Dieu de veiller sur toi. Adieu !

D'une écriture fine et régulière, Manon s'était confiée à sa fille en serrant les mots pour que son histoire tienne sur deux feuillets qui seraient dissimulés dans une écritoire que Jacques Chambrette, son parrain, conserverait par-devers lui. Dès qu'elle serait en âge de comprendre, il lui remettrait ce testament de l'âme, selon les propres mots de sa mère.

Quand, le lendemain, Jacques Chambrette se présenta à la porte de la chambre de Manon, c'est Maria qui l'accueillit en larmes.

— Hélas, elle est morte, monsieur, dit-elle, le crayon à la main. Voici la lettre qu'elle voulait vous remettre.

Il se découvrit :

— Elle ne m'a pas attendu, s'écria-t-il avec désespoir.

Jacques demanda à voir Manon, que madame la duchesse avait fait embaumer et parer de vêtements de fête. Une somptueuse robe de soirée couleur de soleil au bustier brodé au point de Lunéville. Manon reposait, paisible. Mais ce corps glacé et rigide était bien éloigné de ce qu'avait été la jeune femme au charme mystérieux et indéfinissable. Sa part de lumière s'était éteinte à jamais. Jacques posa un genou au sol et baisa respectueusement son front. Dans son souvenir, elle resterait à jamais sa petite sœur.

— Je te promets de veiller sur Marie-Elisabeth, chère Manon. Elle sera telle ma propre fille. Sois heureuse où Dieu t'a appelée. Adieu.

— Pauvre jeune femme, pauvre petite fille, poursuivit Maria en tournant ses regards vers le berceau vide.

— Où est l'enfant ?

— Dans la pièce à côté, dans les bras de sa nourrice. Madame la duchesse vous en parlera. Elle désire faire élever l'enfant au château. Monsieur de Pierreville n'y voit aucun inconvénient. L'enfant ne l'intéresse pas. Madame la duchesse espère toujours le retour de monsieur de Lamesnaye.

Le cœur gros, Jacques Chambrette se rendit chez la nourrice.

— Quelle belle petite fille ! N'est-ce pas, monsieur ?

Jacques ne répondit pas. Il prit l'enfant un instant dans ses bras et la serra sur son cœur en souvenir de Manon. Il revit l'étang de Bonne-Fontaine, leurs courses dans le parc du château de Bas, les parties de pêche à la grenouille où Manon ouvrait et fermait le sac après chaque prise. Il entendait le vent du soir. Que de rêves il avait confiés à la fillette ! « Tu seras mon premier peintre quand je fonderai ma manufacture. »

Il rendit l'enfant à la nourrice et se tourna pour qu'elle ne voie pas les larmes qui montaient. Se hâtant jusqu'au faubourg de Viller, il courut se jeter dans les bras de sa bien-aimée.

QUATRIEME PARTIE

1

Champigneulles et Lunéville, automne 1727

Le duc Léopold de Lorraine et son épouse, la duchesse Elisabeth-Charlotte, s'en revenaient du château de Bas. Le carrosse avait déjà dépassé le relais de Maxéville quand Léopold soupira profondément.

— J'ai le cœur brisé à la pensée de la mort si soudaine de notre ami le comte de Fontenoy. C'est tout un pan de ma jeunesse qui s'efface. Il fut mon secrétaire particulier, et nous pouvions tout nous dire. Je me souviens combien il m'a réconforté lorsque j'ai voulu faire appliquer de nouvelles lois. Je voulais suivre le testament de mon père Charles V, qui préconisait que l'on laisse une distance entre le pouvoir temporel et spirituel : « Il ne faut point laisser l'Eglise régler les problèmes de la cité. »

— Vous vous souvenez des ennuis que cela vous a attirés, répondit la duchesse.

— Comment oublier ces dix ans de brouille avec Rome ? Enfin, cela appartient au passé, et j'ai compris, avec le temps, qu'il était préférable de rester près de son peuple et de ses amis.

Après un temps de silence, Léopold soupira.

— J'aimais vraiment le comte de Fontenoy. Sa mort est trop soudaine.

— Oui, Louise de Villelune est très affectée, soupira la duchesse. J'espère que ses nombreux enfants vont l'entourer…

— Je le crois. Léopold, l'aîné des fils, a toujours été proche du comte. Il s'intéressait à la gestion des biens. Le château de Bas, le moulin, la papeterie et la faïencerie pourront poursuivre leur activité.

L'équipage des souverains opta pour la vieille ville et se dirigea vers le palais ducal.

— Il est bon que nous commencions à éduquer cette enfant, déclara Léopold en se tournant vers Marie-Elisabeth, la fille de Manon. Nous nous devons de lui apprendre l'histoire des duchés de Lorraine et de Bar.

— Et la sienne, répondit la duchesse qui regardait la petite fille avec compassion. C'est une enfant fort éveillée, précoce même. Etes-vous de mon avis ? demanda-t-elle à son époux. Cette petite ressemble de plus en plus à sa mère. Lorsqu'elle était bébé, son regard de velours sombre donnait à penser qu'elle serait le portrait de François de Lamesnaye. Mais plus elle grandit, plus je songe à Manon.

— C'est exact, admit le duc.

— Et voyez-vous, ce qui est étrange et charmant à la fois, c'est que, en regardant cette « petite Manon » grandir, nous l'entendrons parler. Ce qui n'aura, hélas, pas été le cas de sa maman.

La petite fille était affectueuse et avait trouvé sa place dans le carrosse des souverains en s'asseyant entre eux. Elle avait fourré ses mains dans celles du duc et de la duchesse et n'avait jamais voulu rejoindre l'autre voiture lorsque sa gouvernante était venue la rechercher.

— Laissez, avait dit Léopold, elle sera sage. Elle voyagera avec nous.

— Votre Altesse, répliqua la gouvernante contrariée. Si je puis me permettre… Vos enfants n'ont jamais voyagé dans votre voiture.

— Eh bien, ce fut un grand tort, déclara Léopold amusé.

Quand on faisait remarquer au duc ses faiblesses pour cette petite, il rectifiait tout aussitôt :

— Non pas faiblesse, mais tendresse.

Avant d'entrer au palais ducal, le souverain de Lorraine demanda à faire un tour dans la ville de Nancy. Il aimait toujours observer la cité lorraine. Il en admirait la naturelle élégance, disait-il, et soupirait. Nancy eût dû être la capitale officielle de toute la Lorraine. Il eût aimé l'agrandir… Tout cela avait été la faute de Louis XIV.

Mais que ce temps était loin, déjà ! On avait marié Louis XV à Marie Leszczyńska, la fille de Stanislas, roi de Pologne, malheureuse victime du jeu politique européen. Stanislas qui avait pris le nom de comte de Cronstein en 1700, au cours d'un discret voyage où il avait fait escale à Lunéville. Pauvre roi désargenté, sans royaume ni couronne. Léopold avait eu pitié de son infortune, puisque, apprenant par le prince de Beauvau-Craon qu'il avait gagé ses bijoux à Lunéville, il les lui avait rachetés et les lui avait fait porter avec leur valeur en monnaie. On disait que Stanislas n'avait pas oublié. Léopold comprenait donc le peu d'enthousiasme du peuple de France apprenant que son très jeune roi épousait une princesse pauvre et plus âgée que lui. Ce fut tout de même un vrai mariage, en 1725, et en 1727, le 14 août, la reine avait donné naissance à deux charmantes jumelles : Marie-Louise et Anne-Henriette. Longtemps, Léopold de Lorraine avait espéré qu'une de ses filles serait choisie pour devenir l'épouse du jeune roi de France. Une manière comme une autre de préserver la Lorraine en renforçant quelques alliances, même si son cœur se tournait plus naturellement vers Vienne. A Versailles, on avait décliné l'offre du souverain lorrain. Se méfiait-on de la Lorraine ?

Non loin du palais ducal se dressait le magnifique hôtel que le prince Marc de Beauvau-Craon s'était fait construire avec ses deniers. Léopold ne pouvait rien refuser à Marc, son ami. Madame était si belle à son regard. L'hôtel de Craon, à proximité du palais ducal, était fastueusement meublé, plus confortable que ne l'était le palais lui-même – ce qui agaçait la duchesse de Lorraine. Les Beauvau-Craon aimaient étaler leur réussite. Léopold ne l'ignorait pas, mais se montrait indulgent. Il chassa les quelques idées sombres dont il ne pouvait se défaire en donnant l'ordre au cocher de diriger l'attelage vers l'église en construction, en bordure de la nouvelle ville. Le chantier était en route depuis plus de vingt ans. Ce serait, à n'en pas douter, la plus belle église de Nancy[1]. Mais par manque de fonds, les retards s'accumulaient. Quand pourrait-il aller y prier ? Il imagina la bénédiction, la première messe qui y serait célébrée. Dieu en serait-il comblé ?

1. C'est aujourd'hui la cathédrale de Nancy.

A Nancy, il se rendait souvent à l'église des Cordeliers, dans l'enceinte du palais ducal, où gisaient les ducs de Lorraine. Il en était toujours ému. Un peu de lui-même dormait là. Il devait se montrer à la hauteur de l'histoire de la Lorraine. Mais c'est à la collégiale Saint-Georges que Léopold aimait tout particulièrement fléchir le genou, devant la statue de Notre-Dame de Bonne-Nouvelle. De nombreux miracles avaient déjà été attribués à cette vierge allaitante du XIVe siècle qui devait son nom à la nouvelle qu'elle offrit à la duchesse de Lorraine, Renée de Bourbon, en 1525. On racontait en effet que, cette année-là, la Vierge était apparue à une petite muette qui priait devant la statue pour la victoire des armées du duc de Lorraine. L'enfant priait de tout son cœur quand une belle dame en bleu et blanc se présenta à elle : « Je suis Notre-Dame de Bonne-Nouvelle ; cours dire à Renée de Bourbon, l'épouse du duc Antoine de Lorraine qui se bat non loin de Saverne, que, par la grâce du ciel, le duc a eu raison des Rustauds [1], et que la victoire lui est acquise. » La petite fille fit comprendre à la Vierge que cette mission n'était pas pour elle, puisqu'elle ne pouvait parler. Alors la Vierge la frôla de son manteau, posa un doigt de velours sur ses lèvres, et l'enfant, éblouie, put parler. Elle courut donc jusqu'au palais pour rassurer la souveraine. A son retour, Antoine apprit le miracle et décida que cette Vierge allaitante s'appellerait désormais Notre-Dame de Bonne-Nouvelle.

C'est en sortant de la collégiale Saint-Georges, alors que son épouse et sa suite s'étaient déjà installées au

1. Les protestants.

palais, que Léopold aperçut un aigle qui planait majestueusement avec son aiglon au-dessus des crêtes du bâtiment. Il s'agissait d'un rapace appartenant au fauconnier du palais ducal. L'aigle guidait le jeune aiglon dans un exercice de voltige quand celui-ci rata son virage. Une de ses ailes se prit dans les crêtes. Sous le choc et la douleur, le jeune aiglon s'écrasa devant la porterie pour choir à même le pavé dans une petite flaque de sang. Le jeune cadet qui accompagnait le duc se baissa et ramassa l'aiglon mort.

— Mauvais présage, Votre Altesse, mauvais présage…

— Ceci ne regarde que moi, répondit Léopold qui avait soudain pâli. Pas un mot à mon épouse, je vous prie.

Le jeune cadet ne devait pas tenir compte de la recommandation de son souverain. Certes, il ne dit rien à la duchesse, mais se confia à son supérieur qui jugea utile, lui, de prévenir la souveraine. Elisabeth-Charlotte se tourna alors vers Dieu, lui demandant de protéger son époux et d'effacer à jamais ce sinistre signe de ses desseins.

Léopold ne voulait pas prêter attention à ce présage. Il vivrait normalement et, pour l'heure, il franchit la porte du palais en devisant sur les beautés de la Lorraine comme si rien de fâcheux n'était arrivé.

Le lendemain, le retour à Lunéville s'effectuerait avec une halte à Saint-Nicolas-de-Port, après celle que ferait Léopold à la chartreuse de Bosserville. Bosserville était un lieu de prière qu'affectionnait le duc. Un havre de paix d'une infinie douceur où l'âme trouvait à s'épanouir, disait-il. Il avait envie de s'y retirer. Une éventualité qui se faisait particulièrement urgente quand son ministre des Finances venait l'entretenir.

— Votre Altesse, nous manquons cruellement d'argent. Les dernières opérations financières se sont avérées désastreuses. Les fêtes que vous donnez à Lunéville sont trop coûteuses. Vos largesses sont trop nombreuses. Vous donnez sans compter. Pourquoi ne pas introduire un système semblable à celui de Law[1] ? Nous émettrions de la monnaie…

— Je vous rappelle que ce système, en Europe, a fini par une jolie banqueroute.

— Alors il faut lever des impôts pour renflouer les caisses.

— J'aime mes peuples, j'en suis aimé. Je serais indigne d'eux si je sacrifiais leur fortune à mes intérêts. Si mes peuples sont pauvres, je ne serai jamais riche.

— Que faire alors ?

— Nous veillerons à moins dépenser pour nous. Je vous le concède. Mais qu'un pauvre frappe à ma porte, et il me sera impossible de le renvoyer, vous le savez bien. Allons, vous n'ignorez pas que je quitterais ma souveraineté si je ne pouvais plus faire le bien. Je m'en irais prier jusqu'à la fin de mes jours dans un lieu comme Bosserville. Vivre la vie d'un moine reclus doit être exaltant, me semble-t-il ! J'y songe de plus en plus souvent. J'ai tant à me faire pardonner. Il faut préparer son âme pour paraître devant Dieu.

1. Financier écossais (1671-1729). Venu en France, il créa la Compagnie des Indes et, en 1716, organisa la Banque générale, banque de dépôt et d'escompte, devenue banque d'émission, qui connut la banqueroute en 1720.

La courte escale à Nancy semblait ravir Marie-Elisabeth, qui courait dans la galerie aux Cerfs.

— C'est une enfant délicieuse, disait la duchesse.

— Il est vrai. Je pense que demain sera un jour de joie pour elle.

— Et comment cela ?

— Savez-vous que Vayringe tentera de faire fonctionner sa nouvelle machine à élever l'eau dans le grand bassin des bosquets ? glissa le duc à son épouse. Marie-Elisabeth en sera éblouie. L'eau sera propulsée du centre du bassin à plusieurs mètres de hauteur, une hauteur jamais atteinte, pendant que de petits jets cascaderont tout autour et se croiseront par la seule force de l'eau. Les gueules des poissons cracheront l'eau, puis s'apaiseront. J'ai vu les dessins et quelques essais prometteurs l'autre jour quand vous étiez en visite à l'hôpital. Vayringe est un pur génie.

— Je m'en réjouis, vraiment, et j'ai hâte de retrouver Lunéville.

2

Lunéville, 22 mars 1729

La duchesse Elisabeth-Charlotte avait projeté de se rendre jusqu'à la faïencerie de Jacques Chambrette fils. Elle désirait passer une importante commande à présent que le faïencier et ses chimistes réussissaient à produire des objets où des couleurs jaunes et vertes avaient résisté à la cuisson. De mois en mois, leurs progrès étaient considérables. Jacques Chambrette voyageait beaucoup en France et surtout en Allemagne, et envoyait ses meilleurs ouvriers observer ce qui se faisait ailleurs.

La duchesse envisageait de faire faire d'immenses jardinières en faïence pour recevoir des plantes dans l'orangerie et dans ses salons de réception. Comme il faisait encore froid, elle se rendit en voiture au faubourg de Viller. Estimant qu'il était bon que la petite fille de Manon rencontrât le plus souvent possible son parrain, elle avait décidé que Marie-Elisabeth l'accompagnerait. A presque quatre ans, l'enfant savait lire et avait des reparties qui étonnaient les adultes.

La duchesse n'avait pas souhaité accompagner son époux parti visiter la nouvelle construction du prince de Beauvau-Craon à Ménil. Elle ne tenait pas à croiser celle qu'elle ne cessait d'appeler « la Craon ».

Léopold allait avoir cinquante ans et il vieillissait. L'embonpoint l'avait gagné, et, parfois, son cœur s'emballait jusqu'à l'essoufflement, provoquant de graves malaises. La duchesse observait son époux. Ces accidents de santé étaient de plus en plus fréquents, sans parler des difficultés du souverain à se mouvoir. Lui qui aimait se promener à pied dans Lunéville demandait désormais souvent une voiture pour ses déplacements. Mais, ce jour, elle l'avait vu partir à pied pour Ménil. Il faisait froid en cette fin mars, et elle l'avait invité à mettre une cape plus chaude que celle qu'il prévoyait de porter. Il avait ri.

— Vous ne changerez pas, toujours à veiller sur moi. Je vous en suis infiniment reconnaissant. Vous êtes la meilleure des épouses. J'aurais pu parcourir tous les royaumes, jamais je n'eusse trouvé mieux que votre personne. Soyez remerciée et bénie pour vos bontés !

Sous le compliment, la duchesse s'était inclinée. La gentillesse se lisait dans le regard de son époux. Il lui suffisait de l'exprimer par quelques paroles pour qu'elle retrouve soudain son entrain. Une onde de plaisir la parcourut. Elle écrirait à sa mère, dans son prochain courrier : *N'est-il pas merveilleux d'être encore aimée après trente ans de mariage ? Léopold est un époux d'une grande qualité et je l'aimerai jusqu'au dernier jour.*

— Ne vous souciez pas, avait dit Léopold, je rentrerai peut-être un peu plus tard que prévu. Vous savez que nous sommes en carême, et je compte bien m'arrêter en chemin à l'église des Capucins pour le salut.

La visite à la faïencerie avait comblé la duchesse et Marie-Elisabeth. La jeune madame Chambrette attendait un nouvel enfant. La naissance était imminente, et cette fois, confiait-elle à la souveraine, elle espérait qu'il vivrait plus longtemps que les deux premiers que Dieu lui avait repris quelques jours après la naissance. Elle voulait fonder une véritable famille avec une multitude d'enfants.

— Vous êtes encore jeune. Ne soyez pas au désespoir, mon enfant, vos prières seront entendues, dit la duchesse. Moi aussi j'ai vécu pareils tourments, continua-t-elle en se penchant vers elle avec affection pour l'embrasser.

La réputation de la duchesse de Lorraine était celle d'une femme de cœur, proche de son peuple dont elle partageait les joies et les peines.

La duchesse s'inquiétait, car son époux n'était pas encore rentré. Mue par un sombre pressentiment, elle s'emmitoufla dans un long châle de laine épaisse et quitta ses appartements pour aller l'attendre sous le grand porche où les carrosses se garaient. Elle finissait de descendre le grand escalier quand elle perçut une agitation anormale. On parlait fort, on demandait un médecin. Lorsqu'elle parut, elle sut. Cavaliers et pages aidaient et soutenaient Léopold.

— Mon Dieu ! gémit-elle douloureusement. Mon pauvre époux !

On emportait Léopold et l'on courait prévenir médecins et apothicaires.

Il fut allongé grelottant de fièvre. On informa alors la duchesse de l'accident survenu à Léopold. Tandis qu'il visitait les constructions du prince de Beauvau-Craon à Ménil, Léopold en voulant enjamber un ruisseau avait glissé et s'était retrouvé au milieu de la vase et de l'eau glacée. Il avait d'abord ri de sa mésaventure, tentant de se refaire une beauté et d'évacuer la boue dont ses vêtements étaient maculés. Malgré les conseils de ses gentilshommes et du prince qui avait offert son manteau, il n'avait pas voulu rentrer immédiatement pour se changer : « C'est carême et je veux aller au salut en l'église des Capucins. Je me changerai à mon retour. »

— Mon Dieu, dit Elisabeth-Charlotte en posant une main sur son front, il est brûlant de fièvre et délire déjà.

Léopold respirait à grand-peine. La congestion pulmonaire l'avait saisi.

Les médecins ordonnèrent une multitude de sinapismes à poser alternativement sur la poitrine du duc et sur son dos pour dégager ses bronches. On lui fit boire du sirop d'acacia, réputé pour désencombrer l'appareil respiratoire. Dans la chambre, l'apothicaire du château disposa d'immenses bouilloires où infusaient des feuilles d'eucalyptus.

— Il faut attendre plusieurs jours avant de percevoir une amélioration, dirent les médecins. Cet accident survient après d'autres, hélas, et comme Son Altesse a le cœur bien fatigué… Pourvu que la toux, qui risque de survenir, ne soit pas trop violente ! Une hémorragie lui serait fatale.

La duchesse ne quittait pas le chevet de son époux. Elle ne cessait de prier pour lui. Il passa une première nuit agitée ; au petit matin, il connut un léger mieux et ouvrit les yeux.

— C'est à l'église que j'ai pris froid, ma mie, confessa-t-il en s'efforçant de sourire. Si vous saviez le feu qui me brûle là, dit-il en montrant sa poitrine.

— Tout est fait pour que vous guérissiez…

— Notre vie ne nous appartient pas. C'est Dieu qui décide, soupira le duc.

La duchesse passa de longues heures à son chevet. Parfois, la fatigue survenait et la faisait somnoler. Une femme de chambre posait alors sur elle une couverture pour éviter tout frisson. Malgré le feu qui brûlait dans la cheminée, le froid de l'hiver n'avait pas tout à fait quitté les murs. L'humidité restait bien présente.

Au troisième jour, à sa demande, on administra le souverain, car la fièvre reprenait l'assaut, entraînant une respiration difficile et douloureuse. Léopold ouvrit les yeux et murmura quelques paroles bizarres, voire incompréhensibles, sauf pour son épouse.

— L'aiglon est mort. L'aigle va le rejoindre. Me voici, mon Dieu…

Le 27 mars, alors que le jour baissait après cinq heures de l'après-midi, tout était dit. Sa main dans celle de son épouse, Léopold rendait le dernier soupir.

Lorsque le peuple de Lorraine eut connaissance de la mort de son souverain, son chagrin fut immense. Léopold était un père. C'est lui qui avait redonné sa fierté et sa grandeur à cette terre bafouée et martyrisée pendant près d'un siècle. Depuis son avènement, fabriques, manufactures avaient fleuri. L'instruction avait été favorisée jusque dans les campagnes à présent verdoyantes et qui ne craignaient plus les famines. Le souverain prenait soin de faire remplir des greniers pour pallier les années de vaches maigres. Dès le lendemain, la foule se pressait dans la cour du château, attendant de rendre un dernier hommage à son bienfaiteur, un souverain si proche, si jovial, si généreux.

Le corps de Léopold fut embaumé. Ses entrailles furent déposées en l'église des Carmes et l'on exposa sa dépouille au château, dans une immense chambre tendue des plus belles tapisseries. Les habitants de Lunéville et des campagnes environnantes pouvaient venir prier autour du lit où gisait le souverain bien-aimé. Gardes, cadets et chambellans en tenue de deuil veillaient Léopold dans une grande dignité, mais ne pouvaient retenir leurs larmes. Accompagnée du prince Charles-Alexandre et des princesses Elisabeth-Thérèse et Anne-Charlotte, Marie-Elisabeth vint se recueillir devant le corps de Léopold paré des insignes et distinctions de son rang. Des bougies de cire blanche brûlaient jour et nuit dans des chandeliers d'argent placés de part et d'autre du lit mortuaire. A la tête du lit, l'encens se consumait dans des coupoles d'or posées sur des crédences couvertes de draps de deuil brodés d'or pour faire ressortir les blasons de la maison de Lorraine. Marie-Elisabeth avait glissé sa main droite dans celle de la princesse Anne-Charlotte, qui se signait et pleurait discrètement dans un mouchoir de soie blanche brodée à ses initiales. La petite fille observait les uns et les autres et mesurait l'immense chagrin qui semblait avoir étreint le château de Lunéville. Soudain, elle se mit à sangloter et à appeler « maman ». C'était la première fois qu'elle réclamait sa mère. Elle appelait la duchesse de Lorraine « marraine » et Jacques Chambrette « parrain ». On lui avait expliqué que Manon, sa maman, vivait avec Jésus au ciel et que jamais elle ne pourrait la voir. Elle la verrait quand viendrait son tour de s'envoler au-delà des nuages. Marie-Elisabeth, qui allait avoir quatre ans, comprenait soudain que cette grande pompe pour ce corps paré de tous ses atours et allongé sous un dais aux armes de Lorraine, surmonté d'un aiglon, était un adieu. Plus jamais, elle ne reverrait Léopold avec qui elle aimait tant se promener. Plus jamais, il ne lui raconterait les pays lointains de son enfance avec leurs montagnes immenses où la neige ne fondait jamais. Pour elle, parfois, il chantait en allemand, une langue que le précepteur du château lui apprenait.

Les funérailles de Léopold auraient lieu à Nancy, à l'église des Cordeliers, là où reposaient les princes de Vaudémont. Auparavant, son corps passerait par le noviciat des jésuites de Nancy. Un honneur et un salut à leur rendre.

Lorsque le carrosse funèbre, tiré par des chevaux brossés, lustrés, à la queue tressée de fils d'argent, quitta le château de Lunéville, toutes les cloches de la cité sonnèrent le glas. Le frisson fut général. Il en fut ainsi tout au long du parcours jusqu'à Nancy. On accourait de partout pour saluer et bénir à genoux le souverain une dernière fois. Bien avant la première porte indiquant Nancy, on vit une marée humaine massée de part et d'autre de la route pour attendre le souverain et l'accompagner. Les hommes et femmes se lamentaient. A mesure que le cortège approchait de la vieille ville, la foule en larmes grossissait à tel point que les chevaux durent s'arrêter à plusieurs reprises. Rien ne pouvait endiguer cette ferveur populaire. Prières et psaumes furent psalmodiés dans la rue. On mit des heures pour parcourir une lieue. L'affliction était profonde. Des hommes, tête nue, se frappaient la tête et la poitrine en signe de deuil. Les femmes gémissaient à même le sol.

— Qu'allons-nous devenir sans Léopold ? Nous sommes tous orphelins.

L'héritier des duchés de Lorraine et de Bar était François de Lorraine, qui vivait à Vienne depuis décembre 1723. Agé de vingt et un ans, parfaitement éduqué par le baron Pfütschner, il était bien préparé à succéder à son père. Mais depuis deux ans, il n'avait reçu aucun subside de la cour de Lorraine. Les caisses du trésor étaient vides. Les dettes dépassaient les dix millions de livres. Les revenus n'atteignaient même pas la moitié de cette dette colossale. François-Etienne envisageait son retour. Il le souhaitait même. Mais comment voyager sans argent ? Il dut attendre novembre pour revenir à Lunéville, où sa mère avait été nommée régente en son absence. Ce retour ne fut guère apprécié des notables et de la noblesse qui faisaient le siège du château. On jugea vite, et mal, le jeune souverain qui foula le sol de ses Etats accompagné de laquais et de chambellans allemands dont on se moqua. D'un naturel réservé, voire timide, François-Etienne décevait. Il n'avait rien de la bonhomie de son père. Allons, ce n'était point un Lorrain, persiflaient les mauvaises langues, mais un jeune homme froid et distant, façonné selon les rites d'une cour étrangère. Sa mère, duchesse et régente, connaissait bien son fils. Elle demeurait confiante. François-Etienne avait toutes les qualités requises pour rétablir une économie saine dans les duchés.

De ce fait, la vie à la cour sous François-Etienne ne ressemblerait pas, dans un premier temps, aux fastes que Léopold aimait déployer, lui qui se plaisait à copier Versailles. Le jeune souverain réorganisa l'administration, contrôla toutes les dépenses et mit bon ordre aux privilèges accordés. Il chassa les courtisans qui avaient envahi le château en son absence et qui puisaient à pleines mains dans le maigre trésor restant. Il ne tint pas compte des propos colportés sur ses humeurs maussades. Il fallait sauver la Lorraine pour qu'elle pût garder l'image d'un Etat dont personne n'oserait rire en Europe. Lui-même donnait l'exemple et vivait modestement. Le seul luxe qu'on lui connût fut l'installation d'une faisanderie sur un des coteaux qui dominaient Lunéville. D'Allemagne, François-Etienne fit venir des centaines de faisans pour peupler les campagnes en vue de futures chasses.

Dès son arrivée, il avait remarqué la présence de Marie-Elisabeth. A part son regard sombre, il sut immédiatement de qui elle était la fille. Il n'avait pas oublié les quelques séjours de Manon au château. Il se souvenait qu'elle était là le jour de son départ, en juillet 1723. Il lui avait fait ses adieux la veille, et le trouble l'avait saisi, comme à chaque fois qu'il la croisait. Manon était une jolie jeune fille, intelligente et réservée. Et il lui était arrivé secrètement de maudire le sort qui l'avait fait naître dans une famille où il fallait d'abord servir son peuple. Telle était la volonté de Dieu : un prince agit rarement selon son bon plaisir.

Sa sœur Elisabeth-Thérèse, qui avait quatorze ans lorsque était née la fille de Manon, raconta tout ce qu'elle savait de l'enfant devenue la filleule de leur mère. François-Etienne approuva les décisions de la duchesse de Lorraine. La générosité de sa mère n'était pas à remettre en question. Il rappela simplement qu'il fallait élever la petite en lui révélant progressivement son passé, ce qui, jusqu'à ce jour, n'avait guère été fait. A sa sœur, il confia avoir rencontré la fillette accompagnée de sa gouvernante dans les bosquets : lorsqu'il s'était adressé à elle, elle lui avait demandé avec candeur s'il était son papa François qui revenait de voyage.

— Vous imaginez ma stupeur. Certes, je porte le même prénom que monsieur de Lamesnaye… mais tout de même.

La princesse Elisabeth-Thérèse tentait d'étouffer le rire qui lui venait.

— Elle est si jeune, mon fils, dit la duchesse qui venait soudain d'entrer et avait entendu la conversation de ses enfants. Gardez-vous de juger sévèrement cette petite ! Elle est encore riche d'innocence.

— Vous avez raison, mère, approuva François-Etienne.

3

Lunéville, début avril 1731

Marie-Elisabeth boudait dans sa chambre, et sa gouvernante ne parvenait pas à l'en faire sortir.

— J'ai dit que je n'irais pas à la faïencerie. Si monsieur mon parrain veut me voir, qu'il vienne ici !

— Madame la duchesse a donné des ordres. Je dois vous préparer pour cette sortie. Vous savez que monsieur le duc, avant son départ de Lorraine, tient à visiter la manufacture de votre parrain afin de lui accorder les privilèges mérités.

— Cela m'est égal, je ne veux pas y aller.

— Vous serez punie.

— Cela aussi m'est égal. Je veux savoir l'histoire de maman Manon, et l'on me dit que je suis encore trop petite. Je suis toujours trop petite ici. J'ai presque six ans. Je sais lire, je parle déjà l'allemand et même le patois avec les paysans. Je chante et je joue du clavecin… pourtant je suis encore trop petite…

— Il suffit, trancha la gouvernante. Vous n'êtes qu'une enfant capricieuse. Habillez-vous, mademoiselle, ou vous n'apprendrez rien de plus sur vous-même.

Marie-Elisabeth s'était assise rageusement sur le bord de son lit, les bras croisés sur sa poitrine, la tête baissée, quand la princesse Elisabeth-Thérèse entra.

— Laissez-nous, dit-elle à la gouvernante qui ne savait plus à quel saint se vouer pour se faire obéir, puis elle s'adressa à la petite : Je sais que tu es triste et que, depuis la mort du duc Léopold, on s'intéresse moins à toi. C'est parce que le chagrin est grand ici.

Elisabeth-Thérèse parlait doucement à l'enfant. Elle s'était assise à côté d'elle, avait passé un bras autour de ses épaules et l'avait attirée à elle en caressant ses cheveux. Elle sentit fondre les résistances de l'enfant, qui enfin se laissa aller contre elle.

— Allons, ne doute pas. Nous t'aimons beaucoup. C'est vrai que tu sais faire mille choses. Dieu t'a comblée de talents. Ta maman serait fière de toi. Et ton papa aussi.

— Comment était-il, mon papa ?

— Magnifique ! Courageux ! Un vrai soldat pour défendre le duc et ta maman qu'il aimait tant.

— Et maman ?

— C'était une jolie jeune femme, une artiste. Tu as remarqué que, dans son atelier nous avons conservé, les jolis dessins et les peintures dont ton parrain s'inspire parfois pour décorer les objets de la faïencerie.

— Je voudrais que maman et papa ne soient pas morts, gémit soudain Marie-Elisabeth en sanglotant. Pourquoi m'ont-ils laissée toute seule ?

— Tu n'es pas seule, petite Mariza (le gentil nom parfois employé dans l'intimité et qui était la contraction de Marie-Elisabeth). Tu n'es pas seule, ta maman t'a confiée à nous. Elle était trop malade pour vivre et pouvoir t'élever. Qu'est-ce qui te ferait plaisir ? Dis-le-moi.

— J'aime pas qu'on m'appelle « mademoiselle ».

— Mais tu veux être une grande…

— C'est pas ça, être grande.

— Alors, comment est-ce ?

— Etre grande, c'est comprendre ce que les grandes personnes me disent. Et ça fait longtemps que je sais tout.

— D'accord. Mais comment veux-tu qu'on t'appelle ?

— Mariza, dit-elle en tendant sa joue à Elisabeth-Thérèse, comme vous, vous me dites.

L'enfant se réfugia sur les genoux de la princesse, se pelotonna contre elle. Elle avait besoin d'amour et de tendresse. Quand elle se sentit rassurée, elle accepta de se vêtir et de se rendre à la faïencerie avec la duchesse et sa suite.

Le carrosse s'était à peine immobilisé qu'impatiente, elle demandait à descendre pour se jeter dans les bras de son parrain ; la saisissant à la taille de ses deux mains puissantes, il la fit tourbillonner dans les airs. Elle eut alors ce bel éclat de rire qui depuis quelques mois avait déserté sa gorge. Quand il l'eut reposée à terre, elle se tourna vers son épouse qui berçait un charmant bébé de quelques mois.

— Tu vois ce joli bébé : c'est une petite fille, comme toi, glissa madame Chambrette.

— Comment s'appelle-t-elle ?

— Françoise.

— Moi aussi, je m'appelle Françoise. Marie-Elisabeth, Françoise et Victoire. Mais j'aime mieux qu'on m'appelle Mariza.

— Bien sûr, admit Jacques Chambrette. Je sais tout cela.

— Parrain, je peux vous dire quelque chose ?

— Mais oui, je t'écoute.

— La petite Françoise, je vais bien m'en occuper quand je viendrai ici ou quand vous l'amènerez au château et qu'elle sera déjà un peu grande.

La belle âme de Mariza ne demandait qu'à s'épanouir.

— Mère, déclara François de Lorraine après avoir visité la fabrique de Jacques Chambrette, faites en sorte qu'avant trois mois cette manufacture obtienne les privilèges et les exemptions de taxes qui lui permettront de s'agrandir et d'exporter en dehors des duchés. Il se fait ici un travail remarquable.

Le jeune duc de Lorraine avait admiré très sincèrement les productions de Jacques Chambrette. Il ne manquerait pas d'évoquer cette manufacture partout où il se rendrait très prochainement.

En France, on savait que ce jeune prince était promis à un brillant avenir. Futur gendre de l'empereur Charles VI ! Voilà qui inquiétait sérieusement la France et ses alliés. Un duc de Lorraine, gendre du puissant empereur… Dans quel camp se placerait la Lorraine en cas de guerre ? Elle se tournerait naturellement vers l'Empire où se trouvaient ses racines et son cœur. Un rien pouvait mettre le feu aux poudres et faire éclater la guerre, disait souvent à mots couverts le prince Eugène de Savoie. Et dans ce cas, le duc de Lorraine, futur gendre de Charles VI, serait prisonnier en ses terres.

— Votre Altesse, il faut vous éloigner. Allez vers Bruxelles et la Hollande avant de regagner Vienne, conseillaient ses amis.

Ce qu'il fit ce même mois d'avril 1731.

Du point de vue politique, ce voyage fut extrêmement enrichissant pour François de Lorraine. Toutefois, les Lorrains ne percevaient pas les raisons profondes de ce qu'ils considéraient comme un abandon. Ils ne voyaient pas venir une nouvelle guerre. Etaient-ils donc sourds ou trop confiants pour ne point entendre les bruits de bottes ? Et ceux des sabots des chevaux apeurés jusqu'à la folie par le fracas des armes ?

La régente Elisabeth-Charlotte replia le courrier qu'on venait de lui apporter et soupira en s'adressant au ciel.

— Mon Dieu, donnez les grâces nécessaires à mon fils pour la tâche que vient de lui confier l'empereur !

François-Etienne venait d'être nommé gouverneur de la Hongrie. C'était une marque de confiance indéniable, mais aussi, et la souveraine de Lorraine ne l'ignorait pas, un savant stratagème de la part de l'empereur d'Autriche. Son futur gendre percevrait ainsi quelques biens avant ses épousailles avec Marie-Thérèse d'Autriche.

Au printemps 1733, la guerre tant redoutée se précisa. Auguste II, roi de Pologne, était mort en février, et Stanislas Leszczyński s'apprêtait à partir pour Varsovie afin de réclamer son trône. Il n'était le favori ni de la Russie ni de l'empereur Charles VI, qui avait son mot à dire. Quant au roi de France, il ne pouvait supporter que quelqu'un d'autre que Stanislas, son beau-père, occupe le trône polonais, pas plus qu'il n'admettait qu'un duc lorrain succède à Charles VI, son ennemi de toujours. La Lorraine devait rester un Etat proche de la France au milieu de territoires déjà soumis.

4

Lunéville, été 1735

La duchesse assumait la régence avec la même générosité que son époux. Elle s'occupait des pauvres, visitait les malades. Elle rassemblait régulièrement les dames de charité pour des travaux manuels. On confectionnait des layettes, des nappes d'autel, et l'on devisait sur l'état du monde. Mariza se livrait aux mêmes travaux qu'Elisabeth-Charlotte et tirait l'aiguille avec talent. Elle aimait broder, rehausser de perles les festons des napperons d'autel. Lorsqu'elle montrait son ouvrage, elle attendait les compliments de la souveraine.

— Bravo, Mariza ! N'oublie jamais que sous les dentelles de perles seront les plus beaux joyaux.

Cependant, la vie à Lunéville n'était pas qu'austérité. Parfois, une fête était donnée au château qui continuait d'accueillir les visiteurs de marque attirés par la réputation d'une cour exempte d'un protocole pesant.

Ainsi oubliait-on les bruits du monde pour ne penser, disait la duchesse, qu'à l'essentiel. Apprenait-elle qu'un accident ou une maladie avait pris un père à ses enfants, un mari à une épouse, qu'elle accourait. On connaissait ses bontés. Parfois de plus riches personnages en abusaient un peu. Elle n'était pas dupe, mais, d'un geste de la main, elle faisait taire les regrets « qui ne servent à rien », disait-elle. La bonne action était faite. Elle préférait se tromper plutôt que de passer à côté d'une véritable détresse.

La duchesse régente donnait aussi l'hospitalité aux personnalités en exil, c'est-à-dire qui s'étaient brouillées avec Versailles. C'est ainsi que Voltaire lui demanda asile. On connaissait l'ardeur de sa plume. Une plume acérée qu'il ne trempait pas uniquement dans l'encre. Cette année-là, le philosophe se trouvait poursuivi par les soldats du roi de France pour s'être laissé aller à quelques écrits sur la Pucelle. Des écrits peu élogieux – il en convenait – mais qu'il avait couchés sur le papier, disait-il, par amusement et surtout pour ennuyer le roi. Un jeu pour lequel il avait parfois payé le prix fort et dont il se vantait.

— Le philosophe que voici a déjà couché à la Bastille, clamait-il.

Elisabeth-Charlotte accueillit Voltaire à Lunéville. Si Voltaire osait se moquer du roi de France, il était le bienvenu en Lorraine. Après, le philosophe irait prendre les eaux à Plombières. Ces eaux vosgiennes étaient excellentes pour la digestion et les maux de ventre.

Au cours de son séjour, Voltaire rencontra Mariza, la charmante fille de Manon qui avait dix ans. Il en fut ébloui et songea à sa « divine Emilie » du Châtelet, car Mariza montrait un goût certain pour les lettres et s'exprimait dans un français impeccable. Il conversa aussi longuement avec un jeune poète, le chevalier de

Saint-Lambert, qui connaissait toutes ses œuvres. Saint-Lambert venait souvent déclamer ses vers et agrémenter quelques soirées au château. Voltaire le félicita. Il trouva du talent à ce jeune homme qui rêvait de gloire.

— Paris, dit-il à Voltaire, Versailles sont des lieux où le talent peut s'exprimer pleinement. Je rêve de leurs lumières.

— Ne rêvez point trop, les esprits n'y sont pas aussi brillants que vous le supposez. On susurre et on persifle beaucoup. Si on porte aux nues un jour, c'est pour mieux embastiller le lendemain.

Voltaire voulut tout connaître du château de Lunéville. La bibliothèque de Duval, le petit berger ermite dont il apprit l'histoire ; la salle des machines de Vayringe, l'horloger de Léopold qui avait parcouru toute l'Europe. Les sciences n'étaient pas qu'à Paris, Voltaire le constatait. Comprenait-il soudain la jalousie des rois de France à l'égard de cette terre ? Il écrivit à sa chère Emilie, passionnée par Newton et par la géométrie, lui décrivant les instruments et inventions de Vayringe.

Il y a là un établissement admirable pour les sciences, c'est une grande salle toute meublée des expériences de physique et particulièrement de tout ce qui confirme le système newtonien. Il y a environ dix mille écus de machines de toute espèce. Tout cela est dû à un simple serrurier devenu un excellent physicien et philosophe estimable, grâce à la nature et aux encouragements qu'il a reçus du feu duc de Lorraine, qui l'a envoyé à ses frais en Angleterre.

Selon Voltaire, cette cour de Lorraine recelait des trésors de culture. Il reviendrait à Lunéville, mais, cette fois, il serait accompagné de la belle Emilie. Car il avait vu le magnifique théâtre que François-Etienne avait fait construire avant son départ pour Vienne. La duchesse avait fait revenir les décors de la salle d'opéra située près du palais ducal de Nancy. De somptueux décors peints par Francesco Bibiena – appelé de Bologne par Léopold – qui avaient enthousiasmé le philosophe. Déjà, il imaginait des représentations de ses propres pièces à la cour de Lunéville. Il s'extasiait aussi sur les belles faïences de Jacques Chambrette.

Vous pensez bien, écrivit-il à Emilie, *qu'ici je ne fais point le courtisan. J'espère vivre ici comme les souris d'une maison, qui ne se lassent pas de vivre gaiement, sans jamais connaître le maître, ni la famille. Je ne suis point fait pour les princes, encore moins pour les princesses.* [...] *Mais vous savez, on ne croit presque pas avoir changé de lieu quand on passe de Versailles à Lunéville.*

Mariza était impressionnée par l'importance du personnage, par sa culture et son don de répartie. Elle savait qu'il était l'auteur de *Zaïre*, de certains contes cruels et qu'il maniait la rime avec une remarquable aisance. Voltaire évoqua la « divine Emilie », son amoureuse, une jeune femme extraordinaire. Il voulait écrire pour elle et qu'elle jouât ses pièces. Emilie avait tous les talents, confiait-il. Mariza écoutait et se demandait si un jour elle pourrait inspirer une telle passion à un homme. Elle glanait bien quelques regards parmi les gens de la cour et parfois elle se plaisait à observer le jeune chevalier de Saint-Lambert. Quel âge avait-il ? Dix-neuf ans, c'est cela. Sa gouvernante le lui avait dit : « Mais ce galant n'est pas pour vous, mademoiselle. Il papillonne un peu trop. Il butine les cœurs et les délaisse tout aussitôt. C'est un beau parleur qui sait manier les mots et la langue, mais rien ne dit qu'il pense ce qu'il écrit. »

Qui pouvait imaginer le tour que prendrait la guerre à propos de la succession de la Pologne ? Si la Lorraine n'était pas concernée, elle allait cependant devenir l'enjeu de tractations inimaginables. Louis XV avait enfin trouvé le moyen de la rattacher définitivement à la France. C'était nier une fois de plus sa souveraineté. Léopold avait souvent pensé que le royaume de France ne reculerait devant rien pour mettre la main sur les duchés de Lorraine et de Bar. Il ne s'était pas trompé.

Quand la duchesse régente fut informée des sombres jeux politiques de ses puissants ennemis – parmi eux la France et la Prusse –, elle garda sa dignité. Elle parvint à se dominer, à se tenir droite, mais elle ne put empêcher les larmes de monter à ses yeux et de ruisseler le long de ses joues.

Le 10 octobre 1735, Mariza était près d'elle lorsqu'un domestique vint l'informer que deux courriers venaient de lui être apportés ; l'un venait de Versailles, et l'autre de Vienne. La duchesse se tenait au courant des affaires politiques européennes. Elle savait qu'une réunion avait eu lieu au début de ce même mois et que se jouait une partie de poker dont la Lorraine était l'enjeu. Elle pressentait le pire et n'en dormait plus.

— Je reviens, ma fille, dit-elle en posant son ouvrage sur le petit guéridon doré du salon.

Peu après, le visage livide, elle rejoignit Mariza et fit appeler ses enfants Charles-Alexandre, Elisabeth-Thérèse et Anne-Charlotte.

— Mes chers enfants, ce jour va rester pour nous et pour nos duchés un jour d'immense chagrin. Le roi de France vient d'obtenir diplomatiquement ce que ses prédécesseurs n'avaient pu gagner par la force. Mais l'humiliation est la même. Il a mis la main sur nous. Désormais, les jours de liberté de la Lorraine sont comptés. Elle deviendra française à la mort de Stanislas, promu duc de Lorraine et de Bar à la place de votre frère François…

Elle dut faire une pause, respirer profondément avant de poursuivre :

— Stanislas régnera sur les duchés de Lorraine et de Bar et, en échange, signera l'abandon définitif de ses prétentions au trône de Pologne. Cela se fera sans doute après le mariage de votre frère François avec Marie-Thérèse d'Autriche.

— Mais alors, nous allons devoir partir ! s'écria Anne-Charlotte.

— Et quitter notre peuple, reprit Charles-Alexandre.

— C'est affreux, gémit Elisabeth-Thérèse. Affreux ! Et que dit notre frère ?

— On lui donnera le duché de Toscane, qui deviendra bientôt vacant. Mais pourquoi François n'a-t-il pas été plus ferme ? Je me demande comment je vais désormais oser regarder les Lorrains. Ils vont croire à une trahison.

— Mais non, marraine, argumenta Mariza, ils savent que vous les aimez. Ils vont aller chercher leurs fourches, leurs épées et leurs pistolets pour battre les armées du roi de France. Et ils gagneront, car ils ont raison.

La réplique de Mariza fit sourire.

— Hélas, petite, c'est impossible, soupira la duchesse. Nous n'avons pas d'armée. Nos duchés sont pacifiques. D'ailleurs, les guerres ne mènent à rien qu'à la désolation. Les guerres font mourir trop de gens, trop de pères, de fils et parfois aussi de femmes et d'enfants. Préparons-nous et gardons en notre cœur notre fierté. Mon cher Léopold aurait parlé ainsi. Ce sera notre grandeur face à l'infamie. Dès que l'abandon de Bar et celui de la Lorraine auront été signés, nous partirons. François a promis de tout mettre en œuvre pour que nous puissions nous loger en un lieu où personne ne nous cherchera querelle. Je ne veux en aucun cas me lier à Stanislas, ce roi de pacotille, pas plus que je ne veux croiser les armées françaises.

Elle ne se sentait pas le courage de quitter la Lorraine. Elle eût pu suivre son fils François jusqu'à Vienne, il le lui avait proposé, mais elle avait opposé à son offre un refus catégorique : « Ce n'est pas à mon âge que je vais réapprendre l'allemand. »

Mariza demeurait pensive. Dans sa tête, elle imaginait mille façons de faire pour contrer les ennemis des duchés. Elle soupira soudain :

— Ah ! Comme je comprends monsieur Voltaire ! Il a bien raison de se moquer du roi de France, décréta Mariza. Il a vraiment raison.

5

Lunéville, février 1736

Le 12 février 1736, au cours d'une cérémonie fastueuse, François de Lorraine épousait Marie-Thérèse d'Autriche. Auparavant, il se rendit en Lorraine pour rassembler tout ce qui appartenait à la famille ducale. Il emporterait tout, d'abord à Florence, puis jusqu'à Vienne. Malgré les traités qui préconisaient de ne point toucher aux archives des duchés, il précipita dans des malles tout ce qui touchait de près ou de loin à l'histoire de la Lorraine. Les méchantes langues disaient qu'il pillait la Lorraine. Pourtant, ce n'était pas ce qu'il ressentait. Il n'avait pas envie que Stanislas mette la main sur les biens de sa famille. Il fit emballer machines, instruments de géographie, livres, chandeliers d'argent, tableaux, vaisselle, tentures. De nombreuses carrioles furent chargées à destination de l'Italie ou de Vienne. Les convois prirent la direction du petit port de Malzéville pour rejoindre Anvers par le canal. On ne comptait plus les péniches lourdement chargées qui transiteraient par Anvers pour redescendre par voie de mer et gagner d'abord

Florence. Même les superbes orangers de la Malgrange – un des lieux de repos prisés de Léopold – furent du voyage. Mais François de Lorraine ne toucha pas à l'orangerie de Lunéville ni aux glaces et trumeaux du château. Cadeaux obligés à Stanislas, qui s'installerait à Lunéville. Un château qu'il admirait pour sa ressemblance avec Versailles.

Pour fêter le mariage de son fils François-Etienne de Lorraine avec Marie-Thérèse d'Autriche, la duchesse régente avait décidé de donner un grand banquet à Lunéville. Si cette fête allait rassembler le plus grand nombre de Lorrains, elle signerait aussi l'abandon des duchés. Mais, grandeur oblige, cette fête resterait un éblouissant feu d'artifice, le chant du cygne avant la pompe funèbre.

Jour de fête en Lorraine, donc. Ainsi en avait décidé la duchesse régente. Que la Lorraine festoie et se réjouisse des épousailles de François de Lorraine avec Marie-Thérèse d'Autriche ! On avait chassé dans tout le duché et conduit à Lunéville plus de deux cents voitures de gibier sans compter les volailles, bœufs, veaux, moutons et autres viandes. Les cuisiniers de la cour avaient recruté plus de quatre cents personnes pour les aider dans leur tâche. Les préparatifs de ce repas pantagruélique avaient duré plus d'une semaine. Dans les jardins du château, on avait construit un temple dédié à l'amour mais décoré aux armes de la Lorraine et de l'Empire réunies sur lesquelles veillait l'aigle, emblème suprême des ducs de Lorraine. Le banquet fut somptueux et l'on s'étourdit de chansons et de danses. Au plus sombre de la nuit, on tira un feu d'artifice qui se vit à des lieues à la ronde.

Pour écrire la fin d'une page de son histoire, la Lorraine s'étourdissait à en perdre la raison.

François de Lorraine avait défendu sa mère, qui aspirait à la tranquillité. Louis XV avait donc accordé à la régente le droit d'habiter Commercy sa vie durant. Le roi de France ne pouvait agir différemment. La duchesse ne s'était pas privée de dire ce qu'elle pensait du roi de Pologne : « J'aimerais mieux être dans un couvent à Paris que de me résigner à être soumise au roi Stanislas ; ni le sang dont je sors, ni rien ne me fera consentir à obéir à une personne comme lui. »

Le prince de Carignan était arrivé à Lunéville à la fin du mois de février. Le 5 mars 1737, dans la chapelle de Lunéville, il épouserait par procuration la princesse Elisabeth-Thérèse au nom de Charles-Emmanuel III, roi de Sardaigne. L'évêque de Toul, monseigneur Bégon, donnerait sa bénédiction à la princesse qui rejoindrait son mari quelques jours plus tard. Face à tous ces bouleversements – le Barrois avait déjà été cédé à la France –, la princesse ne savait si elle devait se réjouir ou pleurer.

Le 5 mars n'avait pas été choisi au hasard. La duchesse régente savait que ce jour marquerait officiellement la fin de sa présence à Lunéville. Elle avait prévu de quitter le château dès le lendemain. Certes, Stanislas n'était pas encore arrivé.

— Mais prudence est aussi sagesse, répétait-elle aux princesses, ses filles.

Elle ne l'attendrait pas pour lui remettre les clefs. L'idée de le croiser lui était insupportable.

Mariza suivrait la duchesse à Commercy. Pouvait-elle abandonner sa marraine et sa bienfaitrice ? Elle lui avait avoué son désir de l'accompagner.

— Fais donc tes adieux aux Chambrette, suggéra la régente. Ne tarde pas. Après le mariage d'Elisabeth-Thérèse, nous partirons.

Mariza avait pris le chemin du faubourg de Viller pour dire au revoir – et non adieu – à Jacques Chambrette, son parrain. Ce jour-là, elle rencontra Jacques Chambrette père. La faïencerie de Champigneulles avait momentanément fermé ses portes. On ne savait pas quand – et si – elle les rouvrirait.

— Que tu es jolie, petite Mariza, et comme tu ressembles à Manon ! s'exclama-t-il en la voyant. Mais je vois aussi le regard de François dans tes yeux de velours sombre.

Jacques Chambrette père parlait de Champigneulles, et Mariza était toute ouïe.

— Depuis la mort du comte de Fontenoy, quelque chose s'est, semble-t-il, à jamais brisé au château de Bas, ajouta-t-il plus bas.

Mariza écoutait. Il fallait rester en contact avec les Chambrette. Eux savaient ce qui était arrivé à sa mère. Eux pourraient, le moment venu, l'aider à comprendre son histoire. La duchesse régente vieillissait et n'aimait guère se souvenir du passé. Elle soupirait lorsque Mariza questionnait.

— C'est mon mari qui connaissait l'histoire de ton arrière-grand-père. Il ne faut point trop regarder en arrière, mais aller de l'avant, chère enfant.

Mariza n'était pas satisfaite. Plus elle avançait en âge, plus elle voulait savoir.

— Vous ne m'oublierez pas, parrain ? avait-elle insisté en l'embrassant avec affection. J'aimerais un jour travailler ici, mais marraine n'y est pas très favorable.

— Si tu veux venir vivre parmi nous, envoie un courrier, et j'irai te chercher où que tu sois. Tu me crois ?

Mariza avait souri. Ce départ n'en était pas vraiment un. Elle avait le sentiment qu'elle reviendrait. Non qu'elle apprécie la France ou Stanislas, car elle était lorraine avant tout, mais que serait sa vie à Commercy ? Qu'allait-elle y découvrir ? C'était une terre inconnue pour elle. Ce n'était pas le pays de Manon. Et ce n'était pas dans ce lieu qu'elle avait une chance de connaître sa filiation. Jacques avait promis de lui remettre une lettre quand elle serait en âge de tout comprendre… Et plus les jours passaient, plus l'impatience la gagnait.

6

Lunéville, 6 mars 1737

Au matin du 6 mars, les carrosses s'avancèrent dans la cour du château. On attendait la duchesse régente et ses filles. Pendant toute la nuit, les malles avaient été emplies et chargées dans le plus grand secret. Mais il se trouve toujours des oreilles indiscrètes pour entendre des soupirs plus forts que d'autres, que le vent emporte pour aller griffer les cœurs sensibles. En moins de temps qu'il n'en eût fallu à une tempête pour en répandre le bruit, Lunéville et ses campagnes apprirent le départ de la régente et des princesses. Jamais, de mémoire humaine, on n'entendit autant de suppliques et de pleurs.

— Ne nous abandonnez pas, Votre Altesse. Qu'allons-nous devenir ?

La duchesse régente hésitait à se hisser dans le carrosse. Ses filles en larmes suivaient. Leurs gémissements, dès la fin de la nuit alors qu'on les habillait, avaient en quelque sorte donné l'alerte du départ. Leur faire quitter Lunéville, ses habitants et leur cher château, c'était les condamner à mort. Parvenues près de leur mère, elles se jetèrent dans ses bras et sanglotèrent. Puis elles levèrent leurs bras vers le ciel qui s'obstinait dans son silence et poussèrent des cris de douleur tels qu'on les entendit, dit-on, jusque sur la place principale de Lunéville.

— Pourquoi tant de malheur ? De quelles fautes Dieu veut-il nous punir ?

Elles se retournaient et gémissaient sur cette terre aimée.

— Où vivre heureuses, désormais, loin de ce peuple qui nous aime tant ?

Le peuple de Lunéville et de Lorraine était là, grossissant à mesure que passait le temps.

— Ne partez pas, Votre Altesse ! Nous sommes avec vous. Un mot de vous, et nous trouverons les armes nécessaires.

La duchesse régente pleurait à gros sanglots, secouait la tête, levait son bras droit et agitait la main en signe de paix. Mais son cœur se soulevait. Doutait-elle ? Avait-elle pris la bonne décision ? Secrètement, elle s'en remettait à Léopold. Duval, Vayringe et tant d'autres artistes – et jusqu'au prince de Beauvau-Craon – lui demeuraient fidèles. Marc de Beauvau-Craon n'avait-il pas accompagné son fils pour la très officielle demande en mariage à Vienne ? Quand le carrosse se serait dégagé de cette foule, il roulerait vers le château d'Haroué, première escale vers Commercy. La duchesse régente s'en irait dormir chez sa rivale de toujours, « la Craon », qui avait généreusement proposé de l'accueillir. Duval et Vayringe avaient assuré que jamais ils ne se mettraient au service de Stanislas. Vayringe avait cependant accepté de le rencontrer pour lui expliquer les mécanismes de sa machine à élever l'eau de la Vezouze, qui fonctionnait parfaitement depuis 1732. Puis il étudierait la fabrication d'un bateau capable de glisser sur les canaux sans l'aide de perches ou de chevaux. Mais il ne resterait pas à Lunéville, il rejoindrait François de Lorraine à Vienne.

Mariza assistait à ces scènes déchirantes et elle ne put s'empêcher de partager la détresse du peuple.

Il fallait partir. Cependant, comment y parvenir ? On fit un mètre, deux mètres, dix mètres. Le cortège n'avait pas quitté la cour du château que déjà des femmes, des hommes se jetaient sur les pavés, se couchaient sous les sabots des chevaux, se glissaient sous les carrosses pour les empêcher de repartir. On mit plus de cinq heures pour parcourir une lieue. Il fallait relever les gens prosternés, couchés sur la route. On en relevait dix, et vingt autres les remplaçaient immédiatement. On voulait un dernier salut, un ultime sourire de la régente et des princesses. Mais elles n'avaient que leurs larmes à offrir. On communiait dans la même peine. On s'assurait que, dans leur exil, elles n'oublieraient pas la Lorraine. Et chaque fois que les cavaliers demandaient à la régente ce qu'il convenait de faire pour avancer, la réponse ne variait pas.

— Laissez, ils ont trop de chagrin, et nous aussi.

Certains se risquaient même à se hisser sur le marchepied du carrosse ducal pour apercevoir la souveraine et toucher son manteau. Elle tendait alors son bras, offrait sa main pour d'interminables baisers.

— Votre Altesse, lui criait-on, vive la Lorraine ! Lorrains nous sommes, Lorrains nous resterons !

Elisabeth-Charlotte et ses filles se regardaient alors, profondément bouleversées et réconfortées. Elles emportaient avec elles l'amour de ce peuple, mais s'interrogeaient sur son devenir.

Quelques jours plus tard, le 21 mars, le roi de Pologne déchu, déjà âgé de soixante ans, entrait à Lunéville le sourire aux lèvres. Il venait inspecter ce château qui allait devenir sa demeure. Car c'est là qu'il avait décidé de se fixer. Il eût pu choisir Nancy, le palais ducal… Il s'en occuperait le moment venu, car de nombreux travaux étaient à prévoir, et Nancy, selon lui, deviendrait une capitale. Il montrerait ainsi à tous les grands de l'Europe ce qu'il eût pu faire en Pologne si on ne lui avait pas ravi son trône.

Il visita le château déserté. Il lui plut. Il était habitable, confortable même, assurait-il. Et s'il aperçut dans les voussures et sur les cheminées les armes et blasons de la maison de Lorraine, il détourna le regard, décidé à se montrer bon prince. Il ne détruirait rien. Pas maintenant. Plus tard, il apposerait son propre blason. Puis il se promena dans les jardins et bosquets.

— De bon goût, déclara-t-il.

Quoiqu'il s'inquiétât déjà des travaux à réaliser. Il y avait encore de grands fossés et des marais à assécher au nord du parc. Selon lui, entre le grand canal et la Vezouze, les bosquets devraient apparaître telle une île…

Dans son esprit germait déjà une profusion de travaux d'embellissement qu'il entreprendrait sans tarder. Il se mit à parler de ce qu'il désirait : des jardins à la hauteur de sa condition. Des kiosques, des pavillons, de nouveaux bassins. Il évoquait tout cela en présence de monsieur de La Galaizière, nommé chancelier par le roi de France pour faire entrer la Lorraine de gré ou de force dans le royaume. Stanislas, tout à la joie d'être enfin reconnu tel un monarque, d'avoir enfin une cour à sa disposition, ne vit pas l'œil courroucé de monsieur de La Galaizière. Celui-ci comptait bien veiller sur les finances des duchés de Lorraine et de Bar.

— Nous pourrons, n'est-ce pas ? insistait Stanislas.

— Vous pourrez tout, Majesté, à condition que ces dépenses n'excèdent pas la rente attribuée par Louis XV.

— Nous y parviendrons, déclara avec une certaine bonhomie Stanislas, nous ferons beaucoup pour ce peuple attachant...

— Surtout attaché aux Habsbourg et à ses ducs. Vous n'ignorez pas l'affliction du peuple depuis le départ de la régente et de ses filles.

— Que j'aime ces sentiments ! Ils m'assurent que je vais régner sur un peuple sensible et reconnaissant qui m'aimera aussi quand je lui aurai fait du bien !

C'est en avril que Stanislas, roi de Pologne et grand-duc de Lituanie – il avait le droit de conserver ses titres –, s'installa à Lunéville. Le régiment des gardes fut licencié. On laissa aux soldats leurs épées et leurs chevaux. Quelques officiers et soldats pourraient rejoindre le nouveau régiment qui serait formé au service de Stanislas. Mais les cent-suisses et chevau-légers suivirent François de Lorraine jusqu'en Flandre où il tiendrait sa cour jusqu'au décès du grand-duc de Toscane. Stanislas conserva l'école des cadets créée par Léopold. Il prit soin cependant d'y incorporer de jeunes Polonais qui lui étaient attachés. Pour loger cette jeunesse, il décida la construction de l'hôtel des Pages et celui des cadets gentilshommes entre les deux ponts. Il fit ce que n'avait jamais fait Léopold : offrir un uniforme à sa garde personnelle. Les cavaliers vêtus de jaune et de noir où prédominait de façon ridicule un jaune citron criard portaient des perruques poudrées. Lorsqu'ils paradaient avec leur giberne de cuir rougeâtre leur battant les cuisses sur des selles en daim blanc, aux abords du château et dans les rues de Lunéville, on souriait… parfois même on se moquait de ces équipages aux couleurs acides où apparaissaient le chiffre de Stanislas et la couronne brodée d'argent.

La Lorraine venait de tourner une page de son histoire.

CINQUIEME PARTIE

1

Commercy, décembre 1744

— Je suis heureuse que vous ayez pu vous libérer de vos devoirs, dit Mariza en dirigeant la princesse Anne-Charlotte, devenue abbesse de Remiremont en 1738, vers la chambre de sa mère. Marraine ne va pas bien du tout. Malgré la présence de ses cinq médecins, de deux chirurgiens et de l'apothicaire, je me sens un peu désemparée. Maintenant, elle ne me reconnaît plus. Elle m'appelle Eléonore.

— C'était le nom de sa belle-mère, la mère de Léopold, notre grand-mère. Une femme exceptionnelle, cultivée, et qui parlait sept langues !

— Oui, je sais, reconnut Mariza d'une voix nouée par l'émotion.

— Les chagrins qui ont été les siens lui ont tant miné le cœur que son âme et sa mémoire en sont atteintes, hélas !

Tout en ouvrant sa malle pour en extraire ses vêtements, Anne-Charlotte faisait allusion à la disparition de sa sœur Elisabeth-Thérèse, reine de Sardaigne, morte après ses troisièmes couches en 1741.

— Vous a-t-elle parlé de la mort de Marie-Anne, l'épouse de Charles-Alexandre ?

— Je vais vous causer de la peine. La mort récente de sa belle-fille, au bout d'un an de mariage, n'est pas allée jusqu'à sa conscience. Et pourtant, c'est dramatique. Mais avant cela, marraine a beaucoup parlé de la guerre. La situation politique l'a davantage préoccupée. Elle n'a évoqué que le destin de la Lorraine, parfois de façon confuse, il est vrai.

— Rien n'est simple dans ce conflit.

La France avait déclaré la guerre à l'Angleterre et à l'Autriche au printemps 1744 pour mettre un terme à une maladresse diplomatique provoquée par le duc de Belle-Isle en 1741. Ce dernier s'était engagé, au nom de la France, à soutenir par les armes l'électeur de Bavière alors opposé à l'Autriche. Un comble, car ni Louis XV ni son premier ministre Fleury ne souhaitaient intervenir dans la guerre de la Succession d'Autriche.

— Savez-vous que mon frère, le prince Charles-Alexandre, qui combat les armées de Louis XV, se trouve aux portes de la Lorraine avec l'armée autrichienne ?

— Je le croyais encore en Alsace…

— Oui, Haguenau[1] est prise.

Une fois de plus, cette guerre avait mis l'Europe à feu et à sang. On avait vu les troupes de Louis XV partir combattre dans le Nord, puis dans l'Est, tandis que Maurice de Saxe tentait d'empêcher une invasion en Flandre. Louis XV, lui, était à Metz en août 1744. C'est là qu'il tomba gravement malade, fut administré,

1. En Alsace.

se repentit et renvoya sa maîtresse. Mais il guérit… Il lui restait à méditer sur les destinées humaines. Il était surtout furieux de s'être comporté comme un homme ordinaire, affolé devant la mort.

Il songea longuement à cette guerre inutile et ruineuse.

La mort de l'empereur Charles VI d'Autriche en octobre 1740 avait réveillé de vieilles rivalités germaniques entre la Bavière et la Saxe. Allait-on laisser une femme – Marie-Thérèse d'Autriche, épouse de François de Lorraine – monter sur le trône ? Il était aisé de chercher querelle à l'Autriche affaiblie à la suite de nombreux conflits avec l'Empire ottoman. Bien que l'électeur de Bavière soit allié et parent de Louis XV, le roi de France avait déclaré en privé qu'il désirait rester les mains dans les poches. Finalement, le jeu diplomatique avait laissé à Marie-Thérèse une partie de son héritage : la Bohême, la Hongrie et l'Autriche. Charles-Albert de Bavière avait donc pu accéder au trône du vieil Empire romain germanique en 1742. Pourquoi donc le duc de Belle-Isle, promu maréchal, avait-il outrepassé ses droits ? La France se trouvait fort embarrassée, surtout lorsque l'Angleterre vola au secours de l'Autriche. Pour sauver l'honneur, Louis XV dut entrer en guerre.

— Que va devenir la Lorraine ? questionna Mariza.

— Peut-être sera-t-elle libérée de Stanislas ? Dieu seul le sait, répondit Anne-Charlotte.

— C'est ce que disent les patriotes qui se rassemblent ici. Ils espèrent la victoire de Charles-Alexandre de Lorraine. Ainsi, on lui rendrait les duchés confisqués.

— Je ne sais pas si mon frère pense à tout cela. S'il combat, c'est pour l'honneur. Peut-être que cet engagement lui permettra d'oublier son chagrin. La mort de Marie-Anne, son épouse, l'a profondément affecté, dit encore Anne-Charlotte en terminant de ranger elle-même ses effets.

Elle soupirait en songeant à son abbaye de Remiremont où elle se trouvait bien. Son devoir l'avait appelée auprès de sa mère souffrante, réfugiée au château de Commercy depuis mars 1737. Ce château était devenu le lieu de rassemblement de quelques vieux patriotes lorrains. Des marques d'attention qui adoucissaient l'exil de la duchesse.

Bien qu'elle eût le désir de vivre sa vie, Mariza n'avait pas eu le cœur de s'éloigner de sa marraine bien-aimée, qui présentait d'évidents signes d'affaissement de l'esprit. A Jacques Chambrette et à son épouse venus la visiter à plusieurs reprises, Mariza avait déclaré qu'elle les rejoindrait plus tard. L'état de la duchesse lui imposait de demeurer à Commercy.

« Je serais bien ingrate de l'abandonner au moment où elle a le plus besoin d'être entourée. Si j'agissais de la sorte, Dieu me punirait. »

Pourtant, Mariza se posait de plus en plus de questions sur elle-même.

« Quand tu seras prête, je te dirai ce que je sais de Manon et de François de Lamesnaye.

— Je reprendrai toute l'enquête, j'y passerai ma vie si c'est nécessaire, mais je saurai réellement qui je suis. Je veux savoir ce qu'est devenu ce père. Je ne puis vivre autrement.

— Tu es bien la fille de Manon », avait déclaré Jacques Chambrette.

Chaque visite à Commercy avait été l'occasion de faire part à Marie-Elisabeth des progrès techniques de sa manufacture. Il lui avait raconté comment ses chimistes avaient découvert, presque par hasard – les plus grandes découvertes sont souvent le fruit du hasard –, que certaines couleurs ne supportant pas une cuisson vive trouvaient à s'épanouir avec un feu plus modéré. Surtout si le biscuit avait subi une cuisson avec émail. Dans ce cas, la pose du décor était plus aisée.

— C'est simple, une même pièce peut être cuite plusieurs fois, selon les décors voulus. On ajoute progressivement les couleurs. On parle alors de « cuisson à petit feu », et les résultats sont surprenants. De plus, je ne suis pas loin de trouver la bonne formule pour obtenir une faïence si fine qu'on pourrait, à l'œil et au toucher, la prendre pour de la porcelaine.

— J'ai hâte de vous rejoindre, parrain. J'ai hâte de travailler avec vous. Ma tête fourmille d'idées quand le sommeil tarde à venir.

— Et puis tu constateras bien des changements au château de Lunéville. Les jardins sont magnifiques.

Elle secouait la tête, peu intéressée par la cour de Stanislas.

— Il n'est pas si mauvais prince. Il a à cœur de se montrer proche du peuple.

— Est-il sincère ?

— Il l'affirme.

— Ici, à Commercy, on nous rapporte de bien mauvaises choses. Les impôts, la conscription obligée. Les campagnes ainsi privées de leur main-d'œuvre, sans parler des exigences du chancelier de La

Galaizière. C'est l'être le plus vil que la terre de Lorraine ait jamais accueilli. Il sait mieux que personne asservir. Avez-vous, cher parrain, entendu raconter comment il s'y prenait pour faire restaurer les routes ou bâtir à moindre prix ?

— Je le sais, hélas, père m'a rapporté bien des drames qui ont eu lieu à Champigneulles et Maxéville, sur la route de Toul. Il a réinstitué les corvées.

— Il fait fouetter les paysans réfractaires. Il s'en va les chercher de force. Punit les familles. Certains meurent d'épuisement, laissant veuves et orphelins. Il sévit plus particulièrement dans les villes et villages qui ont été fidèles à Léopold. C'est révoltant. Je ne vous dirai pas combien de plaintes a récoltées madame la duchesse. Elle a écrit à Stanislas et à ses conseillers sans jamais recevoir de réponse. Elle n'a aucun pouvoir, hélas ! Sauf celui de réconforter et de venir en aide aux malheureux. Ce qu'elle fait sur ses deniers.

Le froid glaçait Commercy. Mariza et Anne-Charlotte se trouvaient toutes deux près de la duchesse qui respirait avec difficulté.

— Dans deux jours, nous fêterons Noël. Pour notre famille, jamais cette fête n'aura été aussi triste. Qu'il est loin le temps de l'insouciance et des jours heureux !

Elle observait Mariza. Elles avaient vécu ensemble à Lunéville dans une grande liberté, faisant fi des convenances. Aujourd'hui, elles se disaient « vous ». Anne-Charlotte revivait en silence leurs jeux, leurs rires.

Mariza, occupée à coiffer la duchesse, écoutait silencieusement. Elle avait éprouvé bien du chagrin à la mort d'Elisabeth-Thérèse après son accouchement en décembre 1741. C'est à cette époque que l'état de santé de la duchesse s'était dégradé. Il est difficile pour une mère de perdre ses enfants. Et la duchesse n'avait pas été épargnée. Treize couches, et aujourd'hui, en ce 23 décembre 1744, trois enfants seulement vivaient encore.

Soudain, la duchesse sembla avoir un hoquet. Son visage vira au pourpre. Ses yeux se révulsèrent.

— Mon Dieu, marraine, s'écria Mariza. Allez quérir le médecin, implora-t-elle en s'adressant à Anne-Charlotte.

— Ce ne sera pas nécessaire, Mariza, lui répondit-elle doucement, en prenant les mains de sa mère. Aidez-moi à soutenir sa tête. Nous allons redresser la duchesse sur son siège pour faciliter sa respiration.

La duchesse regardait sa fille. Elle eut soudain une lueur de lucidité.

— Mes enfants, soyez heureux ! Dieu vous bénisse ! N'oubliez pas la Lorraine ! Léopold... Oh !... Cher Léopold ! dit-elle en s'affaissant.

Discrètement Mariza s'était reculée pour laisser la duchesse en tête à tête avec sa fille. Anne-Charlotte l'embrassait. Elle recueillit le dernier souffle de la duchesse de Lorraine. Elle lui ferma les yeux et entreprit de réciter les premières prières : « Ne regarde pas mes fautes, Seigneur. Je viens à toi d'un cœur léger et confiant... »

Mariza ne pouvait s'empêcher de pleurer sa bienfaitrice. Longtemps les larmes coulèrent le long de ses joues tandis qu'elle se tenait adossée au mur, près de la porte de la chambre.

— La voici enfin délivrée. Elle ne souffre plus, elle a retrouvé Léopold et ses enfants, murmura Anne-Charlotte avec un grand calme.

Anne-Charlotte organisa les funérailles de la duchesse qui irait rejoindre son époux à l'église des Cordeliers, à Nancy. Elle espérait une cérémonie sobre, mais en accord avec l'importance de ce qu'avait représenté la duchesse régente, aussi ne comprit-elle pas les mesures décidées par l'évêque de Toul. Il ne donna pas de mandement afin que l'on prie Dieu pour la souveraine. Il exigea que l'on sonne uniquement quand le corps arriverait à Nancy. Il interdit aux curés et au clergé d'accompagner le convoi funèbre. Il permit seulement l'aspersion au passage de celui-ci. Les curés devraient regagner leur église par le plus court chemin.

Pourtant, la foule était là, en ce 19 février 1745, silencieuse et endeuillée. Impuissante, elle voyait passer le convoi, les carrosses tendus de noir, escortés de gardes du corps à cheval et de pages portant des flambeaux. Il était cinq heures du soir, les Lorrains massés et nombreux retenaient leur souffle et ne pouvaient que pleurer silencieusement. De quoi irriter La Galaizière qui, redoutant tout débordement, avait interdit la publication de l'oraison funèbre du père Cuny. Le cortège traversait maintenant les rues de la vieille ville pour se rendre à l'église des Cordeliers au son lugubre du canon. Cent pauvres en robe noire avaient tenu à escorter le catafalque aux côtés d'une haie de soldats du régiment du roi. La Lorraine n'avait pas oublié sa souveraine.

Quand les cérémonies relatives aux funérailles furent terminées, Anne-Charlotte s'inquiéta de l'avenir de Mariza.

— Je crois que je vais aller m'établir au faubourg de Viller à Lunéville, chez les Chambrette, avant de me trouver un vrai chez-moi, ou chez-Dieu, dit-elle en souriant, je ne sais pas encore.

— Dans ce cas, Remiremont pourrait être votre lieu. Vous y serez la bienvenue. Cependant, je vais vous faire une lettre de recommandation pour madame la marquise de Boufflers, très proche de la cour à Lunéville, et qui a maintenant les faveurs de Stanislas. Ses parents, vous le savez sans doute, furent très liés aux miens. Mon père et le sien, Marc de Beauvau-Craon, étaient amis.

Anne-Charlotte se tut sur les liens qu'avait entretenus Léopold, son père, avec madame de Beauvau-Craon. Mariza savait. La duchesse, pendant sa retraite à Commercy, lui avait parfois fait quelques confidences.

— La marquise, poursuivit Anne-Charlotte, et ce n'est un secret pour personne, est la favorite de Stanislas. Sachez que c'est une femme aussi intelligente que redoutable. Elle vous recevra et pourra vous aider. Vous verrez avec elle quelle place sera la vôtre en ce château.

— Je vous remercie. Plus tard, peut-être... Je voudrais retrouver la trace de mon père.

— Je comprends.

Anne-Charlotte embrassa affectueusement la jeune fille et la fit déposer au faubourg de Viller avant de reprendre la route pour Remiremont.

Mariza marcha longtemps dans le faubourg. Elle emprunta les rues et ruelles les unes après les autres avant d'oser se présenter chez son parrain. Sa décision était prise. Dans un premier temps, elle irait travailler avec lui. Elle n'hésiterait pas à tourner les pièces. Le contact de la matière, de l'argile, ne lui déplaisait pas, même si ce n'était pas une tâche pour une jeune fille du monde, comme le lui avait souvent répété la duchesse. Elle savait, pour s'y être essayée, qu'elle n'avait pas hérité le talent de sa mère pour peindre et dessiner.

Soudain, la manufacture se dressa devant elle. Elle vit la plus grande cheminée laisser échapper une fumée blanche dont les effluves nauséabonds prenaient à la gorge. Les peintures, songea-t-elle, les peintures soumises à la chaleur… Elle n'osa pas aller frapper à la porte du logis des Chambrette, situé un peu en retrait de l'usine. C'est vers la porte principale de la manufacture qu'elle dirigea ses pas. Elle saisit le heurtoir à pleines mains et le lâcha avec vigueur. Aussitôt, le battant s'ouvrit, et le gardien parut étonné de se trouver face à une jeune fille élégante pourvue d'une malle.

Il la toisa longuement avant de lui demander ce qu'elle désirait.

— Je voudrais voir monsieur Jacques Chambrette.

— C'est qu'il est penché sur une tâche d'une extrême importance, madame.

— J'attendrai.

— Ça peut durer très longtemps. On fait des essais secrets.

— Où est-il ? insista Mariza.

— Je n'ai pas le droit de le dire.

— Où est-il ? Je veux voir monsieur Chambrette, répéta-t-elle plus fort pour se faire entendre.

Le moulin à plâtre non loin s'était soudain remis à tourner.

— Il est ici, Gus… Oh ! Mariza, quel bonheur !

Elle se jeta dans ses bras, bouleversée et au bord des larmes. La mort de la duchesse marquait la fin d'une époque pour elle. Elle qui avait tant rêvé de liberté ne savait plus qu'en faire. Vers qui se tourner ? Elle avait bien conscience d'entrer dans une ère nouvelle. S'y était-elle préparée ? Elle y avait songé si souvent et avec tant d'impatience parfois ! Mais la réalité semblait plus difficile que ce qu'elle avait imaginé. Elle avait grandi dans une vie relativement préservée. La mort de sa bienfaitrice la laissait orpheline, et si désemparée qu'elle croyait se trouver au bord d'un gouffre. Elle n'avait pas vingt ans.

2

Nancy, avril 1745

Mariza voulait prier dans l'imposante église voulue par Léopold entre la vieille ville et la nouvelle, à Nancy. Elle s'était d'abord installée face au chœur, implorant longuement Dieu et la Vierge de l'aider à trouver la paix de l'âme.

Depuis presque deux mois, Mariza habitait chez son parrain et travaillait à la faïencerie. Jacques avait conservé les dessins de Manon, et maintenant qu'il maîtrisait les cuissons à petit feu, il était possible de reproduire ses élégantes peintures montrant de petits Chinois sur une balançoire, dans une barque, des oiseaux de paradis et des papillons aux larges ailes. Mariza façonnait les objets, tournassait, lissait le plat des assiettes avec un chiffon de flanelle, ébarbait les plus grosses pièces, créait de nouveaux modèles. Des plats et assiettes à bord contourné. On admirait son tour de main. Elle pouvait travailler des heures, les mains dans l'eau, mêlées à l'argile. Parfois, le bas de son dos la faisait souffrir. Une grimace ombrait son visage. Alors elle se relevait, essuyait ses mains sur le grand tablier dont elle s'enveloppait. Elle faisait quelques pas en se massant le bas des reins et reprenait son ouvrage. Quand elle travaillait, elle ne se posait plus de questions. Ces questions qui hantaient ses nuits. Que faire réellement de sa vie ? Mener son enquête ou entrer au couvent ?

Si elle ne se trouvait pas malheureuse, elle n'était pas vraiment heureuse. Cela se voyait à son visage un peu pâle, à son regard triste submergé de pensées dont personne ne pouvait la tirer. Jacques Chambrette, comme son épouse, avait proposé de l'aider à y voir plus clair. La famille avait profité du temps pascal pour se rendre à Nancy. De là, tous iraient chez Claudine et Antoine Lavocat à Champigneulles.

Puis elle se leva et entreprit de visiter les chapelles latérales de gauche à droite. C'est ainsi qu'elle arriva devant une Vierge allaitante.

— Mais c'est Notre-Dame de Bonne-Nouvelle ! Que fait-elle ici ? La duchesse m'a raconté comment elle avait rendu la parole à une petite muette en 1525… Cette Vierge se trouvait autrefois à la collégiale Saint-Georges, qu'aimait tout particulièrement Léopold.

— Je le sais, dit Jacques Chambrette, des travaux ont été entrepris dans cette collégiale. La nef centrale a déjà été abattue. Voilà l'explication, on aura apporté cette Vierge ici. D'ailleurs, regarde, la chapelle lui est consacrée.

— Il faut que je la prie, et que vous m'aidiez.

— Tu n'as pas renoncé ? glissa Elisabeth.

— Non, et si cette Vierge a aidé une petite muette, elle peut bien m'éclairer. Maintenant que parrain m'a donné la lettre de maman et que je sais comment est l'écritoire où se trouve enfermé le papier le plus important me concernant, celui que lui a remis mon père. Nous devons retrouver cette écritoire au chiffre de Léopold. C'est capital, j'en suis sûre.

— Autant chercher une aiguille dans une botte de foin, diraient les paysans de nos campagnes. Vingt ans après les faits… Tant que Léopold vivait et restait à Lunéville, c'était faisable. Mais depuis tous les changements qui ont eu lieu, la régente à Commercy, son fils à Vienne… Où est passée cette écritoire ? Faisait-elle partie des trésors emportés par François de Lorraine ? La duchesse l'a-t-elle conservée ?

— Je ne l'ai jamais vue à Commercy.

— Et si cet objet était resté à Lunéville ?

— Justement, la Vierge peut m'aider.

— Soit, soupira Elisabeth, pas vraiment convaincue. Prions ensemble avant d'aller à Champigneulles chez Claudine et Antoine.

Après la prière, tous trois quittèrent le bel édifice que les artistes continuaient d'embellir de peintures, de grilles ouvragées.

Sur le parvis, Mariza leva les yeux au ciel, se retourna pour admirer une fois encore l'édifice voulu par Léopold, que l'on avait mis près de quarante ans à construire parce que les fonds manquaient. La première messe avait été dite en 1742. Mariza songea avec tristesse au duc Léopold, qui ne l'avait pas vue terminée.

Pendant le trajet, Mariza relut la lettre trouvée dans l'écritoire de Jacques Chambrette qu'il avait fallu briser pour l'en extraire. Elle avait soigneusement conservé les tessons pour n'en point oublier les décors : cela faciliterait ses recherches. Elle restait persuadée qu'un jour ou l'autre ses yeux se poseraient sur l'écritoire de Léopold.

Elle se remémorait les écrits de sa mère et serrait dans sa main la flûte remise par François de Lamesnaye à sa mère. Etrange histoire que celle de Manon, issue des Van Hoeniger de Delft. Mais comment François de Lamesnaye avait-il pu ne pas revenir de Delft, lui qui avait bravé tant de dangers ? Et ce sinistre seigneur de Vricourt ? Cet homme infâme, beau-fils d'Henri, le tuteur et oncle de sa mère, qu'était-il devenu ? Jacques Chambrette fils avait encore quelques souvenirs. Mais tout cela était si loin, disait-il.

Au cours du premier repas chez les Chambrette-Lavocat, on parla très naturellement du passé et de Manon.

Claudine et Antoine faisaient partie du voyage à Vricourt avec Manon, enceinte de Mariza. Eux n'avaient rien oublié et Antoine rappela à Mariza les mises en garde adressées à Manon à l'époque.

— Elle était obstinée, têtue. Elle ne pensait plus à sa grossesse, obsédée qu'elle était par ce sinistre « maître » qui ne valait pas, disait-elle, la corde pour le pendre. Elle voulait le confondre… Et, hélas, elle n'a rien découvert de plus. Le mystère restait entier et s'épaississait. Pour moi, ce seigneur vit toujours. Rien n'a changé. Pour en avoir la certitude, j'enverrai demain un des vicaires d'ici jusqu'au couvent de Hautlieu. Il nous dira si la propriété appartient toujours au beau-fils d'Henri de Vricourt.

Jacques Chambrette père promit de faire visiter sa faïencerie, qui employait encore une dizaine d'employés. Lui aussi expérimentait les cuissons à petit feu avec, semblait-il, moins de succès que son fils à Lunéville. Mais il avait sans doute un peu d'avance sur le dosage et les matières nécessaires pour obtenir une faïence fine comparable aux porcelaines anglaises. Mariza eut l'intuition que ce point-là, très précisément, était l'une des causes des tourments endurés par Manon, sa mère, et sa grand-mère, Catherine. Mais elle se tut. Elle n'éviterait sans doute pas un nécessaire voyage à Delft. Retrouverait-elle la maison Van Hoeniger ? Qui pourrait la renseigner ?

Après le repas au château de Bas et une visite au cimetière où reposait la famille de Manon, Jacques Chambrette père et fils montrèrent à Mariza les lieux que sa mère avait aimés. Ils lui racontèrent comment Victorine et Hubert l'avaient adoptée et élevée. Du reste, la maison du Val-Saint-Thiébaut existait toujours. Elle appartenait à Mariza. Des fermiers du comte la louaient, et l'argent qu'elle rapportait était placé. Mariza fut émue par cette amitié fidèle qui perdurait malgré les ans.

— Victorine, qui a élevé ta mère, espérait, dit Jacques Chambrette père, que nous marierions « nos » enfants.

— C'est-à-dire parrain et maman ?

Elisabeth, l'épouse de Jacques, prit soudain un air courroucé et jaloux.

— Ah, non ! coupa Jacques Chambrette fils en riant. Nous étions, Manon et moi, frère et sœur.

— Et moi alors ? fit Claudine.

— Et toi aussi. Nous étions quasiment inséparables.

— Le seul homme qu'ait aimé Manon aura été son chevalier, François de Lamesnaye. Son protecteur depuis toujours.

— C'est cela qui me fait chagrin, soupira Mariza. Elle l'a attendu, et il n'est jamais revenu.

Mariza parcourut le domaine du château de Bas. Elle vit la ferme, passa devant la papeterie toujours en activité, et se rendit jusqu'à la faïencerie. Elle y imagina sa mère. Elle constata qu'effectivement la manufacture du faubourg de Viller était plus importante. Plus de cinquante ouvriers y étaient employés, et tous les jours des embauches nouvelles se faisaient. Les objets fabriqués y étaient plus variés.

— Je crois qu'une époque s'achève ici, à Champigneulles, déclara Jacques Chambrette père. Mes meilleurs faïenciers et peintres partent à Toul, à Metz, dans les Vosges, dans les Ardennes et jusqu'en Alsace, où ils sont mieux payés. Je finirai mes jours à Viller à seconder mon fils.

— C'est tout de même toi qui m'as appris le métier, père, rectifia Jacques Chambrette fils. Je te dois tout.

— Qui sait ? Ce que nous sommes vient parfois de si loin, soupira, fataliste, le père à son fils. Nous ne sommes que des passeurs.

3

Champigneulles, avril 1745

Il faisait beau en ce mois d'avril. La nature avait mis ses parures de printemps. Les pâquerettes s'ouvraient dans les prés. Aussi fut-il décidé de se rendre à pied à la chapelle de Notre-Dame-de-la-Pitié. Mariza se sentait heureuse, en bonne compagnie. Elle appréciait ces paysages champêtres, leur douceur mêlée de mystère. Avant d'arriver à la chapelle, elle s'arrêta au milieu des prés, face à la colline de Bouxières-aux-Dames. Elle en aima les rondeurs. Puis elle s'approcha de la Meurthe bordée de saules. Sur la gauche, enfin, elle vit la modeste chapelle et demanda à ses compagnons la grâce de pouvoir y entrer seule, la première.

— Ma prière risque d'être longue, mes amis.

La description qu'en avait faite sa mère était parfaite. Vingt ans s'étaient écoulés et rien n'avait changé.

Emue, elle se signa en entrant. Au pied de l'autel surmonté de la magnifique pietà, elle s'agenouilla, un peu sur la gauche, à même les petites pierres de grès rose qui rehaussaient l'effet produit par le marbre noir des colonnes soutenant la pierre de l'autel. L'une des pierres du sol bougeait-elle ? Elle tâtonna, heurta la base de l'autel et frappa du bout des doigts, une, deux, puis trois, puis plusieurs petites pierres, sans résultat. Au bord du découragement, elle s'apprêtait à se relever lorsqu'elle perdit l'équilibre et dut se retenir à la colonne extérieure de l'autel. Sa main glissa alors et heurta douloureusement le sol. Elle n'avait pas rêvé, une pierre bougeait très légèrement. Mais impossible de la soulever sans glisser une pointe, un fin bâton rigide entre les arêtes de cette pierre et les autres autour. Du regard, elle fit un rapide tour des lieux. Rien ici ne pouvait l'aider. Elle pensa, non sans rougir, aux baleines de son corset. « Tant pis », songea-t-elle. Mais il fallait faire vite, réussir à en extraire une de dessous ses jupons tout en restant à genoux, au cas où quelqu'un entrerait. Elle griffa ses dessous jusqu'à les déchirer pour tirer la fine tige de métal et la plonger dans le sol afin de soulever la pierre. Elle y parvint plus facilement qu'elle ne l'avait imaginé. Puis elle creusa la terre et trouva un petit tube. C'était un de ces tubes de cuivre dans lesquels les couturières rangent leurs aiguilles à coudre. Assurée qu'il n'y avait rien d'autre dans cette cachette, Mariza remit la pierre en place et, de la main, chassa les restes de terre et de sable remués. Elle ouvrirait ce tube une fois seule. Mais elle se demandait pourquoi Manon avait caché là cet objet. Que contenait-il ? Pourquoi ne l'avait-elle pas confié à Jacques Chambrette, son frère de toujours ? Que craignait-elle ? Peut-être attendait-elle d'être en possession de toutes les preuves ? L'ouverture de ce tube serait peut-être déterminante.

Mariza ne comprit pas le sens du message. Il n'était pas, semblait-il, de la main de sa mère. « Les os de ruminants réduits en poudre feront le reste. »

Peut-être ne lui était-il pas destiné. Elle conserva pourtant ce tube. Elle n'avait plus qu'à rechercher l'autre écritoire de faïence, attendre les résultats du voyage du vicaire à Vricourt et éventuellement se rendre à Delft.

Lorsque le vicaire revint de sa visite du couvent de Hautlieu, il rapporta ce qu'Antoine Lavocat avait prédit : rien n'avait changé à Vricourt. Le même seigneur y vivait. Un homme de bien, disait-on. Ne venait-il pas d'ouvrir une faïencerie à proximité de Toul ?

« Voilà qui devient intéressant », songea Mariza. La faïencerie était prospère et travaillait avec d'autres installées en Flandre. Cette fois, nous y étions. Ou Mariza laissait tomber, ou bien elle se battait et tentait de se faire justice. Elle ne voulait plus se souvenir des dernières mises en garde du testament maternel.

Justice… Justice… se répétait-elle, pour l'honneur, pour l'amour de Manon. Mais, pour cela, Mariza devait retrouver l'écritoire bleue aux armes de Lorraine et au chiffre de Léopold. Elle ne romprait pas les liens avec le château de Lunéville.

— Parrain, si vous n'y voyez pas d'inconvénient, demain j'irai au château de Lunéville. Je demanderai à rencontrer la marquise de Boufflers. La princesse Anne-Charlotte m'a fait une lettre de recommandation.

— Rien que cela ! Tu ne te plais plus avec nous ?

— Ce n'est pas cela. C'est à cause de l'écritoire confiée à Léopold. Je veux savoir. Je vous rassure, je continuerai de travailler à la faïencerie.

— Je te crois, Mariza. Avant, je voudrais te montrer nos récents essais. Et si tu croises le roi, parle-lui de nous. Quelques personnes de la cour sont parfois venues, mais jamais encore le roi de Pologne n'a paru ici. Son aide nous serait précieuse.

Mariza avait compris le message.

Dans l'atelier de dessins, Jacques avait fait encadrer et afficher les plus belles œuvres de Manon. Mariza les regardait toujours avec émotion. Dès l'âge de huit ans, sa mère pouvait inventer des motifs complexes et d'une grande beauté.

— Tu peux comparer les objets avec les dessins de Manon. Les couleurs obtenues sont éclatantes. Nos couvertes sont de qualité. Regarde bien ces décors floraux aux multiples couleurs. Je voulais que tu sois la première à admirer ces persillères et ces saupoudreuses que nous venons de défourner. Après une première cuisson grand feu, ici, le jaune des petits bouquets a été repris à la pointe des pinceaux avec du rouge de fer pour épouser les godrons de la terrine. Et tu observeras également que, pour certains vases de jardin, nous maîtrisons bien la peinture faux marbre. Je suis allé dans d'autres faïenceries, nous devons être les premiers à travailler ainsi.

Les vases qu'il lui montrait étaient superbes, en relief de rocailles à guirlandes de fleurs et tête de satyre.

— C'est magnifique, concéda Mariza.

— J'irai plus loin. Cette peinture faux marbre nous permettra de fabriquer des poêles au décor d'une grande beauté qui enrichiront les intérieurs. On les croira en marbre alors qu'ils seront en faïence. Mais quelle faïence !

Mariza écoutait son parrain. Elle lisait la passion de la belle ouvrage dans ses yeux et l'entendait dans sa voix.

Dès le lendemain, elle irait au château. Il n'était plus question de savoir où penchait son cœur et vers qui il battait. Elle ne trahirait pas la duchesse de Lorraine en allant jusqu'à la marquise de Boufflers. Non. Elle avait besoin de son histoire. Elle en profiterait pour aider Jacques Chambrette, son parrain.

4

Faubourg de Viller, février 1747

— Bonjour, Françoise, dit Mariza en embrassant la fille de Jacques et Elisabeth. Je peux entrer ?

Françoise avait déjà dix-sept ans et c'était une fort belle jeune fille, passionnée, comme ses parents, par la faïence.

— Les parents sont à la manufacture avec Gabriel, qui veut aussi apprendre le métier. Vous les trouverez près des moulins à plâtre.

Mariza sourit. Ainsi donc, Gabriel, le jeune frère de Françoise, s'apprêtait lui aussi à reprendre le flambeau.

— J'y vais, Françoise. J'ai un message important pour votre père.

Une animation peu coutumière régnait à la manufacture. Jacques Chambrette était très agité.

— Puisque je vous dis que la formule de mon père est bonne ! insistait-il. Pour réaliser cette faïence fine, et proche de la porcelaine, il faut augmenter la teneur en kaolin et chauffer fort et vite. Ici, l'argile blanche infusible, friable et très pure ne manque pas. C'est elle qui, sous l'effet de la chaleur, ne fond pas, s'agglomère et permet ainsi à la pâte de ne pas se déformer. La forte chaleur est nécessaire pour obtenir la vitrification des roches contenant des silicates naturels d'alumine fusible à haute température.

— Mais alors la pâte ?

— On procède de la même manière que pour la pâte à faïence ordinaire. Délayer, broyer, malaxer sont des opérations obligatoires. Il faut bien évidemment enlever les impuretés. Le mélange avec de l'eau est tout aussi nécessaire. On éliminera l'eau comme par le passé dans le désaérateur sous l'action mécanique du moulin, et la pâte passera sous les presses, mais reposera pendant plusieurs mois avant de passer dans les mains des potiers.

C'était un véritable cours magistral.

— Et c'est bien sûr le quartz, reprit-il, qui, pendant la cuisson, stabilisera la pâte et la rendra dure.

Mariza avait écouté. Elle vit les potiers à l'œuvre, les salua.

— Après-demain, dit-elle, je viendrai tourner pour le plaisir devant des visiteurs de marque, mais chut !

Elle avait mis un doigt sur ses lèvres pour signifier qu'il s'agissait d'un secret.

— Vois-tu, Mariza, dit Jacques, j'ai réussi à faire faire de nouveaux moules en plâtre pour les petits objets ou les énormes jardinières que je ne peux fabriquer qu'en deux ou trois morceaux. Regarde cette pâte liquide…

— Oui, c'est la barbotine, Françoise m'a déjà mise au courant. Avec ces moules, on ne tourne plus, on presse, on laisse sécher et l'on assemble les morceaux.

— Quand le plâtre a absorbé le trop-plein d'eau de la barbotine qui se dépose sur les parois du moule pour en épouser les formes, on obtient ce que tu vois, des tasses, des petits vases, des coupelles.

— Et pour les objets plats ?

— Nous avons des moules aussi, mais comme tu le vois, à un moment donné, il faut soumettre ces objets à une certaine pression. Puis on les laisse à l'air libre pour un séchage parfait.

— Et le séchage des objets moulés ?

— Il s'effectue dans le moule en plâtre pour les objets en creux. Mais on attendra encore quelques jours avant de les passer au four pour une première cuisson. La moindre trace d'eau provoquerait le retrait de la pièce par évaporation, d'où des fissures et l'éclatement de l'objet.

— La cuisson reste l'étape la plus importante et la plus délicate ?

— C'est exact, une chauffe inégale et inférieure ou un trop de chauffe conduisent au même résultat. La vitrification ne peut se faire normalement, et l'objet reste poreux. Mais le refroidissement est une étape tout aussi importante. Trop rapide, le décor glisse. On peut même risquer la casse des objets.

— Mais dites-moi, vous n'avez pas abandonné vos recherches sur la porcelaine phosphatique ?

— Je poursuis, mais il me manque un élément. Je suis allé en Angleterre. Les travaux de Thomas Frye m'ont impressionné. Les faïenciers anglais ont copié en partie la recette de la porcelaine française : le kaolin mélangé à des cailloux, du silex de sable quartzeux, de la chaux et du feldspath. Tout ce dont nous disposons ici. Ces produits reçoivent une couverte plombifère. Il faut au moins deux cuissons, l'une pour le biscuit et l'autre pour l'enduit qui rend l'objet imperméable.

— Eh bien, mon cher parrain, je constate que vos explications sont d'une grande clarté ! Vous pourrez les redire au roi après-demain, qui m'a chargée, par l'intermédiaire de madame la marquise de Boufflers, de vous prévenir de sa visite. Enfin, officiellement, vous ne savez rien. Il faudra jouer l'étonné. « Majesté, quelle surprise ! Que me vaut un tel honneur ? » A vous de trouver la bonne formule. Si vous le sentez conquis, profitez-en pour faire avancer votre projet d'acheter une terre à Saint-Clément. Ce dont vous m'avez déjà entretenue. Dites-lui que cette terre de Lorraine est exceptionnelle pour ce que vous voulez fabriquer, sans compter les exemptions de taxes qui seraient les vôtres, puisque Saint-Clément est en terre française [1]. Au roi, exposez votre idée d'agrandir dans un premier temps votre fabrique et d'y faire vos essais en terre de pipe. Ce sera un lieu, s'il consent à vous aider, qui célébrera sa gloire. Le roi aime encourager les artistes. C'est un devoir, dit-il. C'est bien le seul pouvoir qui soit le sien. Le reste, c'est le sinistre La Galaizière qui s'en charge. J'espère qu'après-demain sera un jour de défournement. Ce serait bien qu'il pût assister à pareil instant.

— Il y a plus facile, concéda Jacques Chambrette. Replacer les plus belles pièces dans un four. Le murer

1. Quand les artisans lorrains exportaient leurs produits fabriqués en Lorraine, ils devaient payer des taxes très élevées, ce qui n'était pas le cas pour des produits fabriqués sur des terres appartenant à l'évêché de Toul. Or Saint-Clément dépendait de l'évêché de Toul.

cette nuit et l'ouvrir au cours de la visite… Je serai certain du résultat.

— Je n'ai rien entendu, dit en riant Mariza.

— A propos, Mariza, où en es-tu de tes recherches ?

Elle soupira avec tristesse.

— Nulle part je n'ai vu cette écritoire, et pourtant, j'ai parcouru ce château de long en large je ne sais combien de fois. Je me suis rendue dans les nouvelles constructions du roi Stanislas, je suis allée jusqu'à Chanteheux et même dans les anciennes possessions de Léopold comme Einville-au-Jard ou Jolivet, sans cesse suivie et surveillée par cet insupportable Bébé, toujours sur mes talons.

— Le petit nain du roi [1] ?

— C'est cela.

— On dit qu'à sa naissance un des sabots de son père lui servit de berceau, qu'on entendait à peine son cri, et qu'il avait la tête pas plus grosse qu'une noix.

— Je crois, ajouta Mariza, sarcastique, que son intelligence tient, aujourd'hui encore, dans une noix. Il fait des niches à tout le monde. Il exaspère et horripile, se croit tout permis parce que son cher « Stan » – mon Dieu, que de familiarité ! – lui pardonne tout.

— C'est que cet enfant est béni de Dieu, souligna Jacques avec indulgence. Tout le monde sait ici que sa mère a accouché de lui à genoux en méditant devant un petit Jésus de cire.

— Oui, Panpan Devaux, un ami de la marquise et lecteur du roi, m'a confié tout cela. Le roi fait tous ses caprices. Il lui a fait construire un petit château à sa

1. Né près de Senones, dans les Vosges, en 1741.

taille, une calèche pour qu'il se promène dans les bosquets tiré par des poneys… Si seulement quelqu'un prenait réellement en charge l'éducation de ce petit bonhomme têtu comme une bourrique ! J'imagine Léopold flanqué d'une telle créature à sa cour. Ou encore François-Etienne de Lorraine, monté sur le trône d'Autriche. François Ier d'Autriche. Un Lorrain, empereur d'Autriche !

Elle se mit à rire. Après tout…

Puis elle marqua un temps de silence. Jacques observait sa filleule perdue dans un autre monde. Son attitude lui rappelait Manon aux jours sombres.

— Tu es malheureuse, Mariza ? Si tu l'es trop, reviens parmi nous.

— C'est vrai…

Elle avait sursauté. Les dires de son parrain la ramenaient soudain à la manufacture. Elle se reprit en relevant la tête avec dignité et grandeur. Une autre attitude de Manon qui forçait l'émotion ressentie par Jacques.

— Oui, je dois me garder de l'exaspération. Non, je ne suis point malheureuse, parrain. A servir et côtoyer madame de Boufflers, qui semble m'apprécier, j'apprends une foule de choses. Elle me dit que je pourrais, sur un mot d'elle, m'en aller à Versailles. Mais cela ne m'intéresse pas. Certes, Bébé m'agace, tout en me faisant rire, moi aussi…

— Parle-moi de cette vie à la cour.

— La vie de la cour est particulière et bien différente de ce qu'elle fut pendant le règne de Léopold. Ce furent des années où l'on s'est pourtant beaucoup diverti. C'est l'esprit qui a changé. Sous Léopold, personne ne se sentait supérieur. Ici, tout n'est que flatteries auprès de Sa Majesté. La Galaizière est installé à la Favorite, le château du prince Charles-Alexandre. Il a placé toute sa famille à des postes clefs. C'est lui qui dirige la Lorraine. Il est dur et impose lourdement le peuple. Désireux de se montrer proche des Lorrains et parce qu'il y a chez lui une volonté de générosité, le roi Stanislas essaie d'arbitrer bon nombre de conflits. Il n'y réussit pas toujours. La Galaizière peut se montrer intraitable. Le roi, qui veut la paix, soupire. Alors il se réfugie dans les arts et les lettres. Et là, il peut devenir agaçant. Surtout quand il se prend pour un philosophe. Ce qui le divertit sans doute de son austère épouse, très pieuse, rigide, qui ne pense qu'à son salut. Mais je devrais me taire, on la dit très souffrante en ce moment. Enfin, pour en revenir à celui qui voudrait être le bon roi des Lorrains, il ne rêve que d'une chose : passer à la postérité. On devra se souvenir de ses vertus et de sa culture. Mais que dire des rivalités et jalousies du quotidien ? Cela commence dans les cuisines et finit jusque dans le confessionnal ! La plus voyante des jalousies est bien celle qui oppose l'abbé Porquet, lecteur de Stanislas, et le père de Menoux. Le père de Menoux est très proche de Stanislas, et tous deux aiment discuter théologie. Mais ce jésuite-là, un peu austère, déteste la marquise de Boufflers, la favorite actuelle de Stanislas, qui fut sans doute aussi une amante de l'abbé Porquet. La marquise essaie d'évincer de Menoux qui cherche, lui, à évincer la marquise.

— Et ce poète, ce chevalier de Saint-Lambert dont tu nous avais parlé ?

— Capitaine, mais qui ne combat nulle part, sauf sur les oreillers.

Elle éclata de rire en réalisant ce qu'elle venait de dire sur ce beau jeune homme épris de poésie et qui l'avait secrètement troublée autrefois.

— On dit, reprit-elle, qu'il fut aussi un jeune amoureux de la marquise alors que tous deux étaient étudiants.

— Mais lui ?

— Très épris de réussite. Il cherche la reconnaissance. Il espère bien aller à Versailles.

— Te regarde-t-on comme la jolie jeune femme que tu es ? As-tu des galants ?

— Mon Dieu ! C'est que je n'y pense point. Je ne veux d'ailleurs pas engager mon cœur tant que je n'aurai pas trouvé ce que je cherche, comme vous le savez. Peut-être vais-je me rendre à Delft très prochainement ? Il y a un voyage qui se prépare en Flandre, maintenant que certaines batailles se sont terminées. On dit la fin de la guerre [1] proche. Je pourrais trouver une place dans un des carrosses…

— Sois prudente.

— J'ai besoin de voir certains lieux, certains paysages.

1. Celle de la Succession d'Autriche.

5

Faubourg de Viller, février 1747

La visite de Stanislas à la manufacture de Jacques Chambrette fils fut un événement. Toute la cour accompagnait le souverain qui passait d'un atelier à un autre, aussi émerveillé qu'un enfant. Curieux, il demandait des explications sur la fabrication des objets. Il parlait de faïence dure, tendre, fine. Il touchait l'argile, les cailloux que l'on allait chercher dans le lit de la Meurthe. Il poussait des exclamations quand les peintres travaillaient. Il voulait voir les fours qu'il trouvait énormes. Il fallait une échelle pour y entrer et disposer les objets avant cuisson !

A Lunéville, on s'activait pour mettre au point cette faïence fine [1] avec de riches décors.

— Justement, demandait le roi, quand pose-t-on le décor ? Avant ou après la couverte ? Combien de temps dure la cuisson ?

1. Ou demi-porcelaine.

— Tout dépend de la cuisson, répondait Jacques Chambrette. Dans la cuisson grand feu, on pose le décor sur un émail cru, poreux, qui absorbe tout de suite la peinture, puisqu'il n'a pas subi l'épreuve du feu. C'est le feu qui fondra l'émail et les couleurs en même temps.

— Et pour la statuette de Bébé, comment avez-vous fait ?

— C'était du grand feu, Majesté.

— Alors, le petit feu ?

— J'y arrive et je le maîtrise. L'objet a reçu une couverte émaillée et est déjà passé au feu avec sa couverte. Le peintre intervient donc sur un objet brillant et lisse. C'est plus facile pour lui, il peut toujours rectifier son décor qu'on va cuire à basse température. Selon les couleurs, un même objet sera recuit plusieurs fois. Mais on obtiendra ce que vous voyez sur ces étagères, des décors floraux aux teintes éclatantes.

— Comment obtenez-vous ces rouges ?

— C'est mon secret, Majesté. Une pointe de pourpre de Cassius…

Stanislas s'était émerveillé de voir quelques ouvrières qui prenaient des assiettes et des petits plats et qui, avec un couvert, tapaient légèrement en leur centre.

— Mais que faites-vous là ?

— Nous les faisons chanter, Majesté.

Et Jacques lui expliqua, démonstration à l'appui, que le son produit par les faïences à la cuisson réussie était particulier, toujours le même. Ces ouvrières avaient l'habitude de repérer le défaut à l'oreille, dans le chant de l'objet.

Mariza s'était assise sur un tabouret et tournait devant les dames de la cour qui admiraient le travail de la jeune fille. C'est alors que le chevalier de Saint-Lambert se lança dans quelques vers spontanés qui lui firent monter le rouge aux joues. Fort heureusement, Mariza resta penchée sur le vase qu'elle ébarbait consciencieusement avant de le confier à une ouvrière pour qu'elle l'achève. Puis elle s'occupa de plats et d'assiettes qu'elle lissa ensuite avec de la flanelle, tandis que Jean-François de Saint-Lambert déclamait :

— *Mais c'est mademoiselle de Pierreville,*
Qui de ses jolies mains fait que nos yeux brillent.
Voyez son savoir-faire et sa maîtrise :
Mieux que personne elle façonne et aiguise
Des objets d'art dont les siècles se souviendront,
Comme ce charmant vase aux armes de Cupidon !

Mariza ne pouvait nier le trouble qui l'avait saisie. Elle se souvenait de la mise en garde de sa gouvernante quand, petite fille, elle avait rencontré le très jeune Saint-Lambert : « Ce galant n'est point pour vous, mademoiselle. Trop beau parleur est forcément un peu menteur. »

Elle avait repris et posé son vase sur l'étagère à sécher pour se diriger ensuite vers les cuves contenant l'émail dans lequel de très jeunes filles trempaient des assiettes qu'elles tenaient entre deux longues pinces. L'émail utilisé par la manufacture de son parrain était surtout un émail plombifère, car il permettait une couverte transparente qui ne « tuait » pas le décor, disait-il. Une couverte à émail stannifère, à base de sels d'étain, faisait entièrement disparaître la terre cuite qui prenait alors un aspect très blanc. Jacques Chambrette estimait la terre de Lorraine suffisamment pure pour n'avoir pas besoin d'utiliser un émail stannifère.

Stanislas s'informa encore des quantités d'objets produits par cette manufacture qu'il souhaitait voir se développer, car il venait d'assister à un défournement particulièrement étonnant.

— Que de beautés ! Combien de personnes compte cette manufacture ?

— Majesté, une centaine de personnes travaillent ici.

— Il faut doubler ce nombre, déclara le roi.

Il se trouvait flatté qu'à deux pas de *son* château on fabriquât autant de merveilles. Il allait dès ce jour en parler partout, y compris à Versailles. Le roi de France, Louis XV, ne devait pas rester dans l'ignorance de ce que Lunéville était capable de faire. Lui, Stanislas, prenait l'engagement d'équiper de faïence les pavillons et kiosques qui venaient de se construire ou se trouvaient en voie d'achèvement. Bref, il avait des projets. Bien évidemment, il entendit la demande de Jacques Chambrette.

— Développez ces merveilles. Faites vos essais en… comment dites-vous ?

— En « terre de pipe ».

— C'est cela, en terre de pipe, et informez-moi. Nous songerons ensuite à Saint-Clément.

Jacques Chambrette se réjouit. S'il ne pouvait acquérir tout de suite les terres de Saint-Clément, il avait le droit, dans le faubourg de Viller, de s'agrandir et de travailler la terre de Lorraine. Il se donna une bonne année pour transformer en réussite les premiers essais en terre de pipe.

6

Lunéville et Delft, avril 1747

Quelques artistes et gens de lettres habitués de la cour de Lunéville avaient obtenu le privilège du roi Stanislas de voyager jusqu'en Flandre pour satisfaire leur curiosité. Comme Stanislas était encore dans le chagrin d'avoir perdu son épouse, quelques semaines auparavant [1], le voyage faillit être reporté. Finalement, le roi autorisa ce voyage en priant seulement ses amis de ne point oublier sa chère Catherine dont le corps reposait désormais en l'église de Bon-Secours, aux portes de Nancy.

Les remords ne laissaient guère Stanislas en paix. Madame de Boufflers avait pourtant tenté de le rassurer, de le consoler. Il avait été un mari parfait. Il ne devait ni s'enfermer dans le chagrin, ni continuer à se mortifier de n'avoir pas pu honorer sa promesse de la ramener dans sa chère Pologne. Les derniers jours de la reine avaient été éprouvants pour son entourage. Sa neurasthénie l'avait rendue tyrannique, acariâtre et

1. Le 19 mars 1747.

sénile. Jamais Catherine Opalinska ne s'était habituée à la France. Elle avait toléré Meudon, détesté Chambord et ses marais, et avait tout autant redouté ceux de Lunéville.

« Allons, se disait le roi de Pologne, l'église de Bon-Secours est devenue une belle église. » Il est vrai que le choix de Stanislas pouvait surprendre. Quand il était arrivé en Lorraine, cette église n'était qu'une modeste chapelle de campagne dédiée à la Vierge. Or, comme tous les Polonais, Stanislas avait une dévotion toute particulière pour la Vierge. Cette Vierge protectrice de Bon-Secours lui avait plu. Lui rappelait-elle les Vierges de Pologne abritant les fidèles sous leur long manteau ? Il songea à donner de la grandeur à cette chapelle et, pour ce faire, mit son architecte Emmanuel Héré sur le projet. On allait embellir ce lieu de prières et l'orner de grilles ouvragées, puisque Jean Lamour [1] avait accepté d'y travailler. Mais oui, cette église serait son tombeau et celui de son épouse. Discret, ne voulant point offenser la Lorraine, il n'avait pas envisagé une dernière demeure aux Cordeliers comme tous les princes et ducs de Lorraine. Située sur la route allant de Lunéville à Nancy, avant la porte Saint-Nicolas, l'église de Bon-Secours devint un sanctuaire baroque semblable à ceux qu'on trouve en Pologne, et Stanislas en fut ravi. Il s'attacha profondément aux lieux et rendit hommage à des saints vénérés en Pologne. Ainsi fut-il comblé lorsque furent installées, parmi d'autres, les statues de saint Jean Népomucène, patron de la Bohême, saint

1. Mais on n'a pas la certitude absolue que les grilles de Bon-Secours soient de Jean Lamour.

Gaétan de Thiene, sainte Reine, saint François de Paule.

Les funérailles de Catherine terminées, Stanislas voulut faire plus. Il commanda un mausolée à Nicolas Sébastien Adam. Ce monument représenterait Catherine agenouillée sur un tombeau placé devant une pyramide de marbre. Si un ange l'accompagnait vers le ciel, un aigle aux ailes déployées guiderait la souveraine dans son dernier voyage. Rien ne serait trop beau pour Catherine, avait souligné le roi de Pologne qui espérait la réalisation du monument assez rapidement. Il fallut deux ans à l'artiste pour le terminer.

Toujours affecté par la mort de son épouse et soucieux de son repos éternel, Stanislas fit distribuer des sommes d'argent considérables à tous les prêtres des églises et dans tous les couvents pour que l'on priât pour la reine. Quant à lui, il fit retraite à Jolivet. C'est toujours là qu'il se retirait quand le chagrin était trop grand, et madame de Boufflers eut toutes les peines du monde à le persuader d'en sortir.

Mariza avait étudié l'itinéraire de ce long voyage de Lunéville jusqu'à Delft. Elle consultait régulièrement les cartes, essayant d'imaginer les paysages qu'elle traverserait. On passerait par Bruxelles, on ferait un détour par Bruges où travaillaient les meilleurs orfèvres et quelques drapiers de renom, et l'on irait vers Anvers en suivant l'Escaut. Plus au nord, à Rotterdam, l'un des ports de la Compagnie hollandaise des Indes, on vérifierait la manière d'appréhender le commerce d'art de cette compagnie si prospère. Son organisation était-elle différente de celle de la Compagnie française des Indes créée sous Louis XIV, et dont

Louis XV bénéficiait encore ? En Lorraine, on disait que l'essentiel pour les Hollandais, navigateurs et commerçants dans l'âme, se jouait entre Amsterdam et Rotterdam, et que Delft était le haut lieu de la faïence. En France, le port de Lorient se développait à la fois vers l'ouest et le nord, mais il accusait encore quelque retard. Ce que, bien évidemment, les navigateurs français réfutaient.

Au nom des Chambrette qu'elle voulait aider, mais surtout pour retrouver la trace du commerce de son grand-père Johann Van Hoeniger, Mariza fit partie du voyage, qui s'annonçait long. Elle craignait de se sentir esseulée parmi les gens de cour. Madame de Boufflers l'avait-elle compris, elle qui incita Françoise Chambrette à l'accompagner ? Mariza aurait dû lui en être reconnaissante, pourtant elle en fut quelque peu contrariée. Car elle voulait demeurer libre face à l'enquête qu'elle mènerait. Il s'agissait de son histoire, et elle ne voyait pas l'intérêt de se répandre. Elle tenta de se raisonner et de faire, comme on disait, bonne figure, et contre mauvaise fortune bon cœur.

Le voyage fut long, mais se déroula dans de bonnes conditions. Les jours gris et pluvieux furent rares. Et les voitures, sauf une fois, ne connurent pas les accidents d'ornières ni les méfaits des sols trop spongieux qui les auraient embourbées. Mariza prit un immense plaisir à découvrir les paysages de l'est et du nord de la France. A part Lunéville, Commercy, Nancy, Champigneulles et ses environs, que connaissait-elle ? Elle aima la Flandre, une terre contrastée dont elle avait vu les rondeurs. Elle disait avec amusement, comme pour l'Alsace : « Il y a la Flandre bossue de l'intérieur et la Flandre plus plate, celle des canaux et des bords de mer. » Les longues digues aux rares arbres, mais plantées de moulins, la charmèrent. Elle aima les villes aux maisons de briques serrées les unes contre les autres et aux toits pointus festonnés de dentelles. Elle devina qu'il devait faire bon y vivre.

Elle compta peu les jours. Le voyage durait, on s'arrêtait souvent pour visiter les villes, pour rencontrer les artistes. Les nuits étaient parfois difficiles, les auberges des relais n'étaient pas toutes très confortables, et parfois l'angoisse la saisissait. C'est en ces instants qu'elle révisa son jugement et apprécia tout particulièrement la présence de Françoise. La jeune fille, amoureuse de Charles Loyal qu'elle avait laissé à Lunéville, ouvrait grands ses yeux sur le monde. Elle devenait jolie. Elle parla de son désir de travailler dans la faïence, montrant de sa main posée sur sa poitrine le plaisir qu'elle en retirait.

Et soudain ce fut Delft. Delft la belle, nichée dans ses brumes. Delft où de somptueux bateaux allaient et venaient dans le port pris dans une lumière quasi irréelle. Mariza se souvint de la lettre de sa mère, qu'elle se répétait tel un poème.

Elle croisa de fringants équipages sur le point d'embarquer au milieu d'une foule affairée et colorée. Elle ne voyait rien qu'une petite fille agitant la main pour dire au revoir à son père parti pour de longs mois. Comment Manon et sa mère avaient-elles vécu les départs de Johann ? Elle ferma les yeux pour laisser monter à elle les odeurs de marée et celles des marchandises épicées, venues de si loin et qu'on débarquait déjà toutes narines ouvertes. C'est alors qu'elle se heurta à un capitaine de vaisseau de la Compagnie des Indes. Le *Belle Espérance*, son bateau, venait de Lorient. Il était à Delft pour affaires avant de reprendre la mer pour Pondichéry. Perdue dans ses souvenirs, noyée dans la foule, elle n'avait pas vu le capitaine et ses hommes. Elle regardait sans voir. Lui avait-il présenté ses excuses ? Déjà, elle s'éloignait en quête d'autres sensations dans cette ville où elle tentait de renouer le fil de sa lignée. Mais le choc imprima dans son esprit l'allure de ce marin. Comme si soudain elle se trouvait brutalement face à un portrait en pied. Le rouge éclatant de son manteau s'était dressé devant elle, et elle avait reçu le regard de cet homme encore jeune – à ce qu'il lui semblait –, gonflé d'horizons lointains. Le vent et les voyages avaient bien sculpté ses traits, mais rien des méchancetés de la vie ne paraissait avoir altéré le meilleur de l'homme. Quel bel habit aux manches galonnées de festons dorés, comme les boutonnières, et s'accordant aux boutons ! Sa chemise en soie blanche, à jabot de dentelle finement brodée de fils d'or, captait la lumière. Les manches dépassaient avec élégance de celles du manteau pour s'évaser dans un magnifique plissé aux poignets. Ce beau capitaine portait un léger foulard de voile blanc parsemé de fils d'or qui ajoutait un éclat d'élégance au manteau de drap sans doute tissé à Bruges, à moins qu'il ne provînt d'Italie. Il eût fallu toucher l'étoffe pour s'en assurer. L'homme était grand, svelte dans ses hautes bottes au cuir rutilant qui venaient couvrir une culotte blanche.

— Il est éblouissant, avait murmuré Françoise qui l'avait remarqué, elle.

— Allons, les marins sont des hommes à ne point fréquenter. Une fille dans chaque port, glissa Mariza.

— C'est ce que dit maman.

Le capitaine avait-il entendu, pour revenir sur ses pas et se découvrir avec élégance dans une demi-révérence ?

— Mesdames, puis-je, pour vous, être cet homme du port de Delft dont le souvenir emportera vos deux sourires jusqu'à Pondichéry ?

Et il prit d'abord la main de Mariza, qu'il porta à ses lèvres sans effleurer le gant de sa bouche, avant de faire la même chose pour Françoise qui vira au cramoisi.

— Monsieur ! protesta Mariza qui se voulait sévère.

— Pardonnez-moi. Nous sommes en terre étrangère, et entendre parler français, avec l'accent d'une région chère à mon cœur et que je crois reconnaître, m'est un véritable réconfort.

— Mais c'est mon vieil ami ! s'écria soudain Jean-François de Saint-Lambert, qui suivait de loin les jeunes filles avec d'autres compagnons.

— Que fais-tu là, petite canaille ?

Ils tombèrent fraternellement dans les bras l'un de l'autre.

— Nous sommes en mission pour la cour de Lunéville, déclara cérémonieusement Jean-François de Saint-Lambert.

— Ces dames aussi ?

— Mais oui ! Ce sont des artistes qui travaillent la faïence avec un talent que tu n'imagines pas. Le roi de Pologne est fou de faïence. Celle de Delft orne d'ailleurs la façade de la Malgrange, non loin de Nancy.

— Ah ! La Malgrange, Nancy… Oui, j'ai vu cela il y a deux ans, ces carreaux d'un bleu profond représentant des fleurs et des animaux.

— Nous devons rapporter de nouveaux modèles que pourraient fabriquer les faïenceries de Lunéville. Car le père de mademoiselle – il désignait Françoise – est à la pointe du progrès.

Mariza se taisait et Françoise se contentait d'observer les deux hommes.

Les présentations furent faites. Jean-François de Saint-Lambert et le capitaine Herbert de Saucourt étaient tous deux passés par le collège et l'université jésuite de Pont-à-Mousson. Mais la vocation d'Herbert les avait séparés.

7

Delft, juin 1747

Herbert, qui devait reprendre la mer deux jours plus tard, s'était joint aux artistes et écrivains de Lunéville. Il les avait guidés dans Delft qu'il connaissait bien. Vers la fin de la soirée, il parvint à approcher Mariza qu'il n'avait pas cessé de regarder pendant le repas.

— Je ne voudrais pas être importun. Je vous ai observée, mademoiselle, vous étiez ailleurs. Comme ce matin sur le port. Quel tourment agite votre âme ?

Elle rougit.

— En effet, cette ville est celle où est née ma mère, et je cherche désespérément la trace de sa famille hollandaise, une famille de commerçants, je crois, aimant les arts et la faïence.

— Accepteriez-vous mon aide, en tout bien tout honneur ?

— Vous allez embarquer… et partir pour deux ans, avez-vous dit.

— Le *Belle Espérance* ne larguera les amarres que dans deux jours. C'est peu et beaucoup à la fois. En deux jours, on peut se livrer à une enquête et recueillir déjà bon nombre d'éléments. Je connais assez bien Delft.

Mariza ne sut expliquer pourquoi – elle avait tenté de s'en défendre – elle eut envie de se confier à Herbert, de dix ans son aîné. De sa personne émanait une assurance apaisante. Les grands espaces avaient élargi son regard. Il analysait avec lucidité les événements. Passionné et passionnant lorsqu'il évoquait l'Inde, la Chine, ces autres terres où les êtres vivaient différemment, il donnait à la France, dont il était fier, sa juste place au cœur de l'Occident.

— Nous vivons des pages d'histoire captivantes grâce à l'art et à son commerce rendu possible depuis le XVe siècle.

Une chose le révulsait, et il partageait ce point de vue avec Jean-François de Saint-Lambert, c'était le développement de l'esclavage. Le commerce des hommes. Comment oser imaginer que des hommes, parce que leur culture est différente de la culture occidentale, puissent être considérés tels des êtres inférieurs ?

— Ces pensées ne sont dictées que par le profit. Cela m'est insupportable, soulignait-il avec une pointe de colère. Et puis l'idée de convertir ces peuplades du Nouveau Monde ou de l'Extrême-Orient est une belle idiotie. C'est encore un moyen détourné de s'octroyer une main-d'œuvre à bas prix.

Ce fut sans doute ce côté de sa personnalité qui fascina Mariza. Elle aimait qu'un homme eût gardé ce rayon de lumière et de générosité en son âme. Peu à peu, elle livra l'histoire de Manon.

Il l'écouta avec attention, longtemps, sans l'interrompre, les yeux fixés sur le port, se rapprochant d'elle et posant simplement sa main droite sur son avant-bras gauche. Il était bouleversé par la destinée de Mariza. Quand elle eut terminé, il tourna son regard vers elle. Et ce qu'elle y lut la conforta. C'était un de ces regards d'une extrême intensité, empreint d'une immense compassion, mais où le désir était encore absent. Herbert lui viendrait en aide. Il le lui promit. Qu'elle lui laisse quelques heures. Il irait en des lieux où une jeune fille bien née ne pouvait suivre un homme.

Mariza terminait de se préparer dans la chambre du couvent où Françoise et elle avaient désiré loger lorsqu'on frappa avec vigueur à sa porte. Elle avait achevé de se vêtir, mais n'avait pas encore relevé ses cheveux qui tombaient en cascade sur ses épaules.

Elle ouvrit pour se trouver face à Françoise qui chuchota :

— C'est Herbert, il va partir, il veut vous voir d'urgence. Allez à la chapelle, la messe est terminée, il vous rejoindra.

— Mais…

— C'est en sortant tôt ce matin avec sœur Adélaïde, qui avait besoin de moi, que j'ai vu Herbert qui attendait non loin. Faites vite, je crois qu'il a du sentiment pour vous.

Mariza posa en hâte un voile de dentelle sombre sur ses cheveux et, le cœur battant, se dirigea vers la chapelle. Qu'avait-il à lui dire ?

Elle prit place à l'extrémité du dernier banc, dans l'angle le plus sombre de l'édifice, aussitôt rejointe par

Herbert qui guettait son arrivée dans la chapelle, debout, adossé au mur. Elle sursauta lorsqu'il lui souffla :

— Allez dans le confessionnal.

Elle avait compris. Elle resta un instant à genoux face au chœur pour laisser à Herbert le temps de s'installer à la place du prêtre. Puis elle alla s'agenouiller devant la grille telle une simple pénitente.

— Rue de la Nieuwe Kerk[1], j'ai trouvé la maison de Greta, votre arrière-grand-mère. Rendez-vous d'ici vingt minutes place du Marché, à gauche de ce couvent. Je vais gagner la sacristie et passer par la fenêtre qui donne sur la rue. Habillez-vous discrètement, et je vous y conduirai. Vous ne devez pas vous rendre seule dans ce lieu.

Mariza ne discuta pas. Elle avait bien entendu Herbert. Elle pressentait qu'elle pouvait lui faire confiance.

L'air faussement nonchalant, Herbert l'attendait à demi assis sur le rebord de la fontaine de la place du Marché, devant l'auberge Mechelen[2]. Il n'avait pas mis son éclatant manteau rouge, mais une cape noire. Mariza avait suivi ses conseils. Elle portait un manteau de drap sombre pour se fondre dans la foule.

— Nous avons un peu de temps, dit-il en prenant d'autorité son bras. Le *Belle Espérance* lève l'ancre vers midi.

1. La nouvelle église.

2. Le propriétaire de cette auberge en 1641 fut le père de Vermeer.

Elle se laissa guider et écouta ce qu'il avait à lui dire.

— Si l'on vous parle, ne répondez pas. Ne levez pas la tête. Gardez les yeux baissés.

Il la mena d'abord en silence à travers de petites ruelles où des femmes s'affairaient aux tâches ménagères de chaque matin. La ville s'éveillait dans la brume. Des charrettes tirées par des chevaux allaient et venaient, livrant des marchandises, en chargeant d'autres. Le rythme était donné par Herbert, et Mariza marchait d'un pas rapide. De temps en temps, il citait le nom d'une église catholique ou d'un temple protestant. Les deux religions cohabitaient à Delft. Enfin, non loin de l'hôtel de ville, apparut la rue de la Nieuwe Kerk et, au bout de celle-ci, une imposante maison sur deux étages surmontée d'un toit de petites tuiles colorées. La façade de la bâtisse montrait de jolies fenêtres aux vitraux de couleur représentant des oiseaux (« Les oiseaux de maman », songea-t-elle avec émotion) et entourés de faïences. Une enseigne frappa Mariza qui porta une main à sa bouche. En lettres récentes, mais qui ne pouvaient cacher un autre nom, s'étalaient les mots : « Hous Vreecoort ».

— Vreecoort ! Mais c'est Vricourt, fit-elle sourdement. Ce qui veut dire que le sinistre maître dont parlait maman a mis la main sur son héritage. Comment a-t-il fait ? Mais oui, c'est cela, regardez, on voit encore « Van »… et « ger » de « Van Hoeniger ». Et au-dessus de la porte « Van Hoeniger » n'a pu être effacé, puisque c'est inscrit en petites briques de couleur. Pour ce faire, il eût fallu casser ce mur. L'installation de la maison Vreecoort est sans doute récente. Les nouveaux propriétaires n'auront pas eu le temps de camoufler « Van Hoeniger » d'un coup de peinture.

— N'approchons pas trop. Vous voyez ces hommes ? Ce sont des gardiens à la solde de la maison Vreecoort…

Mariza avait compris.

— Comment le maître de Vricourt a-t-il pu se rendre propriétaire de cette maison de commerce ? A-t-il donc trouvé l'écritoire de faïence que je cherche depuis plusieurs années ?

— Il a peut-être fait fabriquer un faux document. Vous avez besoin de récupérer le document original pour confondre ce personnage. Acceptez-vous mon aide, Mariza ? demanda humblement Herbert. Je crois qu'elle vous sera très utile. Quant à moi, l'injustice m'est tellement intolérable que tout mon être se révulse à l'idée de savoir ce qui est arrivé à votre mère, et à vous-même par voie de conséquence.

— Vous ne pouvez rien pour moi, vous allez partir pour deux ans.

Ils étaient déjà sur le chemin du retour. Le couvent s'offrait à leurs regards, havre de paix après des révélations douloureuses pour Mariza.

— Ce que vous ne savez pas, Mariza, c'est que la maison Van Hoeniger commerçait avec la Chine, où je suis allé, et avec Pondichéry, où je vais. Je trouverai forcément des personnes au courant de ses affaires. Et je découvrirai ce qui se passe maintenant dans la maison Vreecoort. Je vous écrirai chez votre parrain pendant ce long voyage et au cours de mon séjour. M'attendrez-vous ? Dites-moi que vous m'attendrez, Mariza.

Il prit ses mains dans les siennes et les porta à ses lèvres. Elle frissonna et ferma les yeux de crainte et de bonheur mêlés. Alors il se pencha vers elle, et de ses lèvres frôla ses paupières puis, délicatement, sa petite bouche pulpeuse et sage.

Elle eut peur et s'éclipsa. Sœur Adélaïde sortait. L'avait-elle vue ?

— Le *Belle Espérance* lève l'ancre à midi, lui cria-t-il tandis qu'elle se hâtait vers la porte du couvent.

A midi, avec Françoise et Jean-François de Saint-Lambert, Mariza se rendit sur le port pour assister au départ du *Belle Espérance*. Afin de laisser Herbert et Mariza en tête à tête, Jean-François s'était rapproché de Françoise et s'efforçait de lui faire la conversation – en tout bien tout honneur : Françoise avait assez répété qu'elle était fiancée à Charles. Le jeune homme, passionné de faïence comme elle, l'épouserait sans doute l'année prochaine.

— Je n'aime guère les adieux, confessa Herbert. Surtout celui-ci.

— Allons, s'efforça-t-elle de plaisanter. Ce n'est pas la première fois que vous quittez l'Europe.

Il sourit en tenant son coude et en gardant les yeux au sol.

— Mais c'est la première fois que je laisse une personne qui m'est déjà précieuse.

— Les marins… Une fille…

— Ne plaisantez pas, Mariza. Je n'ai pas le cœur à cela, et vous non plus, ajouta-t-il en prenant sa taille. Je vais monter à bord. Je suis trop respectueux pour vous y entraîner sous le fallacieux prétexte de vous faire visiter le navire. C'est ici, au pied de cette passerelle, que je veux vous regarder une dernière fois, emporter votre regard de velours qui me sera caresse lorsque le temps me semblera infini. Mariza, dites-moi que vous m'attendrez.

Pour toute réponse, elle ferma les yeux et posa son front à la hauteur de sa poitrine. Alors, doucement, il se pencha vers elle, effleura ses cheveux et sa nuque.

— Regardez-moi, Mariza, dit-il en dégageant doucement son menton pour l'obliger à le regarder.

Elle n'opposa aucune résistance. Il prit ses lèvres avec retenue et émerveillement.

— Je vous attendrai, répondit-elle, éblouie. Je vous attendrai toujours, même si vous deviez m'oublier et ne jamais revenir.

— Je reviendrai, Mariza.

8

Commercy, été 1747

A la demande de la marquise de Boufflers, Mariza avait accepté de se rendre avec les intimes de la cour au château de Commercy. Elle avait besoin d'occuper son esprit pour songer moins à Herbert parti pour Pondichéry. Herbert qui habitait son cœur et dévorait son âme depuis leurs adieux au pied de la passerelle du *Belle Espérance*. Herbert qui avait posé ses lèvres sur les siennes. Pas un seul soir elle ne s'endormait sans songer à lui. Il avait dit être absent pour au moins deux ans : une éternité pour la jeune fille. Il pouvait l'oublier à jamais, être victime de bandits de grands chemins sur ces terres étrangères. Ou bien se perdre en mer. De sombres tableaux se dressaient devant elle. Les corsaires, les tempêtes, un naufrage. Son cœur se serrait et elle priait Dieu, la Vierge, Notre-Dame de la Pitié et celle de Bonne-Nouvelle, et tous les saints de le protéger.

— Vous verrez ou reverrez ce lieu avec plaisir, avait déclaré madame de Boufflers. Stanislas en a fait une si belle demeure d'été.

Mariza n'en doutait pas. Le roi de Pologne marquait de ses goûts méditerranéens et orientaux tous les endroits où il passait. Mariza, qui aimait la discrétion et la simplicité, ironisait sur le sens artistique du roi. Que faisait-il de la Lorraine en la rehaussant d'œuvres d'art si peu accordées à sa culture et à son climat ?

Commercy, imposante bâtisse posée sur les bords de la Meuse, restait dans les souvenirs de Mariza comme étant le dernier lieu où l'on pouvait parler de la Lorraine et garder ses distances avec la France. C'est bien ce que rapportaient les patriotes quand ils venaient autrefois visiter la duchesse régente Elisabeth-Charlotte. Ils évoquaient le temps heureux des années Léopold. Et ils ne se privaient pas de médire sur les prétentions du roi de Pologne. La conversation glissait toujours sur le chancelier La Galaizière. Un odieux arriviste détesté et haï. Pas de réunion sans que soient évoquées les injustices et cruautés dont il se rendait coupable. Une chanson circulait sur son compte dans les duchés de Lorraine et de Bar. Mariza se souvenait des patriotes réunis autour de la cheminée. Un clin d'œil du seigneur de Bar, et la chanson fusait. Cela devenait un rituel quand le vin de Moselle avait éméché les joyeux lurons amis de la duchesse. Un poing sur une hanche et l'autre levé, il fallait les voir – les entendre surtout – brailler ce qui dans les campagnes circulait à tout vent :

Mesdames, déchirez vos jarretières
Pour étrangler La Galaizière !

Commercy apparut à Mariza fidèle à ses souvenirs. Stanislas n'avait pas touché à la bâtisse. Madame de

Boufflers l'avait cependant prévenue : « Il a modifié les jardins et la décoration intérieure du château. »

Une ombre voila le visage de Mariza. Elle était déçue et voyait ses espoirs de retrouver la trace de l'écritoire envolés. Longtemps, elle avait songé que la duchesse l'avait emportée dans son exil à Commercy. Si de grands travaux avaient été entrepris, Mariza n'avait plus aucune chance de mettre la main sur le bel objet. Quelqu'un l'aurait fait avant elle.

Elle l'aurait juré. Stanislas s'était approprié le grand salon qui donnait sur la Meuse. Un superbe jeu de billard y trônait. Déjà le roi jubilait.

— S'il pleut, nous aurons de quoi nous divertir, lança-t-il, j'ai même songé à faire installer sous peu un jeu de trou-madame.

Il tint à faire visiter les lieux à ses amis. Les chambres tendues de tapisseries et de tissus aux teintes tendres l'avaient été uniquement pour faire ressortir le mobilier délicat dont il réservait la surprise à ses invités, tirant lui-même sur les housses pour le dévoiler.

— Voyez ces meubles peints de motifs chinois... Ainsi, au bord de la Meuse, nous serons en Chine, précisait-il.

On ne pouvait pas passer d'une pièce à l'autre sans remarquer les nombreux lustres de cristal – de Bohême, affirmait-il encore – et les glaces, d'immenses glaces biseautées dans des cadres dorés surmontés d'angelots dodus.

Mariza en était encore à se demander si l'écritoire s'était un jour trouvée dans ces lieux quand Bébé, le nain de Stanislas, l'entraîna gentiment vers le jardin où des bassins et des fontaines s'épanouissaient un peu partout. Neptune habitait les lieux sur un char doré. Un canal avait été creusé dans un bras de Meuse, et de curieuses embarcations ornées de figures de proue pour le moins surprenantes attendaient les promeneurs. Ainsi voyait-on flotter à la surface des eaux des têtes de dragon ou d'hippocampe. Et Bébé ne cessait de pousser de petits cris de joie admiratifs ou faussement affolés.

« Décidément, ce roi – au bord de la vieillesse – est un enfant, songea Mariza. Voilà pourquoi il aime tant Bébé. »

Bébé avait envie de faire un tour sur le canal. Mais Mariza n'avait aucune intention de le distraire en cédant à ses caprices. Il insistait, trépignait, tirait sur sa robe, faisait semblant de la soulever pour qu'elle protestât.

— Bébé, ce n'est pas la peine, je ne céderai pas à votre demande aujourd'hui. Demandez donc à Sa Majesté qui n'est pas loin.

Stanislas vint les rejoindre et vit la scène au bord de l'eau. Bébé, pour se venger du refus de Mariza, essayait de la pousser dans l'eau. Le roi éclata de rire.

— Voyez Bébé, toujours farceur. Il sait me divertir mieux que personne. Je me demande si je ne vais pas commander à Chambrette une autre faïence [1] de Bébé pour la faire déposer dans le grand salon de Commercy.

Bébé insistait et voulait faire une promenade sur l'eau. Stanislas céda à son caprice en prenant place à

1. Une faïence grandeur nature de Bébé habillé d'un costume jaune existait déjà à Lunéville depuis 1746 ; elle fait partie des pièces détruites lors de l'incendie du 2 janvier 2003.

bord d'une de ces embarcations étranges sous le regard de ses familiers.

Mariza rentra et passa non loin des cuisines où une discussion un peu vive semblait s'être engagée entre le pâtissier de Stanislas et l'intendant. Une discussion plutôt violente, puisque le pâtissier avait préféré quitter la cuisine en jetant rageusement son tablier à terre et en claquant la porte.

Un murmure s'était élevé au sein des cuisines.

— Mais qu'allons-nous servir comme dessert ? Le pâtissier s'en est allé sans réaliser son gâteau au chocolat. Que dira Stanislas ? Lui qui aime tellement les sucreries.

— Qui peut nous venir en aide ? gronda l'intendant du roi.

— Moi, dit Madeleine, une jeune fille occupée à ranger les casseroles, je peux faire les gâteaux parfumés à l'orange dont ma grand-mère avait le secret et qu'elle m'a transmis.

— Est-ce long à préparer ? questionna le maître cuisinier, prêt à tout, et même à lui venir en aide, pour ne pas perdre la face.

— Moins d'une demi-heure si votre four est déjà tiède.

— Il le sera, les viandes terminent de rôtir.

— Alors placez une tôle légèrement graissée au-dessus des plats emplis de viande pendant que je m'en vais délayer les jaunes d'œufs, le sucre, le beurre, jusqu'à ce qu'ils moussent. Puis nous verserons la farine, le sel, la levure et une goutte de crème fraîche. Avez-vous un peu d'eau de fleur d'oranger ?

Tous ces ingrédients apparaissaient devant elle à mesure qu'elle les énumérait, interrogeant sa mémoire ; on les lui apportait avec cérémonie. Elle leva les yeux au ciel et remercia.

— Battez, s'il vous plaît, quelques blancs d'œufs en neige ! Très fermes, surtout !

Ce qui fut fait sur-le-champ. Madeleine n'avait pas le temps de jouir de cette situation cocasse : une modeste petite paysanne venue aider au château commandant le premier cuisinier de Stanislas et son intendant !

Tout fut réalisé en un temps record. Et sur la tôle tiédie, à l'aide d'une grande cuillère de bois, Madeleine déposa de petits tas de pâte molle et compacte à la fois qu'elle avait goûtée crue afin de s'assurer que rien ne manquait. Puis elle referma la porte du four.

— Surtout ne pas ouvrir la porte avant la bonne odeur, ordonna-t-elle.

Dix à quinze minutes plus tard, un délicieux et délicat arôme de pâtisserie se répandait dans les cuisines et gagnait les couloirs du château.

Quand on présenta ces petits gâteaux moelleux, à peine dorés, à Stanislas, et qu'il les eut goûtés, il s'écria :

— De ma vie, je n'ai jamais rien mangé d'aussi savoureux. Je perçois même un subtil parfum d'orange. Qui a réussi à pâtisser ces chefs-d'œuvre ? Qu'on aille quérir ce merveilleux pâtissier.

— Majesté, c'est une pâtissière.

Stanislas claqua des doigts avec cérémonie en direction de Mariza.

Mariza, au courant de l'histoire, sourit et se leva pour aller chercher Madeleine, qui tremblait au fond de la cuisine.

— Enlevez votre tablier, Madeleine, et suivez-moi ! Stanislas veut vous rencontrer. N'ayez pas peur, sa gourmandise est flattée.

— Dites-nous le nom de ces gâteaux qui nous font fondre de plaisir, mademoiselle, fit le roi.

Elle fit la révérence, le rouge aux joues.

— Je ne sais pas, Majesté. Ma grand-mère tenait sa recette de sa mère qui la tenait de…

— Comment vous appelez-vous ?

— Madeleine, Majesté.

— Eh bien, ces gâteaux s'appelleront « madeleines de Commercy ».

Toute la table applaudit et offrit un ban d'honneur aux madeleines de Commercy. Et pendant tout le séjour de Stanislas, Madeleine refit ces délicieux gâteaux moelleux pour être agréable au roi, qui demanda que la recette fût communiquée au pâtissier de Lunéville.

— Majesté, plus qu'une recette, la réussite de ces gâteaux relève d'un certain tour de main.

— Eh bien, vous viendrez avec nous à Lunéville pour lui enseigner votre tour de main. Naturellement, vous serez dédommagée, chère Madeleine de Commercy, glissa Stanislas, content du jeu de mots qui lui était venu aux lèvres.

Au retour de cette escapade estivale à Commercy, pour la fête du 15 août, Mariza trouva un courrier d'Herbert. Son navire avait croisé un navire français faisant route vers Lorient, et il avait pu lui confier une lettre destinée à celle qu'il appelait déjà sa bien-aimée.

Il n'avait aucune nouvelle à lui apprendre sur son histoire à elle. Il parlait de la leur, de celle que tous deux scelleraient à son retour. Il lui disait combien elle lui manquait.

« En regardant le ciel et les étoiles certains soirs, le désir de vous serrer dans mes bras s'empare de moi, et je rêve de vous, Mariza… »

Mariza lut la lettre. Folle de joie, elle la porta à ses lèvres et à son cœur. Elle la plia en huit et la glissa dans son corsage afin de la relire au cours de la journée dès qu'un moment favorable se présenterait.

9

Lunéville, février 1748

Le château était en effervescence. On attendait Voltaire et madame du Châtelet. Madame de Boufflers allait et venait en tous sens. Loin de pester, le père de Menoux se réjouissait. N'était-il pas à l'origine de cette visite ? C'est lui qui avait soufflé à Stanislas cette idée. Voltaire était alors en pleine gloire.

« Voltaire pourrait vous aider dans vos écrits.

— J'ai déjà Solignac, mon secrétaire.

— Certes, mais Voltaire évoquerait vos écrits partout où il se rend. Sa renommée dépasse maintenant les frontières du royaume. Et puis, pour vous, pour Lunéville, ce serait bien de rendre hommage à ce grand philosophe et poète. Bien évidemment, il serait opportun d'inviter madame du Châtelet. Une femme d'une grande culture, éblouie par les principes de Newton. »

Stanislas avait compris. Il connaissait la réputation de la « divine Emilie ». Il savait que quinze ans d'amitié amoureuse la liaient à Voltaire. On ne savait pas, en cette année 1748, quelle était la nature exacte et précise de leurs relations, mais Voltaire, malgré quelques incartades de sa part – notamment avec sa nièce, madame Denis –, vouait toujours à son égérie, sa muse, son interprète, les plus nobles sentiments. Tous deux passaient beaucoup de temps au château de Cirey, une terre située entre la Champagne et la Lorraine. Emilie du Châtelet affichait une quarantaine rayonnante. On la disait encore jolie et fort bien faite de sa personne. La physique la passionnait, et elle travaillait beaucoup sur Newton dont elle traduisait les œuvres. Le père de Menoux imaginait déjà l'utiliser et la pousser dans les bras du roi de Pologne, rien que pour agacer madame de Boufflers – une autre marquise – qui régnait sans partage sur le cœur du roi. Cette jolie madame de Boufflers aux cheveux trop blonds avait décidément, selon le père de Menoux, des mœurs légères. Ne se qualifiait-elle pas elle-même de « dame de volupté » ? Elle déclarait que rien n'était plus exaltant et divin que la jouissance : « Ah, quand le corps exulte ! »

« La peste que cette femme ! », rageait le père de Menoux qui espérait réussir à détourner Stanislas. Que Stanislas fût séduit par la « divine Emilie », et il ferait d'une pierre deux coups. Agacer la marquise et taquiner Voltaire, l'auteur des *Chants de la Pucelle* [1]. Certes, le jésuite n'ignorait pas que l'abbé Porquet avait été amoureux de madame de Boufflers, tout comme La Galaizière qui, au cours d'un même dîner,

1. Des vers qui raillaient Jeanne d'Arc, mais qui avaient surtout été écrits pour se moquer du roi de France. Ce qui avait valu une lettre de cachet à Voltaire, d'où sa fuite de Versailles et son premier séjour à Lunéville en 1735.

avait accueilli Jean-François de Saint-Lambert et Emilie du Châtelet…

L'abbé Porquet irritait le père de Menoux parce que c'était un fêtard, toujours prêt à boire les bons vins de la cour, notamment le tokay de Hongrie qui plaisait tant à Stanislas. Un jour qu'il était un peu émoustillé, n'avait-il pas lu au roi de Pologne un peu somnolent :

« "Dieu apparut en singe à Jacob." »

Mais il faut se méfier des somnolences des vieillards. Le roi avait corrigé :

« "En songe", mon ami, "en songe". »

Et Porquet, pour ne pas perdre la face, de répondre au roi :

« Majesté, à Dieu, rien n'est impossible. »

Bon enfant, le roi avait ri et déclaré :

« Mon cher, vous eussiez fait un bon prédicateur, il vous manque seulement la foi ! »

De Menoux essayait d'imaginer ce proche printemps à Lunéville. Le séjour du couple Voltaire-du Châtelet au château ne manquerait pas de susciter quelques petites histoires croustillantes. Les bosquets allaient sans doute soupirer et accueillir bien des rencontres.

Mariza, devenue bien secrète depuis son retour de Flandre, et bien que demeurant au château où elle servait parfois madame de Boufflers, se rendait souvent chez Jacques Chambrette fils au faubourg de Viller. Elle y retrouvait Françoise, s'intéressait bien évidemment à la manufacture de son parrain prêt à accueillir la cour pour une visite que Stanislas ne regretterait pas. Il disait maîtriser parfaitement les cuissons à petit feu.

— Les cuissons « au réverbère » donnent d'excellents résultats. Quant à nos essais en terre de pipe, Sa Majesté jugera, mais je suis plutôt satisfait. Sans compter nos figurines, nos bustes de personnages célèbres, dont tout le monde raffole.

Ce printemps 1748 fut une incessante fête à Lunéville. Voltaire se souvenait de son premier séjour en ces lieux en 1735. Ne s'était-il pas rendu avec Panpan Devaux, maintenant lecteur officiel du roi, chez madame de Graffigny qui tenait salon non loin ? Il redécouvrait les lieux avec lumière, disait-il. On l'avait logé au premier étage, non loin d'Emilie qui occupait l'appartement de la reine. Les deux logements donnaient sur les bosquets, et au loin se dessinait Jolivet. La vue y était superbe et propice à l'écriture, ajoutait Voltaire.

Les bosquets avaient beaucoup changé depuis 1735. Stanislas avait fait s'élever de nombreux pavillons – le Kiosque, le Trèfle –, des fermes et des cabanes. Mais que dire du Rocher et de ses quatre-vingt-six automates, acteurs d'une véritable pastorale ? Tout visiteur faisant halte à Lunéville et, l'ayant visité, en repartait ébloui. On y voyait, entre autres scènes, celle du meunier fumant sa pipe et de sa meunière filant la laine, pendant qu'une femme tamisait la farine ; un enfant qui caressait un chien ; un chat qui miaulait ; un coq qui chantait à tue-tête dans un poulailler ; un cheval qui mangeait dans une auge. Un peu en deçà, des jeunes gens festoyaient autour d'une table. Il y avait aussi une fontaine et des lavandières auprès desquelles des enfants faisaient de la balançoire. Stanislas ne se lassait pas de ces scènes et pouvait passer des heures à contempler « son jouet ».

Il y avait aussi parmi les curiosités qui faisaient la fierté du souverain le merveilleux bateau de Vayringe, l'horloger, fabuleux mécanicien et philosophe qui avait préféré suivre François de Lorraine à Vienne en 1738. Pour être agréable au roi de Pologne, il avait tout de même réalisé ce bateau capable de remonter la Vezouze depuis l'ermitage Sainte-Anne jusqu'à la digue du grand canal, et ce, sans perches ni chevaux.

Si Voltaire et Emilie furent éblouis, leur séjour allait s'imprimer dans l'histoire du château de Lunéville. En leur honneur, fêtes, bals, carnavals se succédèrent. Emilie et ses yeux de mer furent divinement célébrés. On vantait sa sveltesse, sa taille fine. Certaines langues de vipère répandirent bien quelques perfidies sur son compte, sur sa dentition clairsemée, voire un peu gâtée [1]... ce qui ne l'empêcha pas de séduire Jean-François de Saint-Lambert, plus jeune qu'elle. Et cela, Mariza en fut témoin.

C'est Bébé qui attira son attention. Bébé suivait souvent Mariza quand quelque chose de nouveau s'était produit à la cour. Il savait tout et rapportait les faits et gestes de chacun à son cher Stan ou à la Pierrot [2], la blanchisseuse qui s'occupait de lui. L'air langoureux de Saint-Lambert, certains soirs, n'avait échappé à personne. Dans un angle du grand salon, demeurait la grande harpe que saisissait parfois un musicien pour accompagner justement la « divine

1. Madame du Deffand brossa d'elle un portrait peu flatteur. Elle y évoqua « une femme au teint échauffé, sèche, sans cul ni tétons ».

2. Femme de chambre et blanchisseuse célèbre à Lunéville pour sa langue bien pendue.

Emilie », qui chantait aussi bien qu'elle jouait la comédie. Bébé avait remarqué qu'après sa prestation, une fois la harpe rangée, Saint-Lambert frôlait de très près l'instrument. Avant de quitter le salon, Emilie en faisait autant. Un soir, Bébé perça le secret : une lettre était déposée, puis saisie, et une autre la remplaçait… Des lettres que Bébé ne pouvait lire, puisque, malgré l'insistance des meilleurs maîtres, son esprit demeurait fermé à la connaissance – les méchantes langues ne se privaient pas de dire : « fermé à l'intelligence ».

Bébé s'interrogeait. Devait-il porter cette missive à Voltaire ? A Mariza, il posa la question. Selon lui, oui, il fallait avertir Voltaire.

— Surtout pas, répondit Mariza. Monsieur Voltaire en aurait trop de chagrin.

Justement, lui, Bébé, avait envie d'avertir Voltaire. Fallait-il qu'il fût devenu vieux pour ne rien voir de la trahison de Madame ! Et puis cela serait drôle, vraiment drôle.

— Hi, hi ! faisait Bébé.

Toute la cour s'amusait. Voltaire s'était déguisé en « sauvage » et dansait dans une folle farandole pendant que sa « divine Emilie » se pâmait au jardin dans les bras de Saint-Lambert. Quelque chose n'allait plus. Et puisque Mariza ne voulait pas aider Bébé à colporter la nouvelle, il se débrouillerait pour le faire savoir. Il s'en irait le dire à la Pierrot. Il riait par avance de l'effet produit.

Jean-François de Saint-Lambert avait pris froid et, pendant quelques jours, ne se risqua pas à mettre le bout du nez dehors. Le printemps était très frais. Mademoiselle Chevallier, la dévouée femme de chambre d'Emilie, passait d'un appartement à l'autre pour porter les billets d'amour. Enfin, l'amoureux d'Emilie allait mieux. Emilie pourrait le revoir, se jeter dans ses bras. Elle lui écrivit :

Après avoir été pénétrée de douleur de ne point vous avoir vu pendant ces jours, je m'en irai vous visiter cet après-midi au Kiosque, puisque vous allez mieux, et vous me lirez des poésies qui enchanteront mon âme. Ecrivez pour moi des vers de vous, que j'aimerai, j'en suis certaine, puisque je vous adore.

Bébé guettait les allées et venues de la discrète mademoiselle Chevallier. Il s'arrangea pour se trouver sur son passage, la bousculer, la faire tomber et saisir le billet qu'il ouvrit de telle sorte que la pauvre femme de chambre, confuse, pût le lire.

— Chut ! fit celle-ci. Il ne faut rien dire du rendez-vous au Kiosque.

— Hi, hi ! fit Bébé, moqueur, en poussant ses petits cris. Je cours tout raconter à la Pierrot.

— La peste soit avec toi ! gronda-t-elle.

— Méchante femme, je le dirai à Stan, je le dirai à Stan…

Et il s'était enfui, laissant mademoiselle Chevallier interdite, mais heureuse d'avoir récupéré la lettre de sa maîtresse. Bébé eût pu courir porter ce billet directement au roi. Ce nain était une petite canaille, un poison.

Mariza avait bien remarqué l'obstination de Bébé à se mettre en travers de l'histoire d'amour unissant Emilie à Jean-François de Saint-Lambert. Elle ne médisait pas, elle ne s'en trouvait d'ailleurs nullement choquée. Commande-t-on ses battements de cœur ? Elle eut connaissance de la suite parce que Bébé, trop heureux de sa réussite, vint lui raconter l'épilogue, alors qu'elle se préparait à rendre visite à son parrain.

— Mariza, il sait, il sait…

— Qui donc, Bébé ?

— Voltaire.

— Il sait quoi ?

— Qu'il est…

Et Bébé de se faire des cornes et de rire.

— Vous avez osé ?

Décidément Bébé était incorrigible, et il raconta comment il avait forcé Voltaire à le suivre au Kiosque jusqu'au petit salon où Jean-François de Saint-Lambert était assis avec Emilie qui avait posé la tête sur ses genoux.

— Il lui caressait les cheveux et se penchait sur elle quand Voltaire est entré.

— Et qu'a-t-il dit ? questionna Mariza, mue soudain par une curiosité qu'elle se reprocha tout aussitôt.

— « C'était donc vrai ! » Et il a mis la main devant ses yeux et est allé regarder le parc depuis une fenêtre.

— C'est bien vilain ce que vous avez fait là, Bébé.

— Parce que Voltaire pleurait ?

— C'est très vilain, Bébé. Si le roi l'apprend, il vous grondera.

— Non, car Stan m'aime beaucoup. Je le fais rire quand il est triste. J'appuie sur son gros ventre, et ça le chatouille.

— Mais cette fois, il sera très en colère après vous.

— Alors je me cacherai sous les robes des dames quand il me cherchera pour me gronder, et quand il me retrouvera, je ferai une grimace et il rira tant qu'il aura tout oublié.

Devant un raisonnement aussi simpliste, Mariza haussa les épaules. Bébé était incurable.

Elle s'en alla chez son parrain pendant qu'à Lunéville Voltaire se consolait en faisant répéter *Zaïre*. Si les petits garçons et petites filles de Lunéville parvenaient à jouer sa pièce, il tenterait de monter *Mérope*. Si l'on pleurait à Lunéville tout comme à Paris et Versailles, alors il se sentirait chez lui et oublierait les tracasseries du cœur dont il était injustement, estimait-il, victime.

10

Lunéville, Pâques 1749

Mariza avait reçu des nouvelles d'Herbert. Il l'assurait de son retour pour Pâques. Elle frémit de tout son être. Elle se souvenait de la longue lettre de Manon évoquant le retour de François pour la Noël alors qu'elle était enceinte. François, son amour qui n'était jamais revenu. Mariza songeait souvent à lui. Comment était-il, ce père qu'elle n'avait pas connu ? Que lui était-il arrivé ? Elle espérait qu'il n'était pas mort dans d'atroces souffrances, mais s'indignait toutefois qu'il eût pu abandonner celle qu'il disait aimer plus que tout au monde.

Elle continuait de rechercher l'écritoire confiée à Léopold. Jacques Chambrette en était venu à penser que l'objet avait été emporté à Vienne par François de Lorraine.

— Dans ce cas, je ne saurai jamais, murmura-t-elle douloureusement, ce qu'il contenait exactement, et l'ignoble personnage qui a détruit la vie de Manon ne sera jamais puni. J'ai le sentiment – ou plutôt l'intuition – que la clef de mon histoire ne se trouve pas à Vienne, mais dans cette région entre Lunéville et Vricourt. Nous devons réfléchir à ce qu'a pris François de Lorraine. L'argent, les tableaux, les objets en or et en argent. Il n'a pas emporté les jardinières de faïence.

— Mais il a emporté la vaisselle, rectifia Jacques Chambrette, toute la vaisselle et les objets personnels de Léopold.

On avait frappé à la porte. Qui à cette heure-là pouvait venir ? Dehors, en cette fin du mois de mars, la tempête faisait rage. C'était l'époque des grandes marées, et le vent soufflait sans retenue jusqu'à l'intérieur des terres.

Mariza se leva et alla ouvrir. La violence du vent était telle qu'elle eut du mal à repousser la lourde porte en chêne pour éviter qu'une bourrasque de pluie ne vînt s'engouffrer dans la demeure où tous étaient réunis autour de la table.

— Attends, je viens t'aider ! cria Jacques Chambrette. Tu ne pourras jamais refermer cette porte.

Mariza n'avait pas répondu, confondue par le visiteur dont la silhouette de haute stature se découpait dans la nuit et qui déjà l'avait attirée à lui.

— Mon Dieu, vous allez attraper la mort, vous êtes trempé de pluie.

— Pas si je puis entrer.

Herbert ! Il était de retour. A la date prévue. Elle eut envie de pleurer. L'émotion lui nouait la gorge. Elle remercia le ciel de l'avoir ramené vivant. Il assura avoir beaucoup à raconter.

— Vous êtes en voiture ? Le cocher, il ne faut pas le laisser sous cette pluie et ce vent.

— Je suis d'abord passé au château et suis venu à cheval. Rassurez-vous, j'ai confié Bella au palefrenier avant de frapper ici. Merci de m'accueillir.

Jacques Chambrette lui servit une mirabelle pour le réchauffer pendant qu'Elisabeth ajoutait un couvert et que Françoise emportait sa cape pour la tendre devant la cheminée.

— Je sais en partie ce qui est arrivé à François de Lamesnaye, raconta Herbert. C'est après avoir appris son histoire par un de mes hommes sur mon propre bateau, alors que nous faisions route vers Pondichéry, que j'ai pris la décision de revenir par le prochain navire que nous croiserions. Mon second, en qui j'ai toute confiance, a poursuivi la route. A l'heure actuelle, il doit être sur le point d'accoster à Lorient, les cales chargées de ces objets exotiques et de ces épices dont nous raffolons tous.

Mariza écouta avec attention l'histoire de son père.

— La trace de votre père s'est effectivement perdue à Bruges. Il revenait de Delft avec Greta. Greta n'était plus jeune ; sentant ses forces l'abandonner, elle refusa d'aller plus loin : « Laissez-moi à Bruges chez les religieuses de Sainte-Hilda. Vous reviendrez me voir plus tard avec Manon et votre enfant. En vous attendant, je prierai pour vous. » François fit ce qu'elle lui demandait. Avait-il le choix ? C'est là qu'intervient un de mes hommes, Thomas de Vriesen, natif de Flandre. Thomas était très jeune, mais n'a rien oublié d'une scène qui l'a marqué. Découragé, François se trouvait dans la même auberge que Thomas après avoir déposé Greta chez les religieuses de Bruges. François lui avait confié son chagrin d'avoir dû abandonner Greta alors que sa bien-aimée espérait retrouver sa grand-mère. Deux hommes entrèrent alors, qui cherchèrent querelle à François, lequel ne répondit pas. Par provocation, ils s'en prirent à Thomas qui ne dut la vie sauve, m'a-t-il confié, qu'à la présence d'esprit de François. Une terrible bagarre eut lieu, et votre père eut le dessus. Les gardes de la ville intervinrent alors que les deux hommes fuyaient clopin-clopant en hurlant : « Souviens-toi du maître de Vricourt ! » Les souvenirs de Thomas sont précis. Jusque-là, dans ce que nous savons, rien d'extraordinaire, concéda Herbert. Mais écoutez bien la suite. Thomas a rencontré François en Chine quelques années plus tard…

— En Chine ?

— Oui. Et à ce moment-là, François était plongé dans une sorte de nuit. Il avait oublié son passé. Des missionnaires l'avaient recueilli, et il les aidait dans leur apostolat. Thomas reconnut François, alla à lui et essaya de ranimer sa mémoire. François disait oui, disait non. Puis Thomas pensa, avec intelligence, que François devait revoir les paysages qu'il connaissait. Il le ramena avec lui à Delft. C'était il y a dix ans. Des parcelles de mémoire semblaient resurgir chez François qui restait cependant très fragile. Thomas le conduisit ensuite à Bruges, chez les religieuses de Sainte-Hilda. Greta était morte depuis plusieurs années, et là François cacha sa tête dans ses bras comme pour se préserver des blessures du passé qui jaillissaient et l'assaillaient. Ils poursuivirent leur pèlerinage et entrèrent ensuite dans la fameuse auberge. François se mit à pleurer. Son passé l'étreignait. Il était redevenu lui-même. Alors, il put conter à Thomas son aventure. Il s'était réveillé dans la cale d'un bateau qui faisait route pour la Chine après une agression en forêt lorraine. Il se souvenait d'ailleurs avoir été chargé à demi inconscient sur une péniche – il pouvait encore la décrire – avant de se réveiller, le corps meurtri, dans la cale d'un immense voilier. Personne ne s'occupait de lui. Savait-on qu'il était à bord ? Il allait sans doute mourir. Ses gémissements avaient cependant alerté des hommes d'équipage, qui l'avaient ensuite confié aux missionnaires se rendant en Chine. François avait tout oublié, jusqu'à son prénom.

Mariza avait écouté Herbert dans un silence ému, essuyant régulièrement ses yeux. Puis la colère la submergea. Elle fit un effort surhumain pour la refouler et la taire.

— Mais où est-il, ce père ? Peut-être vit-il encore ?

— Ayant retrouvé son passé, François se devait de repartir vers les siens. Il dit adieu à Thomas, qui ne l'a plus jamais revu. Connaissant son nom et ses origines bretonnes, avant de venir jusqu'ici, je suis allé sur ses terres. Madame de Lamesnaye, sa mère, est morte depuis plusieurs années, mais son frère, qui s'occupe du domaine agricole, vit toujours. Il a eu des nouvelles de François il y a six ou sept ans, donc bien après son retour de Chine. Mais ce courrier était banal, a assuré son frère. Comme toujours, tout allait bien à part quelques mésaventures, écrivait-il : « Tu me connais, cher frère, je n'ai jamais eu les deux pieds dans le même sabot. »

— S'il y a eu une agression en Lorraine, c'est qu'il revenait vers maman ou était sur la piste de ce qu'elle-même s'efforçait de trouver.

— Très bonne déduction, conclut Herbert. C'est donc dans cette direction qu'il nous faut chercher.

Jacques Chambrette se frappait la tête.

— On est toujours trop discret. Bien sûr que j'aurais dû demander à Manon ce que contenait le document que lui avait transmis François, et qu'elle nous a confié à père et à moi pour le remettre au duc Léopold. Nous n'aurions pas perdu tout ce temps.

— Le plus simple, convint Herbert, c'est d'aller droit au but et de confondre celui qui se fait appeler comte de Vricourt…

— Il est intouchable, rappela Jacques Chambrette. Mon père et mon beau-frère se sont renseignés en votre absence.

— Si François a échoué, c'est parce qu'il était seul, déclara Herbert. Nous, nous serons plus nombreux.

La nuit était déjà fort avancée lorsque Jacques Chambrette prit sa lanterne, suivi par Charles Loyal, son gendre.

— Excusez-moi, dit Jacques, je vais vérifier que tout se passe bien pour mes gars, qui vont alimenter le four toute la nuit. Une belle cuisson est en cours. Une commande pour Lunéville. Si elle réussit, j'ai la promesse de Stanislas d'obtenir pour cette manufacture le titre de manufacture royale. Vous savez que le roi est venu en décembre dernier avec Voltaire et madame du Châtelet avant leur départ pour Versailles. Ils voulaient assister au défournement d'une cuisson de faïence. Et celle-ci fut mémorable, car en terre de pipe. « Si belle, a dit Stanislas, qu'on dirait de la porcelaine. » Déjà, il a rédigé des lettres en ma faveur stipulant qu'on ne doit en aucun cas m'importuner avec les tracasseries administratives qui sont liées à ma fonction. Des commandes arrivent maintenant d'Italie et de Pologne. Nous fêterons cela demain autour d'une bonne table.

Elisabeth Chambrette fit préparer une chambre pour Herbert. Les familles Chambrette et Loyal avaient regagné leurs appartements afin de se reposer.

Herbert était resté assis sur le banc face à la cheminée. A ses côtés, Mariza demeurait la tête appuyée sur son épaule. Il ouvrit les bras, et elle nicha son front contre sa poitrine, fermant les yeux.

— Enfin je vous retrouve ! Pas un jour sans penser à vous.

— C'était la même chose de mon côté.

— Je crois vous connaître depuis toujours.

— J'ai les mêmes pensées au fond du cœur.

— Donnez-moi votre main gauche, ma mie.

Il tira de sa poche un bel anneau orné de pierreries.

— Par cet anneau, devant Dieu qui sait toute chose et connaît les âmes, je jure de vous aimer, de vous protéger, jusqu'à la mort, Mariza.

Alors elle se jeta contre lui, lui offrant ses lèvres fiévreuses. La maison était endormie, une grande paix baignait cette salle à manger où le feu s'éteignait doucement.

— Montrez-moi ma chambre, s'il vous plaît. Je suis perdu dans cette maison.

Elle le guida jusqu'à la porte et allait s'esquiver quand il la retint et l'embrassa avec passion, en posant les mains sur son cou pour sentir sa peau douce dans ses paumes. Elle se laissa faire, tremblante, irriguée par d'étranges sensations inconnues qu'elle redoutait autant qu'elle les désirait. Il la saisit ensuite à bout de bras et la déposa au milieu du lit.

— Voulez-vous être mienne ? demanda-t-il à genoux en la contemplant et en la caressant doucement.

Elle frémissait sous sa main.

— Voulez-vous que nous nous unissions, Mariza, non comme deux amants, mais comme deux jeunes mariés ? Je vous aime comme un fou.

— Pardonnez mes craintes et mon inexpérience, murmura-t-elle dans un souffle en passant les bras autour de son cou pour le relever, l'attirer à elle et l'enlacer avec force.

Il fut doux, patient. Si elle s'offrit, il perçut cependant sa réserve. Il eut peur de la blesser. Elle redoutait la rencontre qui la ferait femme, alors que toutes les fibres de son corps appelaient cet accomplissement. Un autre homme eût pu s'en agacer. Il en fut au contraire ému. Et peu à peu, sa tendresse sut guider et faire glisser Mariza sur les terres de l'éblouissement.

La jeune femme s'éveilla heureuse dans les bras de l'homme de sa vie. Herbert la couvrait de baisers quand on frappa à la porte de la chambre.

C'était Elisabeth, venue les prévenir qu'un courrier urgent était arrivé pour Herbert. Elle resta sur le seuil de la chambre et vit Mariza à qui elle adressa un sourire complice et affectueux. Il lui avait semblé que cette nuit serait celle qui unirait Mariza à Herbert.

— Mon Dieu, murmura Herbert en lisant la missive. Pourquoi ? C'est atroce et injuste.

Une tempête terrible avait eu raison du *Belle Espérance* qui croisait au large de l'Espagne sur le chemin du retour. La moitié de l'équipage avait disparu. Une vingtaine de marins avaient été recueillis par un navire hollandais pris dans les mêmes affres. Mais lui, malgré les mâts endommagés, avait pu rester à flot et gagner Lisbonne. Herbert se prit la tête dans les mains en songeant à ses hommes engloutis par la mer. Il avait vécu avec eux bien des drames. Certains de ses compagnons avaient péri au cours de longs voyages. Nul n'est à l'abri d'une maladie, d'une blessure qui s'infecte. Mais Herbert avait toujours été là, proche d'eux jusqu'au dernier souffle. Or le *Belle Espérance* avait sombré avec nombre de ses hommes alors que lui, Herbert, avait la vie sauve, parce qu'il avait voulu aider sa bien-aimée. L'amour avait prévalu sur le devoir, il avait failli aux règles les plus élémentaires du métier de marin. Il s'habilla en hâte : il fallait prendre toutes les dispositions pour aider les veuves et les mères de ces hommes.

— Je reviendrai aussi vite que je le pourrai. Trop de familles, par ma faute, sont dans le chagrin… Je ne puis les abandonner.

Bien qu'ayant le cœur déchiré, Mariza le laissa partir. La tempête s'était calmée. Elle accompagna Herbert jusqu'au premier pont de la Vezouze, à la sortie de Lunéville. Herbert l'avait hissée sur Bella. Assise en amazone devant lui, elle rêva un instant que tous deux allaient parcourir ainsi le monde sans jamais se quitter. Elle se sentait bien contre lui. Lui respirait la nuque de sa bien-aimée, et ses lèvres posées dans ses cheveux cherchaient cette peau qu'il désirait encore. Puisse-t-il revenir vite après s'être pardonné à lui-même ! Mais cela, il ne le confia pas à Mariza. Quand les sabots de Bella foulèrent les premiers pavés du pont, Herbert tira sur les rênes et sauta à terre en saisissant Mariza par la taille pour l'aider à descendre de cheval. Il l'embrassa longuement, avec fougue et passion, avant de remonter en selle. Longtemps, Mariza, les bras serrés sur la poitrine pour retenir sa cape, le regarda chevaucher et s'éloigner jusqu'à ce qu'il ne fût plus qu'un point minuscule à l'horizon. Alors, le cœur gros et les yeux gonflés de larmes, elle revint à pas lents vers la manufacture pour pleurer amèrement dans les bras d'Elisabeth.

11

Lunéville, fin juin 1749

Il y avait trois mois déjà que son bel amour était parti. Quelques courriers étaient arrivés pour Mariza chez les Chambrette. Herbert racontait le drame des familles endeuillées, l'aide qu'il tentait de leur apporter. Les tracasseries administratives liées à ce naufrage. Rien n'était simple avec la Compagnie des Indes, expliquait-il.

— Quand pense-t-il être de retour ? questionna Jacques Chambrette.

Mariza haussa les épaules.

— Peut-être en septembre.

— Lui as-tu fait part de ton état ?

— Non. Je ne veux pas l'obliger à quoi que ce soit. Il a déjà assez de soucis.

— Tu es bien la fille de ta mère, toi, lança Jacques d'un ton bourru. Si tu ne lui écris pas, c'est moi qui vais le faire. Ce petit ou cette petite a besoin d'un père.

— Est-ce que cela se voit déjà ? questionna Mariza.

— Pas encore, et tu as de la chance de n'être pas malade, répondit Elisabeth. Pourquoi t'inquiètes-tu ?

— Parce que madame de Boufflers espère ma présence à Lunéville pour cet été. Monsieur Voltaire va y venir ainsi que son amie, qui est enceinte elle aussi.

— Quoi ! Voltaire, ce vieillard, aurait fait un enfant à la belle marquise du Châtelet ?

— Non, ce n'est pas cela, répondit Mariza. Voltaire conserve son amitié à la marquise. C'est Saint-Lambert qui a fait un enfant à Emilie. Madame de Boufflers m'a expliqué ce que sa pauvre amie ressent. Elle a honte d'être grosse à plus de quarante ans. Elle a un fils âgé de dix-sept ans à qui elle n'a rien osé dire.

— Et que dit monsieur le marquis, le mari légitime ?

— Il a eu une réaction surprenante. Il a très bien pris la chose, même s'il n'est pas dupe. Il espère que sa femme lui donnera un fils.

— Ces gens du monde ! s'exclama Elisabeth.

— Il n'empêche, reprit Mariza, Emilie est très chagrine. Elle est même neurasthénique, car Saint-Lambert, son jeune amant, est bien peu empressé. Elle a de sombres pressentiments. Elle redoute de mourir en couches, aussi s'est-elle astreinte à terminer ses traductions de Newton. Au fond, cette femme m'émeut.

— C'est donc à Lunéville qu'elle va accoucher ?

— Oui, Emilie veut faire, comme elle dit, ses couches près de Saint-Lambert. Et Stanislas lui a donné son accord. L'homme le plus délicat dans cette histoire est bien Voltaire. Tous deux forment un couple uni depuis plus de quinze ans…

« Et moi, ferai-je un couple avec Herbert d'au moins quelques années ? » songea soudain Mariza en posant les mains sur son ventre.

Elisabeth se mit à rire en la voyant faire et s'approcha d'elle pour l'entourer de ses bras.

— C'est un peu tôt pour le sentir bouger.

Alors Mariza se laissa aller contre elle… et soudain se mit à sangloter. Jamais elle n'avait si cruellement ressenti l'absence de sa mère, de son soutien. Jamais la solitude ne lui avait autant pesé.

Mariza se trouva bien à Lunéville. Elle oublia ses chagrins auprès d'Emilie du Châtelet qui s'intéressa à elle lorsqu'elle vit quelques rondeurs lui venir.

— En ce qui vous concerne, bel ange, murmura Emilie, ce sont les choses de la vie. Il va revenir, ce bel amoureux. Mais moi… vous imaginez, grosse à quarante-deux ans ! Faut-il que je sois sotte pour risquer ainsi ma santé et sans doute ma vie. J'ai encore tellement de choses à faire.

L'été était particulièrement chaud. Une calamité après l'hiver rigoureux. Semé tardivement à cause du gel, le blé était en retard, et le manque d'eau qui sévissait depuis le printemps annonçait une bien maigre récolte. Ce serait encore une année de disette, et dans les campagnes, on s'inquiétait.

Emilie du Châtelet supportait mal cette chaleur. Elle s'efforçait pourtant de marcher tôt le matin ou tard le soir au bord du canal ou de la Vezouze. L'après-midi, elle s'abritait derrière les épais murs du château et sous les ombrages des bosquets. Les jours passaient, et elle voyait enfin approcher sa délivrance. Souvent, elle levait les yeux au ciel. Quand, mais quand, soupirait-elle, le ciel s'assombrirait-il enfin ? La chaleur ne cédait pas un pouce de terrain.

Au 3 septembre, il faisait encore très chaud. C'est au cours de la nuit qui suivit que ses proches, dont Mariza, furent réveillés. Emilie s'était levée, le ventre très dur. La naissance était imminente. La Pierrot, mademoiselle Duthil et mademoiselle Chevallier accoururent avec linges et bassines.

— Quelque chose glisse le long de mes jambes ! s'écria Emilie.

La Pierrot tendit à temps son tablier pour rattraper l'enfant et le poser sur un énorme livre de géographie ouvert. Une fille… une petite fille était venue sans crier gare, sans faire souffrir sa mère qui avait tellement redouté ces instants ! Pour un peu, Emilie en aurait ri.

— Je crois qu'il serait sage de vous coucher, madame, déclara sa femme de chambre approuvée par Mariza, tandis que la Pierrot s'occupait du bébé qu'elle ficelait dans un maillot.

— Puisqu'il le faut. Alors que je me porte comme un charme. Vraiment, jamais mise au monde n'aura été aussi facile.

Le 4 septembre au matin, la nouvelle se répandit dans tout le château. Même le père de Menoux interrompit la lecture de son bréviaire pour prendre des nouvelles de la marquise, et toute la cour défila dans la chambre d'Emilie. On la félicita. L'enfant était ravissante et, bien que fatiguée, la mère se portait bien.

Le surlendemain, Stanislas, rassuré sur son état, put entamer le pèlerinage qu'il faisait chaque année à

Notre-Dame-de-Bon-Secours. De là, il se rendrait à la Malgrange.

Mais Mariza avait remarqué des cernes noirs sous les beaux yeux d'Emilie. Elle en avait parlé à Voltaire qui s'inquiétait lui aussi. Voltaire et Saint-Lambert ne quittaient guère le chevet de la marquise, qui somnolait souvent. On attendait l'arrivée de son époux.

La fièvre venait-elle grignoter la belle Emilie ? Est-ce la fièvre qui lui donna cette impression de trop grande chaleur ? Le 8 septembre, Emilie se leva soudain, ouvrit la fenêtre.

— Il me faut de l'air, il faut aérer cette pièce. L'air confiné est malsain. Ah ! Que la nature est belle ! s'exclama-t-elle en contemplant le parc et les hautes ramures… Comme j'ai chaud ! dit-elle soudain. Qu'on m'apporte à boire ! Un verre d'orgeat glacé, j'ai trop soif ! Qu'on ne me laisse pas ainsi !

Mademoiselle Duthil, qui la veillait, toujours prudente, refusa d'accéder à sa demande. Elle proposa plutôt une infusion, un thé. Mais Emilie insistait avec autorité.

— J'ai dit un verre d'orgeat glacé !

Elle obtint ce qu'elle désirait et but d'un trait, heureuse. Ce rafraîchissement lui faisait grand bien, disait-elle. Mais soudain, elle confia ne plus rien voir qu'un brouillard. Sans doute la montée de lait, expliqua-t-elle en se recouchant. Elle frissonnait et claquait des dents. Quelques brèves minutes passèrent, et elle fut victime, sous les yeux de Saint-Lambert, d'une syncope. Le médecin du roi se rendit immédiatement à son chevet, tenta de lui prodiguer les soins nécessaires et administra quelques opiacés qui firent effet. Madame du Châtelet semblait tirée d'affaire, car elle s'endormit. Cependant, le médecin demeurait inquiet. Il ne croyait pas aux fièvres accompagnant les montées de lait. Une infection s'était emparée d'Emilie, qui pour l'instant reposait paisiblement dans son lit.

Au 10 septembre, l'état d'Emilie n'avait pas empiré. Elle ne souffrait pas, mais se sentait très faible. Voltaire s'était éloigné quelques instants, laissant messieurs du Châtelet et Saint-Lambert de part et d'autre du lit. C'est alors que Saint-Lambert entendit un souffle étrange, comme un râle, dans le sommeil d'Emilie. Il appela la Pierrot et mademoiselle Chevallier. On tenta d'asseoir la marquise, de la secouer, de passer des sels sous son nez en maintenant sa tête bien droite pour qu'elle pût respirer. Mais sa tête retombait sur son épaule. Emilie était morte.

Mariza quitta son chevet en sanglotant. Voltaire la croisa et se rendit précipitamment dans la chambre de son Emilie, comme monsieur du Châtelet en sortait avec Saint-Lambert fort éprouvé. Il les arrêta, toisa Saint-Lambert et s'écria :

— Monsieur, c'est vous qui me l'avez tuée !

Ce fut Voltaire qui ferma ses beaux yeux.

Mais personne ne sut qui mit une plume dans le chaton de la bague de cornaline que portait Emilie. Cette bague offerte par son mari avait naturellement abrité le portrait de son époux, puis celui d'un de ses premiers amants, monsieur de Richelieu, détrôné ensuite par celui de Voltaire, enfin remplacé par celui de Saint-Lambert. Monsieur du Châtelet avait demandé la bague de sa chère épouse. Rien de plus naturel. Madame de Boufflers avait réussi à la faire glisser de la main déjà raidie d'Emilie. Monsieur du

Châtelet, ému, se concentrait en faisant jouer le déclic du chaton. Saint-Lambert et Voltaire retenaient leur souffle, le scandale allait éclater.

— Chère Emilie, murmura le marquis, elle avait enfermé là une plume de colombe. Une des plus délicates de cet oiseau, une de celles que l'on cueille à la nuque. Ce sera pour moi un bien doux souvenir.

Le soir, défait, en proie aux plus tristes tourments qu'un homme pût éprouver, Voltaire écrivit à sa nièce : *Je viens de perdre un ami de vingt ans.* Dans ses mémoires, beaucoup plus tard, il écrirait : *Je n'ai point perdu une maîtresse, mais la moitié de moi-même*... et il trousserait quelques vers adressés à Saint-Lambert.

Saint-Lambert, ce n'est que pour toi
Que ces fleurs sont écloses ;
C'est ta main qui cueille les roses
Et les épines sont pour moi !

On enterra Emilie dès le lendemain dans la nouvelle église Saint-Rémy [1]. On ne put exposer son corps à cause de l'horrible infection qui se dégageait de sa dépouille. Stanislas avait donné son accord pour offrir de belles funérailles à madame du Châtelet. Un cercueil d'une grande beauté qu'on glisserait sous une dalle dans le chœur de l'église. Voltaire avait même pensé à une épitaphe :

L'univers a perdu la sublime Emilie.
Elle aima les plaisirs, les arts, la vérité.

1. Aujourd'hui Saint-Jacques.

Les dieux en lui donnant leur âme et le génie
N'avaient gardé pour eux que l'immortalité.

D'emblée, Stanislas aima ces vers. Mais le père de Menoux s'opposa vivement à ce qu'ils fussent gravés dans le marbre de la dalle.

— C'est trop païen pour être écrit dans une église.

— Mais si c'est la vérité ! insistait naïvement Stanislas.

— C'est trop païen !

Après les funérailles d'Emilie – la petite fille qu'elle avait mise au monde ne lui survécut que quelques jours –, auxquelles toute la cour pleura et sanglota, Mariza prit la décision de quitter le château de Lunéville. L'enfant qu'elle portait bougeait à qui mieux mieux. Elle espérait le retour d'Herbert, mais se retenait de se plaindre aux Chambrette qui l'entouraient de toute leur affection.

Peut-être parce qu'elle avait pris la décision de vivre éloignée du château, Mariza put, comme elle le disait, mettre un peu d'ordre dans son esprit et analyser sereinement sa situation.

12

Nancy et Champigneulles, mi-septembre 1749

Mariza avait demandé à son parrain la permission de l'accompagner à Nancy, puis à Champigneulles où il devait, avec son gendre, Charles Loyal, traiter quelques affaires. Françoise s'était mariée selon les vœux de Jacques Chambrette père et fils. Charles Loyal s'intéressait à la faïence ; les traditions familiales se perpétueraient. La jeune mariée – les épousailles avaient eu lieu en 1748 – rayonnait de bonheur. Naturellement, elle était du voyage.

Mariza et Françoise s'entendaient bien. Aussi Mariza fut-elle heureuse de faire ce voyage en compagnie de Françoise.

Les deux jeunes femmes bavardaient, riaient, évoquaient Nancy et ses transformations. Parfois, tout en devisant, Mariza glissait sa main dans une poche de son manteau pour sentir la flûte de terre cuite que François avait remise à sa mère. Elle serrait aussi dans l'autre poche le petit tube à aiguilles contenant cet étrange message : « Les os de ruminants réduits en poudre feront le reste. »

Mariza entra dans la belle église de Léopold, enfin terminée, et la beauté de l'édifice éleva son âme jusqu'à l'apaisement. Longtemps, elle resta à genoux, en prières. A la hauteur du chœur, elle observa la lumière qui filtrait par les vitraux de chaque côté. « La beauté du ciel et des anges », songea-t-elle. C'est alors qu'elle se souvint de Notre-Dame de Bonne-Nouvelle qu'elle avait déjà priée peu après Pâques en 1745. Elle se rendit dans la nef de gauche, presque à la hauteur du chœur. Dans la petite chapelle, la Vierge de pierre glissée dans une niche semblait l'attendre. Mariza s'agenouilla à même le sol et implora longuement Notre-Dame de Bonne-Nouvelle de l'éclairer. Pouvait-elle lui indiquer où se trouvait l'écritoire ? Un signe, elle demandait un signe. Etait-il en Lorraine ou à l'étranger ? Tandis qu'elle priait intensément, oubliant tout autour d'elle, il lui sembla vaciller. Le sol se dérobait sous elle. Elle eut un malaise et perdit connaissance un très bref instant. Françoise la retint, la soutenant tout en lui tapotant les joues pour y faire revenir les couleurs. Les premiers mots que put articuler Mariza furent :

— Corde… corde… lier…

— Mais que dites-vous, Mariza ? s'écria Françoise. De quelles cordes parlez-vous ?

— Je sais, Françoise ! Je sais. La Vierge m'a dit. Aux Cordeliers, c'est aux Cordeliers qu'elle est.

Françoise se demandait si Mariza avait toute sa raison. Elle n'était pas malade, au moins ?

— Je ne suis pas malade, assura Mariza. Venez avec moi, voulez-vous ?

Toutes deux quittèrent l'imposante église pour traverser la place du Marché et gagner la vieille ville où se trouvaient d'ailleurs Jacques et Charles, rue du Moulin.

— Nous allons tout savoir, répétait Mariza.

En chemin, elle entretint Françoise des projets de Stanislas, très occupé depuis plusieurs mois à concevoir à Nancy une place qui serait royale, car il voulait y faire couler une statue à la gloire de Louis XV, son beau-père. Cette place relierait la vieille ville à la nouvelle en prolongeant la Carrière.

— Le roi passe ses soirées enfermé à crayonner avec Emmanuel Héré. Il demande avis à chaque personne venant le visiter. Son projet a de l'allure, convint Mariza.

Elles passèrent devant le palais ducal. Elles étaient maintenant toutes proches de l'église des Cordeliers. Pourraient-elles y entrer ? « Notre-Dame, implora secrètement Mariza, si vous m'avez indiqué le bon lieu, vous ferez en sorte qu'il me soit accessible. »

L'église semblait les attendre, la porte n'était pas fermée à clef. Et les deux jeunes femmes parvinrent à se glisser dans l'édifice où dormaient les princes et ducs de Lorraine depuis plusieurs siècles. Etait-ce là que se trouvait l'écritoire ? Là, ou peut-être dans la sacristie ? Elles avançaient avec crainte et prudence à la fois. Il était nécessaire d'observer, de tout voir et de se hâter avant d'être découvertes.

Elles allèrent jusqu'à l'autel où le saint sacrement était exposé. Par respect, elles firent une génuflexion et se signèrent en risquant un œil sur l'autel. Rien. C'est alors qu'une image s'imprima dans l'esprit de Mariza en même temps qu'une voix sourde murmurait : « Sous les dentelles de perles sont les plus beaux joyaux. » Où avait-elle entendu ces mots ? Soudain, le voile des ans se déchira. Un bref instant, elle fut transportée dans le temps. Aux côtés de la duchesse Elisabeth-Charlotte, toujours occupée à tricoter des layettes ou à broder des nappes d'autel. Elle se revoyait petite fille près de la duchesse qui brodait avec zèle : « Dieu se réjouit de nous voir à l'œuvre, chère enfant. Voyez ce que nous faisons pour couvrir les plus beaux joyaux. » Mais oui, c'est la duchesse qui évoquait souvent ainsi les dentelles de perles dont on couvrait autels et ciboires !

D'un geste décidé, Mariza risqua ce qu'en d'autres temps elle n'eût jamais osé faire par crainte du sacrilège et de l'enfer. Elle souleva le napperon de dentelles de perles couvrant ce qu'elle croyait être une petite dalle qui accueillait le ciboire recouvert d'un napperon tissé d'or.

— Françoise, gémit-elle comme si elle appelait au secours.

— Grand Dieu ! L'écritoire !

— Notre-Dame de Bonne-Nouvelle, soyez louée à jamais, glissa Mariza qui n'avait pas douté un seul instant.

C'était l'écritoire confiée à Léopold. La duchesse était venue la déposer là soit avant de se rendre à Commercy, soit le jour des funérailles de Léopold.

Il fallait s'en saisir et sortir rapidement de l'église.

Mariza portait un châle croisé sur sa poitrine et noué dans le dos. Elle glissa l'écritoire entre son corsage et l'étoffe, joignant les mains sur sa poitrine pour la dissimuler totalement et éviter la chute de l'objet. Elle passa prudemment la tête dans la rue, attendant que celle-ci fût déserte pour sortir. Elle vérifia que le garde en faction devant le palais ne venait pas jusque-là. Elle ne tenait pas à se faire remarquer. Françoise la suivit avec la même discrétion.

Peu après, les deux jeunes femmes marchaient à grands pas dans les rues de la vieille ville. Elles retrouvèrent Jacques et Charles, rue du Moulin.

Tous se rendraient ensuite à Champigneulles, chez Claudine et Antoine Lavocat. La nuit tombait lorsque l'attelage s'immobilisa devant la demeure de Claudine et Antoine où Jacques Chambrette père se trouvait.

Il examina l'écritoire. Il se souvenait parfaitement du modèle. Il n'eut aucun doute et tenta de glisser une plume dans l'encrier et dans le repose-plume.

— Il y a bien un document. Cette écritoire a été faite en deux morceaux. Manon a donné son petit rouleau de papier, et devant elle, mon fils et moi, avec de la colle, avons scellé les deux parties de cette écritoire. Puis nous avons enduit au pinceau cette colle d'un vernis bleuté pour unifier l'ensemble – vous voyez ce liseré (il suivait la fine ligne avec son index) ? – avant de porter l'objet au duc Léopold.

Mariza ignorait tout ou presque de cette histoire. Encore sous le coup de l'émotion d'avoir été entendue et exaucée par la Vierge, elle était incapable de dire le moindre mot.

— Il faut casser l'objet pour en extraire la précieuse lettre, dit Claudine.

Mariza pâlissait.

— Vous n'êtes pas obligée de le faire devant nous. C'est votre histoire. Vous avez le droit de lire ce papier quand bon vous semblera sans nous en rendre compte. Nous ne voulons pas être importuns, précisa Jacques Chambrette père.

Mariza sourit et reprit des couleurs.

— Vous étiez dans ce secret bien avant moi et vous m'avez toujours protégée et aimée. Partageons-le, dit-elle en jetant à terre l'écritoire.

Deux papiers s'en échappèrent. Celui attendu :

« Moi, Léopold, duc de Lorraine, certifie que Manon de Noirval, petite-fille d'Antoine de Vricourt qui sauva la vie de mon père Charles V à Bude, est bien la seule héritière des terres de Vricourt en l'absence de descendants directs chez Henri de Vricourt, le frère d'Antoine. En attendant la majorité de Manon, Henri de Vricourt a fait prospérer ce domaine. Je fais savoir aux autorités compétentes des duchés de Lorraine et de Bar ainsi qu'à l'évêque de Toul que Manon est faite comtesse des lieux. Par ailleurs, elle est également désignée héritière de la maison Van Hoeniger à Delft, puisque Johann Van Hoeniger, marié à Catherine de Vricourt (fille d'Antoine), est mort, ainsi que son épouse Catherine et Pieter, le jeune frère de Manon. Les titres et héritages de Manon de Noirval iront à sa descendance.

« Fait à Lunéville en mars 1724 en présence de François de Lamesnaye, que je fais chevalier de l'ordre de Saint-Michel pour le remercier des enquêtes qu'il a menées à ma demande afin de faire valoir les droits de Manon de Noirval. »

L'autre papier était une formule écrite par Catherine et Johann, les parents de Manon ; intitulée « Recette de la faïence fine », elle se terminait par : « Il manque un seul élément pour réussir. Notre commis parti en Saxe nous rejoindra plus tard. Nous quittons la Hollande pour retrouver les terres de Vricourt. L'oncle Henri m'a pardonné et me demande de revenir sur mes terres. » Manon avait ajouté de sa main au bas de ce papier : « Cette lettre avait été glissée dans une de mes bottines, celle que je n'ai pas perdue au cours de l'agression. Heureusement, Victorine n'avait pas jeté cette chaussure. Quand j'ai retrouvé la mémoire, j'ai extrait le papier et n'en ai rien dit à personne. De toute façon, la formule est incomplète. »

C'est alors que Mariza sortit le petit tube trouvé dans la chapelle Notre-Dame-de-la-Pitié…

— Il y a encore ceci : « Les os de ruminants réduits en poudre feront le reste. » Regardez, constata Mariza, ce n'est ni l'écriture de la formule glissée dans la bottine, ni celle de Manon.

— Peut-être est-ce celle de François ? avança Jacques Chambrette fils. Mais oui, il enquêtait pour Manon. C'est lui. J'en suis sûr. Les « L » bouclés. Il n'y avait que lui pour écrire ainsi. Le même « L » que dans « Lamesnaye ».

— Parrain, gardez ces papiers. Je crois que vous et votre père avez découvert l'essentiel du secret de la faïence fine.

— Merci, Mariza. Oui, la poudre d'os brûlés et pilés ajoutée à la barbotine doit donner éclat et translucidité au blanc de cette demi-porcelaine. En Angleterre, on procède ainsi. Johann et Catherine avaient simplement de l'avance. D'où leurs ennuis sans doute, ajoutés aux jalousies de la femme d'Henri.

— Ce qu'on a appris de source sûre, c'est qu'Henri, qui avait chassé sa nièce, l'avait rappelée. Donc, on savait qu'elle revenait. L'agression était bel et bien fomentée par son beau-fils, le sinistre maître de Vricourt qui voulait – et il y a réussi – mettre la main sur l'héritage de Catherine, puis de Manon.

— Maintenant tout est simple, déclara Jacques Chambrette père.

— Très simple en effet, reprit Antoine Lavocat. Il suffit de présenter cette lettre et d'en faire rechercher la copie dans les archives des duchés et de l'évêché pour que Mariza retrouve ses possessions. Cela ne devrait pas être trop difficile pour Mariza, qui a ses entrées auprès du roi à Lunéville. Mais à l'évêché de Toul, ce sera plus délicat, car le beau-fils d'Henri de Vricourt est une fripouille. S'il a mis la main sur la maison Van Hoeniger, c'est à l'aide de faux documents. Nous devons déposer plainte et exiger des expertises. Avec l'espoir que les juges en poste ne soient pas à la solde de ce sinistre seigneur.

— A partir de maintenant, il ne faut plus laisser Mariza seule, déclara Jacques Chambrette père. Elle ne doit pas se faire voler la preuve de ses possessions. La duchesse ne pouvait mieux choisir que la chapelle des Cordeliers pour y déposer ce secret. M'est avis qu'on devrait l'y remettre, puisque nous savons que Léopold a écrit aux autorités concernées. S'il y a problème, on ira comparer.

La voix de la sagesse avait parlé. Jacques Chambrette allait fabriquer une nouvelle écritoire qu'il irait déposer dans un lieu saint à défaut d'en trouver un sûr. Mariza eut une idée et l'exposa aux deux hommes, qui approuvèrent.

13

Nancy, fin octobre 1749

Mariza n'avait pu obtenir d'être reçue par La Galaizière pour lui expliquer son histoire, sans grande importance selon lui. Tout au plus lui fit-il dire par Stanislas :

— Qu'elle me remette les documents en sa possession, et je verrai ce qu'il convient de faire.

Mariza n'avait pas confiance. Elle réitéra cependant sa demande et partit chez Jacques Chambrette père à Champigneulles. Antoine Lavocat avait chargé un ami juriste d'enquêter. Les Chambrette agissaient également. Mariza écrivit à la princesse Anne-Charlotte, mère abbesse de Remiremont.

La situation s'éternisant, Mariza s'agaça à tel point que, malgré ses prières à Notre-Dame de la Pitié et de Bonne-Nouvelle, elle perdit le sommeil. Elle ne pouvait plus vivre dans cette incertitude. Un courrier d'Herbert lui était parvenu.

« Je ne vous ai pas oubliée, mon retour est proche, maintenant. Dix familles sont plongées dans le malheur par ma faute. J'ai dû penser aux enfants, aux veuves. J'ai vendu des biens personnels. Mais je crois que tout s'arrange à présent. Noël nous réunira, je l'espère. Je vous aime plus que moi-même et ne puis demeurer plus longtemps loin de vous. »

Comme le retour d'Herbert tardait, Mariza décida d'agir pour le bien de l'enfant qu'elle portait. Elle s'adressa à Notre-Dame de Bonne-Nouvelle et eut la certitude qu'elle ne devait pas attendre pour agir. Il fallait prendre le sinistre personnage de front. Soudain elle se sentit investie d'une mission, malgré les quelques visions terribles qui la saisissaient. Elle se voyait échevelée, perdue dans une sombre forêt. Puis le soleil revenait. C'est ce qui la réconforta. Elle n'était plus seule. Dieu ne l'abandonnerait pas. La Vierge la soutenait. Elle posa une main sur son ventre. L'enfant s'agitait. Pour cet enfant, elle serait forte. Elle ne se résoudrait pas à attendre comme l'avait fait Manon. Rien n'est inéluctable dans une vie. Trop d'obstacles s'étaient dressés sur le chemin de Manon, et la Faucheuse avait eu le dernier mot. Désormais, Mariza disposait de tous les atouts pour vaincre. Elle ne se morfondrait pas en guettant le retour de son bien-aimé. Lorsqu'il reviendrait, elle serait rayonnante, forte pour cet enfant, pour leur enfant, pour Herbert qu'elle aimait depuis le premier jour.

Elle écrivit la même lettre à plusieurs personnes : à Stanislas, aux Chambrette et à la princesse Anne-Charlotte, qui lui avait répondu que de son côté elle tentait, le jour même, une action pour confondre le sinistre seigneur. Mariza déposerait ses lettres au premier relais de poste après avoir quitté Champigneulles à bord d'un carrosse qu'elle emprunterait à Jacques Chambrette. Il le lui pardonnerait sans peine.

Par cette lettre, je vous informe que je me rends sur mes terres à Vricourt afin de rencontrer le seigneur des lieux et de lui prouver qui je suis. Les papiers attestant mes héritages sont déposés à Notre-Dame-de-la-Pitié... Je suis enceinte d'Herbert de Saucourt et je porte la bague qu'il a glissée à mon doigt chez Jacques Chambrette fils à Viller. Merci de ne pas m'oublier, de faire punir cet homme responsable de la mort de ma famille, si je ne devais pas revenir de cette expédition. Je n'oublie pas la bonté que vous avez manifestée à mon égard. Que Dieu et la Vierge aient pitié de mon enfant et de moi-même !

Mariza quitta la maison des Chambrette alors que le jour n'était pas encore levé. Elle demanda au cocher de rouler vite pour arriver avant la fin de la journée.

Parvenue près de l'imposante demeure, elle paya grassement le cocher et le renvoya en lui demandant de rentrer sans se hâter. Elle voulait se donner le temps d'agir.

Elle avançait dans le vent, lentement, parce que l'enfant qu'elle portait commençait à peser. Sereine, elle s'approcha de l'immense porte à deux têtes de lion, saisit le heurtoir et cogna du plus fort qu'elle put.

C'est une femme, une femme âgée, qui vint lui ouvrir. Elle s'en trouva rassurée.

— Bonsoir, madame, je voudrais parler au maître des lieux.

— Monsieur le comte ? C'est le couvent qui vous envoie ?

— Non. Je voudrais parler à monsieur le comte.

— Il n'est pas là et ne reçoit jamais, à moins qu'on ne vienne de la part du couvent.

— Si je dis que je viens du couvent, pourrai-je lui parler ?

— Pas aujourd'hui, il est absent.

— Jusqu'à quand ?

— Vous êtes bien curieuse. Il est parti pour affaire grave à Nancy ou à Lunéville.

— C'est bien ennuyeux, murmura Mariza, vraiment ennuyeux. Ce que j'avais à lui dire était très important aussi.

La vieille femme eut-elle pitié ? Avait-elle vu le ventre que Mariza dissimulait sous son manteau ?

— Demain ou après-demain, il sera là.

— Je reviendrai, alors.

— Peut-être serait-il plus sage de ne pas revenir, glissa la domestique.

Mariza voulait gagner du temps, faire en sorte qu'à l'intérieur on l'entende et on vienne jusqu'à la porte d'entrée. Elle voulait entrer et percer les mystères que cette bâtisse abritait.

— Quand on pénètre ici, reprit la vieille femme, on n'en sort plus. Un bon conseil…

Une voix effrayante à faire trembler les murs s'était élevée derrière la vieille femme.

— Qui est-ce, Nanette ?

— C'est pour monsieur le comte…

— Pour monsieur le comte, cette jeune biche ? Peut-être pas son genre. Mais on lui dira, en vieillissant les goûts changent, pas vrai, Nanette ? T'en sais quelque chose.

— Vous lui direz, reprit Mariza, que quelqu'un de sa famille est venu et reviendra pour réclamer ce qu'il lui a dérobé.

— Très intéressant, vraiment très intéressant, gronda l'homme.

Un homme épais au regard de braise, aux sourcils batailleurs et aux mains démesurées.

Mariza s'était reculée.

— Soyez pas pressée de repartir… On va vous faire une petite place, et vous attendrez ici le retour de monsieur le comte.

Il avait tendu une main énorme vers elle pour l'agripper.

— Laisse-la. Ne crée pas d'histoires supplémentaires.

— On peut aussi prendre du bon temps, chacun son tour.

— Le bon temps, ici, il y a belle lurette qu'il s'est achevé, soupira la vieille femme.

Elle marmonna ensuite quelques bribes de phrases que Mariza n'osa comprendre : « Tout se sait un jour, et tout se paie. » Avait-elle bien entendu ? La jeune femme prit ses jambes à son cou et s'esquiva.

— Attention aux chiens, ou aux loups ! cria l'homme en éclatant d'un rire sorti tout droit des enfers.

Quand elle eut rejoint la route, Mariza s'appuya à un arbre pour reprendre souffle. Il fallait réfléchir à la conduite à tenir. De toute évidence, il se passait des choses étranges dans ces lieux. Ce n'était pas par la porte qu'il fallait entrer. Peut-être qu'au village ou au couvent elle recueillerait quelques informations.

La nuit n'allait pas tarder à être noire, mais elle décida de faire le tour de la bâtisse pour se familiariser avec les lieux. On ne la verrait pas. L'affreux bonhomme avait sans doute parlé de chiens et de loups pour lui faire peur, car aucun aboiement ne lui était parvenu. Elle vérifia sa ceinture. Le poignard était là. Posant sa main sur le manche, elle se sentit davantage en sécurité.

14

Vricourt, octobre 1749

Elle avançait prudemment d'un arbre à un autre en regardant où elle mettait les pieds. Le petit chemin qu'elle avait commencé à emprunter s'éloignait de la bâtisse. Et elle ne bénéficiait plus des lueurs des torches suspendues aux fenêtres. Elle trébucha soudain. Dans quoi ? elle était bien incapable de le dire, un fil peut-être ? Elle tenta de se retenir à un vague pieu posé là. Mal lui en prit. Il devait actionner l'ouverture d'une trappe qui s'ouvrit dans le sol, et elle se sentit aspirée. Ce ne fut pas une chute brutale. Elle glissait comme dans un cauchemar sur un terrain en pente, mais ne pouvait arrêter cette plongée qui semblait sans fin. Enfin, elle se retrouva à terre, assise dans une sorte de cave faiblement éclairée. Elle resta surprise, assise, hébétée, une main sur son ventre en songeant à l'enfant. Elle ne s'était pas fait mal. L'enfant bougeait normalement, lui semblait-il. Elle fut rassurée, et constata très vite qu'elle n'était pas seule dans cet enclos : dans un angle, elle discernait une forme humaine assise sur une paillasse.

D'abord Mariza n'osa bouger. Elle se recroquevilla, inquiète. Il était impossible que cette personne n'ait pas entendu son arrivée. Elle attendit que la créature se manifestât, mais rien ne se produisit, aussi risqua-t-elle une parole pour rompre l'angoissant silence.

— Excusez-moi, murmura-t-elle.

Silence.

— Savez-vous où nous nous trouvons ? Dois-je crier ?

— Ça alors ! Une femme, ici ? J'espère que vous ne vous êtes pas fait mal !

— Non. A part la peur… S'il vous plaît, dites-moi quel est cet endroit où nous sommes prisonniers.

— Une cave ou une oubliette. Peu importe. Bienvenue, si je puis dire, dans ce palais où j'habite malgré moi depuis un peu plus de six ans. Quant à lui, là-bas, dans l'autre angle – surtout n'allez pas vous asseoir sur lui –, cela doit faire vingt ans qu'il est arrivé là. Il vivait encore quand je suis tombé, comme vous. Il m'a fait du bien et je lui en ai fait également. Heureusement que vous êtes arrivée, se força-t-il à dire pour faire de l'humour, je commençais à m'ennuyer.

Avait-elle bien entendu ? Elle frissonna.

— Vous voulez dire qu'il y a un mort ici ?

— Vous le verrez demain matin, avec le jour. Oh ! Ne craignez rien. Il ne vous fera pas de mal. Les morts sont inoffensifs. Je vous présenterai, madame, comme on doit le faire, à monsieur le comte Henri de Vricourt, le vrai. Celui que sa femme a fait enfermer pour que son fils à elle, né d'un premier lit, puisse hériter du domaine. Henri de Vricourt s'y refusait. Il disait qu'il avait une nièce… bien gentille, et que sa femme l'avait chassée. C'est la nièce qui devait hériter. Personne ne s'est inquiété de la disparition d'Henri de Vricourt. Officiellement, les loups l'ont dévoré. Ce qui me console, c'est que, grâce à moi, tombé comme vous ici accidentellement, les derniers jours de cet homme auront été un peu plus tendres. Pauvre Henri, malgré les mauvais traitements subis, il aura vécu plus de quatre-vingts ans, dont au moins vingt-cinq dans ce trou. Il disait qu'il ne savait plus. De lui, j'aurai appris l'odeur de la mort. Je vous rassure, madame, l'odeur de la mort est moins atroce que celle des vivants qui pactisent avec Lucifer.

Mariza avait porté une main à sa bouche pour s'empêcher de vomir. Elle se taisait, tendue par le récit de cet homme las, qui lui raconta par bribes les conditions de sa détention. La soupe infecte dont pas même un chien n'eût voulu ; les rats qui passaient ; les besoins qu'on ne pouvait faire que dans un coin. Il se forçait à l'humour en parlant du bâton providentiel qui servait à recouvrir les déchets, puisque – grâce à Dieu ? – le sol était de terre battue. Il parla de ses tentatives de fuite en remontant la pente jusqu'à la grille.

— Il y a un mécanisme, mais mes doigts sont trop gros pour passer entre les grilles de la trappe. Et puis les forces me manquaient pour me maintenir par un bras et deux doigts. Peut-être que vous vous pourrez. Je vous soutiendrai. On essaiera demain.

— Oui, demain, reprit Mariza, soudain pleine d'espoir. Il paraît que le comte est absent.

— Lui ou ses hommes, c'est la même chose.

— Pourquoi vous a-t-il laissé là avec Henri ? Il pouvait vous tuer.

— C'est un homme cruel, un ogre qui chaque jour se repaît de la misère et de la souffrance qu'il inflige. Je me suis longtemps cru plus fort que lui…

Ils parlèrent ainsi longtemps sans se révéler leur identité ni les raisons qui les avaient poussés à s'aventurer jusque-là. Mariza restait prudente et donc sur la défensive. Le survivant de la cave, comme elle l'appelait en son for intérieur, paraissait si las que parfois ses propos semblaient décousus. Privé de la parole pendant trop longtemps, il reprenait le fil de son histoire comme si rien ne s'était passé depuis sa chute. Mariza laissait dire et n'osait bouger de l'angle où elle se tenait. Elle voulait se rassurer pour éloigner la peur qui l'étreignait. Elle songea qu'elle avait bien fait d'envoyer ses lettres et de dire où elle allait. On viendrait à sa recherche avec des hommes de loi, et le comte serait obligé d'ouvrir la geôle. Apaisée, elle ressentit les tiraillements de la faim.

— Je suis navré, dit son compagnon d'infortune. Le repas, enfin la mixture qui sert de soupe, a déjà été distribué. Il faudra attendre demain soir. On ne mange qu'une fois par jour ici. Je n'ai rien à vous offrir, sauf ma paillasse pour dormir.

— Ce ne sera pas nécessaire, murmura-t-elle. Je n'ai pas encore sommeil. Je vais réfléchir à la situation. Quand cet homme vient vous voir, est-il seul ?

— Oui, mais ses hommes de main – et ce ne sont pas des tendres – ne sont jamais loin. Il vient d'ailleurs avec un fouet, le fait claquer. J'ai déjà tenté de lui sauter dessus. Mais là ses hommes sont entrés, et j'épargnerai la suite à la dame de condition que vous semblez être.

— Dites-moi, quand on parle, comme en ce moment, est-on écouté ?

— Je ne le pense pas. Vous savez, cette cave n'est pas située sous la bâtisse, mais en dehors. L'entrée se trouve quasiment à la lisière de la forêt. Vous êtes tombée là, comme moi, en faisant le tour des lieux ?

— Oui, concéda Mariza.

— Il faut agir avant demain soir, pendant que vous êtes encore en forme. Ils nous sépareront sans doute après. On a peut-être une chance s'il entre seul, mais il faudra faire vite. Il ne devrait pas se méfier de moi. Pour lui, je suis déjà neutralisé. Depuis des mois, je n'oppose plus aucune résistance. Je ne lui parle plus. Il me répète que ma fin est proche. Demain, quand il apparaîtra, il se dirigera vers vous. Vous resterez où vous êtes, et je lui sauterai dessus.

— Non, dit-elle, vous êtes sans force. Quand je le verrai, je lui dirai que vous êtes mort, il se penchera sur vous, et là j'agirai. S'il se retourne, vous terminerez le travail. Nous y arriverons si ses hommes n'entrent pas. Dites-moi, est-il encore fort ?

— Oui, malgré son âge. Il est plus vieux que moi – probablement plus de soixante-cinq ans – et reste d'une grande vigueur. Je crois qu'il ne s'occupera pas de moi. Il va vous emmener là-haut pour vous interroger, comme moi la première fois. Là-haut, on a des traitements de choc ou de faveur, c'est selon.

Mariza se prit la tête dans les mains. Il fallait réussir à neutraliser l'homme dès son entrée.

Elle se tut un long moment, au bord du désespoir, puis se ressaisit en songeant aux courriers qu'elle avait rédigés. Aussitôt les lettres reçues, les Chambrette la feraient chercher. Il ne fallait pas se laisser abattre. La

Vierge ne l'abandonnerait pas. Elle mit sa main dans sa poche, et ses doigts heurtèrent la petite flûte de sa mère. Un sourire monta à ses lèvres : « C'est bien le moment, songea-t-elle. Il suffit de souffler dedans, et le chevalier apparaît. » Puis : « Demain, se dit-elle, demain. Il faut dormir pour garder quelques forces. » Elle posa l'autre main sur son ventre. Le petit était calme. Demain…

Depuis deux jours, Mariza était enfermée dans cette cave à même la terre battue humide. On n'avait pas dû s'apercevoir de sa présence ; le rituel de l'assiette déposée vivement à l'ouverture de la porte, tout aussi rapidement refermée, n'avait pas changé.

— Mangez, disait le survivant, ne perdez pas vos forces, et, si vous vous ennuyez, récitez-vous des poèmes, des prières, cela oblige l'esprit à fonctionner et à garder sa lucidité.

Dans la clarté du jour, Mariza avait pu l'observer. Il ne l'effrayait pas. Mince, maigre même, il portait une barbe blanche et de longs cheveux clairs. Tous n'étaient pas blancs. Elle avait décelé dans son regard une infinie tristesse quand il se taisait. Et, pour lui redonner du courage, elle lui avait dit que sa famille et ses amis savaient qu'elle avait rendez-vous avec le comte. On allait la faire rechercher, et tous deux seraient délivrés. Elle préférait se passer de manger. Elle le savait faible. Elle était en meilleure santé que lui. Elle pouvait attendre leur délivrance.

Il insistait.

— Mes jours sont comptés. Je suis vieux, maintenant. Gardez vos forces, le temps que vos amis arrivent, et vous serez libre.

— Mais vous aussi…

— Plus rien n'a d'importance pour moi, lâcha-t-il avant de se taire.

Alors ils avaient partagé.

Mariza soupira, épuisée. Elle se sentait sale dans cette cave. Elle avait beau se répéter que chaque jour passé était un jour de gagné, que les Chambrette allaient arriver, y croyait-elle encore ? Et en Anne-Charlotte ? Et en Stanislas ?

Elle glissa sa main une fois de plus dans sa poche. La flûte… Elle n'avait pas encore osé la porter à ses lèvres. Peut-être par crainte d'être découverte trop tôt. Elle refit ses calculs. La lettre était arrivée. Le temps de s'organiser… « Oui, se dit-elle, je peux jouer, ne serait-ce que pour tuer le temps. » Ce furent des berceuses qui vinrent à son esprit. Le bébé dans son ventre sentirait un peu de paix l'envahir. Oui, sûrement. Elle sortit la flûte, la porta à ses lèvres et commença à jouer : une mesure, deux mesures…

— S'il vous plaît, s'il vous plaît, supplia l'homme. Arrêtez !

— Pourquoi ? Ne m'avez-vous pas dit qu'ici personne ne pouvait nous entendre ?

— Cette flûte… Cette flûte, supplia-t-il, d'où vient-elle ?

— De ma mère, et j'y tiens.

— De votre mère ? Je perds la raison, sans doute. La folie, avant la mort, murmura-t-il.

Et il se tut. Mais lorsque Mariza reprit la mélodie, il sortit à nouveau de son silence, en proie à une excitation que la jeune femme ne lui avait pas encore connue depuis son arrivée.

— Il faut que nous parlions, mademoiselle. Cette flûte est unique.

— Ça, je vous crois. C'est l'amoureux de maman qui la lui a donnée, et elle me l'a transmise. Son amoureux avait assuré qu'elle était magique. Qu'il suffisait de souffler dedans pour qu'il accoure !

— Alors, jouez, s'il vous plaît ! Jouez encore, que je *la* revoie ! Mon Dieu, une dernière fois…

Mariza posa ses doigts sur les trous et reprit sa mélodie les yeux mi-clos. Quand elle eut terminé, l'homme s'était placé devant elle.

— N'ayez pas peur. Laissez-moi regarder de près cette flûte, un seul instant.

Leurs doigts s'étaient frôlés.

— J'ai un jour donné une flûte semblable à la seule femme que j'aie jamais aimée. Je l'avais quittée pour aller chercher sa grand-mère à Delft. Jusque-là, j'avais réussi toutes mes missions. La jeune femme que j'aimais attendait un enfant…

— Mon Dieu, murmura Mariza, au bord de l'évanouissement, mon Dieu, Notre-Dame. La jeune femme que vous aimiez s'appelait Manon de Noirval et elle a eu une petite fille, Mariza. Vous êtes… François de Lamesnaye ? C'est cela ? Je ne me trompe pas ?

Elle pleurait tandis que François passait ses doigts sur le visage de Mariza pour essuyer ses larmes.

— Ma fille, murmurait-il. Ma fille. Et Manon ?

— Hélas, je ne l'ai pas connue. Elle est morte peu après ma naissance.

Ils parlèrent toute la journée et la nuit qui suivit. Ils avaient tant à se dire. C'est au petit matin qu'on entendit des pas résonner dans le couloir.

— C'est lui, il vient.

Mariza se tenait prête, la main à la hauteur de la taille, les doigts serrés sur le manche du poignard. Furieux, le comte se dirigea vers elle.

— Voici donc la fille de la muette !

Il se pencha vers elle, menaçant déjà pour l'obliger à le suivre. Elle se dressa soudain devant lui et mit la main sur son arme au moment où François tentait de ceinturer le sinistre maître des lieux. Mais l'homme se retourna brutalement.

— Il est encore là, celui-là ! J'aurais dû le jeter du haut de la tour.

D'un brusque mouvement d'épaules, il se dégagea et envoya François rouler à terre. Sa tête heurta le sol dans un bruit sourd et mat. François ne se releva pas. Ce fut comme un éclair fulgurant dans la tête de Mariza qui saisit son poignard. La lame avait jailli au moment où le comte se penchait vers elle. Et elle, folle de douleur en voyant François à terre et pressentant la tragédie, porta le coup. Il voulait la gifler, il n'en eut pas le temps.

— Garce ! hurla l'homme en titubant avant de s'écrouler en se tenant le ventre.

— Voilà pour Catherine et Johann et Pieter et Manon, ma mère, et Henri…

Le poignard allait et venait.

— Monstre ! rugissait-elle, saisie de frénésie. Que le diable vous emporte !

Elle se releva, hagarde, et se pencha sur François. Tout était dit. Elle se signa et lui ferma les yeux au milieu des sanglots qui gonflaient sa poitrine et la privaient d'air.

D'autres pas résonnaient dans le couloir. La vieille femme qui lui avait ouvert quelques jours plus tôt venait d'entrer, suivie par deux gardes. Mariza recula jusqu'au fond de la cave, s'adossa au mur, le poignard à la main. Fallait-il frapper de nouveau ou se laisser mourir ?

— Vous êtes là et vivante ? Dieu soit loué ! Ne craignez plus rien. Vos amis et les gendarmes viennent d'arriver.

La vieille femme confia son soulagement. Toute sa vie, elle avait servi le sinistre maître.

— Je n'ai pas eu le choix, le comte était venu me chercher au couvent. J'étais obligée de rester ici, surveillée, battue parfois. Venez, madame.

— Je l'ai tué.

— Une belle crapule qui ne mérite pas une larme.

Dans la grande salle du château, les Chambrette étaient présents, accompagnés des hommes de loi et des soldats de Stanislas.

— Justice est faite, madame la comtesse, dit en s'inclinant un capitaine. Nous vous félicitons au nom de Sa Majesté. Les documents en votre possession sont bien authentiques. Vous voici rétablie dans vos droits.

— A quoi bon ? Mon père, à peine retrouvé, a été la dernière victime de ce monstre qui aura décimé toute ma famille.

Mariza pleura longuement dans les bras de son parrain. Quand ses larmes se furent un peu apaisées, elle confia ses documents aux Chambrette.

— Mettez-les en lieu sûr.

Elle demanda enfin qu'on la fît conduire à l'abbaye de Remiremont. Anne-Charlotte l'accueillerait. En ce lieu de paix, elle mettrait son enfant au monde. Les moniales ne lui refuseraient pas leur aide. En échange, elle pourrait les seconder dans leur tâche et se mettre au service des pauvres et de Dieu. Après ce qu'elle venait de vivre, elle avait besoin d'apaiser son âme. Puisse Dieu ne jamais la maudire pour ce qu'elle avait fait, mais qu'elle ne regrettait pas. « Que ma faute ne retombe pas sur l'enfant à naître. Notre-Dame de la Pitié, je vous le confie », répétait-elle à chaque heure.

C'est à la veille de Noël que Mariza accoucha d'un beau garçon. Il ne neigeait pas encore sur les Vosges, mais le ciel était lourd de nuages qui ne demandaient qu'à s'ouvrir. A l'abbaye, la naissance de l'enfant avait réjoui les religieuses. L'enfant fut baptisé Emmanuel, « celui qui vient de Dieu ».

Mariza se reposait, quand Anne-Charlotte entra le sourire aux lèvres.

— Emmanuel, c'est un bien joli prénom. Ne croyez-vous pas qu'on pourrait lui ajouter le prénom de son père ? glissa-t-elle en s'effaçant pour laisser entrer Herbert.

— Arrivé-je à temps ? Ou trop tard ? Oh, mon aimée, je vous jure que je ne vous quitterai plus. Tout est enfin réglé, dit-il en prenant sa main où se trouvait toujours l'anneau.

Il s'agenouilla près du lit.

— Pourquoi ne m'avez-vous rien dit de vous, de nous, de lui ? demanda-t-il en désignant le berceau.

Il se pencha vers elle, et en effleurant ses lèvres :

— Je vous aime et vous remercie pour ce bel enfant.

Mariza ferma les yeux et songea à Manon, la mystérieuse Manon qui n'avait jamais eu la joie de voir son bien-aimé se pencher sur elle et le fruit de leur amour.

En tendant ses lèvres à Herbert, Mariza remercia secrètement la Vierge. Une aube nouvelle se levait.

Elise Fischer

Lunéville, mai 2002-Ecquevilly, 17 décembre 2003

Quelques dates en guise d'épilogue

1749 Le 13 décembre, Stanislas accorde le titre de manufacture royale à la faïencerie de Lunéville que dirige Jacques Chambrette fils.

1750 Fermeture de la faïencerie de Champigneulles.

1751 Pose de la première pierre de la Place royale à Nancy. Mort de Jacques Chambrette père.

1755 En novembre, inauguration de la Place royale à Nancy.

1755 A Vienne, naissance de Marie-Antoinette, quinzième enfant de François Ier d'Autriche (François-Etienne de Lorraine, fils de Léopold) et de Marie-Thérèse d'Autriche. Marie-Antoinette deviendra reine de France en épousant Louis XVI.

1758 En janvier, Jacques Chambrette fils obtient le droit d'ouvrir une faïencerie à Saint-Clément pour fabriquer des objets en terre de pipe.

1758 Le 17 février, mort de Jacques Chambrette fils.

1758 Voltaire, qui a dû s'éloigner de Paris à la suite d'une nouvelle querelle avec le roi de France quant à sa participation à l'*Encyclopédie* (d'Alembert et Diderot), vit aux « Délices », une propriété près de Genève. Il apprend que la terre de Champigneulles est à vendre. La connaissant et désireux de placer son argent de manière qu'il rapporte mieux que dans les actions de la Compagnie des Indes, il s'en porte acquéreur auprès du roi Stanislas, qui transmet la demande à Louis XV. Le roi de France refuse.

1758 Reprise de la faïencerie de Lunéville et Saint-Clément par Elisabeth Chambrette, veuve de Jacques, avec l'aide de son fils Gabriel et de son gendre Charles Loyal.

1765 Mort de François Ier d'Autriche (François-Etienne de Lorraine).

1766 Mort de Stanislas et rattachement de la Lorraine à la France.

1770 Marie-Antoinette visite rapidement la Lorraine et entre à l'église des Cordeliers où reposent ses grands-parents paternels (Léopold et Elisabeth-Charlotte).

Avertissement

Naturellement, l'histoire de Manon et de Mariza est purement fictive.

Celle des Chambrette est vraie.

Les grands événements de l'histoire de la Lorraine concernant Léopold, Stanislas, le château et la cour de Lunéville sont réels.

Si vous voulez visiter la chapelle Notre-Dame-de-Bonne-Nouvelle, c'est possible. Cette statue du XIVe siècle se trouve dans la chapelle qui lui est dédiée, dans la nef latérale gauche de la cathédrale de Nancy.

La faïencerie de Lunéville

L'histoire de l'essor de la faïencerie de Lunéville (commencée à Champigneulles en 1712) est vraie.

Jacques Chambrette, venu de Bourgogne et issu d'une famille de céramistes, a travaillé dans cette localité à la demande du comte de Fontenoy, ami de Léopold de Lorraine. Son fils Jacques Chambrette s'est installé à Lunéville dans les années 1720. Il a d'abord fait le commerce de la faïence avant de se faire faïencier – souvent secondé dans ses débuts par son père. C'est Jacques Chambrette fils qui sera le maître faïencier à part entière de Lunéville et qui obtiendra, en 1731, les lettres patentes de la duchesse régente Elisabeth-Charlotte, au nom de son fils François-Etienne de Lorraine vivant en Autriche où il se préparait à épouser Marie-Thérèse d'Autriche.

Le récit de l'essor des faïenceries dans toute l'Europe, des recherches entreprises pour obtenir une faïence fine ou demi-porcelaine est authentique. C'est en Angleterre, au milieu du XVIIIe siècle, que l'on a découvert qu'en ajoutant de la poudre d'os de ruminants à la pâte, on obtenait d'excellents résultats dans la fabrication d'une faïence proche de la porcelaine chinoise, ou de Saxe, alors très en vogue.

Delft fut un haut lieu de la faïence dès le XVIe siècle.

La faïencerie de Lunéville à la mort de Jacques Chambrette

La succession Chambrette est difficile, et les deux manufactures auront une destinée commune jusqu'en 1763.

L'héritage est compliqué. Elisabeth, la veuve de Jacques Chambrette, aidée par son fils Gabriel et son gendre Charles Loyal (mari de Françoise), reprend la direction. Les affaires iront mal. La faïencerie souffre du départ de la cour de Lunéville après la mort de Stanislas en 1766. D'autres établissements ont ouvert dans le faubourg de Viller. La concurrence est vive.

A la mort d'Elisabeth Chambrette, les héritiers se chamaillent. Une faillite est prononcée. Charles Loyal tente de racheter et faire vivre Saint-Clément quelques années encore en s'associant à d'autres faïenciers (voir plus loin).

Lunéville
1786 Sébastien Keller et Alexandre Cuny décident de relancer Lunéville avec une vingtaine d'ouvriers restés fidèles.
1791-1793 Arrivée de Jean-Claude Drouin, un nouvel associé, suite à la mauvaise santé d'Alexandre Cuny qui se retire des affaires.

1793 Sébastien Keller reste seul propriétaire et donne une impulsion nouvelle à la faïencerie dont vont hériter ses enfants.
1832 Un de ses fils s'associe à son beau-frère Nicolas Guérin pour reprendre l'affaire. Pour la première fois vont apparaître les célèbres initiales KG qui vont perdurer jusque dans les années 1920.
1923 La société Edouard Fenal (déjà propriétaire de la Compagnie de Badonviller) rachète la manufacture KG pour devenir propriétaire de la faïencerie de Badonviller, de Lunéville et de Saint-Clément.

Saint-Clément
1763-1764 Scission entre Lunéville et Saint-Clément. Saint-Clément connaît différentes raisons sociales et statuts juridiques. Malgré quelques turbulences, Saint-Clément demeure jusqu'à sa réunion avec les Keller et Guérin de Lunéville en 1892, avant le rachat et la fusion avec la société Fenal dans les années 1920.

Quelques dates pour Saint-Clément
1764-1772 Association Loyal-Mique.
1772-1798 Première société « Les Propriétaires de la manufacture de Saint-Clément ».
1798-1811 Deuxième société « Les propriétaires de la manufacture de Saint-Clément ».
1813 Société Mique et compagnie.
1829-1835 Propriétaires de la manufacture de Saint-Clément.
1840-1863 Gérance des trois fils Thomas.
1863-1892 Saint-Clément appartient toujours à la famille Thomas, mais la situation financière est difficile jusqu'aux approches faites par les familles Keller et Guérin de Lunéville. Les capitaux sociaux sont réunis,

ce qui permet à la faïencerie de se maintenir et de retrouver une certaine prospérité et une sorte d'unité.

Aujourd'hui, Lunéville a fermé ses portes.
Saint-Clément demeure.

Petit glossaire

BARBOTINE. Pâte à faïence diluée par ajout d'eau pour la rendre liquide. Le faïencier la fait couler dans des moules ou l'utilise comme colle pour ajouter des anses à certaines pièces. Ce terme désigne également des pièces de faïence aux couleurs vives et à l'émail brillant.

BISCUIT. Pièce d'argile façonnée qui a subi une première cuisson avant le décor, avec ou sans couverte. La température de cuisson s'élève régulièrement et progressivement à 1 000 °C.

CAILLOUTAGE. Argile additionnée de terre de silex broyé et calciné.

COUVERTE OU GLAÇURE. Email plombifère ou stannifère recouvrant le biscuit.

CUISSON GRAND FEU : procédé de décoration le plus ancien, par lequel la peinture est appliquée sur l'émail cru (qui n'a pas été cuit) d'un biscuit de faïence déjà cuit. Une seule cuisson est nécessaire pour fondre l'émail et son décor. Le décor est apposé sur l'émail pulvérulent qui l'absorbe immédiatement. Aucune retouche n'est possible.

CUISSON PETIT FEU : le décor est appliqué sur le biscuit cuit et déjà passé à l'émail qui a déjà subi l'épreuve du feu. Le peintre pose son décor sur un émail coloré et sur une surface lisse. Le décor repasse au four pour une cuisson supplémentaire à plus basse température. Avec ce procédé, selon les oxydes, on peut procéder aussi à plusieurs cuissons pour éviter de « tuer » les couleurs.

CUISSON AU RÉVERBÈRE. Les faïences à cuire sont placées dans un four à réverbération et sont chauffées indirectement par l'intermédiaire d'une voûte portée à très haute température. On pense que Lunéville a adopté ce mode de cuisson vers 1750. Ce mode de cuisson fait partie des techniques utilisées dans la fabrication de la porcelaine.

CUISSON AU FEU DE MOUFLE. Cuisson à petit feu permettant l'emploi du pourpre de Cassius dont Chambrette saura user à Lunéville.

DÉCOR CONTOURNÉ. Le décor est cerné d'un trait noir par le peintre avant d'être rempli de couleurs (dans une qualité fine, le peintre réalise directement un décor sans contour).

DÉFOURNER. Action de retirer du four les faïences cuites.

DÉSAÉRATEUR. La pâte liquide sortant du moulin par l'action mécanique du désaérateur se raffermit et sera pressée pour en chasser l'excès d'eau.

EBARBER ou RACHEVER. Après le tournage, action de finir l'objet. Faire des bords d'assiette arrondis, doux, enlever toutes les aspérités, lisser les objets…

EMAILLAGE PLOMBIFÈRE. Email léger transparent comme un vernis.

EMAILLAGE STANNIFÈRE. Email épais, opaque, à base de sels d'étain (les terres de pipe, de Lorraine ou de Lunéville, utilisent indifféremment les deux sortes d'émaillage).

ENCASTAGE. Deuxième cuisson, voire troisième cuisson selon la complexité des décors.

ENFOURNER. Mise dans le four des objets prêts à cuire.

ESTAMPAGE. Action de couler de la pâte à la main dans un moule en plâtre, puis de coller avec de la barbotine les différentes parties de la pièce.

FAÇONNAGE OU TOURNASSAGE. Etape de fabrication de la poterie. L'argile est moulée, tournée, pressée pour fabriquer la pièce désirée.

FAÏENCE FINE OU DURE dite aussi PORCELAINE OPAQUE. Faïence obtenue à partir d'une pâte dure, très blanche, où intervient une argile souple, fine, plastique, appelée kaolin et qui nécessite une couverte plombifère transparente pour l'imperméabiliser.

FAÏENCE TENDRE. Type de faïence dont la couverte se laisse facilement rayer et dont la pâte résiste mal à de hautes températures.

FAIRE SONNER OU FAIRE CHANTER LA FAÏENCE. Vérifier la réussite de l'objet après toutes les cuissons et poses de décor. On frappe les objets et, selon le son produit, on sait s'il est parfait.

KAOLIN. Qualité d'argile blanche très pure.

MOULIN. L'argile est introduite successivement dans un délayeur broyeur malaxeur avec addition d'eau, de cailloux et de sable pour se transformer en barbotine.

MURER LE FOUR. Après la mise dans le four sur des gazettes des objets à cuire, le four est muré par des briques scellées.

DÉMURER LE FOUR. Ouverture du four après cuisson et refroidissement. Il faut desceller les briques que l'on a scellées avant cuisson.

PONCIF OU POCHOIR. Carton perforé suivant le contour du dessin que l'on applique sur la pièce et qui, noirci, l'imprime en pointillé.

TERRE DE LORRAINE OU TERRE DE LUNÉVILLE. Avec cette terre mise au point par Cyfflé en 1768, la qualité de la faïence est supérieure à celle réalisée en terre de pipe. Ses résultats sont proches de la porcelaine, mais elle n'en a pas la translucidité.

TERRE DE PIPE. Argile mélangée à des cailloux et à de la chaux. C'est une terre légère proche du cailloutage.

Bibliographie

BADINTER (Elisabeth), *Emilie, Emilie*, Editions Flammarion, 1983.

BAILEY (Cin B.), CONISBEE (Philip), GAECHGENS (Thomas W.), *Chardin, Fragonard, Watteau*, La Renaissance du Livre, 2003.

BENEDICK (Alain) et RADUNTZ (Ulrike), *La Porcelaine de Sarreguemines*, Editions Pierron, 2002.

BLUCHE (François), *Louis XIV*, Editions Fayard.

BOGDAN (Henry), *Histoire des Habsbourg*, Editions Plon/Perrin, 2003.

BOUYER (Christian), *Le Duc d'Orléans, frère de Louis XIV*, Editions Pygmalion, 2003.

BRULON (Dorothée Guillemée), *Histoire de la faïence française, Strasbourg et Niederviller*, Editions Massin, 1999.

BRUNHAMMER (Y.), *La Faïence française*, Editions Charles Massin.

CASTELOT (André) et DECAUX (Alain), *Histoire de la France et des Français au jour le jour, 1715/1749, La Régence et Louis le Bien-Aimé*, Editions Robert Laffont et Librairie académique Perrin, 1972.

CASTELOT (André) et DECAUX (Alain), *Histoire de la France et des Français au jour le jour, 1749/1774,*

Une monarchie fatiguée, Editions Robert Laffont et Librairie académique Perrin, 1972.

CHALUMEAU (Jean-Luc), *Vermeer*, Editions Cercle d'art, 1996.

CHÂTELET (Emilie du), *Lettres d'amour au marquis de Saint-Lambert*, textes rassemblés par Anne Soprani, collection « Cachet Volant », Paris Méditerranée, 1997.

COLLIN (Hubert), *Meurthe et Moselle*, Editions Bonneton, 1996.

FAUQUE (Claude) et BAYARD (Marie-Noëlle), *Compagnie des Indes*, collection « Arts d'intérieurs », Editions Solar, 2003.

GEINDRE (Lucien), *Champigneulles et le Val-Saint-Barthélemy*, Imprimerie Hiltz, 1990.

GUERRIER (A.S.), *Annales de Lunéville*, Monographies des villes et villages de France, Le Livre d'histoire, 2003.

HÉRY (Annabelle), *La Faïence de Lunéville, les Keller et Guérin*, Editions Messene, 1998.

JOLY (Alexandre), *Le Château de Lunéville*, Le Livre d'histoire, 2003.

L'Appel de Lunéville, sous la direction de Michel Vagner, Editions de l'Est/La Nuée bleue.

Lunéville, fastes du Versailles lorrain, sous la direction de Charles-Jacques Gaffiot, préface de S.A.I. et R. l'archiduc Otto de Habsbourg-Lorraine et de monsieur J.-J. Aillagon, ministre de la Culture et de la Communication, Editions Didier Carpentier, 2003.

MACOIN (Henri), CATTIAUX (Bertrand), PLET (Laurent), LUTZ (Christian), *L'Orgue de l'église Saint-Jacques de Lunéville*, préface de Michel Chapuis. Imprimerie Saint-Jacques, Lunéville, 2003.

MARCHAL (C.), *Lunéville*, Editions et Impression C. Lacour/Rediviva à Nîmes, 2002.

MAROT (Pierre), *Le Vieux Nancy*, avec la collaboration de l'abbé Jacques Choux, collection « Les guides du pays lorrain », Imprimerie Nancy Hélio, 1980.

MERCIER (Gilbert) et DELESTRE (Philippe), *Bébé, le nain de Stanislas*, Editions Pierron, 1985.

MERCIER (Gilbert), *Madame Voltaire*, Editions de Fallois, 2001.

Meurthe et Moselle, les documents de France, sous la direction de Jean-André Gallot, Editions et imprimeur Alépée et Cie, avant 1960.

MURATORI-PHILIP (Anne), *Le Roi Stanislas*, Editions Fayard, 2000.

POIRIER (Roger), *Jean-François de Saint-Lambert*, Editions Pierron, 2001.

PONCET (Pierre), *Une histoire de faïence, Saint-Clément Lunéville*, publié par l'Association des amis de la faïence, 2002.

ROSSINOT (André), *Stanislas, un roi philosophe*, Editions Michel Lafon, 1999.

TRONQUART (Martine) et GEORGES (Alain), *Le Patrimoine civil de Lunéville*, Images du patrimoine n° 140, 1994.

TRONQUART (Martine) et GEORGES (Alain), *Les Châteaux de Lunéville*, Images du patrimoine n° 91, 1991.

Remerciements

Mes remerciements vont particulièrement à monsieur Renaud, patron de la faïencerie de Lunéville-Saint-Clément. Qu'il soit remercié de m'avoir ouvert les portes de sa prestigieuse entreprise et de m'avoir consacré son précieux temps en m'expliquant avec passion les différentes étapes de la fabrication des faïences de Lunéville. Merci aussi à toute son équipe qui, en plus des explications, m'a donné ses plus beaux sourires. J'ai vu ainsi plus loin que la beauté du geste en Lorraine.

Imprimé en janvier 2007 en Espagne par LIBERDÚPLEX
St.Llorenç d'Hortons (Barcelone)
Dépôt légal : janvier 2007

POCKET 12, avenue d'Italie - 75627 PARIS Cedex 13